Ladina Bordoli wurde 1984 in der Schweiz geboren und lebt bis heute im Prättigau, einem kleinen Tal in den Alpen. Seit ihrer Ausbildung zur Fachfrau für Unternehmensführung arbeitet sie im elterlichen Bauunternehmen und führt eine eigene Werbetechnik-Firma. Sie entdeckte ihre Leidenschaft fürs Schreiben schon früh und bezieht ihre Inspiration aus dem täglichen Kontakt mit Menschen verschiedenster Kulturen.

Ladina Bordoli

Verliebt in den Highlands

Vorwort

Eines Tages fiel mir die deutsche Ausgabe des Buchs *Cowboy-Ethik* von Bestseller-Autor James P. Owen in die Hand. Darin wird der sogenannte *Codex des Westens*, ein aus zehn Regeln bestehendes Manifest, vorgestellt. Beim Verfassen desselben wurde der Autor vom Leben der Cowboys im alten Amerika inspiriert. Sie zeichneten sich durch harte Arbeit, Fairness und Loyalität aus. Werte, die die heutige, von Gier und Wertezerfall gebeutelte Welt dringend braucht, um ein vernünftiges und erfolgreiches Miteinander zu ermöglichen, so seine Überzeugung.

Und hier betritt unser schottischer Lord die Bühne. Nach einem Abstecher in die Prärie des Wilden Westens ist Tristan McAlister ein leidenschaftlicher Verfechter der Cowboy-Ethik. Gut ... bisweilen erweckt er den Eindruck, einen Stock verschluckt zu haben. Aus diesem Grund beschliesst das Schicksal wohl, sich einen Scherz zu erlauben und ihm zwei Damen auf sein Schloss zu senden. Die quirlige Modedesignerin Lara und ihre Nichte Tonya bringen Farbe und Chaos ins abgelegene schottische Dorf Lairg. Warum ausgerechnet Mode? Nun, Mode ist für mich weniger ein Trend, den es zu befolgen gilt, sondern vielmehr eine Kunstform, die unserer Individualität Ausdruck verleiht. Mode ist pure Lebensfreude. Ob das Lord McAlister auch so sieht? Naja, ich bezweifle, dass Mode auf seinem strengen Erziehungsprogramm steht (auch nicht ganz unten).

PS: Man darf übrigens lachen, aber nur leise und unsichtbar, sonst fühlt sich der Lord gestört.

Prolog

**Luzern, Schweiz
Februar 2019**

Lara starrte aus dem Fenster des Altbaus in einen trüben, regennassen Morgen. Wie oft um diese Jahreszeit verdeckte ein schmutzig-grauer Wolkendeckel den Himmel über der Stadt Luzern. Sie fühlte sich an solchen Tagen stets, als habe man sie in einen stickigen Käfig gesteckt und halte ihr überdies einen Wattebausch vor den Mund. Gelegentlich fraß sich ein Sonnenstrahl durch die betonfarbene Kuppel über der Stadt und erinnerte daran, dass der Frühling ungeduldig darauf wartete, endlich aus seinem Nebelloch kriechen zu dürfen.

Das Büro des Anwalts, der außerdem Notar war, bestand mehrheitlich aus massiven, schnörkellosen Holzmöbeln und mit Wälzern und Ordnern vollgepackten Regalen. Gelegentlich gewährte ein gerahmtes Farbfoto einen flüchtigen Blick auf das Leben des Menschen hinter der Brille mit der filigranen Goldfassung. Liebender Vater von drei lebensfrohen Rabauken, stolzer Ehemann einer kühlen Blondine.

Thomas und Lara hatte man zwei weinrote Ledersessel gegenüber des Schreibpultes des Rechtsvertreters angeboten. Thomas trommelte mit den Fingern auf die Sessellehne, wechselte im Minutentakt die Sitzstellung und gab immer wieder ein Schnauben von sich. Unmut dampfte aus jeder Pore und schlug sich in feinen Schweißperlen auf der Nase nieder. Sein Blick huschte zum Zifferblatt der Armbanduhr. Auch schon zum wiederholten Mal.

Herr Sieber, der Anwalt, raschelte mit dem Papier vor sich, rückte die Brille zurecht und hob den Kopf, um seine Klienten zu mustern.

»Ich gehe davon aus, dass Ihnen zwischenzeitlich bekannt ist, dass Ihre Nichte Tonya Auer, die Tochter Ihrer einzigen Schwester und deren Ehemannes, interimsmäßig bei ihrer besten Freundin Kaia Regar wohnt.«

Lara nickte. Der Autounfall, der Elisabeth und Werner unerwartet und viel zu früh aus dem Leben gerissen hatte, war wie eine fälschlicherweise detonierte Atombombe in ihrer Mitte explodiert. Niemand hatte damit gerechnet. Zurück blieb eine rauchende Ruine, eine sich stetig ausbreitende Giftwolke, die in Lara allem voran absolute Ohnmacht auslöste. Die Tage seit dem Tod ihrer Schwester waren in einem nicht näher definierbaren Farbsturm an ihr vorbeigezogen. Rechtliches musste geregelt und die Beisetzung organisiert werden. Durchwachte Nächte im Rausche des Gedankenkarussells und endlose Tage ohne Appetit ließen sie jedes Gefühl für Zeit und Raum verlieren.

»Ich habe hier das Testament Ihrer Schwester, Frau Brehm. Ich würde es Ihnen gerne vorlesen und die relevanten Stellen daraus zitieren.«

Lara nickte mechanisch, Thomas' Anzug raschelte, als er erneut die Sitzposition wechselte.

»Um Sie nicht länger auf die Folter zu spannen und mit Juristendeutsch zu malträtieren ... Ihre Schwester und ihr Ehemann ließen bei der Geburt ihrer Tochter Tonya ein Testament aufsetzen. Darin verfügen sie wie folgt: Das Kind soll im Falle eines unerwarteten oder verfrühten Ablebens seiner Eltern zu einem Zeitpunkt, an dem es noch unmündig ist, in Ihre Obhut gelangen, Frau Brehm.« Er blickte kurz auf, als wolle er sichergehen, dass man seinen Ausführungen auch zu folgen vermochte und führte dann weiter aus: »Tonya Auer ist gemäß meiner Auskünfte fünfzehn, also noch nicht volljährig. Natürlich steht Ihnen für den Unterhalt und die Ausbildung des Mädchens ein genügend hohes Kapital zur Verfügung. Dafür wurde in Form eines Sparkontos gesorgt.«

Er legte die Papiere beiseite, faltete die Hände und schaute Lara erwartungsvoll an.

»Gut, wären wir dann so weit fertig? Ich muss dringend zurück ins Büro, ich habe noch einige Kundentermine zu erledigen.« Thomas erhob sich und bedachte Lara mit einem auffordernden Blick. Dabei klopfte er kommentarlos auf das Glas seiner Armbanduhr. Als er sich der konsternierten Gesichtsausdrücke der beiden anderen gewahr wurde, warf er die Hände empor. »Ja was denn? Wir werden so eine wichtige Entscheidung doch wohl kaum hier zwischen Stuhl und Bank treffen müssen. Ein jugendliches Gör bei sich zu beherbergen, ist alles andere als ein Spaziergang. Zumal es nicht einmal unser leibliches Kind ist.«

Der Anwalt starrte ihn einige Sekunden an, eine leichte Röte kroch aus seinem Hemdkragen den Hals hinauf. »A... aber natürlich, wie Sie wünschen. Frau Brehm?« Er suchte Laras Blick.

Sie erhob sich betont langsam und strich ihre Kleidung glatt. Die Erschöpfung brannte in ihrem Kopf und verursachte einen Knoten in ihrem Magen. Sie fühlte sich innerlich ausgehöhlt, als trage sie das Gewicht des gesamten Globus auf ihren Schultern. Sie musterte ihren Partner einige Sekunden lang, dann wandte sie sich an den Notar.

»Setzen Sie alle nötigen Verträge auf und melden Sie sich, wenn Sie so weit sind. Selbstverständlich nehmen wir Tonya bei uns auf. Darüber müssen wir nicht nachdenken, schließlich geht es um einen Menschen und nicht darum, eine Versicherung abzuschließen, Thomas.« Sie wandte sich ihrem Partner zu und bedachte ihn mit einem eisigen Blick.

Der Seitenhieb auf seinen Beruf saß. Mit hochrotem Kopf und zornig mahlendem Kiefer stürmte er aus dem Raum.

Kapitel 1

Lara stützte den Kopf in die Hände und seufzte. Es war vier Uhr in der Früh. Das Krankenhaus war in ein mattes, künstliches Licht getaucht, der Empfang lag im Dunkeln. Außer vereinzelten Schritten in angrenzenden Fluren vernahm man kaum Geräusche. Sie erhob sich und kramte in ihrer Handtasche nach einer Münze. Der Kaffeeautomat erwachte zum Leben und rumpelte, während er einen Pappbecher mit einer braunen Brühe zutage förderte. Lara nahm einen vorsichtigen Schluck des Getränks und schloss genießerisch die Augen. Nicht weil das Gebräu als Grand Cru seiner Art hätte bezeichnet werden können, sondern weil die Wärme, die sich nun in ihrem Körper ausbreitete, sehr willkommen war. Sie fühlte, wie ihre Lebensgeister zurückkehrten. In eben diesem Moment teilten sich die Glastüren der Notaufnahme und Emilia erschien im Türrahmen. Lara sprang von ihrem Sitz auf und eilte der Freundin entgegen. Sie fielen sich wortlos in die Arme.

»Danke, dass du gekommen bist, Emilia. Thomas weigerte sich, aufzustehen, da er morgen früh zur Arbeit muss und meine Eltern überfordert das Ganze langsam aber sicher. Es ist ja nicht das erste Mal, dass wir uns wegen Tonya eine Nacht um die Ohren schlagen müssen.«

»Sie ist die Tochter deiner einzigen Schwester, Lara, ich hätte dasselbe getan.« Emilia holte sich einen Cappuccino aus dem Automaten und setzte sich neben ihre Freundin. Sie musterte sie eingehend. »Du siehst müde aus. Abgenommen hast du auch.«

Lara gab ein Prusten von sich. »Wem sagst du das.« Sie strich sich eine Haarsträhne aus dem Gesicht. »Seit Elisabeth und Werner bei dem Autounfall starben, habe ich kaum mehr eine Nacht durchgeschlafen. Das ist jetzt vier Monate her.«

»Warum hast du mich nicht früher angerufen und um Hilfe gebeten?« Emilia legte die Stirn in Falten. »Du weißt, dass ich jederzeit gekommen wäre.«

»Deshalb setzte ich alles daran, es alleine zu schaffen. Ich wollte dich damit nicht auch noch belasten. Du bist berufstätig und hast selbst genug Verpflichtungen mit deiner Firma. Außerdem dachte ich, dass Thomas und ich dieses Abenteuer nach seiner anfänglichen Skepsis zusammen durchstehen.«

Lara senkte den Blick und versuchte, die Tränen wegzublinzeln. Sie spürte Emilias Hand auf ihrer Schulter.

»Thomas will dieses Experiment nicht, habe ich recht?« Sie seufzte und strich ihr besänftigend über den Rücken.

Lara schüttelte nur stumm den Kopf. »Ich kann ihn ja irgendwie auch verstehen. Ich bin zwar Tonyas

Patentante, aber seit das Mädchen in der Pubertät ist, sahen wir sie bei meiner Schwester nur noch selten. Es ist außerdem eine völlig andere Sache, ein eigenes Kind aufwachsen zu sehen und es durch seine Jugend zu begleiten, als ein fremdes plötzlich Vollzeit im Haus zu haben. Thomas und ich hatten nie Gelegenheit, uns an ein Kind zu gewöhnen und unser Leben entsprechend anzupassen. Durch den Unfall geschah alles über Nacht. Wir ... sind wohl beide überfordert, schätze ich.«

Lara sah auf und wischte sich die Tränen, die nun doch verräterisch über ihre Wangen kullerten, aus dem Gesicht.

»Und was ist nun genau passiert? Warum ist Tonya hier?«, wollte Emilia wissen.

Lara nahm den letzten Schluck des mittlerweile erkalteten Kaffees und begann zu erzählen: »Sie ist seit dem Unfall ihrer Eltern nur noch sporadisch in der Schule erschienen. Jegliche Versuche, sich vernünftig mit ihr zu unterhalten, schlugen fehl. Sie wurde zornig und schmiss Gegenstände durch ihr Zimmer. Irgendwann kam sie immer später nach Hause. Es war ein schleichender Prozess. Wir dachten zuerst, dass sie sich mit Freundinnen trifft, um über ihre Probleme zu sprechen. Wir ließen sie daher gewähren. Vor einigen Wochen bemerkte ich jedoch, dass mit ihr etwas nicht mehr stimmte. Ihre Wutanfälle nahmen an Heftigkeit zu, sie veränderte sich äußerlich, verlor an Gewicht und wurde immer bleicher. Oft war sie total aufgedreht und verbrachte die Nächte entweder auf Partys mit Freunden oder mit Musikhören im Garten.« Lara legte eine Pause ein, es fiel ihr schwer, weiterzusprechen.

»Die Ärzte sagen, dass sie große Mengen Alkohol konsumiert hat und außerdem Drogen nimmt. Noch nicht regelmäßig, aber es könne sich eine Abhängigkeit daraus entwickeln, wenn man jetzt nicht eingreife. Sie mussten ihr den Magen auspumpen. Das ist nun ihr dritter Aufenthalt im Krankenhaus in diesem Monat. Es ist allerdings das erste Mal, dass sich Thomas weigerte, mich hierher zu begleiten ... und meine Eltern ...«, sie seufzte, »... ehrlich gesagt wollte ich sie mit der Sache nicht auch noch belasten. Sie können damit überhaupt nicht umgehen und grämen sich zu Tode.« Erneut lösten sich einige Tränen in Laras Augenwinkel.

Emilia schlang ihre Arme um sie und zog sie an sich. Lara legte den Kopf auf die Schultern der Freundin und genoss deren Wärme und tröstende Umarmung.

Emilia räusperte sich. Eine Spur zu auffällig. Lara hob den Kopf und blickte ihre Vertraute fragend an. Sie kannte sie nun bereits seit so vielen Jahren, dass sie jede Nuance ihrer Stimme richtig zu deuten wusste. Sie hob eine Augenbraue.

»Ähm ... also ich weiß nicht, wie du dazu stehst, Lara ...«

»Nun mach schon, spuck es aus. Wie schlimm kann es denn sein?« Lara fühlte die aufkeimende Ungeduld in ihrem Inneren.

»Ich habe vor einigen Tagen einen Fernsehbeitrag bei BBC Scotland gesehen. Du weißt, dass ich meiner Heimat nach wie vor verbunden bin und mir daher stets die News aus den Medien ansehe und anhöre. Es ... ach, du findest das bestimmt lächerlich.« Emilia gab ein beschämtes Kichern von sich und schüttelte den Kopf. »Sie zeigten eine Dokumentation über einen Lord aus den Highlands. Er besitzt riesige Ländereien, Pferde und ein Schloss in der Nähe von Lairg im Norden Schottlands. Man nennt ihn gemeinhin den *Cowboy*.«

»Weil er ... Pferde züchtet?« Lara verstand nicht, worauf Emilia hinauswollte.

»Das auch, aber in erster Linie ist er dafür bekannt, dass er schwer erziehbaren oder traumatisierten Jugendlichen dabei hilft, einen Weg zurück in ein normales Leben zu finden.«

»Das klingt doch alles wunderbar.« Lara konnte Emilias seltsames Gebaren noch immer nicht einordnen.

»Nun, die Sache ist die ... seine Methoden sind, den Gerüchten zufolge, sehr gewöhnungsbedürftig und unkonventionell. Natürlich hat er sich geweigert, diese in der Dokumentation preiszugeben. Auch durften keine Jugendlichen gefilmt oder befragt werden. Aus Datenschutzgründen und damit das Persönlichkeitsrecht nicht verletzt wird. Selbstverständlich wollten die Teilnehmer selber auch nicht porträtiert werden. Niemand will als Härtefall landesweit bekannt sein. Der *Cowboy* ist ein Mysterium, das vor allem durch Mund-zu-Mund-Propaganda Berühmtheit erlangte und es daher bis ins Fernsehen schaffte. Es gibt keine Website und keine öffentlich zugänglichen Informationen oder Daten über sein Angebot. Er macht das ehrenamtlich, diskret und nur in sehr bescheidenem Rahmen.«

Lara musste Emilias Worte erst einmal einige Minuten sacken lassen. Nach einer Weile meinte sie: »Man geht also ein gewisses Risiko ein, wenn man bei dem *Cowboy* vorstellig wird, oder? Man kann nicht einschätzen, was auf einen zukommt, habe ich recht?« Sie strich sich eine Haarsträhne hinters Ohr. Emilia bestätigte ihre Vermutung durch ein stummes Nicken. Andererseits: Was hatte sie denn schon zu verlieren? Schließlich ging es um das Leben und die Zukunft ihrer einzigen Nichte. Viel schlimmer als jetzt konnte es ohnehin nicht mehr werden.

»Wie erreicht man den mysteriösen Herrn denn? Hat er wenigstens eine Telefonnummer?«

»Die hat er. Er will ja nicht unerreichbar sein, aber er will sein Erfolgsgeheimnis nicht offenbaren. Verständlicherweise.« Emilia kramte in ihrer Tasche und reiche Lara einen Zettel. Dabei errötete sie. »Ich gebe zu, ich war auf dieses Gespräch vorbereitet.«

Als Lara gegen Morgen endlich erschöpft neben Thomas ins Bett sank, galt ihr letzter Gedanke den Ausführungen ihrer besten Freundin. Sie beschloss, ihrem Lebenspartner vorerst nichts von ihrem neusten Hirngespinst zu erzählen. Er würde sich nur unnötig echauffieren. Zuerst galt es jetzt einmal, bei dem Highlander vorstellig zu werden. Möglicherweise war dieser aufgrund seines Bekanntheitsgrades dermaßen gefragt, dass man ihn gar nicht erreichte. Abgesehen davon benötigte er niemandes Geld und war daher nicht gezwungen, Aufträge anzunehmen. Vermutlich musste man schon einen verdammt guten Grund haben, damit er einem überhaupt eine Audienz gewährte ...

Lara nahm sich den Tag nach der nächtlichen Aktion erneut frei. Das dritte Mal innerhalb kürzester Zeit. Sie schätzte die kulante Art ihrer Chefin sehr. Lara war gelernte Bekleidungsgestalterin und arbeitete in einem Modegeschäft in der Luzerner Altstadt. Sie war sich durchaus bewusst, dass das Chaos in ihrem Privatleben

nicht von Dauer sein durfte, wenn sie ihren Job länger-
fristig behalten wollte. Noch zeigte sich ihre Vorge-
setzte sehr verständnisvoll, da sie selbst Kinder in Tonyas Alter hatte. Wenn die Probleme mit ihrem neuen
Mündel jedoch komplett aus den Fugen gerieten,
würde sie ihren beruflichen Pflichten nicht mehr nach-
kommen können. Das wiederum würde unweigerlich
zu weiteren Querelen mit ihrem Lebenspartner führen.
Lara seufzte. Ihr blieb keine andere Wahl. Zuerst wollte
sie aber ihrer Nichte im Krankenhaus einen Besuch abstatten. Einerseits, weil sie sich für ihr Wohl verantwortlich fühlte und andererseits, sie gab es ja zu, weil
sie den Anruf auf die Insel vor sich herschob. Emilia
hatte ihr natürlich angeboten, das Telefongespräch für
sie zu tätigen, riet ihr jedoch, dies selbst zu erledigen.

»Der Lord soll aufgrund des hohen Andrangs und des
Wirbels um seine Person sehr wählerisch sein, sagt
man. Wenn er denn überhaupt im Schloss weilt und
nicht mit dem Pferd auf seinen Ländereien unterwegs
ist, wird er nur jene Anrufer entgegennehmen, die ihn
interessieren und sich von der Masse abheben. Meine
Intuition flüstert mir, dass eine junge Dame aus der
Schweiz eher seine Neugierde zu wecken vermag, als
eine gewöhnliche Schottin. Diese rennen ihm wohl
auch sonst die Tür ein. Ich fürchte, dass ich gar nicht
durchgestellt werde, um mein Anliegen soweit zu erklären, dass du ins Spiel kommst. Dein Akzent und die
Tatsache, dass du die Reise in den Norden Großbritanniens für deine Nichte auf dich nehmen würdest, beeindrucken jemanden wie den *Cowboy*. Gemäß des BBC-
Beitrags ist er ein Mensch, der Mut und Eigenwilligkeit
hohen Wert beimisst. Es ist verdammt noch mal mutig,

Lara, wenn du ihn mit deinen bruchstückhaften Englischkenntnissen einfach anrufst. Versuch es!« Das waren exakt ihre Worte gewesen. Vermutlich hatte sie recht. Bedauerlicherweise.

Tonya lag wie ein totgeborenes Küken in den weißen Laken des Krankenbettes. Blaue Äderchen schimmerten durch ihre gläserne Haut und pflaumenfarbene Schatten umrahmten ihre Augen. Sie starrte mit gebrochenem Blick aus dem Fenster ins Nichts. Das Nasenpiercing hatte man ihr abgenommen, ebenso ihre zahlreichen Ohrstecker und Ketten. Einzig die Tätowierungen schlangen sich wie düstere Male um ihre knöchernen Glieder. Sie wandte nicht einmal den Kopf, als Lara eintrat.

Lara wusste, dass eine Begrüßung keine Wirkung zeigen würde, also zog sie sich einen Stuhl heran und setzte sich schweigend neben das Bett des jungen Mädchens. Deren Augenlider flatterten kurz, als sie ihre Tante registrierte.

Lara starrte auf ihre Hände. Es gab nichts zu sagen. Sie wollte gegenüber Tonya keine Vorwürfe platzieren, denn tief in ihrem Inneren verstand sie das Leid und die Verzweiflung des Teenagers. Die Frage nach dem Befinden war ebenfalls überflüssig, war ihnen doch beiden bewusst, wie es um sie stand. Eigentlich wusste Lara gar nicht genau, was sie sich von dem Treffen erhoffte. Irgendwie wollte sie dieser verlorenen Seele einfach nahe sein. Physisch und emotional. Ihr zeigen, dass sie sich kümmerte und sie ihr nicht egal war. Ignoranz, Ablehnung oder Wut, wie Thomas sie mittlerweile zur Schau trug, würden nur Öl ins Feuer gießen.

Lara hätte Tonya gerne von Schottland erzählt, doch war es dafür noch zu früh. Ihre Chancen, den Lord überhaupt für sich gewinnen zu können, waren verschwindend gering.

Nach einer Stunde einvernehmlichen Schweigens erhob sich Lara.

»Ich weiß, dass du das nicht hören willst, aber ich freue mich, wenn du wieder zu Hause bist, Tonya.«

Ohne die Antwort, die ohnehin nicht kam, abzuwarten, verließ sie das Zimmer ihrer Nichte und kehrte nach Hause zurück.

Der Anblick der apathischen Tonya nagte unaufhörlich an Laras Seelenfrieden. Sie musste etwas unternehmen. Koste es, was es wolle. Mit oder ohne Unterstützung ihres Lebenspartners.

Nach dem Abendessen, als Thomas Fußball schaute und vor dem Fernseher döste, schlich Lara mit ihrem Mobiltelefon ins Bad, das sich am anderen Ende der Wohnung befand. Sie schloss die Tür hinter sich. Für den unwahrscheinlichen Fall, dass ihr Freund aufwachen und sie suchen sollte.

Wenn dieser berühmte Schotte zu irgendeiner Tageszeit gerade nicht dabei war, die Grenzen seiner Ländereien abzureiten, dann war das bestimmt abends, kurz vor dem Zubettgehen. Ein Tipp, der ebenfalls von Emilia stammte.

Mit schweißnassen Fingern und pochendem Herzen tippte sie die Nummer, die ihr die Freundin überlassen hatte, in ihr Handy. Sie hoffte inständig, dass ihr rudimentäres Englisch ausreichen würde, um ihr Anliegen zu platzieren.

Das Freizeichen erklang. Einmal, zweimal, dreimal. Laras Puls raste.

»McAlister Castle, Ron speaking, how may I help you?«

Lara vergaß einige Sekunden lang zu atmen. Da ging doch tatsächlich jemand ran!

»Hello?«

»Ähm ... hallo, hier spricht Lara Brehm aus der Schweiz, ich habe Ihre Nummer ...«, versuchte sie es in gebrochenem Englisch.

»Aus dem Fernsehen, nehme ich an«, beendete Ron ihren Satz. Sie konnte das Lächeln auf seinem Gesicht am Tonfall der Stimme erraten. »Ich gehe davon aus, dass Sie Tristan McAlister sprechen wollen, oder? Ich erkundige mich kurz, ob der Lord überhaupt Zeit hat. Wie Sie sich bestimmt vorstellen können, sind Sie nicht die einzige Anruferin und es ist schon spät.«

Lara beeilte sich, die Frage mit einem *Yes, thank you* zu beantworten. Es knackte in der Leitung. Erneut schlug ihr Herz so laut gegen ihren Brustkorb, dass sie glaubte, nichts anderes mehr zu hören als das dumpfe Wummern.

Eine Klaviersonate erklang und half, Laras Puls zu beruhigen. Nach einer Viertelstunde wollte sie auflegen, weil sie annahm, dass es offenbar doch nicht so simpel war, den Adligen ans Telefon zu bekommen. Just in diesem Moment ertönte erneut die Stimme des freundlichen Herrn.

»Danke fürs Warten, Madam. Herr McAlister wird Ihren Anruf gleich entgegennehmen. Bitte haben Sie noch etwas Geduld.«

Es dauerte einige Minuten, die sich gefühlt zu Stunden ausdehnten, bis sich abermals jemand zu Wort meldete.

»*Feasgar math*, guten Abend.«

Die Vibration dieser kehligen Stimme ging Lara durch Mark und Bein. Fremd und geheimnisvoll wie der schottische Wind, der durch die Gräser des Torfmoors fuhr. Herb-würzig und dunkel wie das Porter, das tiefschwarze Bier Großbritanniens.

Ihre Englischkenntnisse platzten wie ein Ballon.

Lara erstarrte und ... schwieg.

Kapitel 2

McAlister Castle, nahe Lairg
Juni 2019

Tristan stopfte seine Pfeife Prise um Prise mit Tabak. Er kontrollierte den Druck mit dem Zeigefinger und lächelte zufrieden. Das Kraut musste etwas nachgeben und anschließend in die Ausgangsposition zurückfedern. Dann, und erst dann, war die Pfeife fachmännisch gestopft. Er setzte den Tabak mit einem Zündholz in Brand und wartete, bis er gleichmäßig glomm. Schließlich gönnte er sich einen ersten Zug und lehnte sich mit einem entspannten Seufzer in seinem Ohrensessel zurück.

Tristan ließ sich bei dieser für ihn eminent wichtigen Tätigkeit nur ungern unterbrechen, weshalb er sowohl seinen Bediensteten Ron wie auch den kürzlich in die Bibliothek getretenen Jugendlichen geflissentlich ignorierte.

Ron räusperte sich vernehmlich, wagte jedoch nicht zu sprechen.

»Ron, was liegt Ihnen auf dem Herzen? So reden Sie endlich, Sie machen mich mit Ihrer Präsenz nervös.«

»Sir, es regnet draußen. Um genau zu sein, schüttet es wie aus Kübeln. Außerdem setzt die Dämmerung schon bald ein.«

Tristan folgte dem Blick des Butlers gelangweilt zum Fenster und beobachtete die Regentropfen, die immer zahlreicher gegen das Glas klatschten. Er nahm einen weiteren Zug aus der Pfeife.

»Das ist mir in der Tat nicht entgangen, Ron. Noch steht es jedoch nicht uns Burgherren zu, über das Wetter zu bestimmen.« Er zwinkerte seinem Angestellten verschwörerisch zu.

Dieser gab sich alle Mühe, ein Grinsen zu verkneifen. »Das schon, Mylord, aber wie Ihnen vielleicht bekannt ist, befindet sich Daniel immer noch drüben beim Wäldchen und hackt Holz.«

Tristan erhob sich und schritt rauchend zum Fenster. Gemächlich ließ er den Blick über den Garten unter sich und das sich in der Ferne verlierende Gelände schweifen. Dort, kaum noch sichtbar hinter dem nebligen Schleier des Regens, zeichneten sich die Umrisse eines Wäldchens ab.

»Nun denn, dann wollen wir ihn bei dieser wertvollen Tätigkeit mal nicht unterbrechen, oder? Das Verrichten aufrichtiger Arbeit ist eine der wichtigsten Fähigkeiten, die es hier zu erwerben gilt. Ich bin gerade dabei, mir ein Bild über meine neuen Gäste zu machen. Das kann schon mal etwas Zeit in Anspruch nehmen.«

»Aber er bekam nicht einmal sein Abendessen!«, protestierte der rothaarige Junge, der hinter Ron stand. Er wies fatale äußere Ähnlichkeiten mit einem verlausten, verhungerten Straßenkater auf.

Tristan drehte sich betont langsam zu ihm um.

»Albert, richtig? Du scheinst mir von der eloquenten Sorte zu sein, so was mag ich. Wirklich, das behagt mir sehr. Eigentlich habe ich genau nach einem Talent wie dir gesucht.« Tristan hob amüsiert eine Augenbraue, um seinen zynischen Worten mehr Nachdruck zu verleihen.

Albert, dem der Spott in der Stimme seines Gegenübers nicht entgangen war, reckte trotzig das Kinn. Tristan tat, als bemerke er die Geste nicht. Mit einem warmen Lächeln und einer ausholenden Geste drehte er sich einmal um die eigene Achse und wies auf die mit Büchern vollbepackten Regale, die bis zur Decke reichten. »Wie du siehst, ist McAlister Castle im Besitz einer beachtlichen Buchsammlung. Sei so gut und nimm ein Werk deiner Wahl aus dem Regal. Ron und ich sind nun in der Stimmung für eine gute Geschichte. Du wirst uns aus dem Band vorlesen.« Ohne auf Alberts Reaktion zu warten, wandte er sich erneut seinem Butler zu.

»Ron, das war ein anstrengender Tag. Bringen Sie doch den Single Malt Whisky, Sie wissen, welchen ich am liebsten mag. Setzen Sie sich zur Feier des Tages mit einem Glas zu uns. Immerhin haben wir die Ehre, dass Albert uns aus einem Buch vorliest. So etwas kommt ja nicht alle Tage vor. Dass sich jemand freiwillig für die Aufgabe meldet, meine ich.« Er konnte das Zucken der Mundwinkel nur mit großer Mühe unterdrücken.

Ron senkte den Blick, um das belustigte Funkeln in seinen Augen zu verbergen, und verschwand im angrenzenden Raum.

»Ich werde nicht vorlesen!«, brüllte Albert und seine blasse Haut lief purpurrot an. In diesem Augenblick erschien Ron mit einem Tablett, zwei Gläsern und einer Flasche Whisky im Türrahmen.

Tristan drehte sich verwundert zu dem Butler um. »Grundgütiger, Ron, haben Sie das gehört? Das hatten wir in all den Jahren noch nie. Jemand, der nicht vorlesen will. Was für ein Sakrileg!«

Ron nickte zustimmend. »In der Tat befremdlich, Mylord.«

»Hört endlich mit dieser beschissen altmodischen Sprache auf! Wir sind hier nicht im Kindergarten!« Albert ballte die Hände zu Fäusten und Speicheltropfen glitzerten auf seinen Lippen. Ein wildes Funkeln beherrschte die Augen des Jungen.

Tristan lachte. Herzlich, aus vollem Hals.

»Also wenn ich mich hier so umsehe, mein werter Albert, so befinde ich mich, aus meiner Warte gesehen, sehr wohl im Kindergarten. Mindestens. Ich erinnere dich dezent daran, dass auch Kollege Daniel, der nun beim baldigen Einbruch der Nacht noch immer im strömenden Regen Holz hackt, gestern der Meinung war, sich meinen Regeln widersetzen zu müssen. Es obliegt also voll und ganz deiner *erwachsenen* Entscheidungskompetenz, ob du uns nun, wie es die Tradition in diesem Haus gebietet, etwas vorlesen willst ... oder nicht.«

Mit diesen Worten setzte sich Tristan wieder in seinen Ohrensessel, schenkte sich und Ron den Whisky ein und schlug die Beine übereinander.

»Ach, und bevor ich es vergesse: Morgen sucht sich jeder von euch in Ruhe und mit Hingabe ein Pferd aus, dessen Schutzpatron er daraufhin wird. Ihr werdet dem Tier nicht mehr von der Seite weichen, seine Bedürfnisse erkunden, es beschützen, ihm dienen und sein Leben in jeglicher Hinsicht teilen. Ich erwarte eure Entscheidung bis morgen Abend, spätestens Mitternacht.«

»Soll ich etwa auch noch mit dem Gaul im Stall schlafen, oder was?« Albert gab ein hysterisches Prusten von sich.

Tristan wechselte einen vielsagenden Blick mit Ron, fixierte dann wieder den rothaarigen Jungen und meinte mit gleichgültiger Stimme: »Das bietet sich wohl an, wenn du die eben genannten Auflagen zu meiner vollständigen Zufriedenheit erfüllen möchtest.«

Er nahm einen kräftigen Zug von seiner Pfeife und musterte Albert.

Dieser holte erneut Luft, baute sich mit zitternden Fäusten vor Tristan auf und wollte gerade zu einer weiteren Hasstirade ansetzen.

Tristan stieß einen scharfen Pfiff aus. Noch ehe sich der Junge versah, wurde die Tür zum Salon beinahe aus den Angeln gerissen. Zwei Dobermann-Hündinnen stürmten wie die Reiter der Apokalypse herein. Sie setzten sich geifernd und knurrend zwischen Tristan und den Burschen.

»Skylla, Charybdis ... da sind ja meine Mädchen. Ihr hättet um ein Haar den Beginn der Geschichte, die Albert uns vorzulesen gedenkt, verpasst.« Er strich den Tieren liebevoll über die Köpfe, woraufhin sie ihm die Hände ableckten und sich winselnd vor seinen Füßen zusammenrollten.

Albert riss entsetzt die Augen auf und schlich rückwärts, ruckartige Bewegungen vermeidend, zu einem Regal. Ohne den Titel des Werkes zu lesen, nahm er es heraus und bewegte sich Schritt für Schritt, die beiden

Hunde fixierend, auf einen Sessel zu. Er klappte das Buch auf und begann mit der Vorlesung.

»Ah, Tom Sawyer und Huckleberry Finn, eines unserer Lieblingsbücher, hab ich recht, Skylla?« Tristan tätschelte der Dobermann-Dame liebevoll den Kopf.

Albert warf ihm einen vernichtenden Blick zu.

Am darauffolgenden Tag kehrte Tristan gerade von seinem letzten Rundgang durch die Stallungen zurück. Daniel und Albert waren immer noch dabei, sich ein Pferd für den kommenden Tag auszusuchen. Bevor er zu Bett ging, wünschte er den Vierbeinern stets eine gute Nacht und sah trotz der Tatsache, dass er dafür qualifiziertes Personal besaß, selbst kurz nach dem Rechten. Im jetzigen Fall, mit den Jungs im Stall, insbesondere.

Im Haus erwartete ihn Ron hektisch gestikulierend. »Ich habe Sie bereits überall gesucht, Sir. Da ist eine Lady aus der Schweiz am Apparat. Sie hat eine Anfrage. Hoffentlich hat sie zwischenzeitlich nicht aufgelegt.«

Aus der Schweiz? Zu dieser späten Stunde? Das weckte Tristans Neugierde, was Ron offenbar vermutete, sonst wäre er nicht dermaßen aufgekratzt. Die meisten von Tristans potenziellen Klienten stammten aus Großbritannien.

»Sagen Sie ihr, dass ich gleich komme. Ich muss rasch die Stallklamotten ausziehen und etwas trinken.«

Tristan streifte sich die Stiefel von den Füßen, hängte die nach Pferden duftende Jacke an den Haken in der Garderobe und machte einen Abstecher in die Küche. Danach eilte er durch die Empfangshalle, nahm immer zwei Treppenstufen auf einmal und rannte schließlich die letzten Meter zu seinem Büro.

»*Feasgar math*, guten Abend.«

Schweigen. Er lauschte angestrengt in den Hörer. Ein Blick auf den Akku des Telefons verriet ihm, dass zumindest mit dem Gerät alles in Ordnung war.

»Hallo? Hier spricht Tristan McAlister ... wer ist da?«

Jemand holte keuchend Luft.

»Verstehen Sie mich überhaupt?«

»Ähm ... ja, entschuldigen Sie ... ich ... meine Katze wollte sich gerade auf die Tastatur des Computers legen, ich musste sie davon abhalten. Ach, was fasle ich denn da ...«

Tristan ertappte sich dabei, wie ein amüsiertes Schmunzeln seine Mundwinkel nach oben zog. Er glaubte ihr kein Wort.

»Ich nehme an, Sie wollten bei mir anfragen, ob ich Ihr Kind bei mir aufnehme?«, versuchte er, ihrem Gedächtnis auf die Sprünge zu helfen.

»Das ist korrekt, es geht um meine Nichte Tonya. Sie ...«

Bevor er sie überhaupt unterbrechen konnte, erzählte ihm die Fremde in gebrochenem Englisch ihre komplette Leidensgeschichte. Mit jeder Sekunde, die verstrich, wurde Tristans Gewissen schlechter, denn der Moment, in dem er ihr das Unvermeidliche würde sagen müssen, rückte näher. Schließlich beendete sie ihre wasserfallartige Rede mit einem erschöpften Seufzer.

»Es tut mir sehr leid, Frau ...« Er hatte ihren seltsamen Namen, der sich nach einem Zungenbrecher anhörte, vergessen. »Ich bin bereits ausgebucht. Ich nehme nur drei Jugendliche auf einmal bei mir auf. Zwei sind schon eingezogen, der Letzte stößt in den kommenden Tagen zu uns. Dazu muss ich noch sagen, dass ich nur männliche Anwärter auf meinem Anwesen empfange, was der Hauptgrund für meine Absage ist.«

Tristan hörte sie nach Luft schnappen.

»Was soll denn das bitte heißen? Dass Sie Tonya möglicherweise eine Chance geben würden, wenn sie ein Junge wäre?«

»Das ist korrekt. McAlister Castle kommt seit Generationen ohne weibliche Präsenz aus. Die einzigen Ausnahmen bilden meine Stuten und meine beiden Dobermann-Damen.«

Fassungsloses Schweigen schlug Tristan entgegen. Zumindest hielt er es für ein solches.

Dann brach die Frau am anderen Ende der Leitung in schallendes Gelächter aus. Sie schien sich gar nicht mehr zu erholen.

»Sie nehmen mich doch auf den Arm, oder?«

Ihr Kichern verstummte jäh, als sie offenbar erkannte, dass er nicht zum Scherzen aufgelegt war. Was für eine seltsame Frau das war. Bisher hatte sich noch nie jemand über Tristan oder seine Methoden lustig gemacht. Immerhin waren seine Erziehungs-Maximen von konstantem Erfolg gekrönt, das konnte niemand abstreiten. Warum in aller Welt fand sie das also dermaßen amüsant?

»Ihnen scheint es mit dieser Aussage offenbar ernst zu sein. Wenn das so ist, tut es mir leid, dass ich Ihre wertvolle Zeit in Anspruch genommen habe. Ich verzichte gerne auf Ihre Hilfe. Für mich klingt das nach einer ziemlich antiquierten und rückständigen Angelegenheit. Militärisch noch dazu. Aufgrund der Empfehlung meiner Freundin hielt ich Ihre Methoden für unkonventionell, aber progressiv. Da habe ich mich wohl geirrt. Ich wünsche Ihnen einen angenehmen Abend und eine gute Nacht.«

Das Freizeichen ertönte.

Tristan starrte den Hörer mit offenem Mund an. So etwas hatte er noch nie erlebt. Wie hatte sie seine Arbeitsweise betitelt? Als altmodisch? Dazu kam noch, dass sie das Gespräch einfach beendet hatte, ohne ihm die Gelegenheit zu einer Rechtfertigung zu gewähren.

Das bestätigte einmal mehr, dass es durchaus Sinn machte, dass sich McAlister Castle von der Emanzipation distanzierte.

Als sich Tristan an diesem Abend schlafen legte, bekam er bis weit nach Mitternacht kein Auge zu. Die glockenhelle Stimme der Fremden mit ihrem kernigen Akzent infiltrierte seine Gedanken. Als wäre dies noch nicht genug, kratzten ihre beleidigenden Worte hartnäckig an seinem highländischen Ego.

Kapitel 3

Mit einem verärgerten Kopfschütteln verließ Lara das Bad und schlich auf leisen Sohlen zurück in den Wohnraum. Thomas schnarchte zwischenzeitlich, der Fußballmatch hatte die Mattscheibe für eine Talkshow freigegeben. Sie legte sich frustriert ins Bett. Weil Emilia kein Mensch war, der grundlos zu Übertreibung neigte, hatte sich Lara von dem Telefonat mit Schottland einiges erhofft. Die größte Hürde, den Adligen überhaupt an den Draht zu bekommen, hatte sie erschreckend mühelos gemeistert. Nur um dann an seiner verbohrten und sexistischen Einstellung zu scheitern. Wie alt war der Kerl noch mal? Jedenfalls nicht hundert! Offenbar hatte man bei dem BBC-Beitrag verschwiegen, dass Lord McAlister ein Chauvinist war. Vermutlich, um seinem Ruf nicht zu schaden. Womöglich hatte sich der reiche Stinker die Sendung sogar selbst erkauft, um sich aus Langeweile landesweit in Szene zu setzen. Bei diesen Snobs wusste man das nie mit Sicherheit.

Am darauffolgenden Tag fuhr Lara mit der Straßenbahn zur Arbeit. Abends durften sie Tonya nach Hause holen. Ihr graute jetzt schon vor dem Moment. Insbesondere wegen Thomas.

Sie erhaschte einen Blick auf ihr Spiegelbild im Fenster der Stadtbahn. Ihre goldblonden Haare, die sie zu einem Pferdeschwanz zusammengebunden hatte, hingen müde und schlapp wie welke Salatblätter über ihre Schultern. Der chronische Schlafentzug und die Sorge um ihre Nichte hatten den sonst gepflegten Strähnen den Glanz und ihren bernsteinfarbenen Augen das Funkeln gestohlen. Die Schatten der Augenringe hatte Lara aus Rücksichtnahme auf ihre Kunden mit Abdeckstift überdeckt. Das sanfte Rosa des Lippenstifts verlieh ihr immerhin einen Hauch Lebendigkeit. In der Nähe der Kapellbrücke stieg Lara aus und schlenderte in die Altstadt zu ihrem Arbeitsplatz.

Il Gioiello, die italienische Boutique, in der sie arbeitete, befand sich genau gegenüber einer Buchhandlung und einem Café. Sie wurden von einem Seifengeschäft und einem Antiquitätenhändler flankiert. Eine Kopfsteinpflasterstraße schlängelte sich durch die engen Häusergassen und lud zum Flanieren ein. Normalerweise genoss Lara den kurzen Weg zu der Boutique, sog den Duft frisch gebrühten Kaffees in sich auf, lauschte dem langsamen Erwachen der Stadt und beobachtete die Tauben, die gurrend irgendwelchen Brotkrumen hinterherjagten. Heute jedoch stolperte sie erschöpft und blind für die Lieblichkeit der Umgebung durch die Gassen und meldete sich mit einem matten *Guten Morgen* bei ihrer Chefin zum Dienst.

»So schlimm? Dann hoffe ich, dass ich dich damit ein wenig aufmuntern kann!« Adriana wies auf einen Berg von braunen Kartonschachteln. Tatsächlich schoss unerwartet ein Lächeln in Laras Gesicht und sie spürte, wie ein Kribbeln durch ihre Blutbahnen jagte.

»Die Herbstkollektion? Schon da?« Am liebsten wäre sie wie ein hungriger Tiger über die Schachteln hergefallen und hätte sie mit einem Knurren aufgerissen.

Lara war verrückt nach Mode ... nach Kleidern, Hüten, Taschen, Schmuck, ausgefallenen Schnitten, Materialien ...

»Es gibt grobmaschige Strickpullover, anschmiegsame Baumwoll-Longshirts mit Pailletten und Stickereien, smarte Businessoutfits mit dem gewissen femininen Extra ...«

Während die Ladenbesitzerin Lara mit glitzernden Augen aufzählte, was sie auf der Messe alles eingekauft hatte, schritt sie elegant von einem Ende des Geschäfts zum anderen und fuchtelte wild mit den Armen durch die Luft.

Adriana war eine Vollblutitalienerin, die sich nie auch nur die Mühe gemacht hatte, schweizerischer zu werden. Das war jedoch auch der Schlüssel zu ihrem Erfolg in der Stadt Luzern. Ihre Klientel suchte den Kontrast, das Südländische in Kleidung, Bedienung und im Ambiente. Lara konnte da zwar nicht mithalten, war sie doch ein Schweizer Urgestein mit einem Stammbaum, der einheimischer nicht sein konnte. Dennoch hatte sich Adriana von den zehn Anwärterinnen auf den Job für sie entschieden. Dies, weil Lara nach Beendigung ihrer Lehre ein Auslandsjahr in Mailand, der Modemetropole schlechthin, absolviert hatte. Natürlich kannte sie in Luzern und Umgebung als Alteingesessene auch zahlreiche modebegeisterte Menschen, die nun zu ihren Stammkunden zählten. Abgesehen davon waren Adriana und sie beide Espresso abhängig und gönnten sich gerne eine Brioche vom

Bäcker. Kurz und gut, sie waren sich auf Anhieb sympathisch gewesen. Daran hatte sich bis heute nichts geändert.

»Nächstes Mal schließen wir die Boutique für einen Tag und gönnen uns gemeinsam einen Messe-Trip. Ich möchte, dass du mich in Zukunft beim Einkauf berätst. Die Auswahl ist enorm und ich war mehr als einmal überfordert mit der dargebotenen Vielfalt.«

Lara nickte. Eigentlich sollte es begeistert wirken, offenbar kam es bei ihrer Chefin jedoch nicht so an, wie sie es gerne gehabt hätte. Daraufhin wechselte diese sofort das Thema.

»Nun erzähl mal, noch sind keine Kunden hier. Was ist mit deiner Nichte?«

Lara erklärte in knappen Worten, weshalb Tonya erneut in der Notaufnahme gelandet war und dass sie sie heute nach der Arbeit abholen könne. Sie seufzte und setzte sich auf eine Kartonschachtel.

»Ehrlich gesagt weiß ich nicht, wie das weitergehen soll. Sie machte gestern nicht den Anschein, als habe sich in ihrem Inneren durch den Vorfall irgendwas geändert. Ich fürchte, dass ich sie nun doch in ein Internat stecken muss.« Den nutzlosen Anruf nach Schottland erwähnte sie gegenüber Adriana gar nicht erst.

Einen Espresso später tauchten die ersten Kunden auf und Lara vergaß die düstere private Situation kurzzeitig. Wenn es darum ging, Menschen typgerecht einzukleiden, sie zu begeistern und mit einem zufriedenen Glitzern in den Augen wieder zu entlassen, fühlte Lara stets ein tiefes, inneres Glück.

Gegen Abend spürte sie ihre Beine vom geschäftigen Hin- und Herrennen und Bedienen der Kunden.

Dennoch empfand sie diese Müdigkeit als angenehm, weil sie von einem erfüllenden Arbeitstag stammte und nicht das Produkt von Ohnmacht und Frustration war.

Gedankenverloren starrte sie auf einen Hut, den eine Kundin liegen gelassen hatte, weil er nicht zu ihrer Kopfform gepasst hatte.

»Dieser Hut hier besitzt eine etwas zu breite Krempe. Er wirft einen zu langen Schatten und verdeckt so möglicherweise einen in der Sonne glitzernden Halsschmuck.« Lara drehte die Kopfbedeckung in den Händen. »Grundsätzlich ist es schade, dass es kaum noch Hüte gibt. Wir haben gerade mal drei Modelle hier. Hüte, so finde ich, verleihen einem Outfit den letzten Schliff. Einen Tupfen Eleganz, einen Klecks Verspieltheit oder einen Hauch Geheimniskrämerei. Langweilige Spaghetti-Haare können mit einem Hut aufgepeppt werden, ein allzu gewöhnliches Gesicht erhält Kontur, Glatzen oder grauen Haarschöpfen kann zusätzlich Farbe und Lebendigkeit verliehen werden ...« Lara schritt gedankenverloren durch den Verkaufsraum.

Erst als sie ein leises Lachen vernahm, wurde ihr bewusst, dass Adriana ihren Monolog mitgehört und sie dabei ständig beobachtet hatte.

»Du hast ein gutes Auge, Lara. Für die Mode, aber auch für die Menschen. Du sollest etwas aus diesem Talent machen.«

Lara gab ein Prusten von sich und winkte ab. »Dazu ist es jetzt zu spät. Ich bin schon über dreißig, Thomas und ich sparen für ein Haus im Grünen, vielleicht mal Kinder ... wie das so ist. Träumen darf man, aber pubertäre Selbstverwirklichung hat in meinem Alter leider keinen Platz mehr.«

Trauer wallte bei diesen Worten in ihr auf. Seit über einem Jahr hatten sie und Thomas Meinungsverschiedenheiten, was eine gemeinsame Zukunft anbelangte. Während er an starren, klassischen Zukunftsvisionen festhielt, quälte Lara eine unbestimmte Sehnsucht. Etwas in ihrem Inneren wollte ausbrechen und sich entfalten. Genau das hatte sie Thomas wiederholt versucht zu erklären und auf Verständnis gehofft. Er hatte ihr jedoch unmissverständlich klargemacht, dass diese kindischen Wunschträume, wie er es nannte, seiner Meinung nach nicht mit der Realität reifer Erwachsener vereinbar waren. Auch da gingen ihre Ansichten auseinander. Lara war stets der Meinung gewesen, dass ihre Träume einer traditionellen Zukunft mit Familie und Eigenheim nicht im Weg standen. Irgendwann hatte sie wohl resigniert und sich aus Liebe den Wünschen ihres Partners gebeugt. Ein schales Gefühl blieb trotzdem.

»Thomas würde mir den Kopf abreißen, wenn ich mit solchen Hirngespinsten käme. Ausgerechnet jetzt, wo wir noch einen minderjährigen Problemfall am Hals haben.« Lara stellte sich vor, wie sie abends nach Hause kam, ihre Kündigung in der Tasche und zu ihrem Freund sagte: »Thomas, Schatz, ich habe beschlossen, Hutdesignerin zu werden, obwohl Hüte derzeit gar nicht in Mode sind.« Sie gab ein trockenes Lachen von sich.

Adriana schwieg und hob eine Augenbraue.

Tonya weigerte sich, Lara ihre Reisetasche zu überlassen. »Ich komme aus dem Krankenhaus, aber ich bin nicht krank. Ich kann meinen Kram selbst tragen.« Mit diesen Worten stieg sie in die Straßenbahn ein und setzte sich mit grimmiger Miene ans Fenster. Lara wollte sich neben sie setzen. Tonya wandte sich jedoch demonstrativ von ihr ab. »Lass mich bloß in Ruhe!«, knurrte sie. Lara erhob sich und beschloss, den kurzen Weg bis zu ihrer Haltestelle zu stehen.

»Das passiert eben, wenn man als Kind ein Kind hat!«, giftete sie eine ältere Dame an und schüttelte verständnislos den Kopf.

Lara holte Luft und wollte zu einem Protest ansetzen. Gerne hätte sie gesagt, dass das durchsichtige Küken in den zerfetzten Klamotten mit den Piercings und Tattoos wohl kaum ihr Kind sei … Mit dieser Aussage hätte sie Tonya aber das Gefühl gegeben, dass sie sich für sie schämte. Also schluckte Lara die Worte hinunter und ertrug die ungerechtfertigte Schelte. Sie musterte ihre Nichte. Kein Wunder, dass die Leute dachten, dass es sich bei ihr um ihre leibliche Tochter handelte. Wie Lara trug Tonya ihre goldblonden Haare lang. Auch ihre Augen funkelten bernsteinfarben. Sie teilten sich außerdem die gerade Aristokratennase und die schmalen Lippen. Der Rest war wohl ein genetischer Abdruck von Werner Auer, ihrem Schwager.

An der Zielhaltestelle angekommen, stürmte Tonya aus der Straßenbahn und hastete nach Hause, ohne Lara eines Blickes zu würdigen. Die Tür zu ihrem Zimmer fiel mit einem lauten Knall ins Schloss. Lara seufzte, schleppte sich zum Küchentisch und drückte Thomas einen Kuss auf den Mund.

Er faltete die Zeitung zusammen. »Wie ich sehe, ist sie immer noch ein Wonneproppen.« Er erhob sich, öffnete den Kühlschrank und fragte: »Was gibt es zum Abendessen?«

Lara überlegte kurz. »Wie wäre es mit Pommes und Würstchen? Das mag Tonya bestimmt.«

Das bittere Lachen, das ihr Thomas anstelle einer Antwort gab, war wohl als Nein zu werten. »Ich nehme nicht an, dass sich Madam dazu herablassen wird, sich mit uns an einen Tisch zu setzen. Von daher können wir getrost das kochen, wozu wir beide Lust haben. Wir hätten noch Hähnchenbrust, Reis und Babygemüse. Das klingt nach einem gesunden Menü.«

Um klarzustellen, dass er den Fall Tonya nicht mehr diskutieren wollte, räumte Thomas die erwähnten Zutaten demonstrativ aus dem Kühlschrank, rumorte im Pfannenfach und begann damit, das Gemüse zu waschen. Das Wummern düsterer Musik dröhnte aus Tonyas Zimmer.

»Siehst du? Wenn das nicht eine klare, nonverbale Botschaft ist. Los, machen wir es uns gemütlich.« Thomas schlang seine Arme um Lara und drückte ihr einen Kuss auf den Mund. Sie löste sich von ihm.

»Thomas, ich kann mich nicht entspannen, wenn ich weiß, dass es meiner Nichte so schlecht geht. Hast du sie gesehen? Sie ist anorektisch dünn. Ich mache mir Sorgen! Ich versuche, mit ihr zu reden. Fang du schon mal an.«

Sein Gesichtsausdruck verhärtete sich augenblicklich und der Mund wurde zu einem schmalen Strich. »Tu was du nicht lassen kannst. Es wird, wie schon die letzten Male, nichts bringen.«

Vermutlich hatte er recht. Lara sah auch ein, dass sie eine Lösung für das Problem finden mussten. Was sie jedoch störte, war Thomas' harsche und herzlose Vorgehensweise gegenüber ihrer Nichte.

Energisch klopfte Lara an Tonyas Zimmertür. Als keine Reaktion folgte, hämmerte sie regelrecht dagegen. »Tonya, mach sofort die Tür auf oder ich werde das tun!« Genau aus diesem Grund hatten sie den Schlüssel zum Schlafzimmer ihrer Nichte versteckt. Seit sich Tonya mit Alkohol und Drogen zudröhnte, nachts mit zwielichtigen Gestalten um die Häuser zog und sämtliche Nahrung verweigerte, war Lara und Thomas nichts anderes übrig geblieben, als drastischere Maßnahmen zu ergreifen. Anders war es nicht mehr möglich, ein Mindestmaß an Kontrolle über die Situation zu behalten. Lara fürchtete zudem, dass sich Tonya in ihrem Zimmer etwas antun könnte, weshalb sie beschlossen hatten, ihr den Schlüssel zu nehmen.

Lara gewährte ihrer Nichte großzügige zwei Minuten, dann öffnete sie mit einem Ruck die Zimmertür. Tonya wandte ihr den Rücken zu und starrte aus dem Fenster. Mit zwei Schritten erreichte Lara den Lautsprecher und das damit verbundene Handy auf dem Schreibtisch ihrer Nichte. Entschlossen machte sie die Musik aus. Tonya wirbelte auf dem Absatz herum, funkelte sie böse an und holte Luft.

»Es reicht für heute, Tonya«, bestimmte Lara, bevor diese etwas sagen konnte. »Du kannst das Handy wiederhaben, wenn du mit uns zusammen zu Abend gegessen hast.«

Mit diesen Worten griff sie nach Tonyas Mobiltelefon und verließ das Zimmer.

Lara half Thomas mit den restlichen Vorbereitungen des Abendessens.

»Warum lässt du dich dazu erweichen? Sie hat unsere Hilfe nicht verdient. Selbst deine Eltern sind der Meinung, dass das Mädchen professionelle Hilfe braucht. Und das wohlgemerkt, obwohl sie nicht einmal vollständig über die aktuellsten Ereignisse im Bild sind«, kommentierte Thomas die Tatsache, dass Lara nebenher noch eine Portion Pommes mit Würstchen kochte.

»Ich bin mir bewusst, dass es so nicht weitergehen kann. Trotzdem: Sie muss etwas essen. Außerdem möchte ich mich nicht auf ein Machtspiel mit ihr einlassen, schließlich bin ich erwachsen.«

Thomas schwieg und ließ Lara gewähren. Es war ihm jedoch anzusehen, dass er ihr Verhalten übertrieben und falsch fand. So wie er jedoch der Meinung war, Lara kümmere sich zu stark um das traumatisierte Kind ihrer Schwester, so vermisste sie Thomas' Unterstützung und Verständnis, was die sensible Situation anbelangte. Um den Abend jedoch nicht zu ruinieren, behielt sie diese Gedanken für sich.

Während Thomas die dampfenden Schüsseln auf den Tisch stellte, rief Lara Tonya zum Abendessen, indem sie erneut an ihre Zimmertür klopfte. Zu ihrem Erstaunen riss Tonya die Tür auf, trottete mit düsterer Miene neben ihr her und ließ sich mit einem hörbaren Schnauben auf einen Stuhl fallen.

Lara schob ihr die Pommes und die Würstchen hin. Tonya presste die Lippen zusammen, verschränkte die Arme vor der Brust und schwieg. Thomas warf Lara einen vielsagenden Blick zu und füllte ihre Teller. »Guten Appetit«, wünschte er und begann zu essen.

Tonya weigerte sich eisern, die Speisen anzurühren. Nachdem Lara und Thomas das Abendessen beendet hatten, schob sie das Kinn nach vorne und streckte die Hand aus. »Kann ich mein Handy wiederhaben?«

Thomas ließ die Faust auf den Tisch donnern, bevor Lara etwas erwidern konnte. »Himmelherrgott noch mal! Nein, du kriegst dein verdammtes Handy nicht! Du hast überhaupt nichts gegessen. Was glaubst du eigentlich, was das hier wird? Seit du im Haus bist, haben Lara und ich keine Minute mehr für uns alleine und unser gesamtes Leben wird durch deinen Rhythmus und deine Probleme bestimmt. Mal müssen wir dich nachts irgendwo im Sündenpfuhl der Stadt einsammeln, mal bist du im Krankenhaus und dann wieder ruinierst du uns den Feierabend mit dieser beschissenen Musik. Es geht immer nur um dich! Was kommt als nächstes? Wirst du von einem Drogenjunkie schwanger? Das Sparkonto, das deine Eltern für dich eingerichtet haben, wird leer sein, bevor du die Volljährigkeit erreicht hast!«

Thomas war aufgestanden und stützte sich mit den Händen auf der Tischplatte ab. Mit hochrotem Kopf und wütend blitzenden Augen holte er erneut Luft.

»Thomas, bitte ...«, versuchte Lara ihn zu besänftigen und legte ihm die Hand auf den Arm.

Mit einer zornigen Bewegung fegte er ihre Hand weg. »Lass das, Lara. Diplomatie ist bei diesem Gör wirklich fehl am Platz. Sieh es endlich ein, das bringt nichts. Soll sich doch jemand anderes um sie kümmern. Offenbar will sie unsere Hilfe nicht. Außerdem habe ich, wie du genau weißt, nie zugstimmt, sie bei uns aufzunehmen. Aus gutem Grund!«

Er griff nach seinem Gedeck und stellte es scheppernd in die Spüle. »Ich brauche frische Luft ... und einen Drink, ich ertrage diese Trotzvisage nicht mehr.«

Mit zusammengepresstem Mund und ohne sie noch eines weiteren Blickes zu würdigen, stürmte er aus dem Raum und knallte die Eingangstür hinter sich ins Schloss.

Tonya nutzte das allgemeine Chaos, erhob sich und griff flink nach dem Handy, das auf einer Kommode in der Küche lag. Hastig rannte sie in ihr Zimmer und knallte die Tür hinter sich zu. Dreißig Sekunden später setzte die fürchterliche Musik erneut ein.

So konnte das nicht weitergehen. Mechanisch räumte Lara die Küche auf und verstaute die Reste im Kühlschrank. Tonyas Menü, das noch unangetastet auf dem Tisch stand, kippte sie in den Mülleimer.

Dann setzte sie sich erneut und brach in Tränen aus.

Sie stützte den Kopf in die Hände und ließ ihrem Frust freien Lauf. Ein Schluchzen, das schon längst überfällig war, kam aus den Tiefen ihrer Brust und schüttelte sie. Salzige Bäche netzten ihre Wangen. Die Flut schlug über ihr zusammen und wusch all die vor sich hinrottenden Sorgen aus ihrer Seele. Zumindest für diesen einen Moment.

Versunken in ihre Emotionen und benebelt von den aggressiven Beats aus Tonyas Zimmer hätte sie den zarten Ton beinahe nicht gehört.

Ihr Handy klingelte.

Kapitel 4

»Danke Ron, sehr freundlich.« Tristan nippte an dem frisch gebrauten Earl Grey Tee und verfeinerte ihn nochmals durch Zugabe von etwas Milch. Er schloss genießerisch die Augen. Der feine, herb-bittere Geschmack der Bergamotte rollte wie der Sonnenaufgang über seine Zunge. Er faltete umständlich die Zeitung und nahm einen Löffel Porridge. Erst dann hob er kurz den Kopf, um seine Umgebung genauer zu betrachten. Daniel und Albert, die in der Mitte der langen Tafel saßen, stierten ihn mit glühenden Augen an und krümmten keinen Finger.

»Esst ihr nichts, Jungs? Ihr wisst, dass heute das Pferdeprojekt startet. Ihr habt eure Wahl ja bereits getroffen. Erfahrungsgemäß erfordert das viel Energie.« Tristan gab sich erstaunt und schob demonstrativ einen weiteren vollen Löffel Haferbrei in den Mund.

»Ich fresse die graue Pampe nicht! Das sieht scheiße aus und schmeckt widerlich! Jeden Morgen dasselbe!« Daniel schlug die Faust auf den Tisch, sodass das teure Porzellan schepperte. Der dickliche Junge mit den mausbraunen Haaren und den Sommersprossen spuckte in sein Frühstück.

Bevor Tristan etwas erwidern konnte, meldete sich auch Albert zu Wort: »Und verkaufen Sie uns bloß nicht für dumm! Wir haben gesehen, dass der Alte in der Küche Würstchen, Speck und Eier brät. Toast und Butter gibt es auch! Behaupten Sie jetzt bloß nicht, das sei für die Pferde!« Sein Gesicht lief hummerrot an. Er versetzte seinem Teller einen Stoß, sodass der Brei über den Rand schwappte.

»Nun, das wären der zweite und dritte Gang unseres traditionellen Frühstücks gewesen. Allerdings gibt es diese Köstlichkeiten für euch Grünschnäbel erst, wenn ich einen berechtigten Anlass dazu sehe. Da ihr den ersten Gang schon verschmäht und euch die letzten Tage alles andere als vorbildlich und kooperativ benommen habt, werden Ron und ich den Rest des Menüs erneut alleine genießen. Da ihr offenbar keinen Hunger habt … Ron?«

Ron kannte das Spiel bereits, nickte geschäftig und zog den beiden Jungs die Teller unter der Nase weg. Gleichzeitig gab Tristan einen markerschütternden Pfiff ab.

Ein Poltern und Rumoren ging durchs Haus und kurze Zeit später flogen die Türen zum Speisesaal auf. Gottlob ließ er sämtliche Türenflügel im Haus immer einen Spalt breit offen. Eines der ungeschriebenen Gesetze auf McAlister Castle. Ron kontrollierte das regelmäßig, weil auf die *Gäste*, was Regeln anbelangte, kein Verlass war.

Skylla und Charybdis galoppierten herein und stürzten sich auf den Haferbrei. Ehe einer der Burschen mit den Augen zwinkern oder protestieren konnte, waren die Teller leergefegt.

»Prima Ron, dann dürfen Sie jetzt für alle, die ihren Porridge gegessen haben, den zweiten Gang auftragen. Da freuen wir uns aber, was Mädels?« Er tätschelte die zwei Dobermann-Damen, die ihm mit peitschendem Schwanz die Finger ableckten.

Einige Minuten später erschien Ron mit einem Tablett und drei Tellern, die mit Würstchen, Speck und Eiern gefüllt waren. Es folgten Toast und Butter. Albert und Daniel hoben schon erfreut die Augenbrauen, nahmen sie doch an, dass ihr neuer Hausherr ein raffinierter Scherzkeks war und nun doch Mitgefühl mit ihren grummelnden Mägen zeigte. Dem war aber traditionsgemäß nicht so auf diesem Schloss.

Drei Teller. Einer für Tristan, je einer für Skylla und Charybdis.

Daniels Gesicht sah aus, als sei er gegen eine Glasscheibe gedonnert, die er nicht kommen gesehen hatte. Sein Mund stand offen und seine Augen strichen hungrig über die unerreichbaren Schätze auf der anderen Tischseite.

»Habe ich euch schon die Geschichte von Tantalos erzählt?«, fragte Tristan zwischen einer knusprigen Speckscheibe und einer mit Rührei belegten Toastecke. Er ließ den Blick über die beiden Jungs schweifen. Er rechnete nicht mit einer Antwort. Berufsbedingte Monologe war er in seinem Heim gewohnt.

»Nicht? Nun also, um es kurz zu machen: Tantalos war ein schrecklicher Mann, der keine moralischen oder ethischen Grenzen kannte. Seine Freveltaten gipfelten darin, dass er den eigenen Sohn schlachtete und ihn den Göttern als Mahl servierte, um ihre Allwissenheit zu testen. Sie verstießen ihn in den Hades, die

Hölle, und straften ihn in der Folge mit ewigen Qualen. Früchte und Wasser waren stets in greifbarer Nähe, jedoch nie erreichbar. Er litt Hunger und Durst, ohne eines davon je stillen zu können. Außerdem thronte ein mächtiger Felsbrocken über seinem Haupt, von dem er nie wusste, ob er nicht auf ihn herunterfallen und ihn töten würde. Er lebte also in lebenslänglicher Entbehrung und Angst. Nicht wirklich erstrebenswert, oder?«

Ein zögerliches Kopfschütteln kommentierte die Horrorgeschichte. Tristan schleckte sich das Fett der Würstchen von den Fingern und tupfte sich den Mund mit der Serviette ab. »Wie auch immer. Es bleibt euch genug Zeit, darüber nachzudenken, was euch diese Geschichte lehren will. Das Frühstück ist für heute nämlich beendet und ... wir werden uns nun gemeinsam euren neuen Begleitern vorstellen. Ich hoffe, dass Porthos und Aramis in geselliger Verfassung sind. Als zwei der drei einzigen Hengste in meinem Pferdestall sind sie für ihre Heißblütigkeit bekannt. Ihr hättet euch natürlich auch für eine der Stuten entscheiden können, wie ihr wisst. Eure Wahl fiel jedoch ausgerechnet auf die beiden Vollblutaraber, den grauen Porthos und den schwarzen Aramis.«

Tristan erhob sich. Seine hechelnden Schatten taten es ihm gleich. Er drehte den Jungs den Rücken zu und ging zum Ausgang des Saals. Die Burschen verstanden die stumme Aufforderung, wie das Stühlerücken verlauten ließ. Ihre schlurfenden Schritte hinter Tristan bedeuteten, dass sie ihm immerhin folgten, wenn auch mäßig motiviert.

Beim Hinterausgang des Schlosses sog Tristan die frische Morgenluft ein und knöpfte seine Jacke zu. Um diese Zeit lag der frostige Hauch des Tagesanbruchs noch wie eine Erinnerung an die Nacht in der Atmosphäre. Das Blau des Himmels wurde stellenweise von bauchigen Wolkentürmen verdeckt, die sich an die Zinnen der Burg schmiegten. Ein leichter Nebel schwebte über den Wiesen. McAlister Castle reckte sein bärtiges, von grünen Ranken überwuchertes Gesicht jedoch freudig himmelwärts. Eine Fahne schwankte sachte auf einem der Türme hin und her. Die Büsche, die den Weg durch den Garten säumten, glänzten in speckigem Tannengrün. Letzte Tautropfen glitzerten auf ihren Blättern und fingen das erste Sonnenlicht ein.

Die Stallungen befanden sich neben dem Schloss in einem langgezogenen Backsteinbau mit weißen Fensterrahmen und runden Torbögen. Kies knirschte unter Tristans Stiefeln, als er durch die Grünanlage lief und sich dem Kopfsteinpflasterplatz des Burghofs vor dem Gebäude näherte. Freudiges Wiehern drang an sein Ohr. Seine fellbewehrten Schützlinge erkannten ihn am Rhythmus der Schritte auf dem Vorplatz. Henry, einer der Stallknechte, war gerade dabei, die Boxen zu reinigen und winkte seinem Herrn, um ihm einen guten Morgen zu wünschen.

»*Madainn mhath*, guten Morgen!«, erwiderte Tristan den Gruß des Angestellten und hob ebenfalls die Hand. Vor den Plätzen der Araberhengste blieb er stehen. Die drei Musketiere, nach denen er sie benannt hatte, streckten ihre kleinen hechtförmigen Köpfe über die Tür des Abteils. Ihre Nüstern blähten sich zu Trichtern. Mit einer Mischung aus Sensibilität und Lebhaftigkeit musterten ihn große dunkle Augen.

»Daniel ... das ist Aramis!« Er strich dem rabenschwarzen Hengst über die breite Stirn. Nach einigen Minuten blieb er vor dem grauen Araber stehen und fuhr über das weiche Fell des an ein Seepferdchen erinnernden Kopfes. »Albert, das ist dein neuer Freund, Porthos.« Zum Schluss begrüßte er noch den rotbraunen Athos.

Daniel stapfte auf Aramis zu und stemmte die Hände in seine nicht vorhandene Taille. »Und jetzt? Was soll ich mit dem Gaul?«

Tristan drehte sich bewusst langsam um. »Ich dachte, wir beginnen damit, dass ihr euch am Stalleingang ein Halfter mit Führstrick holt und versucht, eure neuen Gefährten dazu zu überreden, sich dieses anlegen zu lassen und euch auf einen Spaziergang zu begleiten.«

Er machte auf dem Absatz kehrt und verließ den Stall. Neben dem Tor stehend, kramte er in der Tasche der Jacke nach seiner Pfeife. Gemächlich stopfte er Tabak in den Pfeifenkopf, kontrollierte den Druck mit dem Zeigefinger und entzündete das federnde Kraut mit einem Zündholz. Als der Tabak gleichmäßig glomm, nahm er genüsslich einen ersten Zug.

Derweil rumorte es in den beiden Stallboxen, als versuche jemand, diese mit einem Hammer in seine Einzelteile zu zerlegen. Aufgebrachtes Wiehern und Schnauben begleiteten das Donnern. Die Dobermann-Damen starrten ihren Herrn fragend an. Tristan tätschelte ihnen beruhigend die Köpfe, woraufhin sie sich entspannt bei seinen Füssen zusammenrollten.

»Alles klar soweit, Jungs?« Tristan konnte sich ein vergnügliches Grinsen nicht verkneifen, als er sich kurz umdrehte und einen Blick ins Stallinnere warf. Natürlich wusste er, dass am heutigen Tag noch nicht mit einem Spaziergang zu rechnen war. Nach einer halben Stunde Klamauk löschte er seine Pfeife und betrat den Stall, um nach den Burschen zu sehen.

Alberts Rotschopf erschien schweißtriefend über der Tür der Box. »Es geht nicht, das Vieh schnappt ständig mit den Zähnen nach mir oder bäumt sich auf! Der Gaul könnte mich umbringen!« Seine Stimme überschlug sich und mündete in eine hysterische Frequenz.

Tristan verschränkte amüsiert die Arme vor der Brust. »Das ist in der Tat ein Problem, war jedoch zu erwarten. Araber sind stolze Wesen. Pferde spiegeln außerdem stets das Verhalten der Menschen, die ihnen gegenüberstehen. Zeigen sie sich garstig und aggressiv, kannst du davon ausgehen, dass das auch die Wesenszüge sind, die dich gerade beherrschen. Ich glaube zudem nicht, dass man Freunde wird, indem man jemandem einfach, ohne zu fragen, ein Halfter überstreift. Wie der Fuchs dem *Kleinen Prinzen* bereits erklärte: Du musst Porthos zuerst zähmen, ihn dir vertraut machen. Bis jetzt bist du für ihn nichts weiter als ein Menschenjunge, wie es hunderttausend andere gibt. Warum sollte er sich mit dir abgeben und spazieren gehen? Erst wenn er dich näher kennt, wird er deine Anwesenheit zu schätzen wissen, sich auf dich freuen und gerne Zeit mit dir verbringen. Irgendwann wirst du für ihn einzigartig sein auf dieser Welt. In diesem Moment bist du sein Freund. Erst dann.« Tristan wandte sich ab und machte sich auf den Weg zum Stallausgang. Ohne sich noch einmal umzudrehen, rief er: »Ich lasse euch Lunchpakete bringen. Überlegt euch gut, ob ihr den gesamten Inhalt runterschlingen wollt oder ob es womöglich sinnvoll wäre, das Essen mit jemandem zu teilen ... mit einem Wesen, das eines Tages ein Freund werden sollte.«

»Aber ich habe furchtbaren Hunger! Wenn ich mein Mittagessen nun auch noch teilweise an den Klepper abtreten muss, sterbe ich!« Daniels Stimme echote wie das jammervolle Heulen eines Kleinkindes durch den Stall.

Tristan blieb stehen und wandte sich um. Ein Schmunzeln verzog seine Mundwinkel. »Futterneid gehört definitiv nicht zu den Dienstleistungen einer Freundschaft. Entscheide selbst ... und abgesehen davon: Noch siehst du nicht aus wie eine Karkasse auf zwei Stelzen.«

Tristan unterdrückte das Lachen, das sich in seiner Kehle bildete und wie eine Kaskade aus ihm herausbrechen wollte. Hastig wandte er sich ab und verließ die Stallungen.

Henry war instruiert, ein Auge auf die beiden Galgenvögel zu werfen. Tristan würde hin und wieder eine Stippvisite machen. Ansonsten rechnete er nicht damit, dass an diesem Tag noch Großartiges vonstattenging. Er kannte das Prozedere. Mit wenigen Ausnahmefällen präsentierte sich der Entwicklungsablauf der Jugendlichen immer gleich. Manche von ihnen waren gelegentlich etwas motivierter und lernten schneller, den inneren Widerstand aufzugeben. In der Regel war dies jedoch nicht der Fall. Die Pferde halfen ihnen, sich selbst zu reflektieren. Sie ließen sich zu nichts bewegen, wenn die Burschen keine Vorleistung erbrachten. Erst wenn sie den Tieren respektvoll, demütig und liebevoll begegneten, legten die Hengste ihre auflehnende Haltung ab und duldeten Halfter und Führstrick.

Tristan schlenderte in Begleitung von Skylla und Charybdis zurück ins Haupthaus des Schlosses und ließ sich von Ron auf der Terrasse einen Tee servieren. Dieses Mal einen *Dalreoch Estate Smoked White Tea*, der auch als *Das Wunder der Highlands* bekannt war und große Aufmerksamkeit erlangt hatte, als das Gebräu 2015 beim S*alon du Thé* in Paris gewann.

»Ron, was soll ich sagen ... der Tee ist besser als jeder Whisky. Dieselbe rauchige Flamme auf der Zunge, vermengt mit dem Geschmack des Torfmoors und dem Wind der Highlands. Dazu eine fruchtige Pfirsichnote und eine Prise Nuss. Was will man an einem Morgen wie diesem, mit Aussicht auf den Schlossgarten, mehr?«

Ron räusperte sich und stellte sich, den Blick ebenfalls über den Garten schweifen lassend, neben seinen Arbeitgeber. »Herr, Ihr kennt meine bescheidene Meinung, die auch mein Wunsch für dieses Anwesen wäre.«

Tristan schwieg und nippte an dem Edeltrunk. Schließlich setzte er die Tasse seufzend auf einen der metallenen Tische. »Ich weiß Ron, eine weibliche Seele, die dem Schloss blumige Lebendigkeit einhaucht und eine Schar Kinder, weil sie eine Bereicherung sind. Sie wissen, wie ich dazu stehe. Ich freue mich, dass Sie mit Ihrer Frau und der Familie so glücklich sind, das verurteile ich nicht. Nur auf diesen Gemäuern scheint diesbezüglich ein Fluch zu lasten. Die Damen haben den McAlisters stets Pech beschert, Sie erinnern sich an die erbärmliche Kreatur, die mein Vater bis zu jenem Tag war, als sich der Tod endlich seiner erbarmte. Von meinen Erfahrungen ganz zu schweigen.«

Tristan trommelte mit den Fingern auf die Lehne des Korbsessels.

»Ich kenne die Geschichte, ja. Dennoch, mit Verlaub, wäre es vielleicht an der Zeit, sich mit den Schatten der Vergangenheit auszusöhnen. Flüche, Mylord, gibt es außerdem nur in Märchen, nicht im realen Leben.«

Rons Standpauke, nicht die erste ihrer Art übrigens, wurde jäh unterbrochen, als die Glocke an der Außenwand einen eingehenden Anruf meldete.

Tristan atmete erleichtert aus. Ron war mit seinen sechzig Jahren nicht nur sein treuster Diener, sondern auch sein Vaterersatz geworden. Dies räumte ihm, trotz der professionellen Distanz zwischen Arbeitgeber und Bedienstetem, gewisse Privilegien ein, die andere Angestellte nicht genossen. Ron sah sich beispielsweise dazu berufen, seine Knollennase in Tristans Leben zu stecken und ein wachendes Auge über ihn zu haben. Auch geizte er nicht mit weisen Ratschlägen, die in manchen Fällen sehr hilfreich waren. Nur dieses eine Thema, das mied der junge Lord wie der Teufel das Weihwasser, mochte sich Ron noch so zaghaft und taktvoll an die Thematik herantasten.

Tristan genoss den letzten Schluck Tee und beschloss, vor dem Mittagessen einen kurzen Ausritt zu unternehmen. Als er sich erhob, stand Ron in der Tür zur Terrasse.

»Sir, der neue Junge, Jasper, dessen Ankunft für morgen geplant war, hat kurzfristig abgesagt. Es ...« Er brach ab und senkte die Augen.

»Was denn, Ron?« Tristans Herz zog sich in ängstlicher Vorahnung zusammen.

»Der Junge musste notfallmäßig in eine psychiatrische Klinik gebracht werden. Er hat versucht, sich umzubringen. Der Selbstmord konnte aber gottlob in letzter Minute vereitelt werden. Die Mutter war soeben am Telefon.«

Tristan atmete erleichtert aus. »Gott sei Dank ist er nicht hierhergekommen. Das wäre selbst für mich eine Nummer zu groß gewesen. Jetzt brauche ich definitiv einen Ausritt. Könnten Sie einmal unsere Warteliste konsultieren und eine Selektion der dringenden Fälle vornehmen? Herzlichen Dank.«

Er klopfte Ron im Vorbeigehen auf die Schulter und überlegte sich, welches seiner Pferde er heute bewegen wollte. Das Räuspern des Angestellten ließ ihn jedoch im Türrahmen verharren. Er drehte sich erstaunt um.

»Ist noch etwas, Ron?«

Der Diener wich seinem Blick aus und knetete die Hände. »Nun, ich hätte betreffend der Selektion bereits einen Vorschlag, Mylord.«

Tristan hob erstaunt die Augenbrauen. »Sie haben in dieser kurzen Zeit den Telefonanruf entgegengenommen *und* auch schon die Warteliste durchkämmt? Sind Sie denn mit den Fällen dermaßen gut vertraut, dass Sie auswendig wissen, welche sich vom Schweregrad her anbieten? Normalerweise brauchen Sie für so etwas einen halben Tag ...«

Eine leichte Röte überzog Rons Wangen, sodass die wasserblauen Augen durch den Farbkontrast wie Edelsteine in seinem Gesicht leuchteten. »Das ... ist korrekt, Sir, für gewöhnlich ja. Dieses Mal fiel mir jedoch spontan jemand ein.«

Tristan war nicht auf den Kopf gefallen. Das seltsame Gebaren des Bediensteten, in Kombination mit der raschen Erledigung der Aufgabe, ließ nur einen Schluss zu ...

»Ron, Sie kennen die Regel auf McAlister Castle. Seit ich mich vor zehn Jahren dazu entschlossen habe, mein eigenes Schicksal zur Berufung zu machen, war es stets so. Es gab nie eine Ausnahme und das aus gutem Grund, wie Sie wissen.«

»Der Fluch oder wie auch immer man das nennen will ... ich weiß. Ich finde allerdings, wenn mir diese Bemerkung als Mann mit sechzig Lenzen erlaubt ist, dass dieses Grundprinzip etwas ... nun ja ... antiquiert ist.« Nun schoss die Röte wie züngelnde Flammen von Rons Wangen bis über seinen kahlen Schädel.

Antiquiert. Dasselbe dreiste Wort wie *sie* es verwendet hatte.

»Ich gehe jetzt mit Athos und den Mädels auf einen Ausritt und werde erst kurz vor Mittag zurück sein. Bitte sorgen Sie dafür, dass Gregor zwei Lunchpakete für die Burschen bereitstellt.«

Würzig duftender Wind schlug ihm entgegen und wirbelte durch seine halblangen Locken.

Athos Hufe donnerten gedämpft über den weichen Boden, als Tristan das Schloss im Galopp hinter sich ließ. Ein brauner und ein schwarzer Schatten sprangen übermütig neben ihm her. Die Dobermann-Ladys liebten Spaziergänge im Freien.

Sattgrüne Gräser wechselten sich mit blassviolettem Heidekraut und von mit dunkelgrünem Moos überwachsenen Steinen ab. Gelegentlich kreuzte ein

Auerhuhn, aufgeschreckt durch den Lärm und die beiden Hunde, ihren Weg und suchte hektisch ein neues Versteck. Noch immer kämpften Nebelschwaden förmige Wolkenformationen mit makellosem Blau um die Vorherrschaft am Himmel. Tristan trieb sein Pferd durch einen Wald. Schatten und Kälte umschlossen sie wie ein schützender Mantel. Ein leichtes Frösteln schüttelte Tristan. Der Geruch von feuchtem Moos, nassem Unterholz und regengetränkter Erde drang in seine Nase. Gelegentlich vernahm er ein Rascheln und Knacken, wenn irgendein einheimisches Tier vor ihm und seinen vierbeinigen Begleitern flüchtete.

Zurück auf der weiten Fläche öffnete sich vor ihm der Blick auf den Loch Shin. Wie geschmolzenes Metall schmiegte sich die Wasserfläche silbern in die hügelige Landschaft und küsste am Horizont beinahe den Himmel. Tristan brachte den rotbraunen Hengst auf einer kleinen Anhöhe zum Stehen und gönnte ihm eine Pause von dem rasanten Ritt. Er stieg ab und setzte sich auf einen moosüberwucherten Stein. Sofort umzingelten ihn Skylla und Charybdis und legten sich hechelnd ins Gras neben ihm.

»Findet ihr auch, dass ich altmodisch bin, Athos, Ladies?« Der Hengst würdigte ihn keines Blickes und knabberte an einigen Grashalmen, während die Hunde ihn mit spitzen Ohren anstarrten.

»Ihr also auch.« Tristan drehte nachdenklich ein Farnblatt zwischen Daumen und Zeigefinger.

»Ich war auch einmal wie Ron und hielt meinen Senior für einen verbitterten Spinner. Damals war ich wie verzaubert vom weiblichen Geschlecht. Ihr kennt die Geschichte, meine und die meines Vaters ... leider wurde ich eines Besseren belehrt und der märchenhaften Illusion beraubt. Ron hatte wohl einfach Glück, schätze ich. Und er ist kein McAlister. Ob man an Flüche glaubt oder nicht, irgendeinen Zusammenhang zwischen dem Namen und dem Unheil muss es wohl geben.« Er warf das zerknitterte Farnblatt weg und griff nach einem Kiesel, den er von einer Hand in die andere rollte.

»Und ihr meint, das macht einen Unterschied, ja?« Tristan starrte die Tiere durchdringend an. Der Schweif des Hengstes peitschte hin und her wie ein Pendel, während er sich seelenruhig den Bauch vollschlug. Die Dobermann-Damen schnarchten mit den Köpfen auf ihren Füssen. »Ihr seid also tatsächlich der Meinung, dass der Fluch, und somit das Unglück, nur mit jenen Frauen über McAlister Castle hereinbricht, die unser adliges Herz erobern können? Hm ... das ist ein Argument. Das Mädchen ist ja noch ein Kind.«

Mit diesen Worten schwang er sich wieder in den Sattel, pfiff den Hunden und kehrte zum Schloss zurück.

Kapitel 5

Laras Finger zitterte, als sie den eingehenden Anruf entgegennahm. Sie musste sich mehrmals räuspern, damit man ihren Namen überhaupt verstand. Die Zunge klebte ihr plötzlich wie eine Dörrpflaume am Gaumen.

»*Feasgar math*, guten Abend.«

Lara hielt die Luft an.

»Hallo? Sind Sie noch da?«

Sie beeilte sich, dem Schotten zu antworten. »Ich bin noch da, entschuldigen Sie, aber ...«

»Erneut die Katze?« Ein spöttischer Unterton färbte Tristans Worte. Sie beschloss, auf diese Anspielung gar nicht erst einzugehen.

»Nun, also ... ich wollte fragen, ob Sie immer noch auf der Suche nach einer Lösung für Ihre Nichte sind? Mein morgiger Gast ist leider verhindert und kann seinen Platz auf dem Schloss nicht einnehmen, da dachte ich ...«

»Ja, aber sicher bin ich noch interessiert! Es ist gerade sehr schwierig mit Tonya. Ich habe wirklich alles versucht. Ohne Ihren Anruf hätte ich in den nächsten Tagen wohl nach einem passenden Internat oder einer Klinik Ausschau halten müssen. Meine Nichte ist aus dem Krankenhaus zurück und verschanzt sich in ihrem Zimmer. Sie verweigert das Essen und ...«

Ein dunkles Lachen drang an Laras Ohr. »Machen Sie sich deshalb mal keine Sorgen. Auf McAlister Castle hat bisher noch jeder gelernt, Nahrung zu sich zu nehmen. Ausschlafen und auf der faulen Haut zu liegen, ist hier nicht drin. Wann können Sie denn frühestens hier sein?«

Lara nahm das Handy vom Ohr und starrte den Bildschirm an. Nein, das war keine Halluzination, er fragte sie wirklich. Sie hielt sich das Mobiltelefon wieder ans Ohr. »Ähm, also ... wann fängt denn der ... Kurs an?«

Erneut dieser samtige Bariton. »Mylady, weder ist das ein Kurs noch eine Klinik hier. Unsere *antiquierten* Methoden entsprechen einem alten Brauchtum und gehören zur Tagesordnung. Es gibt keinen Anfang und kein Ende. Rufen Sie mich also einfach an und sagen mir, wann Sie so weit sind und in Lairg ankommen. Dann hole ich Sie ab.«

Ein Knacken, dann ertönte das Freizeichen.

An Schlafen war vorerst nicht mehr zu denken. Da nicht damit zu rechnen war, dass Thomas vor Mitternacht wieder heimkehrte, raste Lara ins Nebenzimmer und startete den Laptop. Nach einer halben Stunde fand sie, wonach sie suchte: einen Flug nach Inverness mit Zwischenstopp in London und die Weiterreise mit der Bahn zu dem am See Loch Shin gelegenen Dorf Lairg. Dann buchte sie gleich noch eine Übernachtung in einem Bed & Breakfast, da sie das Dorf erst gegen neun Uhr abends erreichen würden.

Die Reise begann in knapp einer Woche. So viel Zeit benötigte Lara, ihre Chefin auf Knien um einen Spontanurlaub anzuflehen und ihre Sachen zu packen.

Sie starrte noch immer mit offenen Augen an die dunkle Zimmerdecke, als sie den Schlüssel an der Haustür und Thomas heimkehren hörte.

Als er sich nach einer Viertelstunde neben Lara ins Bett legte, schlug ihr der bittere Geruch von Bier entgegen. Trotzdem beschloss sie, dass jetzt der richtige Zeitpunkt war, Thomas über ihre neusten Pläne zu informieren. So viel Zeit blieb ihr dazu auch nicht mehr.

»Thomas?«

Er antwortete mit einem säuerlichen Grummeln. Lara ließ sich davon nicht abschrecken und rappelte sich auf die Ellenbogen auf. »Thomas, ich muss etwas mit dir besprechen. Ich fliege nach Schottland.«

Ein lautes Scheppern erklang, als er den Wecker vom Nachttisch fegte und hektisch nach der kleinen Stehlampe tastete. Das aufflammende Licht blendete Lara und sie kniff die Augen zusammen. Ihr Freund hatte sich ebenfalls aufgerichtet und schien plötzlich hellwach. Er starrte sie an, als habe sie soeben eine Invasion von grünen Männchen in Ufos angekündigt.

»Was willst du denn in Schottland? Ich verstehe nur Bahnhof.«

Lara erzählte Thomas in knappen Worten von dem Lord aus den Highlands, den alle nur den *Cowboy* nannten. »Wir hätten wegen Tonya ohnehin etwas unternehmen müssen«, erklärte sie. »Emilia sagt, der Mann ist eine Koryphäe auf seinem Gebiet. Wenn jemand Tonya helfen kann, dann wohl er. Einen Versuch ist es wert. Insbesondere, nachdem alle anderen

Bemühungen gescheitert sind und die Schmerzgrenze definitiv erreicht ist. Und falls du dir deshalb Sorgen machen solltest: Der Aufenthalt ist für Tonya kostenlos.«

»Bist du jetzt völlig übergeschnappt? Wie lange dauert das denn? Wer bezahlt denn deinen Aufenthalt und die Reise?« Thomas riss fassungslos die Augen auf und wartete mit halb offenem Mund auf eine Antwort.

Lara wich seinem Blick aus und starrte auf ihre Hände. »Das hängt von Tonya ab. Es dauert so lange, wie es eben dauert. Das ist kein Kurs, sondern eine Lebensschule. Meinen Aufenthalt auf dem Schloss und die Reise bezahle ich natürlich selbst. Von meinem separaten Konto, versteht sich.«

»Was willst du eigentlich noch alles unternehmen, um dieses Kuckuckskind zu retten? Das bringt doch sowieso nichts. Im schlimmsten Fall sehen wir uns wochenlang nicht. Wegen Tonya, die ich mittlerweile als unsere persönliche Apokalypse bezeichnen würde!« Thomas warf die Hände in die Höhe und schüttelte den Kopf. Ein ungläubiges Schnauben untermalte seine Gesten.

»Versuch es doch auch mal positiv zu sehen, Thomas.« Lara suchte seine Hand und nahm sie in die ihre. »Mal abgesehen davon, dass wir Tonya damit vielleicht wirklich helfen könnten, tut mir eine Auszeit auch ganz gut. Die vergangenen Monate waren hart und ich könnte die Zeit in Schottland nutzen, um auszuspannen und kreativ zu sein. Das wollte ich ohnehin schon lange.«

Rüde entriss ihr Thomas seine Hand und musterte sie entgeistert. »Ach so ... darum geht es also in Wirklichkeit: deine Designer-Flausen. Ich hätte ahnen müssen, dass mehr als das Wohl deiner Nichte dahintersteckt, wenn du so breitwillig und kurzfristig dein gesamtes Leben auf den Kopf stellst. Ich dachte, wir hätten das ausführlich diskutiert und hinter uns, aber offenbar durchlebst du noch immer eine späte Pubertät.«

Viel beleidigender konnte er nicht mehr werden. Lara spürte den Druck der Tränen in den Augenwinkeln und einen Knoten im Hals. Das Atmen fiel ihr schwer und sie fühlte sich plötzlich unendlich müde. »Du hast getrunken, Thomas, besprechen wir das ein anderes Mal. Mach dir aber keine Sorgen. Du bist den Problemfall Tonya, meine Designer-Flausen und auch meine unreife Wenigkeit für einige Zeit los.«

Sie wandte sich von ihm ab, zog die Decke bis über die Ohren und schloss die Augen, obwohl sie ohnehin nicht schlafen konnte. In diesem Moment bereute Lara es, den Flug nach Schottland nicht schon auf morgen gebucht zu haben.

Als sie nach einer Stunde noch immer hellwach und mit kreisenden Gedanken im Bett lag, beschloss sie, Tonya zu suchen. Das Wummern der Musik hatte irgendwann aufgehört. Blieb zu hoffen, dass sie nicht wieder auf der Straße herumlungerte.

Lara hatte Glück. Ihre Nichte saß mit angezogenen Beinen an einen Baum gelehnt im Garten und starrte in den Himmel. Wie zu erwarten war, dröhnte sie sich nun via Ohrenstöpsel mit der schrecklichen Musik zu und schlürfte dabei einen dieser klebrig süßen Energydrinks.

»Geh weg!« Tonyas müder Blick und ihre monotone Stimme trafen Lara wie eine Ohrfeige. Sie beschloss daher, es kurz und schmerzlos zu machen.

»Wir fliegen in fünf Tagen nach Schottland. Wir beide. Du hast zwei Möglichkeiten: Entweder du kommst da mit und gehst mit mir auf dieses Schloss oder ich muss dich in ein Internat oder eine Klinik stecken. Mit Internat meine ich nicht jene Sorte, bei der man Narrenfreiheit genießt, sondern die Art, die von strengen Regeln und altmodischen Strukturen dominiert wird. Du bist fünfzehn, vor dem Gesetz bin ich für dich verantwortlich.«

Lara verschränkte die Arme vor der Brust. Sie rechnete schon damit, ihre gesamte Rede aufgrund der viel zu lauten Musik wiederholen zu müssen. Zu ihrem Erstaunen schien Tonya jedoch verstanden zu haben. Sie nahm die Ohrstöpsel heraus und starrte sie feindselig an.

»Was für ein Schloss? Was machen wir da? Gehirnwäsche oder was? Ist das eine Klapsmühle?«

Lara schüttelte den Kopf. »Ist es nicht. Das ist eine stattliche Residenz mit einem Lord und seinen Pferden. Er hilft Jugendlichen dabei, einen Weg zurück ins Leben zu finden. Da du ohnehin Sommerferien hast, passt das zeitlich hervorragend.«

»Also doch ein Seelenklempner.« Tonya schnaubte und zerdrückte die leere Aluminiumbüchse in der Hand.

»Eher nicht. Er ist verdammt reich und was ihn überhaupt zu dieser Berufung bewegt hat, weiß ich nicht einmal. Nötig hat er es jedenfalls definitiv nicht. Nur Wenige bestehen die Aufnahmekriterien für sein

Programm. Du bist beim ersten Mal durchgekommen, obwohl er eine Warteliste von den Ausmaßen des Äquators hat. Bevor du jetzt denkst, das liegt daran, dass du ein erbärmlicher Fall bist, irrst du dich. Er nimmt keine hoffnungslosen oder gefährlichen Jugendlichen bei sich auf, wie mir meine Freundin Emilia bestätigte. Außerdem hast du als kleines Mädchen doch Reitstunden genommen. Ich ging also davon aus, dass du Pferde noch immer magst. Der schottische Adlige bietet seinen Schützlingen nicht nur kostenlos Unterkunft und Verpflegung auf dem Schloss an, sondern fördert auch den Umgang mit den Tieren. Ich dachte, das wäre eine interessante Abwechslung und eine einmalige Gelegenheit noch dazu. Er ist ziemlich berühmt.«

Tonya griff nach ihrem Handy und entsperrte den Bildschirm. Ehe Lara etwas sagen konnte, flogen ihre Fingerspitzen bereits flink über den Touchscreen.

»Warum findet man nichts über die schottische Delfin-Therapie und ihren Guru?« Tonyas Augen verengten sich zu schmalen Schlitzen. Immerhin hatte Lara ihre Neugier geweckt. Das war mehr, als sie erwartet hatte.

»Er geht mit seinen Methoden und dem Erfolgsrezept natürlich nicht hausieren, sonst würde sein Angebot vermutlich nicht mehr funktionieren. Jene, die bei ihm waren, haben bestimmt ihre Gründe, damit nicht an die Öffentlichkeit zu gehen. Entweder, weil sie nach dem Abstecher in die Highlands neue Menschen geworden sind oder weil sie nicht möchten, dass ihnen ewig ein negatives Label anhaftet.«

»Wie ich bereits sagte, mir fehlt nichts und ich brauche keine beschissene Delfin-Therapie in Nordschottland bei irgendeinem selbsternannten Sai Baba.« Tonya stand auf, versetzte der zerknautschten Büchse einen Tritt, sodass sie im Gebüsch landete und trottete mit leerem Gesichtsausdruck an Lara vorbei.

»Genau das meinte ich, als ich sagte, dass niemand über seinen Besuch bei dem *Cowboy* spricht ...«, murmelte Lara und zuckte kurz zusammen, als Tonya die Zimmertür dermaßen laut zuknallte, dass es selbst im Garten noch zu hören war.

Es war so weit. Der Tag der Abreise stand bevor. Lara hatte noch einige Male versucht, vernünftig mit ihrer Nichte zu reden. Diese hatte sie jedoch ebenso mit eisigem Schweigen und einem Ausdruck der Verachtung in den Augen gestraft wie ihr Partner Thomas. Dennoch hatte er sich den Vormittag freigenommen, um Lara zu verabschieden. »Auf Wiedersehen Lara, bis irgendwann.« Thomas schloss sie kurz in die Arme und drückte ihr einen Kuss auf die Stirn. Vorwürfe schwangen in seinen Worten mit und sein Blick unterstrich sein Unverständnis. Vergeblich hatte Lara in der verbleibenden Zeit bis zur Abreise versucht, ihr Vorhaben vernünftig mit Thomas zu besprechen. Er beharrte auf seinem Standpunkt und sah nicht ein, warum man Tonya nicht einfach in ein Internat oder eine Klinik steckte und sich des Problems so auf elegante und ökonomische Art entledigte. Irgendwann hatte es Lara aufgegeben, ihren Standpunkt darzulegen. Sie war es ihrer Schwester und deren einzigem Kind einfach schuldig, nichts unversucht zu lassen. Es verletzte Lara, dass

Thomas das nicht einsehen wollte und sie in dieser schwierigen Zeit ein weiteres Mal im Stich ließ, anstatt ihr eine wertvolle Stütze zu sein.

Es war Zeit, aufzubrechen. Sie mussten den Zug nach Zürich-Kloten zum Flughafen nehmen und dort die Maschine nach London besteigen.

»Tonya? Los, wir müssen aufbrechen. Ich diskutiere nicht mehr. Wenn du jetzt nicht mitkommst, sorge ich dafür, dass du noch diesen Monat in einem Internat oder einer Klinik landest. Das ist mein heiliger Ernst!«

Um die Ernsthaftigkeit ihrer Worte zu unterstreichen, klopfte Lara energisch an Tonyas Zimmertür. »Ich warte draußen. Beeil dich!«

Lara warf Thomas einen letzten Blick zum Abschied zu und zerrte ihren Rollkoffer nach draußen auf den Gehsteig vor dem Haus.

Nach einer Minute tauchte ein Schatten an Laras Seite auf. Der Duft nach Waschmittel, vermischt mit dem süßlichen Aroma eines Energydrinks stieg in ihre Nase.

Tonya trat, bepackt mit einem Rucksack und einer zerbeulten Reisetasche, neben sie.

»Ich gehe keinesfalls in ein Internat oder gar in eine Klapse. Das würde Thomas so passen. Der kann mich mal! Fürs Protokoll: Ich komme nur mit nach Schottland, weil er dann so angepisst ist. Mir gefällt seine Trotzvisage, um es in seinen Worten auszudrücken.«

Kapitel 6

Juli 2019

Tristan lenkte den weißen Minivan des Schlosses gegen neun Uhr in der Früh auf den Parkplatz vor dem *Lochview Bed & Breakfast*. Er hätte selbstverständlich Ron mit der Gästebetreuung beauftragen können. Das entsprach aber nicht seiner Art. Trotz des Adelstitels und seiner üppigen finanziellen Mittel erledigte er einige Dinge gerne selbst. Wenn es um seine unentgeltliche Berufung mit den Jugendlichen ging, nahm er die neuen *Gäste* gerne direkt in Augenschein. Der erste Eindruck war wichtig und zwar gegenseitig. Die gemeinsame Fahrt zum Schloss bot eine ausgezeichnete Gelegenheit zu unverfänglichen Gesprächen und einem zaghaften Beschnuppern.

Die beiden Damen erkannte Tristan an der Tatsache, dass sie die einzigen Wartenden vor dem Gebäude waren und außerdem Gepäck bei sich trugen. Eine stattliche Ausrüstung, wenn man bedachte, dass nur das Mädchen auf dem Schloss residierte ...

Für weitere Überlegungen blieb ihm keine Zeit. Er stieg aus und schritt den Frauen entgegen.

Während sie sich ihm ebenfalls näherten, musterte er sie eingehend. Sie sahen aus wie Mutter und Tochter, obwohl er wusste, dass es sich bei der jüngeren Ausgabe der Blondinen um die Nichte handelte. Ihre goldblonden Mähnen schimmerten wie reifer Weizen und wurden vom Wind in einen verspielten Tanz verwickelt. Dem Mädchen hingen die schwarzen verwaschenen Klamotten wie zu große Bettlaken von der Schulter. Ihr Gesicht war bleich, mit Blechschmuck verunstaltet und die Augen, deren Farbe er auf diese Distanz noch nicht erkennen konnte, lagen in schattigen Höhlen. Ein anorektisch dünner Arm umklammerte eine Reisetasche. Die Ausläufer einer Tätowierung bedeckten den Handrücken der Jugendlichen.

Die Frau, die Tristan etwas jünger als sich selbst schätzte, trug Jeans und einen feinen Strickpullover. Ihre Silhouette zeigte eine klassische Sanduhr-Figur, die sich von den allseits in Mode geratenen Hungerhaken drastisch unterschied. Als sie vor ihm zum Stehen kam und ihm die Hand reichte, erkannte er die ungewöhnlich golden schimmernde Farbe ihrer Augen.

»Tristan McAlister«, stellte er sich zuerst vor und deutete mit dem Kopf eine Verbeugung an.

Tristans Magen zog sich zusammen und der Puls beschleunigte sich. Frauen hatten stets diesen Effekt auf sein System. Das lag daran, dass er ihre Gegenwart nicht gewohnt war und sich daher auch nicht besonders wohlfühlte. Er fragte sich gerade, ob es nicht ein Fehler gewesen war, sich Tonyas Fall anzunehmen, bloß weil Ron ihn mit seinen Worten verunsichert hatte.

Zierliche Lippen formten sich zu einem verschmitzten Grübchenlächeln, als die ältere der beiden Frauen den Gruß erwiderte.

»Lara Brehm und das ist meine Nichte Tonya Auer.«

Laras Stimme besaß einen seltsamen Klang. Der kehlige Akzent erinnerte aufgrund seiner Rauheit an das Englisch der Schotten. Er wandte sich seiner neuen Bürde, dem Mädchen, zu.

Die Vogelscheuche reichte ihm zwar anstandshalber ihre wächserne Hand, doch konnte er den Widerwillen in ihren ebenfalls bernsteinfarbenen Augen klar erkennen. Wenn sie sich nicht dermaßen bemüht hätte, jede Mimik oder emotionale Regung aus ihrem Gesicht zu verbannen, wäre sie vermutlich ein ansehnliches Mädchen.

Tristan half den Damen mit dem Gepäck und führte sie zum Minivan. Kurz darauf wendete er den Wagen und sie fuhren los, McAlister Castle entgegen.

Die Straße durch Lairg war bis auf einige Einheimische menschenleer. Die Neunhundert-Seelen-Siedlung wurde gelegentlich von Touristen besucht, mit einer Masseninvasion hatte man in diesen Breitengraden allerdings nur in Bezug auf die Midges, die Stechmücken, zu rechnen. Ein mit weißen Schlieren überzogener Himmel spannte sich über ihre Köpfe, als sie die Landstraße, die zum Schloss führte, erreichten. Auf ihrem Weg versperrte ihnen eine Schafherde die Durchfahrt. »Lairg ist bekannt für seinen Schafmarkt«, erklärte Tristan den Umstand und manövrierte das Fahrzeug geübt an den Wollhintern der Tiere vorbei, ohne auch nur einem einzigen ein Haar zu krümmen.

»Das erste Mal in Schottland?« Er bemühte sich um eine unverfängliche Konversation.

»Ja und dazu noch auf einem Schloss, wer kann das schon von sich behaupten!« Laras Euphorie klang echt, ein Kichern untermalte die Worte. Ein Seitenblick auf ihre geröteten Wangen bestätigte ihm diesen Eindruck noch. Tristan dachte an das viele Gepäck ... ein ungutes Gefühl beschlich ihn. Imaginäre Krallen griffen nach seinen Eingeweiden und pressten sie zusammen. Er beschloss, die Situation zu klären, bevor sie sich komplett in die falsche Richtung entwickelte.

»Nun, wie soll ich sagen ... ich hoffe, Ihnen ist klar, dass der Besuch von Angehörigen nur am ersten Tag, während ein paar Stunden, erlaubt ist. Im Sinne einer Akklimatisation, sozusagen. Der heutige Vormittag endet mit dem Welcome Tea.« Tristan rutschte auf dem Sitz hin und her und räusperte sich einige Male. Laras entsetzten Blick fühlte er körperlich. Als klatsche er wie eine Ohrfeige auf seine Wange.

»Aber ... ich habe keine Bleibe in Schottland. Ich bin Ausländerin, die Schweiz ist eine Tagesreise entfernt! Abgesehen davon ... ich kann Tonya nicht alleine in einem fremden Land lassen, das hätte mir ihre Mutter nie verziehen.«

»Machen Sie sich keine Sorgen, Frau Brehm, mein Diener ruft gleich bei unserer Ankunft beim *Lochview Bed & Breakfast* an und reserviert Ihnen da nochmals ein Zimmer. Derzeit ist Lairg nicht gerade von Touristen überflutet, das dürfte also kein Problem sein. Dann gönnen Sie sich einen ausgedehnten Urlaub in unserer zauberhaften Gegend und fliegen danach zusammen mit Ihrer Nichte wieder nach Hause.«

Lara drehte sich auf ihrem Sitz zur Seite, um ihn besser ansehen zu können. Tristan hielt den Blick jedoch starr auf die Straße gerichtet. Aus Sicherheitsgründen, versteht sich.

»Ach so … ich dachte, dass Ihr Angebot für ausländische Gäste ein Gesamtpaket ist. Ich würde nicht stören und wäre logischerweise bereit, für die zusätzlichen Kosten für Übernachtung und Verpflegung aufzukommen. Ich esse gerne separat mit den Angestellten in der Küche oder was auch immer Sie wünschen, um den Erfolg des Programms nicht zu sabotieren. Es ist mir klar, dass wir von den Jugendlichen abgeschottet werden, aber ich habe nie einen Gedanken daran verschwendet, dass ich Tonya auf dem Schloss alleine lassen muss. Auch für den Fall, dass meine Hilfe benötigt wird. Mit Verlaub … die Burg ist doch riesig, oder nicht?«

»Tja, dann wurden Sie falsch informiert. Niemand darf auf McAlister Castle bleiben, Frauen sowieso nicht.« Er biss sich auf die Lippen. Das war ihm gewohnheitsmäßig herausgerutscht, spiegelte aber sein mulmiges Grummeln in den Eingeweiden wider.

Nun war Laras Unmut erst recht entfacht.

»Was haben Sie bloß mit den Frauen? Was hat das denn mit uns Frauen zu tun? Abgesehen davon, Tonya ist auch weiblich. Obwohl Sie unsere Anfrage anfangs aufgrund ihres Geschlechts ablehnten, wurde sie nun angenommen. Das müssen Sie mir erklären, ich verstehe das nicht.«

In diesem Moment meldete sich Tristans Bauchgefühl noch heftiger zu der Situation. Grundsätzlich war das Sinn und Zweck der Kennenlern-Fahrt zum

Schloss, aber unter den gegebenen Umständen überforderten ihn die intuitiven Regungen.

Ein Kribbeln und Brennen hinter dem Bauchnabel. Ein Stein in der Brust. Schluckschwierigkeiten. Schweiß im Nacken.

»Das ist halt einfach so. Das war schon immer so.«

Ein Mann hätte seine Begründung akzeptiert. Sie war simpel und logisch.

»Das ist doch kein Argument!« Laras Stimme wurde lauter und höher. Daran erkannte Tristan ihre sich steigernde Empörung.

»Frauen sind auf McAlister Castle, mit Ausnahme meiner Dobermann-Damen und der Stuten, nicht erlaubt. Basta! In Bezug auf Ihre Nichte habe ich eine Besonderheit historischen Ausmaßes toleriert, weil ... nun einfach so. Das bedeutet aber nicht, dass wir gleich mit allen Regeln brechen müssen. Gästen, insbesondere den weiblichen, ist ein Aufenthalt auf diesem Gelände untersagt. Selbstverständlich fährt Sie Ron nach dem Welcome Tea zurück zu Ihrer Unterkunft.«

Tristan lenkte den Wagen in die Einfahrt des Schlosses und atmete erleichtert aus. Endlich waren sie da und er konnte ihren bohrenden Fragen ausweichen. Er fühlte sich in der Anordnung, Damen nur in seltenen Fällen auf seinem Anwesen zu dulden, einmal mehr bestätigt. Genau deshalb. Weil sie sich so verdammt hartnäckig und stur verhielten und seine geliebte Stille mit inflationärem Plappern ruinierten.

Was Tristans Bauchgefühl zu den Neulingen sagte? Sie waren Frauen, die große und die kleine. Wenn er nur nicht auf Ron gehört hätte! Das Unheil nahm bereits seinen Lauf, wenn er in Laras entrüstetes Gesicht blickte. Er spürte, dass sie noch nicht aufgegeben hatte. Das behagte ihm überhaupt nicht.

Gottlob war sein treuer Diener beim Abstellen des Motors gleich zur Stelle und half mit dem Gepäck. Skylla und Charybdis rasten ebenfalls bellend und mit dem Schwanz wedelnd auf die Neuankömmlinge zu. Zu Tristans Entsetzen leckten sie Lara, die sich sofort freudig in die Hocke fallen ließ, die Hände. Er hätte sich von seinen beiden Begleiterinnen etwas mehr Disziplin und Treue erhofft.

Als Ron das Gepäck der Damen wegtragen wollte, ging Lara dazwischen.

»Dieser Koffer gehört mir. Da ich auf dem Schloss als Gast nicht geduldet bin, können wir ihn im Minivan lassen, ich werde bald wieder abreisen.« Sie hob eine Augenbraue, presste die Lippen zusammen und verschränkte die Arme vor der Brust.

Ron starrte zuerst Lara, dann Tristan an, ließ den Arm mit dem Rollkoffer sinken und stellte ihn auf den Boden. Sein Blick verriet Verwirrung. Ron kannte doch die Vorschriften. Weshalb stierte er ihn nun so vorwurfsvoll an? Die anderen Eltern durften jeweils auch nicht auf dem Schloss bleiben. Die meisten von ihnen kamen allerdings auch nicht aus dem Ausland. Trotzdem. Prinzip blieb Prinzip.

»Bedauere, Mylady, aber so sind nun mal die Regeln. Ron, würden Sie Frau Brehm bitte ein Zimmer im *Lochview* reservieren? Nach dem Welcome Tea verlässt uns Tonyas Tante traditionellerweise. Ich wäre dankbar, wenn Sie sie nach Lairg chauffieren könnten.« Mit diesen Worten näherte sich Tristan der Treppe zum Haupteingang.

Mit Tonyas Reisetasche benötigte Ron keine Hilfe. Bevor er die Stufen erklomm, drehte er sich um und wartete auf die Neuankömmlinge. In diesem Augenblick überquerten Daniel und Albert, ihre Fellfreunde am Führstrick, den Vorplatz vor dem Hauptgebäude. Es hatte fast eine Woche gedauert, bis sie sich den Pferden so weit geöffnet hatten, dass diese das Überstreifen des Halfters mit anschließendem gemeinsamen Spaziergang akzeptiert hatten. Daniels Silhouette war bedeutend schlanker, da Aramis jeweils nicht nur die Hälfte, sondern verfressen wie er selbst war, zwei Drittel des Lunchpaketes für sich beanspruchte. Die beiden Jungs blieben wie angewurzelt stehen, als sie die blonde Krähe neben ihrer Tante sahen.

»Das sind Daniel und Albert, deine Leidensgenossen. Albert ist passionierter Vorleser und Daniel ist bei uns für das Hacken des Feuerholzes zuständig. Zwei fähige Burschen«, stellte sie Tristan an Tonya gewandt trocken vor.

Das Mädchen bedachte die beiden Jungs mit einem undurchsichtigen Blick, der von Verachtung über mildes Interesse alles bedeuten konnte. Begeisterung sah jedenfalls anders aus. Die Burschen schielten sich vielsagend an. Offenbar behagte es ihnen, ein Weibsbild in der Nähe zu wissen. Daniel straffte die Schultern und zog den Bauch ein. Albert strich sich die halblangen roten Haare aus der Stirn und grinste belämmert.

Da, es fing schon an. Das Mädchen brachte alles durcheinander. Tristan starrte Ron strafend an. Dieser quittierte die stumme Botschaft nur mit einem kaum sichtbaren Zucken um die Mundwinkel.

»Ich zeige dir jetzt dein Zimmer, komm mit.« Tristan bedeutete Tonya, ihm zu folgen. Er hielt den Damen galant die Tür auf. Es war nicht so, dass ihm jegliche Sitten in Bezug auf die Damenwelt abhandengekommen waren. Im Gegenteil, er wusste sich sehr wohl wie ein Gentleman zu benehmen. Dennoch teilte er mittlerweile die Ansicht seines verstorbenen Seniors. Frauen hatten auf diesem Schloss nichts verloren, sie waren die Büchse der Pandora. Zumindest jene, die sich im heiratsfähigen Alter befanden.

Tristan schielte zu Lara hinüber, die neben ihm die Treppe in den ersten Stock erklomm. Ihre Augen schweiften bewundernd über die schweren Wandteppiche, die mit Goldrahmen verzierten Familienporträts und bodenlangen Spiegel. Dabei strichen ihre Finger über das abgewetzte Holz des Treppenhandlaufs. Wie bei einem Klavierspieler hüpften ihre Fingerspitzen sanft über die Kuppen und Verschnörkelungen des Geländers. Oben angekommen zeigte Tristan auf das Ende des Flurs und ließ die Damen vorgehen.

Ron erreichte das obere Ende der Treppe. Er blieb mit der Tasche in der Hand neben Tristan stehen. Beide musterten sie die zwei Frauen beim Durchqueren des von Lampen erhellten Ganges. Lara schwang grazil ihre Hüfte, wobei die Spitzen ihrer blonden Haare die Taille kitzelten.

Tristan räusperte sich und bedeutete Ron, den Damen mit dem Gepäck zu folgen. Dieser hob nur spöttisch eine Augenbraue, verkniff sich jedoch jeglichen Kommentar. Was er damit andeuten wollte, wusste Tristan auch nicht. Möglicherweise hatte er Lara eine

Millisekunde zu lange angestarrt. Das lag allerdings daran, dass er etwas müde war und ihm sein Tee fehlte.

»Ich habe dir das blaue Zimmer zugeteilt, weil ... nun, weil es Sinn macht.« Tristan wiegte auf den Fersen vor und zurück und verschränkte die Arme hinter dem Rücken. In der Tat war Tonyas neuer Rückzugsort einfach jener Raum, der am weitesten von den Quartieren der Jungs entfernt lag. Sofern sie dann irgendwann wieder einzogen. Derzeit schliefen sie ja »ausbildungsbedingt« immer noch bei den Pferden im Stall.

Lara betrat den Raum als Erste. »Sieh nur Tonya, wie wunderschön! Wie im Märchen!«

Ihre Hände glitten über die schweren bestickten Brokatvorhänge, tanzten über das Polster eines Ohrensessels und strichen dann, einer Liebkosung gleich, über den seidigen Bettbezug des Himmelbetts. Dabei zeichneten sich ihre Konturen schwarz vor dem durchs Fenster einfallenden Sonnenlicht ab. Geschwungen, üppig und edel wie ein handgeschriebener Brief.

»Mylord? Sir?«

Tristan fuhr erschrocken zusammen und starrte Ron an, als sei er soeben aus dem Nichts erschienen. Dieser bemühte sich redlich um eine ernste Miene, das amüsierte Schimmern in den Augen verriet ihn jedoch.

»Ich fragte, ob ich uns nun den Welcome Tea zubereiten soll. Die Damen könnten bestimmt eine Erfrischung vertragen.«

Verärgert über sein eigenes Verhalten antwortete Tristan mit einer herrischen Bewegung: »Tun Sie das, servieren Sie uns bitte einen *Dalreoch Estate Smoked White Tea.*«

An Lara und Tonya gewandt, fuhr er in geschäftigem Ton fort: »Ich lasse Sie nun einen Moment alleine, wir treffen uns in einer Viertelstunde in der Empfangshalle. Anschließend gönnen wir uns einen Tee auf der Terrasse. Als Nächstes zeige ich Ihnen dann die Stallungen, die einen wesentlichen Teil der Ausbildung auf McAlister Castle beinhalten. Danach, so fürchte ich, neigt sich das Besuchsrecht auf diesem Schloss dem Ende zu.« Tristan drehte sich auf dem Absatz um, pfiff die Hunde zu sich und flüchtete aus dem Zimmer, das ihm auf einmal entsetzlich beengend und übermäßig geheizt vorkam. Das lag bestimmt an Laras Parfüm. Rose. Schnörkellos und pur. Nur Rose. Der *Kleine Prinz* ... er hielt viel von seiner Rose.

Tristan schüttelte verärgert über diese wirren Gedanken den Kopf. Und wäre beinahe die Treppe hinuntergestolpert.

Kapitel 7

»Erinnert mich irgendwie an eine Mischung aus geräuchertem Lachs und fruchtiger Süße. Virtuos.« Lara nippte versonnen an der Porzellantasse und genoss die außergewöhnliche Teesorte, die Lord McAlister ihnen angeboten hatte. Als sie den Blick hob, traf sie auf zwei unergründliche, moosgrüne Augen, die sie schweigsam musterten. »Was ist, habe ich etwas Falsches gesagt? Ich weiß, ich verstehe nicht viel von Weinen, Tee und Kaffee, aber ich kann gut beschreiben, was ich empfinde, schmecke und rieche.« Lara bemühte sich um ein versöhnliches Lächeln. Tristans Gesichtsausdruck war undurchdringlich. Sie konnte nicht sagen, ob sie ihn beleidigt oder beeindruckt hatte.

»Was genau machen Sie nochmals beruflich, sagten Sie?« Tristan hob eine Augenbraue. Interessiert? Spöttisch? Wer wusste das bei diesem schottischen Sonderling schon.

»Ich habe es bisher gar noch nicht erwähnt. Ich arbeite als gelernte Bekleidungsgestalterin in einem italienischen Modegeschäft in Luzern.«

Tristan setzte die Tasse mit Bedacht zurück auf den Unterteller. »Daher also die kreative Neigung.« Sein Blick schweifte ab und blieb auf Tonya haften, die teilnahmslos auf den sich unter ihnen entfaltenden Garten starrte. »Gefällt dir mein Anwesen, Tonya?«

Tonya nickte. Zaghaft. Vermied es aber weiterhin, ihn anzusehen. Lara schaute ihn entschuldigend an.

»Ich mag Menschen, die nicht sinnlos plappern. Ich bin der Meinung, dass es sinnvoller ist, weniger zu reden und mehr zu sagen.« Ein amüsiertes Glitzern schimmerte bei dieser Aussage in Tristans Augen.

Lara sog die noch kühle Morgenluft ein und ließ ihren Blick über die traumhafte Gartenlandschaft des Schlosses schweifen. Sie hätte die Anordnung und den Schnitt der Vegetation als geordnetes Chaos bezeichnet. Die Anlage bestach durch gewollte Asymmetrie. Eine Mischung aus zarten Blüten und garstigen Sträuchern. Dazwischen Kieswege, deren Ränder mit den angrenzenden Pflanzen verschmolzen. »Es ist, als hätten Sie versucht, ein wildes Tier zu fangen. An manchen Tagen gelingt es, an einigen nicht. Ich mag Gärten, die anders sind. Nicht penibel gepflegt, aber dennoch liebevoll umsorgt«, sprach sie ihre Gedanken laut aus.

»Haben Sie Hobbys, Lara? Bestimmt ist es nicht Ihre Hauptaufgabe, Kunden dabei zu helfen, sich modisch einzukleiden.« Tristans Augen strichen über ihr Gesicht und ihre Haare und blieben an den Lippen hängen. Ein warmes Kribbeln stellte sich dort ein, wo der Blick des Lords gefangen war.

»Ach … nein, für Hobbys habe ich leider keine Zeit, also …« Sie hob entschuldigend die Hände und quetschte ein unsicheres Lächeln auf ihr Gesicht. Bestimmt hielt er sie jetzt für furchtbar langweilig und eindimensional.

»Sie mag Hüte.« Es war das erste Mal, dass sich Tonya zu Wort meldete. »Hat Mama immer gesagt.«

»Hüte?« Tristan nippte an seinem *Smoked Tea* und beäugte sie über den Rand der Tasse hinweg.

»Ach, bloß so eine heimliche Passion von mir. Ich finde, Kopfbedeckungen sollten in ihrer bunten Vielfalt wieder vermehrt die Welt der Mode erobern. Nicht nur auf dem Laufsteg in Form von absurden und schwer zu tragenden Gebilden, sondern im täglichen Leben. Jedes Gesicht und jede Stimmung passt zu irgendeinem Hut. Die Möglichkeiten sind unbegrenzt.«

Lara fiel erst jetzt auf, dass sie auf ihrem Sitz nach vorne gerückt war und wild mit den Händen durch die Luft fuchtelte. Wärme glühte trotz der kühlen Vormittagstemperaturen auf ihren Wangen. Erschrocken über den eigenen Gefühlsausbruch senkte sie den Blick und griff nach ihrer Teetasse. Sie deutete einen Schluck an, auch wenn diese leer war.

»Nun, Hüte waren seit jeher das Königreich der Verrückten, nicht wahr? Zumindest bei Alice im Wunderland war es so.« Mit dieser mehrdeutigen Bemerkung erhob sich Tristan, dicht gefolgt von den beiden Hunden, die jede seiner Bewegungen wie geschmeidige Schatten imitierten. Wunderschöne Wesen. Die eine Dobermann-Dame schwarz mit braunen Einschlüssen, die andere karamellfarben. Die Morgensonne spiegelte sich in den glänzenden kurzen Haaren der Tiere wie auf einer glatten Wasseroberfläche.

Lara konnte dem Tonfall von Tristans Stimme nicht entnehmen, ob er sie verurteilte, auf die Schippe nahm oder dazu ermutigte, ihren Weg zu gehen. Ein seltsames Exemplar von einem Mann. Wie er so an der

Balustrade stand, nahm sie ihn zum ersten Mal richtig wahr. Anders, als man sich einen verstaubten Adligen vorstellte, trug er Jeans und eine leichte Jacke. Besaßen seine Locken im Schatten einen schokoladigen Farbton, schimmerten sie nun in der Sonne rotgolden. Die aufrechte Haltung war bestimmt nicht nur dem blauen Blut zu verdanken, sondern deutete an, dass Tristan mit einer sportlichen Statur gesegnet war. Wenn man den Gerüchten glaubte, verbrachte er die meiste Zeit im Freien mit den Pferden und kümmerte sich eigenhändig um den Unterhalt seiner Ländereien. Grobe, furchige Hände ruhten auf dem Geländer. Nach Leder und Pferden duftende Finger, denen Holzsplitter, Kälte und Steine nichts anhaben konnten. Bestimmt fühlten sie sich auf der Haut rau wie Sandpapier an. Ein Schaudern und Kribbeln kroch Laras Rücken hinauf. Verärgert über ihre merkwürdigen Gedanken, schüttelte sie unmerklich den Kopf.

»Lasst uns nun die Stallungen begutachten.« Tristan drehte sich auf dem Absatz um und ging wohl automatisch davon aus, dass man ihm folgte. Lara und Tonya beeilten sich, hinter ihm herzurennen.

Der Pferdestall war so groß wie zwei Einfamilienhäuser. Bedeutend kleiner in den Ausmaßen als das Hauptgebäude des Schlosses, aber dennoch enorm. Großzügige Einzelboxen, ein Laufband, ja sogar ein Solarium für Reittiere machten aus dem Stall eine Luxusoase für Pferde.

»Die Geräte sind nicht zur Vermenschlichung der Tiere gedacht, sondern dienen ihrer Gesundheit«, erklärte Tristan, der Laras Erstaunen und ihre Vorurteile offenbar richtig gedeutet hatte. »Das Laufband ist ein

Therapiegerät bei Verletzungen und das Solarium trocknet das Fell der Pferde. Das nasskalte Klima Schottlands bekommt beispielsweise meinen Arabern schlecht, sie sind die glühende Hitze und anhaltende Dürre der Wüste gewöhnt.«

Gottlob konnte der Lord im Halbdunkel des mäßig erhellten Stalls nicht erkennen, wie die Wärme Laras Wangen emporkroch. Sie fühlte sich ertappt. Natürlich hatte sie gedacht, der Adlige übertreibe es mit seiner Pferdeliebe ein bisschen. Nun sah das Ganze doch etwas anders aus.

»Der Aufenthalt auf dem Schloss beginnt für die Neulinge zuerst damit, dass ich mir in den ersten Tagen ein Bild von ihnen und ihrem Charakter mache. In einem zweiten Schritt lernen sie die Tiere kennen. Sie sind ein wichtiger Bestandteil meiner Erziehung. Danach orientiere ich mich am Kodex der Cowboys.«

»Kodex der Cowboys? Wie darf ich das verstehen?« Lara blieb stehen und beobachtete Tristan dabei, wie er einem Pferd sanft über die Nüstern und die Nase strich. Langsam, zärtlich und ohne Hast. Er wandte sich ihr zu, nach wie vor diesen Schleier im Blick, der es unmöglich machte, hinter seine Fassade zu sehen.

»Das müssen Sie nicht verstehen. Das ist mein Betriebsgeheimnis.«

Eine halbe Stunde später standen sie auf dem Vorplatz der Burg, der Kreis schloss sich. Ron erschien vor dem Haupteingang, als habe man ihn telepathisch herbeordert.

»Das *Lochview* nimmt Sie gerne wieder bei sich auf. Für unbestimmte Dauer, versteht sich.« Der Diener deutete eine altmodisch anmutende Verbeugung an.

»Wunderbar, dann hätten wir das ja geklärt!« Tristan setzte ein gönnerhaftes Lächeln auf. »Tonya, sobald du dich von deiner Tante verabschiedet hast, bringt dich Ron zu Gregor in die Küche. Du kannst ihm mit dem Mittagessen helfen.« Er blieb unschlüssig stehen und sah sie beide abwechselnd an.

Ihre Nichte hob die Hand zum Gruß. »Tschüss, Lara.« Nicht einmal der Anflug eines Lächelns huschte über ihr Gesicht. Dann drehte sie sich um und zottelte mit hängenden Schultern hinter Ron her ins Hauptgebäude.

»Machen Sie sich nichts draus, das ist normal. Irgendwann wird sie Ihnen aber für Ihren Mut dankbar sein. Ron ist gleich zurück und bringt Sie nach Lairg. Danke für Ihre Geduld.« Mit diesen Worten wandte sich Tristan um und lief zu den Stallungen.

Er meint es tatsächlich ernst. Unfassbar!

Eine halbe Stunde später zerrte Lara ihren Koffer erneut die mit Spannteppich ausgestattete Holztreppe ins Obergeschoss des *Lochview Bed & Breakfast* empor. Mimmi, die Besitzerin bedachte sie mit einem mitfühlenden Blick aus ihren braunen Augen.

»Ich habe nur das Bett in deinem Zimmer gemacht ... man kennt den Lord hierzulande. Ich ging davon aus, dass du zurückkommen würdest.«

Lara blieb schweißgebadet am oberen Ende der Treppe stehen und sah die schätzungsweise sechzigjährige Dame an.

»Was ist nur los mit dem Kerl? Er ist doch nicht uralt. Was hat er denn für ein Problem mit Frauen?«

Mimmi zuckte die Schultern. »Wenn ich das wüsste. Niemand weiß es mit Sicherheit. Sein Vater war schon so ein schrecklicher Eigenbrötler. Der Junge war eine Zeit lang fort, bei Verwandten aus Übersee. Da war er ungefähr fünfundzwanzig. Wie es hieß, auf Anordnung des Seniors. Als er im Alter von dreißig zurückkam, war er irgendwie verändert. Nicht weltoffener und mit neuem Gedankengut, wie man es von solchen Auslandaufenthalten erwartet hätte. Er mutierte zu einem exakten Abbild seines Vaters. Einzig die Pferde, die waren neu. Bisher besaß der Lord nur Highland-Rinder. Nach der Rückkehr des Sohnes wurden die einstigen Stallungen renoviert und mit Rassepferden gefüllt.«

»McAlister hat Rinder? Ich habe keine gesehen.« Lara setzte sich auf ihren Rollkoffer. Diese Unterhaltung konnte unter Umständen noch eine Weile dauern.

»Ja, die besitzt er heute noch. Und Schafe natürlich. Die Tiere werden aber von lokalen Bauern betreut, denen er auch sein Land verpachtet hat. Er ist, so merkwürdig er scheinen mag, ein großzügiger Mensch und ein fairer Arbeitgeber. Die Region ist ihm sehr dankbar. Vom Tourismus alleine könnten wir nicht leben. Wir sind zu weit weg und zu klein. Die Landwirtschaft gibt uns Halt, ein Zuhause und eine Aufgabe. Da ist Lord McAlister maßgeblich daran beteiligt. Viehherden bergen Risiken und die Anschaffung der Tiere ist oft mit hohen Kosten verbunden. Tristan übernimmt das für uns alle, zu lächerlich niedrigen Pachtpreisen. Sie sind vielmehr symbolischer Natur.«

»Dann … ist er ein guter Mann«, stellte Lara verblüfft fest. Tristans wortkarges und undurchsichtiges Wesen sowie die offenkundige Abneigung gegenüber dem weiblichen Geschlecht hatten sie etwas anderes vermuten lassen. Bloß weil er sich, allerdings in Bezug auf seine Landsleute, gönnerhaft zeigte, hieß das noch nicht, dass er auch im Umgang mit Frauen eine moralische Gesinnung sein Eigen nannte. Manche Menschen waren in ihrem Wesen zwiespältig und zerrissen. Aus welchem schattenbehafteten Grund auch immer.

Lara bedankte sich bei Mimmi für die nette Unterhaltung und bezog ihr Zimmer. Ein Bett mit verschnörkelten Metallstangen und blumigem Bettbezug, ein Einbauschrank sowie ein abgewetzter Holztisch mit zwei Stühlen bildeten die gesamte Einrichtung. Ein einzelnes Fenster bot einen herrlichen Blick auf den Loch Shin. Das Bad war am Ende des Flurs und musste mit anderen Gästen geteilt werden. Gottlob war Lara im Moment jedoch die einzige Reiseverrückte, die sich bis in diese Breitengrade vorgewagt hatte.

Mit einem Seufzer legte sie sich auf das Bett und schloss die Augen. Ihr Magen grummelte. Sie beschloss, als Nächstes einmal den kleinen Ort Lairg zu erkunden und sich mit Snacks einzudecken. Außerdem wollte sie herausfinden, ob es Restaurants oder Pubs gab, die warme Mahlzeiten anboten. Bei Mimmi gab es nur Frühstück.

Der penetrante Klingelton des Handys riss Lara aus ihrem Dämmerzustand.

Thomas. Da sollte sie wohl rangehen. Seit ihrer Abreise hatten sie sich nämlich angeschwiegen.

»Hallo …«

Ein schwerer Seufzer am anderen Ende. »Hallo, Lara. Seid ihr gut angekommen? Geht es dir gut?«

Lara ärgerte sich latent darüber, dass er nur danach fragte, wie es ihr ging und Tonya, ob bewusst oder aus Gewohnheit, einfach ausklammerte.

»Die Reise verlief problemlos, Tonya ist auf dem Schloss eingezogen, ich bin zurück in einem B&B.«

»Ach so, ich dachte, du wohnst auch auf der Burg.« Es gelang Thomas nicht, den erleichterten Unterton, der in seiner Stimme mitschwang, vor ihr zu verbergen.

»Dieser Meinung war ich auch, aber der Lord ist da sehr strikt. Er duldet keine Frauen auf dem Castle. Bei Tonya hat er eine Ausnahme gemacht.«

»Scheint mir ein altmodischer und verbohrter Herr zu sein, dein Adliger. Klingt, als habe er einen Stock verschluckt. Bestimmt ist er so ein schottischer Mr. Bean. Hoffen wir, dass sich die Reise zu ihm wenigstens gelohnt hat und er Tonya etwas beibringen kann.« Thomas kommentierte seine Aussage mit einem gekünstelten, trockenen Lachen.

Lara dachte über die Worte nach und rief sich Tristans Bild vor Augen. Die aufrechte Haltung, der federnde Schritt und das tiefgründige Glitzern grüner Iriden. Ein markantes Kinn und der schwungvolle Bogen der Augenbrauen. Dazu ein Mund, der stets leicht verzogen war, ob in stillem Lächeln oder Missbilligung, war schwer auszumachen. In Kombination mit Mimmis Aussagen über sein Herz für die einfachen Leute der Gegend hätte sie ihn nicht als kleinkariert oder steif bezeichnet. Das behielt sie jedoch für sich.

»Ja, er ist ein eigenwilliger Geselle, das ist wahr«, antwortete sie daher ausweichend.

»Lara, es tut mir leid, dass ich so garstig reagiert habe. Ich weiß, dass du ein guter Mensch bist und all das für Elisabeth tust.«

Trauer wallte bei seinen Worten wie kochende Milch in Lara auf.

Elisabeth. Ihre einzige Schwester. Für immer gegangen.

Ohne etwas dagegen tun zu können, schossen ihr heiße Tränen in die Augen und rollten die Wangen hinab. Erst jetzt, in der absoluten Einsamkeit Nordschottlands, wurde ihr der Verlust ihrer Schwester wieder schmerzlich bewusst. Bisher hatte sie den Schmerz mit den Sorgen um Tonya überdeckt. Sie hatte einfach funktioniert. Nun, da sie das Mädchen in die Obhut des Schotten gegeben hatte, kehrte plötzlich, nach Monaten der Anspannung, Stille in ihr Leben ein. Eine Ruhe, die Raum für Gedanken und Gefühle ließ.

»Schon okay«, antwortete Lara und versuchte, ihre belegte Stimme zu verbergen.

»Lara, weinst du? Bitte … es tut mir wirklich leid, ich war zu hart zu dir. Das sehe ich jetzt ein. Ich habe mit meinem Chef gesprochen, ich bekomme in einigen Wochen Urlaub. Dann werde ich euch in den Highlands besuchen, okay?«

»In Ordnung.« Lara nickte. Was hatte sie erwartet? Dass Thomas erriet, weshalb sie so traurig war? Es kam ihm nicht einmal in den Sinn, dass ihre Tränen nicht ihm und seinem Verhalten galten, sondern anderen Menschen. Dennoch meinte er es im Grunde genommen nicht schlecht mit ihr, oder? Immerhin würde er die Reise nach Schottland auf sich nehmen.

Kapitel 8

Tristan fand, dass es immer wieder aufs Neue eine erquickliche Angelegenheit war, ein frisches Dreiergespann bei sich aufzunehmen. Ihre säuerlichen Mienen und ihre offensichtlich feindselige Art erfüllten McAlister Castle mit dem Gestank der Ungastlichkeit. Es war noch nicht lange her, da hatte Tristan drei Jugendliche mit einem Lächeln und voller Stolz zurück in die Welt entlassen. Wie das allerdings so war mit Kreisläufen, begann nach einer Weile alles wieder von vorne. So zogen zuerst Albert, einige Tage später Daniel und nun, mit der größten Verspätung aufgrund der Absage eines anderen Jungen, das Schweizer Mädchen, bei ihm ein.

Tristan stopfte umständlich die Pfeife und nippte an einem Glas Whisky. Zu seinen Füssen schnarchten Skylla und Charybdis. Das gab ihm immerhin ansatzweise das Gefühl, in seinen eigenen vier Wänden zu Hause zu sein. Wenn auch sichtlich nicht willkommen.

»Nun? Ich bin dafür, dass Tonya heute das allabendliche Vorlesen übernimmt. Als Einstieg in unsere illustre Gesellschaft sozusagen.« Und an das Mädchen gewandt: »Bediene dich, du kannst ein Buch aussuchen. Es geht nicht darum, eine gesamte Geschichte zu lesen, sondern über einzelne Ausschnitte nachzudenken. Jede Erzählung, ja selbst jede Zeile, birgt Weisheiten, wenn man genau hinhört.«

Tristan machte mit dem Arm eine ausladende Geste, die sämtliche drei Wände des Raums einschloss. Die Bibliothek war, abgesehen von der Front mit den deckenhohen Fenstern, komplett mit Büchern vollgestopft.

»Vielleicht fragst du dich, warum mir das Vorlesen und Geschichtenerzählen so wichtig ist. Nun, ihr könnt mir natürlich auch eure eigenen Stories vortragen. Ich dachte bloß, dass Lesen zu Beginn einfacher ist. Geschichten, meine Lieben, haben alle Völker dieser Welt begleitet und tun es immer noch. Früher in gesprochener Form, heute sogar mittels digitaler Medien. Ich habe den Wert von Erzählungen schätzen gelernt, als ich auf einer Farm in Texas war. Als Cowboy schläft man bei der Viehherde im Freien. Sobald die Sonne untergeht, hat man nichts mehr zu tun, als am Lagerfeuer zu sitzen und nachzudenken. Über das Leben und die wirklich großen Fragen. Deswegen entstehen Geschichten. Zum Zeitvertreib, aber auch als Form der Bildung. Meistens war es die Aufgabe der Ältesten, zu erzählen. Hier möchte ich dieses Prinzip aber umkehren. Deshalb musstet ihr auch eure Mobiltelefone abgeben. Eure Generation hat den Wert der Märchen und Sagen, aber auch der Kreativität, schon beinahe vergessen. Täglich werdet ihr bis zur Überreizung mit richtigen und falschen, mit wichtigen und dummen Informationen zugeballert. Ich weiß, wovon ich spreche, weil ich selbst auch erst knapp vierzig bin. Auch ich war Teil dieser digitalen Realität. Bis ich bei den Cowboys erkannte, was wirklich zählt. Es sind die simplen, die gradlinigen Dinge im Leben.«

Albert und Daniel rollten synchron die Augen, Tonya starrte Tristan an, als wolle sie ihn mit ihrem glühenden Laserblick aufspießen. Das war ihm allerdings herzlich egal. Sie war hier und jetzt galten seine Regeln.

»Mit welcher Geschichte beehrst du uns?«

Tonya setzte sich in ihrem Sessel gerade auf und reckte das Kinn nach vorne.

»Es war einmal ein Prinz auf einem Schloss. Er besaß alles. Geld, Ansehen, Macht. Er hatte Zugang zu all den schönen Dingen im Leben und schätzte diese mit Hingabe. Doch etwas fehlte ihm. Liebe. Er mochte und verehrte seine Tiere und behandelte sie mit Respekt, aber das war nicht dasselbe. In seiner Brust schlug ein Stein. Ein Edelstein zwar, schillernd und faszinierend, aber nichtsdestotrotz so hart, dass er nicht zu erweichen war. Niemand wusste, was geschehen war. Damals, vor vielen Jahren. Wurde ihm sein Herz geklaut oder hatte er es sich selbst herausgerissen und ersetzt? Eines Tages erfuhr eine Dienerin des Herrn, dass sich dessen Herz wohlauf im entlegensten Winkel eines Turms der Burg befand. Schlagend, unter einer Glasglocke. Als die Magd, wunderschön und sinnlich wie sie war, näherkam, um sich das Herz anzusehen, zog es sich erschrocken zusammen und schlug fünfmal so schnell. Als die holde Maid, gerufen von ihrem Herrn, wieder nach unten in dessen Gemächer ging und das Herz alleine ließ, blutete es. Nun wusste sie, warum der Herr es durch eines aus Edelstein ersetzt hatte. Er fürchtete sich vor den Gefühlen, die nur sein Gegenstück auslösen konnte. Eine Jungfrau.«

Tonya stand mit einer ruckartigen Bewegung von ihrem Sessel auf und begab sich zu einer der Salontüren. Skylla und Charybdis hoben, von dem Aufruhr geweckt, die Köpfe, Tristan bedeutete ihnen jedoch, sich nicht zu erheben.

Normalerweise hätte er die beiden Dobermann-Hündinnen hinter dem ungehorsamen Teenager hergehetzt, bis sie sich zitternd wieder gesetzt hätte. Dieses Mädchen schockierte ihn allerdings dermaßen, dass er mit seinen eigenen Regeln brach.

»Da ist ... eine befremdliche Geschichte, Tonya. Ich bewundere aber die Tatsache, dass du sie einfach so aus dem Nichts erfinden und erzählen konntest. Das ... kommt hier nicht oft vor.«

Um genau zu sein, war es noch nie vorgekommen, dass ein Neuling sich so etwas erlaubte und auch noch die Kreativität und Intelligenz besaß, es umzusetzen. Die meisten klammerten sich zitternd an ihre Bücher, als wäre es die letzte Holzplanke der sinkenden Titanic.

»Ich fand die Erzählung nicht befremdlich, sondern ziemlich gut. Außerdem ist sie wahr.«

Mit diesen Worten verließ Tonya ohne Erlaubnis die Bibliothek und knallte die Salontür hinter sich ins Schloss. Es herrschte betretenes Schweigen. Daniel und Albert starrten abwechselnd Tristan und die geschlossene Tür an.

Himmelherrgott, er hätte ahnen müssen, dass es mit den Weibsbildern nur Ärger gab. Sie besaßen eine angeborene Sturheit, beleidigende Direktheit und leider Gottes auch eine treffsichere Intuition, die es ihnen ermöglichte, eine heile Welt binnen kürzester Zeit in einen Aschefriedhof zu verwandeln. Wie der Vesuv, als er Pompeji schluckte. Hatte er das nicht schon zur Genüge erlebt? Hatte er nicht genau deshalb darauf bestanden, keine dieser unsäglichen Kreaturen mehr auf seinem Anwesen zu dulden?

In dem Augenblick erschien Ron im Türrahmen. »Sir, die Dame ist auf ihrem Zimmer. Ich bin ihr gefolgt, um sicherzugehen, dass sie das Schloss nicht unerlaubterweise verlässt.« Er war außer Atem und seine Wangen wiesen einen roten Schimmer auf.

Tristan war immer noch dabei, seine Fassung wiederzuerlangen. Er musste etwas unternehmen, sonst verlor er gegenüber Albert und Daniel die Glaubwürdigkeit.

»Gut, danke Ron. Ich möchte Sie nun bitten, Tonya morgen früh um fünf Uhr aus den Federn zu holen und sie dem Stallknecht zu übergeben. Sie soll ihm helfen, die Tiere zu versorgen, zu reinigen und den Stall auf Vordermann zu bringen. Nach dem Frühstück gibt es meines Wissens im Wäldchen nebenan noch immer jede Menge Holz zu hacken. Eine so große Behausung wie diese zu heizen, ist nun mal kein Kinderspiel und erfordert einen entsprechenden Vorrat an Ressourcen.« Tristan zog an seiner Pfeife, die er bei all dem Ärger völlig vergessen hatte. Er musste sie erneut anzünden, da sie erloschen war.

»Mylord, mit Verlaub, aber ... Holzhacken mit diesen dünnen Armen und den Vogelbeinen?« Der Diener knetete die Hände und setzte einen zerknitterten Gesichtsausdruck auf.

»Ron, ich weiß Ihre Ratschläge wirklich zu schätzen, aber angesichts der aktuellen Situation tue ich mich gerade schwer, sie zu beherzigen. Sie wissen, was ich damit meine.«

Ron nickte zaghaft und gab sich alle Mühe, den aufflammenden Schalk in seinem Gesicht vor Tristan zu verbergen. Er hatte also mit den Problemen gerechnet und fand das auch noch amüsant.

»Wenn ihre Arme gleich gut ausgebildet sind wie ihr Mundwerk, wird ihr das Holzhacken nichts anhaben können. Ich bleibe dabei. Sie muss wissen, wo die Grenzen sind und ich beende immer, was ich angefangen habe. Sie kennen meinen Kodex, Ron.«

»Ah ja, der Kodex, gewiss, Mylord. Dann werde ich sie also wecken.« Er verneigte sich, ein unerhört freches Glitzern in den Augen, und entfernte sich.

Tonya legte eine komplett andere Form von Widerstand an den Tag, als dies ihre männlichen Pendants zu tun pflegten. Tristan musste sich selbst eingestehen, dass das für ihn neu war und er sich noch nicht im Klaren darüber war, ob und wie er damit umgehen sollte. Was, wenn sein Kodex bei ihr versagte? Was, wenn sie nur ihre Spielchen mit ihm trieb, nur um ihm dann am Ende hinterrücks einen Dolch ins Herz zu stoßen? Immerhin war sie eine Frau ...

Der Stallknecht lobte Tonya über alle Maßen. Und das nach nur wenigen Stunden. Aufgrund ihres beachtenswerten Einsatzes verschlang sie den Porridge, bevor Tristan überhaupt den Löffel berührt hatte. Sie starrte ihn herausfordernd, aber ohne ein Wort zu verlieren, an. Verärgert ordnete er daher, gemäß seiner eigenen Regeln an, dass man ihr auch Toast, Butter, Würstchen, Speck und Eier servierte. Das wohlgemerkt, während Albert und Daniel noch immer in ihrem Haferbrei herumstocherten und ihn aus feindseligen Schlitzen musterten. Tonya fräste auch den zweiten Gang in einer für so eine magere Person erstaunlichen Geschwindigkeit in sich hinein. Ohne um Erlaubnis zu fragen, erhob sie sich.

»Ich gehe jetzt Holz hacken, wenn es recht ist.«

»Es steht niemand vom Tisch auf, bis nicht alle mit dem Essen fertig sind.« Langsam spürte Tristan Zorn in sich aufwallen. Was glaubte die freche Göre eigentlich? Wenn sie ihn so anstierte, erinnerte sie ihn an ihre Tante. Genauso hatte Lara ihn stumm verurteilt, als Tristan ihr mitgeteilt hatte, dass sie nicht auf dem Schloss übernachten konnte.

»Wie Sie wünschen. Ich will nachher einfach nicht hören, ich wäre faul und hätte meine Arbeit hinausgezögert und es mangle meinetwegen nun an Feuerholz.« Tonya zuckte gleichgültig die Schultern und sackte zurück auf ihren Stuhl.

Die Dreistigkeit dieser Person war unfassbar. Tristan kannte brüllende Jungs, hasserfüllte Blicke, Arbeitsverweigerung und vieles mehr. Aber das hier, das war eine komplett andere Liga.

»Ich könnte eine Geschichte erzählen, während wir darauf warten, bis ihr gegessen habt. Bestimmt interessiert euch die Fortsetzung von *Prinz Edelsteinherz*.« Ein belustigtes Lächeln zuckte um ihre Mundwinkel.

»Nein, das tut sie nicht. Jedenfalls nicht um diese Tageszeit. Ich wünsche nun Stille in diesem Raum. Ich genieße mein Frühstück gerne leise. Wir brennen allerdings darauf, die Geschichte heute und an allen anderen Tagen dieser Woche aus deinem Mund zu hören. Bestimmt ist es ein Mehrteiler.«

Tristan faltete die Serviette und tupfte sich damit den Mund ab. Treffer versenkt. Nun huschte ein Schatten von Verärgerung über das bleiche Gesicht des Mädchens. Er musste darauf bedacht sein, sich von ihr nicht provozieren und aus der Reserve locken zu lassen. Das wäre ein fataler Fehler, den er bereuen würde. Umso beruhigter war er nun, dass es ihm gelungen war, Tonya in ihre Schranken zu weisen. Tristan konnte förmlich hören, wie es nun hinter ihrer Stirn ratterte. Sie hatte wohl noch nicht vor, aufzugeben. Alles andere hätte ihn allerdings auch maßlos erstaunt.

»Bevor ich es vergesse, Tonya: Morgen wirst du dir unter meinen Pferden einen Begleiter aussuchen. Frag Daniel und Albert, wie das geht. Sie schlafen seither im Stall. Dem Himmel sei Dank, sind die Stallungen fast so luxuriös wie eine Herberge.«

Ohne auf eine Antwort ihrerseits zu warten, wandte sich Tristan den beiden Burschen zu. »Für euch geht es heute um das Thema Mut. Wir treffen uns in einer Stunde vor dem Haupteingang.«

»Feiglinge gefährden eine ganze Gruppe«, begann Tristan. »Aus diesem Grund ist es für einen Cowboy überlebenswichtig, mutig zu sein. Nur wer Mut hat, besteht auch im Leben fernab der Prärie. Mut bedeutet nicht, keine Angst zu haben, sondern über sie hinauszuwachsen, weil es manchmal einfach das Richtige ist.«

Wie er die Worte aussprach, hielt ihm eine fiese Stimme das seltsame Märchen, das Tonya erzählt hatte, vor Augen. Der Prinz hatte nicht besonders viel Mut bewiesen, indem er sein verletzliches Herz durch ein Bollwerk ersetzt hatte. Darum ging es jetzt aber nicht. Dennoch ärgerte sich Tristan, dass ihn Tonyas Worte offenbar beschäftigten und in Momenten überfielen, in denen er sie nicht erwartete. Aus welchem Grund auch immer. Vielleicht, weil es eine gute Analogie war?

»Heute werden wir etwas Mutiges tun. Es gibt viele Formen von Mut: als Einziger anderer Meinung zu sein, sinnbildlich Wege abseits der asphaltierten Straße zu gehen, körperliche Risiken einzugehen. Wir ... wir springen vom Turm herunter. Aus dem ersten Fenster. Es kann nichts passieren. Dennoch ... die Aussicht hat es in sich.«

Tristan wies auf eine der Zinnen und konnte sich ein Grinsen nicht verkneifen, als er in die schockierten Gesichter seiner Schützlinge sah. Darunter hatte einer der Stallknechte einen großen Anhänger mit Heu platziert.

»Ich springe als Erster, damit ihr seht, dass ich es ernst meine. Der Sprung ist sicher. Los!«

Die Jungs im Schlepptau erklomm Tristan die Treppe zum Haupteingang des Schlosses. Danach ging es in den ersten Stock und weiter in den Westflügel. In einem der Turmzimmer angekommen, spähten Albert und Daniel vorsichtig aus dem offenen Fenster.

»Das sind mindestens zehn Meter!« Der sommersprossige Daniel wich keuchend zurück und wurde augenblicklich eine Nuance heller. Albert gab sich unbeeindruckt. Tristan kannte ihn jedoch mittlerweile gut genug, um das ständige Benetzen der Lippen mit der Zunge und das Zurückstreichen der Haare richtig interpretieren zu können.

»Haben wir eine Leine und einen Sicherheitsklettergurt oder so was an?« Daniel warf erneut einen gehetzten Blick in die Tiefe. »Wer weiß denn, ob da genug Heu drin ist, um mich abzufedern?«

»Du bist nicht der Erste, der diese Übung macht, Daniel. Außerdem finde ich, dass die Stallkur dir ganz gut bekommen ist.«

Tristan zwinkerte dem Jungen fröhlich zu und postierte sich vor dem Fenster. Er kletterte auf die Fensterbank und ließ die Beine im Freien baumeln. Dann wandte er sich nochmals um, als habe er etwas vergessen.

»Habe ich schon erwähnt, dass es kein Mittagessen gibt, wenn jemand kneift? Wenn ein Cowboy nämlich feige ist, kann es durchaus sein, dass er in freier Wildbahn keine Nahrung findet. Auch das werden wir übrigens noch zusammen lernen: das Beschaffen von Verpflegung in der Natur. Aber alles schön der Reihe nach. Ich sehe euch dann unten!« Mit diesen Worten stieß sich Tristan vom Fensterrahmen ab und ließ sich in die Tiefe fallen.

Es war immer dasselbe Gefühl. Eine eiserne Klaue griff nach seinem Herzen. Sein Verstand wusste, dass nichts geschehen konnte, er hatte alles tausendmal kontrolliert. Dennoch wurde er von den Emotionen überrannt und zum Schweigen gebracht. Sein Magen befand sich in freiem Fall und der Wind zerrte an seinen Locken. Was, wenn der Aufprall trotzdem wehtat, wenn jemand eine Heugabel in dem Wagen vergessen hatte, sein Bein beim Aufschlag abknickte? Unzählige, von Angst geprägte Gedanken, die ihm wie Ameisen durch die Adern jagten und sein Herz zum Flattern brachten.

Genau wie in jenem Moment, als Tristan *sie* das erste Mal gesehen hatte.

Kapitel 9

Gesagt, getan. Nach dem Bezug ihres Zimmers nahm Lara den kurzen Weg ins Dorf Lairg in Angriff. Die Siedlung war schnell erkundet. Malerische Häuser reihten sich verspielt aneinander. In verschiedenen Weiß- und Ockertönen schmiegten sie sich auf der einen Seite an einen sanften Hügel und auf der anderen an den südlichsten Finger des Loch Shin mit Blick auf den Staudamm. Die Landschaft griff die erdigen Farbnuancen der Ortschaft auf und sprenkelte sie mit dem Moosgrün von Nadelbäumen. Auf einer kleinen Anhöhe in der Ortsmitte thronte eine gotische Steinkirche aus dem neunzehnten Jahrhundert.

Eine Besonderheit Lairgs jagte Lara jedoch einen Schauer über den Rücken. Ein einsames Haus auf einer Miniaturinsel. Ein steinerner Abhang verlor sich im Loch Shin, eine satte grüne Wiese vor dem Häuschen lud zum Verweilen ein und ein einzelner knorriger Laubbaum spendete Schatten. Die weiße Fassade des Heims wurde von zwei Fenstern und einer Tür unterbrochen und sah aus, als starre man in das grimmige Gesicht eines Spielzeugsoldaten aus Holz. Zwei Kamine streckten sich wie spitze Ohren himmelwärts und ein Steindach rundete das Mini-Kunstwerk ab.

Die lokale Bevölkerung nannte das kleine Anwesen *Wee Hoose*. Angeblich, so behauptete eine Informationstafel, soll es 1824 von dem Wilderer Jock Broon erbaut worden sein. Ein Laird hatte ihm besagtes Stück Land als Dankeschön dafür geschenkt, dass er ihm das Destillieren von Whisky erklärt hatte. Um dem neuen sozialen Status des Landbesitzers Ausdruck zu verleihen, hatte Broon auf der Insel ein Haus gebaut. Ironischerweise war der Frevler kurze Zeit später bei der Wilderei gestorben, weil er sich in den Fuß geschossen hatte. Böse Zungen behaupten, er sei kein außergewöhnlich begabter Schütze gewesen. Somit hatte er sein trautes Heim nicht besonders lange genießen können.

Lara erschauerte und wandte den Kopf nur widerwillig von dem unheimlichen Inselheim ab. Nachdem sie sich mit einigen Notwendigkeiten wie Snacks und Kosmetikartikeln eingedeckt hatte, mietete sie ein Fahrrad. Verließ man die Ortschaft Lairg, traf man auf absolute Einsamkeit.

Eine Schotterstraße schlängelte sich durch die Einöde der Highlands. Der Duft nach feuchtem Moos und Heidekraut vermischte sich mit dem Wind, der vom See her wehte. Die hügelige Landschaft breitete sich in endlosen Wellen vor ihr aus und küsste am Horizont den blauen Himmel.

Freiheit. Ursprünglichkeit.

Als Lara den Heimweg antrat, näherte sich die Sonne bereits den Hügelketten, allerdings würde es noch eine Weile dauern, bis sie dahinter versank. Ihr Abendessen bestand aus Sandwiches und Tee. Während sie versonnen kaute und eine Sendung im Fernsehen verfolgte, wurde sie urplötzlich von einem Gefühl übermannt.

Es müsste einen Hut geben, der genau das einfangen konnte. Endlose Weite, herbe Düfte, den Charme der Einfachheit. Sie stellte den BBC-Beitrag leiser und starrte vor sich hin.

Ein Brennen und Jucken erfüllte ihre Finger.

Eine Kopfbedeckung, die auch im Alltag getragen werden konnte. Mit kurzer Krempe, möglichst schnörkellos, aber dennoch dekorativ. Aus einem Material, das bei warmem Wetter vor der Sonne schützte und bei Regen den Himmelstränen zu trotzen vermochte.

Mit einem Ruck stand Lara vom Bett auf und kramte nach Stift und Papier. Eine Stunde später hatte sie ein Modell skizziert und sich eine Liste von Besorgungen notiert. Nicht nur für dieses Hutexemplar, sondern auch gleich für weitere Anfertigungen. Das Material musste einheimisch sein. Strohbänder oder Seile, Schafwolle, Locken von Highland-Rindern, getrocknetes Moos, gebrauchte Stoffe, Wollreste zum Filzen ... die Aufzählung wurde mit jeder Minute umfangreicher.

Ob Mimmi wohl eine Nähmaschine besaß?

»Ich weiß nicht, ob diese überhaupt funktioniert. Sie ist, seit ich sie von einer Verwandten mit deutschen Wurzeln geschenkt bekam, ein Ziergegenstand.« Die Gastgeberin strich mit einem Lumpen über die verstaubte Maschine.

Ein Lächeln zog Laras Mundwinkel nach oben, während sie bewundernd mit den Fingerspitzen über das Gerät glitt. Eingearbeitet in einen Holzarbeitstisch konnte die Apparatur noch immer mit einem Pedal oder mit einem Handrad betrieben werden. Die Digitalisierung besaß zweifelsfrei ihre Vorteile ... das Zeitalter solider Mechanik hatte ihr jedoch nach wie vor einiges voraus: Unzerstörbarkeit. Eine Generation von Gerätschaften, die mit simplen Mechanismen und stabilen Materialien auskamen. Die Reparatur derselben war oft ebenso schlichter Natur. Stieg ein Computer aus, wusste sich manchmal nicht einmal mehr der Fachmann zu helfen, geschweige denn der Besitzer des Elektrogerätes.

Ein Kribbeln breitete sich in Laras Brust aus, als sie über die goldenen Ornamente auf schwarzem Hintergrund fuhr und an dem geschichtsträchtigen Namen hängenblieb.

»Es würde mich außerordentlich wundern, wenn sie nicht mehr funktionierte. Das ist eine originale Pfaff-Nähmaschine. Damit kenne ich mich aus, ich bin gelernte Bekleidungsgestalterin oder wie man früher gesagt hätte: Schneiderin.«

Mimmi rumorte in der winzigen Schublade, die in den Arbeitstisch der Maschine integriert war. »Dann dürftest du dich mit dem Zubehör auch auskennen, nehme ich an?«

Sie stellte eine Blechschachtel, deren farbenfrohes Motiv längst abgeblättert war, vor Lara hin. Vorsichtig öffnete Lara den Deckel. Verschiedene Metallfüße und eine Vorrichtung, die aussah wie eine verschnörkelte Patrone, lagen darin.

»Yep, damit kann ich sehr wohl etwas anfangen. Danke Mimmi! Jetzt brauche ich nur noch die Zutaten. Wo kriege ich denn so was in Lairg?«

Ihre Gastgeberin verzog das Gesicht zu einer Grimasse. »Nun, das dürfte schwierig werden. Faden und Handnadeln findest du bestimmt im Supermarkt. Alle anderen Sachen ... nun, die kaufen wir Einheimischen in Inverness, wenn wir uns mal zusammenraufen und einen Ausflug unternehmen.«

Lara warf einen Blick auf die Uhr. Es war Mitte Vormittag. Ein Abstecher nach Inverness war ihr heute zu überstürzt.

»Hm ... na dann schaue ich einfach mal, was ich in Lairg zusammenkratzen kann und plane für morgen einen Trip in den Süden.«

Mimmi hob den Zeigefinger und ein Schmunzeln erhellte ihre Gesichtszüge. »Wie wählerisch bist du denn mit deinen Zutaten? Ich hätte auf dem Dachstock bestimmt noch eine Kiste mit alten Vorhängen oder Bettlaken. Sean hat sicher irgendwelche Seile in der Garage, die man zerlegen und verwenden könnte. Schafwolle habe ich auch noch einen Sack voll.« Sie musterte Lara mit hochgezogenen Augenbrauen.

»Weißt du was? Bringt mir alles, was man irgendwie zu einem Hut verarbeiten könnte und ich werde mir etwas einfallen lassen, okay?«

Eine Stunde später war das kleine Wohnzimmer im *Lochview Bed & Breakfast* gerammelt voll mit einer Auslegeordnung von Utensilien, die gerne zu einem Hut transformiert werden wollten.

»Mimmi ... jetzt fehlt nur noch ein Kopf, den ich vermessen kann. Da dies deine Sachen sind ... möchtest du mein Hutmodell sein?«

Die Schottin nickte erfreut, setzte sich auf einen Sessel und ließ sich den Kopfumfang messen. Lara gefiel

Mimmis gerade geschnittener Bob aus grauweißen Haaren. Er verlieh dem Mondgesicht eine verschmitzte Note. Sie kritzelte etwas auf ihren Notizblock und dachte angestrengt nach. Dann legte sie los.

Lara skizzierte ein Modell, das all die ihr zur Verfügung stehenden Elemente zu einem Gesamtkunstwerk verband. Danach erstellte sie maßstabgetreue Schnittmuster aus Papier und schnitt diese Bestandteile aus. Zwischendurch brachte ihr Mimmi kommentarlos einen Teller des Mittagessens, das sie für sich und ihren Mann gekocht hatte. Eigentlich beinhaltete Laras Arrangement in Mimmis Haus außer dem Frühstück keine weiteren Mahlzeiten. Lara nahm den leckeren Eintopf jedoch dankend an und verschlang ihn hungrig, ohne dabei von ihrer Arbeit abzulassen. Mit vollem Mund schnipselte, drehte und filzte sie.

Erst als die Schottin die Stehlampe im Wohnzimmer anmachte, fiel Lara auf, dass die Schatten bereits an den Hügelketten knabberten und sich die Sonne auf dem Abstieg befand. Es dauerte zwar noch eine Weile, bis sie unterging, dennoch war am Lichteinfall klar erkennbar, dass sich der Tag dem Ende zuneigte.

Mit brennenden Augen und schwirrendem Kopf legte Lara Schere und Nadel nieder und erhob sich.

»Bestimmt wollt ihr es euch vor dem Fernseher gemütlich machen, entschuldigt. Ich gehe kurz nach Lairg und gönne mir dort in einem Pub eine Mahlzeit, dann lege ich mich schlafen. Ich habe morgen einen anstrengenden Tag vor mir.«

»Mach das, meine Liebe.« Mimmi und Sean beschlagnahmten die Stube und schlürften an einem Tee.

Lara polterte in den oberen Stock in ihr Zimmer, holte sich eine Jacke und schwang sich kurze Zeit später auf ihr Fahrrad. Die Straßen von Lairg waren menschenleer. In einem ruhigen Pub verschlang sie einen Burger mit Rindfleisch und selbstgebackenes *Bun* und *Chips*. Kaum war sie satt, schlug die Müdigkeit zu. Ihre Glieder fühlten sich plötzlich zentnerschwer an und die Augen tränten und drohten jederzeit zuzufallen. Mit letzter Anstrengung radelte sie zurück zu Mimmi. In den Häusern, welche die Straße durch das Dorf flankierten, glommen goldene Lichter oder zuckte das Blau-Weiß laufender Fernseher durch den Raum.

Bei ihrer Unterkunft angekommen, schleppte sich Lara in die obere Etage und fiel erschöpft ins Bett.

Lara konnte sich nicht erinnern, wann sie in den vergangenen Monaten je so tief und erholsam geschlafen hatte. Kaum schlug sie die Augen auf, durchflutete sie schon wieder der Tatendrang. Der Hut musste heute fertig werden!

Sie heftete sämtliche Stoffabschnitte und das Futter zusammen und begann mit den Näharbeiten. Das rhythmische Rattern der alten Pfaff erfüllte den Raum wie das meditative Om buddhistischer Mönche. Erneut spendierte ihr Mimmi etwas von ihrem Mittagessen.

Als die letzte Zierde an dem Kopfkunstwerk befestigt war, nahm das Tageslicht bereits wieder einen goldenen Schimmer an. Die Gastgeber erschienen wie schon am Tag zuvor im Türrahmen. Das untrügliche Zeichen dafür, dass ihr Arbeitstag ohnehin beendet war für heute.

Lara hielt Mimmi das Kunstwerk hin. Diese nahm den Hut entgegen und ließ ihn durch die Finger gleiten. Ein überraschtes Glitzern glomm in ihren Augen auf.

Der Glockenhut, der nur vorne eine kurze Krempe besaß, war aus dem weiß-braun-karierten Stoff des Vorhangs angefertigt. Eine Schleife, die mit Schafwolle gefüttert und aus einem bordeauxroten Bettlaken gefertigt wurde, verzierte die rechte Seite. Auf der Stirn der Kopfbedeckung hatte Lara einen übergroßen moosgrünen Knopf angenäht. Fertig war das Kunstwerk. Von schlichter und praktischer Eleganz, wie sie es beabsichtigt hatte.

»Gefällt er dir?«, fragte Lara vorsichtig und nagte an ihrer Unterlippe.

»Er ist … wunderschön!« Mimmi hob den Blick und starrte Lara mit offenkundiger Bewunderung an.

»Dann gehört er dir, Mimmi. Deine Zutaten, dein Hut, so mein Credo. Außerdem passt er perfekt zu deiner Bobfrisur und der Gesichtsform.« Sie zwinkerte ihr verschmitzt zu.

Tränen der Rührung glitzerten plötzlich in den Augen der Schottin, die dadurch die Farbe von dunklem Karamell annahmen.

»Danke … das … woher kanntest du meinen Geschmack?«

Lara zuckte die Schultern. »Gar nicht, ich dachte mir einfach, er passt zu dir. Ich kleide Leute ein … ich schätze, ich kann so was.«

»Und ob du das beherrschst!«, schaltete sich nun Sean ein, der seine Frau, die den Hut bereits aufhatte, mit einem zärtlichen Ausdruck im Gesicht musterte. »Du siehst aus wie damals, Miranda, Darling.« Und an Lara gewandt: »Sie besaß tatsächlich einmal einen sehr ähnlichen Hut. Bei einer Schifffahrt auf dem Loch Shin verlor sie ihn. Wir waren beide untröstlich.«

An diesem Abend konnte Lara vor Aufregung kaum einschlafen. Ein Gefühl, als explodiere eine Sonne in ihrer Brust, ließ ihr Herz schneller schlagen und sperrte ihre Augen auf. Wie ein Farbsturm zogen Ideen über die Mattscheibe ihres Geistes. Stoffe berührten in Gedanken ihre Fingerkuppen und raschelten. Die Pfaff stempelte summend und knatternd Muster auf die Materialen. Damengesichter schwebten wie Fata Morganas durch Laras Vorstellungskraft. Runde, pausbackige, hagere, scharfkantige, herzförmige ... sie wusste genau, welche Hüte ihnen standen und ihre ureigenen Formen und Züge hervorhoben.

Das Schrillen des Handys durchschnitt ihre kreisenden Gedanken wie eine Rasierklinge. Sie rappelte sich im Bett auf und griff nach dem Gerät.

Thomas. Er hatte bereits am Vorabend versucht anzurufen, doch Lara hatte ihn mit der Begründung, an einer leichten Grippe zu leiden, warten lassen. Auch heute verspürte sie keine Lust, sich mit ihm zu unterhalten. Sie gab sich dennoch einen Ruck.

»Thomas, schön dass du anrufst.« Ihre Stimme klang sogar in ihren eigenen Ohren matt.

»Ist die Erkältung noch nicht besser?«

»Doch doch, aber die Tage in Schottland sind anstrengend. Man darf die Fremde nicht unterschätzen«, schummelte sich Lara an der Wahrheit vorbei.

»Ich habe drei neue Versicherungen abgeschlossen. Zwei betagte Damen konnte ich durch meine geschickte Argumentation davon überzeugen, ihre Katze und ihren Mops zu versichern.« Thomas gab ein amüsiertes Gackern von sich.

Lara ließ die Aussage unkommentiert und spürte eine Welle der Verärgerung an ihrem Inneren nagen.

»Wusstest du eigentlich, dass unser Nachbar seine Frau mit der Sekretärin betrogen hat? Nun ja, wundert mich jetzt nicht unbedingt, wenn man bedenkt, wie fett ihr Hintern seit Anfang des Jahres geworden ist.« Erneut dieses feixende Lachen.

»Sie hat gerade erst ein Kind geboren, natürlich sieht sie nicht aus wie ein digital verändertes Model aus einem Hochglanzmagazin.« Die Schärfe zwischen Laras Worten war unüberhörbar.

»Sie hätte sich trotzdem etwas mehr bemühen können. So faul und unachtsam wie sie ist, kann ich ihren armen Mann verstehen. Ich hätte auch ein Problem, wenn du aussehen würdest wie ein Pferd, meine Liebe.«

Lara schwieg.

»Na dann, Lara, war schön, von dir zu hören. Ich bin froh, dass es dir gutgeht. Ich freue mich, dich bald in Schottland zu besuchen.« Thomas hauchte einen Kuss ins Telefon und sie beendeten das Gespräch. Oder den Monolog.

Lara hätte ihm gerne von den Hüten erzählt, von ihrer kreativen Aufruhr. Oder von der inspirierenden Landschaft und dem unheimlichen kleinen Haus auf der Insel. Sie seufzte und zog die Decke bis unter die Nase.

Irgendwann fielen ihr die Lider vor Erschöpfung zu, denn als sie das nächste Mal erwachte, war es bereits Morgen. Mit einem Ruck setzte sie sich auf und kleidete sich an.

Während sich Lara beim Waschen des Gesichts überlegte, welchen Hut man aus Frotteetüchern machen könnte, fiel ihr plötzlich ein, warum sie eigentlich in Schottland war. Nicht der Hüte oder der Landschaft wegen.

Seit ihrer Ankunft waren drei volle Tage vergangen, zweieinhalb davon war sie bereits von ihrer Nichte getrennt. Das schlechte Gewissen krallte nach ihrem Herzen und presste es unerbittlich zusammen. Während sie sich mit Sightseeing, Fahrradfahren und Nähen beschäftigt hatte, ging Tonya womöglich gerade durch die Hölle. Kein Mensch wusste, wozu dieser altmodische Lord mit seinen geheimnisvollen Methoden, die er nicht preisgeben wollte, noch fähig war.

Somit war die Entscheidung, was sie am heutigen Tag tun würde, gefällt. Keine Hüte aus Handtüchern, Duschvorhängen oder Küchenschürzen. Nein, heute würde sie dem Adligen und seinem schottischen Alcatraz einen Besuch abstatten. Ob ihm das nun passte oder nicht.

Kapitel 10

Die blonde Krähe stand am Turmfenster und spießte Tristan mit einem vorwurfsvollen und wütenden Blick auf. Zumindest glaubte er, das von seinem Standpunkt am Boden neben dem Heuwagen ausmachen zu können. Tonyas übergroßes schwarzes Nirvana-Oberteil, das sie über einem Langarmshirt trug, hing ihr am Leib wie ein Putzlappen an einem Stock. Ob es Tristan dieses Mal gelingen würde, sie zu brechen?

Immerhin hatte Tonya die erste Nacht im Stall bei der ausgewählten Stute verbracht. Das stieß bei den Jugendlichen in der Regel auf wenig Gegenliebe. Tristan hatte beim Frühstück, als er ihr das Thema Mut offenbart hatte, außerdem beobachtet, wie sich ihre Pupillen geweitet und das Gesicht an Farbe verloren hatte. Nicht dass sie generell viel davon besessen hätte, doch sorgten der Porridge und die Würstchen, die sie nach wie vor restlos verschlang, gelegentlich für rosige Wangen. Tonyas Statur und dem Bericht ihrer Tante nach zu schließen, war das seit langer Zeit das erste Mal, dass sie anständig aß. Tristan war sich jedoch absolut sicher, dass dies nicht aus plötzlich aufkeimendem Appetit geschah, sondern einzig und allein aus Trotz und Rebellion ihm gegenüber. So wie Tonya Lara mit ihrer

Nahrungsverweigerung zur Verzweiflung getrieben hatte, so hoffte sie, seinen Zorn zu schüren, indem sie genau das tat, was er von ihr verlangte.

Leider lag sie mit dieser Einschätzung richtig. Tonyas stumme Form der Auflehnung, die sich maßgeblich von jener der Jungs unterschied, verärgerte Tristan. Das Mädchen trieb perfide Spielchen mit ihm und das war er nicht gewohnt. Mit der offenen Aggression der männlichen Jugendlichen wusste er lakonisch umzugehen. Tonya provozierte ihn und raubte ihm seine dringend nötige Gelassenheit. Dies war nicht nur in Bezug auf das Essverhalten der Fall.

Gestern hatte Tonya die zum Standardprozedere gehörende Aufgabe gefasst, ein Pferd auszuwählen und sich damit vertraut zu machen. Sie hatte sich die schwarze Araberstute Black Princess ausgesucht. Ein äußerst eigenwilliges, stolzes Exemplar, das seinen Namen zu Recht trug. Zu Tristans Verärgerung war es Tonya innerhalb eines Tages gelungen, das Tier für sich zu gewinnen. Keiner der Jungs hatte das zustande gebracht. Tonya hingegen war erhobenen Hauptes in die Stallungen spaziert, zielsicher auf die Stute zugetreten und hatte nach einer Viertelstunde bekundet, dass sie sich entschieden habe. Andere benötigten nur schon für diesen Schritt einen gesamten Tag.

Bei Anbruch der Dämmerung hatte sie das Tier am Halfter über den Hof geführt, ein triumphierendes und dreckiges Grinsen auf den Gesichtszügen. Als Krönung ihrer eigensinnigen Darbietung hatte sich Tonya vor Tristans Augen auch noch auf den nackten Rücken des Pferdes geschwungen und war einige Runden über den Burghof getrabt. Offenbar konnte sie auch bereits reiten, was er nicht wusste. Ein sengendes Brennen wie von einer zerstörerischen Flamme hatte sich bei diesem Anblick in Tristans Herz gefressen. Das war nicht gut, gar nicht gut. Irgendwie drohte alles aus dem Ruder zu laufen.

»Das ist ihre feminine Intuition«, hatte Ron neben ihm stehend bemerkt, was die Sache keinen Deut besser machte. Im Gegenteil. »Es ist immer wieder erstaunlich, welch tiefgreifende Verbindung Frauen zu anderen Wesen herstellen können. Tiere und Kinder reagieren mit ihrer hochfrequenten Sensitivität stets verstärkt auf das weibliche Geschlecht. Bei antiken oder indigenen Völkern überall auf dem Globus ist das ein bis in die Neuzeit überliefertes Bewusstsein. Die Femininität wurde vielerorts sogar historisch belegt, bewundert und ...«

»Danke Ron, das reicht, ja? Wir sind hier kein schamanisches Naturvolk, das der Weiblichkeit mit Trommeln huldigt. Nicht umsonst nennt man solche Eingeborenenstämme auch heute noch primitiv.«

Mit diesen Worten hatte sich Tristan abgewandt und den Diener am Eingang des Schlosses stehen lassen. Sein Herrschaftssitz wurde seit jeher von Mannhaftigkeit beherrscht. Früher durch seinen Vater, Gott hab ihn selig, und nun durch ihn und den Cowboy-Kodex.

»Worauf wartest du, Tonya? Spring endlich! Daniel und Albert haben es geschafft, du wirst diese Aufgabe ebenfalls mit Bravour absolvieren, oder etwa nicht?«, rief Tristan zu ihr hoch und verschränkte die Arme vor der Brust.

Wenn sich Tonya seinen Respekt verdienen wollte, dann musste sie ihren Mann stehen, so sahen es die Regeln auf McAlister Castle vor. Es war schließlich nicht Tristans bescheuerte Idee gewesen, eine Frau an dem Programm teilhaben zu lassen. Man hatte ihn mit beleidigenden Bemerkungen wie *antiquiert* dazu genötigt.

So weit er dies von seiner Perspektive auf dem Hof vor dem Turm beurteilen konnte, warf Tonya ihm einen letzten verächtlichen Blick zu. Dann stieß sie sich ab und segelte in die Tiefe. Schreiend. Das erstaunte Tristan. Als sie auch nach mehreren Minuten keine Anstalten machte, aus dem Heuwagen zu klettern, erfasste ihn Unruhe. Mit einem unguten Kribbeln im Bauch beeilte er sich, das Gefährt zu erklimmen und nach seinem Schützling zu sehen.

»Alles okay, hast du Schmerzen?«

Zu seiner Erleichterung schüttelte Tonya den Kopf. Ihr Blick war von einem milchigen Vorhang überzogen und sie starrte in eine namenlose Ferne im Himmel über sich. Ihr Atem ging stoßweise, wobei all ihre Glieder unkontrollierbar zitterten. Das war bestimmt nur das Adrenalin. Vermutlich war dieses knochige Geschöpf nicht besonders stressresistent. Möglicherweise forderte der Körper nun langsam seinen Tribut. Immerhin hatte sich das Mädchen weder über die Stallarbeit noch das Holzhacken beklagt. Aus Stolz. Bloß weil der Kopf auf stur schaltete, bedeutete das aber noch lange nicht, dass das System eines Menschen ein solches Verhalten auch tolerierte.

Ein Lächeln, das Tristan wohlweislich zu verbergen wusste, formte sich in seinem Inneren. Er bot ihr die

Hand zur Hilfe an. Zu seinem Erstaunen nahm Tonya sie an und kletterte vom Wagen herunter. Ihre Knie schlotterten dermaßen, dass sie, kaum am Boden angelangt, zusammenklappte. Geistesgegenwärtig griff Tristan ihr unter die Arme und hielt sie fest.

»Geht es wieder, möchtest du dich kurz setzen?«

Keine Antwort.

Als er den Blick hob und ihr Gesicht absuchte, hatte sie das Bewusstsein verloren.

Scheiße aber auch. Nichts als Ärger mit den Weibsbildern!

»Roooooooon, Henryyyyyy!«

Tristans verzweifeltes Brüllen rief in erster Linie die beiden Wachhunde, Skylla und Charybdis, auf den Plan. Kurze Zeit später erschienen jedoch auch der Diener und der Stallknecht. Gemeinsam betteten sie das bleiche Vögelchen mit ein wenig Heu auf den Boden. Henry holte einen Eimer kühles Wasser und betupfte ihr damit Stirn und Lippen. Ron rannte in den Pferdestall und kam mit einer Decke zurück, die er über Tonya legte. Tristan stand ratlos daneben und wartete, bis sie aufwachte.

Nach einigen Minuten, die ihm wie die Ewigkeit selbst erschienen, flatterten ihre Lider und sie schlug die Augen auf. Ihr Blick glitt suchend über die zahlreichen besorgten Gesichter, die sich über sie beugten.

»Mir ist schlecht ... und schwindlig.« Ein Flüstern entwich Tonyas halb geschlossenen Lippen.

»Ein klassischer Fall von Höhenangst also«, konstatierte Tristan triumphierend. »Genau aus diesem Grund veranstalte ich die Mut-Prüfung. Man ist angehalten, die persönliche Komfortzone zu verlassen und

Grenzen zu überschreiten. Manche können das besser und andere, na ja, offensichtlich schlechter. Das ist es, was auch ein Cowboy tun muss, wenn er in der Prärie überleben will und …«

»Ich habe meine Tage.« Tonya versuchte, sich aufzurappeln und stützte sich auf die Ellenbogen.

»Ich muss dann mal zurück in den Stall.« Henry beeilte sich, den Platz zu überqueren und verschwand im angrenzenden Gebäude.

Ron starrte Tristan mit zusammengepresstem Mund und vor der Brust verschränkten Armen an. Eine Geste, die er an seinem Angestellten noch nie gesehen hatte. Immerhin war er sein Chef und nicht umgekehrt, oder etwa nicht?

»Ja was denn? Bin ich etwa Hellseher? Und … habe ich es Ihnen nicht gesagt, Ron?«

Tristan brauchte seine glühende Rede über das anstrengende Wesen von Frauen wohl gar nicht erst zu starten, denn sein Diener wusste auch so, was er mit den letzten Worten andeuten wollte. Ärger, wo das Auge hinreichte, sobald ein weibliches Individuum involviert war. Es war wie eine selbsterfüllende Prophezeiung. Eine Verheißung auf Komplikationen!

»Die Cowboys in Ehren, Sir, aber mit solchen Phänomenen hatten sie wohl in ihrem Alltag nicht zu kämpfen. Meine Tochter war auch einmal in diesem Alter. Ich kann Ihnen versichern, dass Lady Tonya nicht simuliert. Brianna litt regelmäßig an Gliederschmerzen, Schlaflosigkeit und Kreislaufproblemen. Hätte man sie an solchen Tagen genötigt, unsinnigerweise von einem Turm zu springen, wäre sie zweifellos kollabiert.«

Ohne Tristan eines weiteren Blickes zu würdigen, wandte sich Ron dem Mädchen zu.

»Mylady, begleiten Sie mich in die Küche, falls das geht, ich bereite Ihnen einen Kräutersud zu. Das wird helfen.«

Zu Tristans Entsetzen streckte ihm die junge Frau ihre bleiche Hand entgegen, ließ sich aufhelfen und lief daraufhin an Rons Seite über den Burghof. Natürlich nicht, ohne Tristan vorher noch einmal missbilligend anzustarren. Bevor Tonya um die Ecke verschwand, rief er noch hinterher: »Trotzdem gilt für alle dasselbe! In einer Stunde brechen wir mit den Pferden wie geplant auf! Die Prärie wartet auf uns!«

Daher also Tonyas seltsamer Gesichtsausdruck beim Frühstück. Tristan hätte geschworen, ihren Willen endlich gebrochen zu haben und nun das. Man bezichtigte ihn der Grausamkeit gegenüber Frauen. Unfassbar! Leider war es jetzt zu spät, Tonya an ihre Tante zu retournieren. Abgesehen davon, dass selbst die zickigste seiner Stuten sie zu mögen schien, hatte sich sein verräterischer Diener auch noch auf ihre Seite geschlagen.

McAlister Castle blickte dunklen Zeiten entgegen, so viel stand fest.

Eine Stunde später ritten sie pünktlich los. Es war kurz vor Mittag. Die Pferde waren mit Satteltaschen bestückt und jeder Reiter trug zusätzlich einen Rucksack. Tonya saß kerzengerade und mit geübter Haltung auf dem Rücken von Black Princess. Anders verhielt es sich bei den Burschen, die heute das erste Mal im Sattel ihrer Fellfreunde hin- und herschaukelten. Daniel hing wie ein nasser Sack Mehl auf Aramis' Rücken. Seine sonst käsige Gesichtsfarbe wies nun einen grünlichen Schimmer auf. Albert seinerseits bemühte sich um eine möglichst aufrechte Haltung, die er mit Seitenblicken auf Tonya immer wieder versuchte zu optimieren. Allerdings schien er sich auf Porthos noch nicht komplett wohlzufühlen, denn er krallte sich so fest am Sattelknauf fest, dass die Knöchel seiner Finger weiß hervortraten.

Vor ihnen dehnte sich die Landschaft in einer Mischung aus Rostrot, Senfgelb und Moosgrün aus. Wälder krochen wie ein Heer aus Ameisen über die Hügel der Highlands. Andere Höcker wiederum ragten felsig oder nur mit einem flaschengrünen Teppich überzogen dem Horizont entgegen. Über allem thronte heute ein milchig-blauer Himmel, der stellenweise mit Puffwölkchen gesprenkelt war. Ein frischer Wind fegte über die niedrigen Hügel und zerrte an ihren Haaren. Ihre Nasen wurden vom Duft nach Kräutern, vermischt mit morastigem Untergrund und Tannengrün, umschmeichelt. Nebst dem gelegentlichen Schrei eines Vogels war das Schnauben der Araberpferde und das Hecheln der Hunde das einzige Geräusch, das die Stille durchbrach.

Manche Pferdekenner waren möglicherweise der Ansicht, dass sich Araberpferde nicht perfekt mit dem Western-Stil vereinen ließen. Sie mochten bei den Arbeiten in der Rinderherde aufgrund ihrer Konstitution früher an die körperlichen Grenzen stoßen. Im Gegensatz zu klassischen Westernpferden wurden sie nicht auf Kraft und Schnelligkeit, sondern jahrhundertelang auf Ausdauer und das schnelle Bewältigen von

Langstrecken gezüchtet. Was Araberpferde jedoch auszeichnete und weshalb sich Tristan auch für diese Rasse entschieden hatte, war ihre Sensibilität. Als ältestes rein gezogenes Pferd der Welt bestach es außerdem durch Härte und Intelligenz und wurde aufgrund seiner lernfähigen und intuitiven Art oft als Kriegs- oder Reitpferd eingesetzt. Für die Arbeit mit den schwierigen Jugendlichen konnte er sich keine besseren Tiere als seine Araber vorstellen.

Nach einer kurzen Mittagspause, in der sie ihre letzten mitgebrachten Sandwiches aßen, setzten sie den Ritt fort. Nun fand Tristan, dass es an der Zeit war, seine Schützlinge vollumfänglich aufzuklären. Dies war natürlich kein normaler Ausritt, wie sie bestimmt schon das Gepäck erahnen ließ.

»Wir haben nun während der ersten Woche, und in Tonyas Fall waren es bloß Tage, einige Dinge gelernt. Wir kennen den Wert von Freundschaft und Respekt, auch wenn dieses Wissen sicher noch einer Vertiefung bedarf. Bisher wurde das Band des Vertrauens noch keiner Prüfung unterzogen. Wir sind das erste Mal mit dem Thema Mut in Kontakt gekommen. Jeder von euch hat bereits auf McAlister Castle gearbeitet. Sei es in der Küche, im Stall oder im Wald. Ehrliche und harte Arbeit ist eines der zentralen Themen der Viehhirten des Westens. Der Alltag als Cowboy offenbart nämlich den Charakter eines Menschen und kann ihn am Ende auch formen. Am einfachsten lernt man die wichtigsten Dinge im Leben zu verstehen und in einen Zusammenhang zu bringen, indem man genau das tut, was ein Cowboy täglich an Aufgaben verrichtet. Eine Rinderherde hüten. Mit allem Drum und Dran.«

Er brachte Athos, den Rotbraunen, zum Stehen. Vor ihnen sank das Gelände in eine Mulde ab, die seitlich von einigen Wäldern gesäumt wurde. In dem naturgeformten Kessel graste eine Herde Highland-Rinder, wie man an der karamellfarbenen zottigen Silhouette der Tiere unschwer erkennen konnte.

»Diese Horde wird ab jetzt unter unserem Schutz stehen. Tag und Nacht. Mein Pächter gönnt sich mit seiner Familie einige Wochen Urlaub.« Was natürlich eine Lüge war, das musste Tristan den Jugendlichen allerdings nicht verraten.

»Ich frage mich, ob wir überhaupt je wieder in einem Bett schlafen werden. Zuerst der Pferdestall und nun das hier.« Daniel griff sich an den Rücken, als wolle er die Worte damit noch melodramatisch unterstreichen. Albert schnitt eine Grimasse. »Mit der warmen Dusche oder dem Bad ist es dann wohl auch vorbei.«

Tristan wackelte mit dem Kopf. »Das kann man so nicht sagen. Es gibt selbstverständlich Tümpel und Bäche auf den Feldern und in den Wäldern in Nähe der Herde. Die können optimal für die Körperpflege genutzt werden. An die Temperatur gewöhnt man sich.«

Ohne den Jugendlichen die Möglichkeit zu geben, das Thema weiter zu diskutieren, gab er Athos die Sporen und galoppierte das abfallende Gelände hinunter bis zu den Ausläufern der Rinderherde und blieb vor dem Zaun stehen. Er schwang sich aus dem Sattel.

»Hier am Waldrand schlagen wir unser Lager auf. Das werdet ihr gemeinsam bewerkstelligen. Die Komponenten dazu befinden sich in den mitgebrachten Taschen auf euren Pferden. Danach wird es Zeit, dass wir uns um das Abendessen kümmern. Waidmanns- und Petri Heil sind gefragt.«

Weder erwartete Tristan überschwängliche Dankbarkeit noch Jubelschreie, aber ein Mindestmaß an Euphorie wäre schon hin und wieder hilfreich. Tristan seufzte. Er kramte in der Satteltasche nach einigen Utensilien.

»Wir teilen uns auf. Jeder leistet einen Beitrag. Versagt einer, fehlt allen etwas.«

Er förderte ein Klappmesser und Schnur zutage und warf beides Daniel vor die Füße. »Damit kannst du einen Bogen und Pfeile basteln. Es gibt in den Wäldern und auf den Wiesen Vögel und anderes Kleingetier. Wir sind nicht wählerisch, aber Hunger haben wir bestimmt. Auerhühner dürfen nicht gejagt werden.« Danach wühlte Tristan in einer anderen Satteltasche und holte zwei Säcke, eine Wassertasche und Kochutensilien hervor. Diese Dinge warf er Albert in den Schoss. »Dein Auftrag ist das Sammeln von Feuerholz und Kochwasser und später das Garen von Reis und Bohnen. Ich hoffe, dass wir auch noch etwas Fleisch zwischen die Kiemen bekommen, das hängt aber von Daniel ab.« Anschließend stand er auf und band mehrere große Plastikflaschen los, die er am Sattelknauf befestigt hatte. »Das wird deine Aufgabe, Tonya. Fische fangen.«

Tristan holte ein Stück Papier, Zahnstocher, Schnur, ein Messer und Zündhölzer aus seinem Rucksack. »Hier ist eine Anleitung, wie man innerhalb weniger Minuten eine Fischfalle baut. Wenn du das gemacht hast, kannst du dich auf die Suche nach einem geeigneten Gewässer machen. Es hat genug davon.«

Er strich sich die Hände an der Hose ab. »Ich werde derweil die Viehherde und die Weidezäune kontrollieren, damit ich mir ein Bild über unsere morgigen Arbeiten verschaffen kann.«

Ohne auf eine Antwort seitens der Jugendlichen zu warten, streifte sich Tristan den Rucksack über, schwang sich in den Sattel und ritt los. Er gab einen scharfen Pfiff ab und Skylla und Charybdis beeilten sich, mit Athos Schritt zu halten.

Tristan gab sich gar nicht erst der Illusion hin, dass ihn heute Abend ein üppiges Mahl erwartete. Wahrscheinlich mussten sie sich mit Reis, Bohnen und Tee oder Kaffee zufriedengeben. Verhungern würde dabei aber keiner.

Die Zäune befanden sich erwartungsgemäß in einem desolaten Zustand, vermutlich waren einige Rinder bereits ausgebrochen und in den benachbarten Hügeln und Wäldern verschwunden. Nicht weil der Pächter ihm gegenüber seine Pflicht nicht erfüllt hätte, sondern weil er ihn darum gebeten hatte, die Herde etwas zu vernachlässigen, damit Arbeit auf die Jugendlichen wartete.

Nach drei Stunden im Sattel ritt Tristan durch das an ihr Camp angrenzende Gehölz. Vorsichtig spähte er auf die freie Fläche. Tonya hielt sich in der Nähe des Baches, der sich durch die Weide der Rinder schlängelte, auf und hantierte mit ihrer Reuse. Albert stapelte das Feuerholz und griff nach dem Wasserbeutel, den er noch nicht gefüllt hatte. Daniel lag missmutig mit seinem Bogen neben sich auf dem Rücken und starrte in den Himmel. Vom Nachtlager fehlte noch jede Spur. Tristan beschloss daher, sich noch ein Bad in einem der kleinen Wasserlöcher im Wald zu gönnen. Er führte sein Pferd weg vom Camp, weiter ins Dickicht. Bei einem Weiher, der an einer Seite von Steinbrocken umzingelt war, machte er halt und band Athos an einem Baum fest. Skylla und Charybdis rollten sich unter dem knorrigen Zeitgenossen zusammen und schlossen augenblicklich die Augen. Der Marsch entlang des Weidezauns hatte sie erschöpft.

Tristan hatte ebenfalls einen tauben Hintern und die Rumpfmuskeln fühlten sich von der aufrechten Haltung und dem ständigen Auf- und Absteigen schwer an. Außerdem klebte ihm Staub in den Haaren. Er schnupperte an seiner Kleidung. Der Geruch der Pferde und Rinder haftete ihm an und vermischte sich mit Schweiß. Gottlob hatte er an Ersatzkleidung und Seife gedacht. Während er sich aus der schmutzigen Kluft schälte, wanderte sein Blick sehnsüchtig zu dem Weiher, dessen Wasser durch das einfallende Sonnenlicht wie ein Regenbogen schimmerte. Vögel trillerten zusammenhanglose Töne, die leicht wie Federn durch die Luft tanzten. Im Unterholz knackten einige Äste, als ein Tier, aufgeschreckt durch Tristans Anwesenheit, das Weite suchte.

Vor dem Teich blieb er stehen und schloss die Augen. Er atmete tief ein und wieder aus, ehe er einen Fuß in das eisige Nass setzte. Gänsehaut überzog seinen Körper und jagte ein Frösteln die Wirbelsäule entlang bis in den Scheitel. Die Präsenz des Waldes ummantelte ihn wie eine liebevolle Umarmung. Der Duft nach feuchtem Moos, Harz und frischem Grün stieg ihm in die Nase. Er spürte die sanfte Berührung einiger Insekten auf seiner nackten Haut.

Schließlich gab sich Tristan einen Ruck und schritt mit zusammengebissenen Zähnen in den Tümpel. Das frostige Wasser fraß sich zentimeterweise die Beine und dann den Bauch hinauf und entlockte ihm ein Zischen. Mit einem Satz brachte er die letzte Stufe hinter sich und tauchte kopfüber in den Weiher. Prustend kam er zurück an die Wasseroberfläche und machte einige kräftige Schwimmzüge. Das tat gut. Nachdem er sich an die Kälte des Gewässers gewöhnt hatte, stieg er aus dem Teich, um die Seife zu holen. Mit energischen Bewegungen rubbelte sich Tristan Schweiß und Staub vom Leib. Langsam fühlte er sich wieder wie ein Mensch.

Plötzlich hoben Skylla und Charybdis synchron ihre schmalen Köpfe und fuhren aus ihrem Dämmerschlaf hoch. Ein Knurren entwich ihren Kehlen.

Tristan gab ein kehliges Lachen von sich. »Lasst mal Ladies, das sind nur die Kinder, die im Wald etwas für unser Abendessen suchen. Keine Panik. Selbst wenn sie mich so sehen, darf ich davon ausgehen, dass sie deshalb nicht gleich traumatisiert sind.«

Mit einer bestimmenden Handbewegung bedeutete er den Dobermann-Damen, sich wieder hinzulegen. Sie gehorchten. Tristan legte die Seife seelenruhig beiseite, als es direkt vor ihm im Unterholz knackte. Neugierig hob er den Kopf. Und starrte in Laras entsetztes Gesicht zwischen den Büschen.

Kapitel 11

Lara starrte Tristan an. Seine Haut war trotz der Tatsache, dass er sich viel im Freien aufhielt, weiß wie Elfenbein. Das schottische Wetter ließ aber auch keinen südländischen Teint zu. Wassertropfen, vermischt mit Seife, glitzerten wie Diamanten auf seinem nackten Körper. Rotbraune Locken umrahmten sein kantiges Gesicht. In schweren nassen Wellen kringelten sie sich bis zu seinem Kinn. Augen, die das Grün des Waldes wie eine Spiegelung aufgriffen, musterten Lara mit einer Mischung aus Erstaunen, Entsetzen und … Neugierde. Ein rötlich schimmernder Flaum bedeckte seine Brust und zog sich vom Bauchnabel … nach unten. Lara wusste nicht, was sie erwartet hatte.

Hätte sie sich nicht durch das Knacken eines Zweiges verraten, wäre ihr die Flucht vermutlich gelungen, bevor die Hunde angeschlagen hätten. Immerhin besaß sie ein Alibi, auch wenn das nicht erklärte, warum sie immer noch wie angewurzelt dastand und Tristan von oben bis unten anstarrte. Es war, als hafte ihr Blick magnetisch an seinem wohlgeformten Körper, was natürlich totaler Unsinn war. Physikalisch, aber auch sonst. Schließlich war es nicht das erste Mal, dass Lara einen Mann im Adamskostüm sah.

Nur ... Thomas sah ein bisschen anders aus. Gelinde ausgedrückt.

»Ich war auf der Suche nach einem Teich für eine der Reusen, die Tonya gebastelt hat. Nicht dass sie sonderlich begeistert gewesen wäre, mich hier zu sehen.«

Lara hob die Plastikflasche zum Beweis hoch. »Vielleicht drehe ich mich dann mal kurz um.«

Endlich gelang es ihr, die Lähmung abzulegen und die Herrschaft über ihre Handlungen und ihr Hirn zurückzuerlangen. Sie wandte sich ab und redete nun mit den Bäumen vor ihrem Gesicht.

»Ich weiß, dass Sie mich hier nicht erwartet haben und vermutlich bin ich auch nicht willkommen, aber ... angesichts der Tatsache, dass ich vor kurzem erfahren musste, dass meine Nichte einen Schwächeanfall hatte, den Sie verschuldet haben, habe ich mir erlaubt, die Verfolgung Ihrer Truppe aufzunehmen. Ron verriet mir freundlicherweise, wo ich Sie finde.«

Die Wut, die Lara bereits am Mittag, als sie McAlister Castle endlich mit ihrem Fahrrad erreicht hatte, ergriffen hatte, kochte erneut in ihr hoch und verlieh ihr neues Selbstbewusstsein. Mit einem energischen Ruck wandte sie sich um.

»Was fällt Ihnen eigentlich ein, meine Nichte von einem Turm springen zu lassen? Dazu noch in ihrem geschwächten Zustand? Sind Sie denn vollkommen irre? Ich wollte Ihrem Schloss heute nichtsahnend einen kurzen Besuch abstatten, um zu erfahren, wie sich Tonya macht. Als ich ankomme, höre ich von Ihrem Diener, dass Sie aufgrund einer Übung weg sind. Nachdem ich mich routinemäßig nach dem Wohlbefinden meiner Nichte erkundigt habe, lief Ihr Angestellter rot an. Er ist kein besonders begabter Lügner, weshalb er mir auch brühwarm erzählte, was vorgefallen war. Ich habe mich dann sofort auf meinen Drahtesel geschwungen und bin die Schotterstraße entlanggefahren. Das letzte Stück musste ich noch laufen, deshalb hat die Reise hierher auch so verdammt lange gedauert!«

Laras Stimme nahm gegen Ende ihrer flammenden Rede an Lautstärke zu. Gleichzeitig trat sie einen Schritt auf den Lord zu, der, nebenbei bemerkt, immer noch ohne Kleidung vor ihr stand. Sein Duft stieg ihr in die Nase. Eine herbe Mischung aus Seife, Männlichkeit und Feuchtigkeit.

Tristan öffnete den Mund. Sie ließ ihn jedoch nicht zu Wort kommen.

»So ich nun mal hier war, konnte ich mich auch gleich nützlich machen, denn meine Fürsorge stieß bei Tonya nicht auf offene Ohren. An eine Umkehr mit dem Fahrrad war allerdings auch nicht mehr zu denken. Es wäre dunkel, bis ich Ihr Schloss erreiche. Gemäß Ihrer eigenen Ausführungen wäre es mir daraufhin nicht einmal erlaubt, dort zu übernachten. Ich müsste also mitten in der Nacht auch noch zum *Lochview* radeln. Daher habe ich mich entschieden: Da bin ich nun, auf der Suche nach einem Fisch.«

Lara stieß erleichtert die Luft aus. Es fühlte sich gut an, dem Ärger Luft gemacht zu haben.

Tristan McAlister stand zur Salzsäule erstarrt vor ihr und musterte sie.

»Sie müssen sich dazu nicht äußern, Lord McAlister. Ausreden interessieren mich nicht. Wenn Sie mich nun entschuldigen ...« Lara hob die Reuse nach oben, um ihre Aussage zu unterstreichen. »Ich suche mir nun ein anderes Gewässer. Ich gehe davon aus, dass es hier ohnehin keine Fische mehr gibt, nachdem Sie den gesamten Teich einmal umgekehrt haben und ihn nun auch noch mit Seife beschmutzen.«

Energischen Schrittes stapfte sie zurück in das schützende Dickicht des Waldes, der die Lichtung umgab. Das Herz klopfte ihr bis zum Hals und sie fühlte das Pochen ihrer glühenden Wangen. Gestresst strich sie sich eine Haarsträhne aus der Stirn und wäre aus Unachtsamkeit beinahe gegen einen Baumstamm gerannt.

Nach fünf Minuten fand Lara endlich einen Bach, der sich murmelnd zwischen den Bäumen hindurchschlängelte. Sie starrte das Fischfanggerät, das Tonya gebastelt hatte, skeptisch an. Vermutlich sollte die Beute durch einige Toastkrumen ins Innere der Plastikflasche gelockt werden und wurde dann durch die Zahnstocher an der Öffnung, die sich nur auf eine Seite bewegen ließen, am Herausschwimmen gehindert. Machte Sinn.

Lara kniete sich auf den feucht-nassen Boden und warf die Falle ins Wasser. Die Schnur war gottlob lang genug, sodass sie sich einen Meter neben dem Bach an einen Baumstamm lehnen konnte. Sie schloss die Augen und lauschte den Geräuschen des Waldes. Dem Knacken der Äste, dem Rascheln des Unterholzes und dem Vogelgesang.

»Wenn Sie sich tatsächlich dafür interessieren, uns beim Abendessen zu unterstützen, dürfen Sie die Reuse nicht in dermaßen bewegtes Gewässer legen, sondern müssen sich einen ruhigeren Abschnitt des Baches suchen.«

Lara schrak aus ihrem Dämmerschlaf hoch und blinzelte.

Tristans Silhouette erhob sich vor ihr. »Wenn Sie mögen, zeige ich Ihnen, wo es Fische gibt.« Er hielt ihr die Hand hin.

Verblüfft über so viel Entgegenkommen ließ sie sich aufhelfen. Seine Finger lagen rau und warm in ihrer Handfläche. Ein, zwei, drei Sekunden. Erschrocken zog er sie weg, als habe er sich verbrannt. Ein Schatten huschte über seine Gesichtszüge, dann wandte er sich ab. »Folgen Sie mir.«

Bei einem Abschnitt, bei dem das Wasser beinahe stillstand, entdeckte Lara speckig glänzende Fische, silbern mit dunklen Punkten. Tristan warf die Reuse in den Bach und reichte Lara die Schnur. Dabei streiften seine Finger die ihren und die Augen huschten flüchtig über ihr Gesicht, blieben an ihrem Mund hängen und verbargen sich dann hinter gesenkten Lidern. Der Highlander drehte sich um. »Ich hole rasch mein Pferd und die Hunde. Danach kehren wir zurück zum Camp.«

Eine halbe Stunde und sagenhafte zwei Fische später erreichten sie Tonya und die Jungs.

Der dickliche Junge, der auf den Namen Daniel hörte, war gerade dabei, Pfeil und Bogen, die er eigenhändig erschaffen hatte, in einem Wutanfall zu zerbrechen. Mit hektischen Bewegungen warf er die einzelnen Holzstücke von sich. »Verfluchte Eichhörnchen, verfluchte Wildnis, verfluchte Scheiß-Aufgabe!!!« Wie Schokoladenstreusel tupften die Sommersprossen kontrastreich sein zunehmend rot werdendes Gesicht.

Tristan erfasste die Situation mit einem geübten Blick und hielt pragmatisch fest: »Tonya hat einen Fisch, wir zwei. Fleisch gibt es keines. Dann wäre da eine kleine Portion Reis und Bohnen, immerhin scheint Albert seine Aufgabe so weit erledigt zu haben. Die Tagesration muss aber für fünf Personen, zwei Hunde und auch fürs Frühstück morgen reichen. Der Todsünde der Völlerei werden wir also nicht verfallen, fürchte ich.« Tristans Blick wanderte an den Waldrand, wo die Jugendlichen im Laufe des Nachmittags zwischen den Bäumen ein militärgrünes Tuch aufgespannt und Schlafsäcke darunter verteilt hatten. Vier Stück.

»Sie können meine Schlaftüte haben, ich nehme mir die Satteldecke des Pferdes.« Mit diesen Worten führte Tristan sein Reittier zu den anderen, band es an den Zaun der Rinder und erlöste es von dem schweren Ledersattel. Dabei sah er Lara kein einziges Mal an. Sie ging einfach davon aus, dass der Satz an sie gerichtet war.

Das Abendessen war gerade mal üppig genug, das Knurren ihres Magens zu beruhigen. Satt wurden sie allerdings nicht.

Bevor das Feuer ausgehen konnte, warf Tristan einige Holzstöcke, die Albert gesammelt hatte, nach und entfachte die Flammen neu. Gelb-orangefarbene Zungen leckten an den dürren Ästen und Funken sprühten durch die anbrechende Dämmerung. Der Lord kochte ihnen allen eine Tasse des rauchigen Tees, den er bereits auf dem Schloss serviert hatte.

»Wer möchte denn heute eine Geschichte erzählen? Wie sieht es mit deinem Mehrteiler aus, Tonya?« Tristan starrte das Mädchen mit einem milden Zucken um die Mundwinkel an und eine Augenbraue hob sich spöttisch.

Diese reckte das Kinn und erwiderte seinen herausfordernden Blick, ohne zu blinzeln. Mit einem Nicken in Laras Richtung sagte Tonya, den Anflug eines Lächelns auf den Lippen: »Nun? Ich bin dafür, dass Lara heute das allabendliche Geschichtenerzählen übernimmt. Als Einstieg in unsere illustre Gesellschaft sozusagen.«

Lara verschluckte sich an ihrem Tee. Sie und eine Geschichte erzählen? Worüber denn? Alles, womit sie sich auskannte, waren Mode und ... Hüte.

Während sie mit der Information überfordert war, fiel ihr das Mienenspiel zwischen Tristan und ihrer Nichte zuerst gar nicht auf. Das anhaltende Schweigen ließ sie jedoch aufhorchen. Lara beobachtete die beiden. Der Lord presste den Mund zu einem schmalen Strich zusammen und seine Augen blitzten verärgert. Tonyas hingegen glitzerten belustigt und angriffslustig.

»Das waren Ihre Worte an meinem ersten Abend im Schloss, Mylord. Ich nahm an, dass sie zur Tradition des Hauses gehören, weshalb ich mir erlaubt habe, sie zu wiederholen. Schließlich respektiere ich Ihre Regeln.«

Lara starrte ihre Nichte mit offenem Mund an. Was redete sie denn da? Und in welch gehobener Sprache noch dazu? Äffte sie etwa Lord McAlister nach? Dem grimmigen Gesichtsausdruck desselben nach zu schließen, war dem so. Eine Ader pochte verdächtig an seiner Schläfe. Er strich sich eine Spur zu hastig, um es gelassen wirken zu lassen, über die Stoppeln des Bartes. Dann griff Tristan nach seinem Rucksack, förderte die

Pfeife zutage und begann damit, diese umständlich zu stopfen.

»Das ist korrekt. Normalerweise verhält es sich so auf Schloss McAlister. Die Neulinge bestreiten die erste Abendunterhaltung.«

Er wandte sich Lara zu und starrte sie an, ohne dass sie in seinen Augen irgendeine Gefühlsregung hätte wahrnehmen können. Tristan verstand es, die aufkeimenden Emotionen schnell hinter einer Fassade verschwinden zu lassen. Tonya schmunzelte selbstgefällig. Offenbar hatte sie den stummen Hahnenkampf gewonnen.

Lara räusperte sich, während sie angestrengt nachdachte.

Die Sonne sank soeben in einem rot-orangefarbenen Spektakel hinter die sich dunkel am Horizont abzeichnenden Bergketten der Highlands. Die Wolken und der Himmel verloren mit jeder Minute an Farbe. Als die letzten Finger des Feuerballs verschwanden, nahmen die Blau- und Schwarztöne der Schatten überhand. Ein kühler Wind fegte durch den Talkessel und zwang sie, sich die Pferdedecken überzuwerfen.

»Es war einmal ein Mädchen, das weder durch klassische Schönheit noch durch Reichtum bestechen konnte. Als ihr Vater, ein Rinderhirt, starb, erbte sie seine wenigen Habseligkeiten. Ein Pferd mit Ausrüstung, seinen Mantel und Hut, ein Lasso.« Lara nahm einen Schluck von ihrem heißen Tee und ließ den Blick in die Runde schweifen, um sicherzugehen, ob man ihrer Geschichte mit Aufmerksamkeit folgte. Zu ihrem Erstaunen war das der Fall. Also fuhr sie fort: »Das Pferd musste alsbald verkauft werden, weil das

Mädchen es nicht mehr füttern konnte und das Geld für eigene Nahrungsmittel brauchte. Der Hut, der aufgrund seiner robusten Art ein beliebter Schutz gegen die Launen des Wetters war, wurde ihr auf dem Markt in der Menschenmenge von einem frechen Dieb geklaut. Sie beschloss, den Sattel und den Mantel ihres Vaters zu verkaufen. Danach hoffte sie, eine Anstellung als Magd zu finden. Leider waren diese beiden letzten Habseligkeiten dermaßen abgenutzt und alt, dass ihr niemand mehr auch nur einen einzigen Taler dafür geben wollte. Als sie sich völlig ausgehungert, mit Lumpen am Leib und ohne Geld, mit allerletzter Kraft auf der Burg eines Adligen zum Dienste meldete, verschmähte man sie und lehnte sie ab. Man fürchtete, dass sie womöglich die Pest oder die Pocken ins Haus schleppe, so ärmlich und verwahrlost wie sie aussah. Kurze Zeit später kam ihr zu Ohren, dass der Prinz einen Ball veranstalte, um sich eine passende Braut zu suchen. Die schönsten und reichsten Frauen des Landes wurden zu diesem Anlass aufgeboten. Eines Nachts wurde das Mädchen von einem Traum gesegnet. Es sah sich selbst an dem Ball teilnehmen, als exotische Schönheit, die vor allem durch Stolz, Kampfgeist und Charakter glänzte. Sie stellte sich dem Prinzen als Prinzessin eines entlegenen Volkes vor. Vor ihrem inneren Auge sah sie exakt, wie sie hergerichtet war. Als sie am nächsten Morgen erwachte, machte sie sich sofort mit Feuereifer an die Arbeit. Sie zerlegte das Leder des Sattels und das Zaumzeug des Pferdes in seine Einzelteile. Danach schnitt sie aus der Satteldecke und dem einstigen Umhang ihres Vaters passende Stoffstücke. Sie suchte sich Ziergegenstände aus der Natur. Ein abgestoßenes Hirschgeweih, Schneckenhäuser, filigrane Tierknöchelchen. Dann nähte sie sich aus dem Mantel und der Decke ein traumhaftes Gewand und kreierte aus dem Sattelleder ein imposantes Hutgebilde. Aus dem Zaumzeug und den Knochen bastelte sie Schmuck. Als alles fertig war, sah sie aus wie eine Wikinger-Fürstin. Edel, stolz, wild, anders. Keine der übrigen Frauen trug einen Hut, der dem ihren auch nur annähernd das Wasser reichen konnte. Fahl und langweilig waren auch ihre Kleider. Der Prinz, verzaubert von ihrer facettenreichen Erscheinung, verliebte sich sofort in das Mädchen. Und wenn sie nicht gestorben sind, so leben sie noch heute.«

Lara leerte ihre Teetasse und streckte gähnend die Glieder. »Das war's. Mehr fällt mir leider nicht ein.«

»Eine wunderschöne Geschichte.« Tristans Stimme klang heiser wie Sandpapier, das über Holz raspelte. Gedankenverloren zog er an seiner Pfeife. Er musterte Lara, als sehe er sie zum ersten Mal. »Sie passt wunderbar zu meinem Kodex. Durch harte und ehrliche Arbeit, durch einen unbeugsamen Willen und ein authentisches Wesen kann man *alles* erreichen im Leben. Nicht nur im Märchen.«

Das Feuer war zwischenzeitlich wieder in sich zusammengefallen und die Schwärze der Nacht drängte von allen Seiten in ihr Lager. Über ihnen spannte sich ein mit blinkenden Sternen gespickter Himmel.

»Es ist Zeit, dass wir uns schlafen legen. Morgen wartet ein anstrengender Tag auf uns. Die Weidezäune müssen geflickt und das Vieh kontrolliert werden. Holt eure Schlafsäcke her, ich entfache das Feuer neu.

Solange es noch nicht regnet, schläft es sich hier in Feuernähe wärmer.«

»Was soll das heißen?« Albert riss entsetzt die Augen auf und starrte in den Himmel. »Ich sehe keine Wolken, wieso soll es bald regnen?«

»Wird es diese Nacht auch nicht, aber morgen, ich kann es riechen.«

Lara hoffte, dass Tristan damit falsch lag. Seinen Worten Folge leistend, drapierte sie den Schlafsack, den er ihr freundlicherweise überlassen hatte, in der Nähe der wärmespendenden Flammen.

Eine Sache beschäftigte sie jedoch noch: Tonya. Sie rückte näher zu ihrer Nichte, die gerade dabei war, sich schlafen zu legen.

»Tonya?« Ihre Stimme war nur ein raues Flüstern.

Anstelle einer Antwort erhielt sie nur einen jener gewohnten Blicke, die einem Lass-mich-in-Ruhe-Schild mit Blinklampe gleichkamen.

»Es freut mich, dass du dich mit McAlisters Methoden so gut anfreunden konntest, auch wenn du anscheinend nicht in allen Punkten seiner Meinung bist. Ich finde es trotzdem toll, wie du dich hier einbringst. Mit den Fischen und so.« Lara schenkte ihrer Nichte ein zaghaftes Lächeln, das diese mit ihrem eisigen Augenausdruck augenblicklich zum Einfrieren brachte. »Glaub bloß nicht, dass ich mich Tristan und seinem bescheuerten Kodex beuge. Der Grund, warum ich all das hier mitmache, ist ein simpler: Es bereitet mir höllisch Spaß, den verbohrten Idioten aus der Reserve zu locken. Ich fühlte mich schon lange nicht mehr so erquickt. Jeden Tag überlege ich mir aufs Neue, wie ich seine Ideen sabotieren und ihn zur Weißglut treiben kann. Das ist es, was ich an der Aktion hier schätze. Den ganzen Seelenklempner-Scheiß könnte er sich sparen, der kommt bei mir nicht an. Falls du dir das erhofft hast, Tante, muss ich dich enttäuschen. Ich sagte ja, dass ich nichts von Delfin-Therapien halte. Auch nicht, wenn anstelle der Flossenmonster Pferde involviert sind.«

Tonya kroch in ihren Schlafsack, schloss die Tüte bis unters Kinn und wandte sich dann ab.

Lara starrte sie sprachlos an. Sie war tatsächlich davon ausgegangen, die wenigen Tage auf McAlister Castle hätten bereits einen Wandel in der Psyche ihrer Nichte vollbracht. Stattdessen verspottete sie den Lord und seine Methoden und machte einen Narren aus ihm.

Gottlob war Tristan noch bei den Pferden und hatte Tonyas geflüsterte Worte nicht gehört. Auch die beiden Burschen schienen mit sich selbst beschäftigt.

Lara kroch nun ebenfalls in ihr behelfsmäßiges Bett und hielt den Blick starr in den Himmel gerichtet. Alsbald erfüllte das Schnarchen der Jungs die Stille. Tonyas Augendeckel schlossen sich auch kurze Zeit später. Ihre Gesichtszüge nahmen im Schlaf einen sanften Zug an, fast so, als wäre sie noch das Kind von damals. Ob Tristan, der sich zwischenzeitlich auch hingelegt hatte, schlief, konnte Lara aufgrund der Flammen, die zwischen ihnen durch die Nacht zuckten, nicht erkennen. Sie lauschte in die Stille. Womöglich waren das seine tiefen Atemzüge, die sie nebst dem Knacken des Holzes vernahm? Vorsichtig erhob sie sich, um über das Feuer hinwegsehen zu können.

Tristan hatte die Augen geschlossen, einen friedlichen Ausdruck im Gesicht. Schön geschwungene Lippen, ein Dreitagebart, der im Schein des Lagerfeuers rotgolden schimmerte, betonte sein Kinn. Buschige Augenbrauen über stechend grünen Iriden.

Lara sog erschrocken die Luft ein und taumelte nach hinten, als Tristan sie geradewegs anstarrte. Er hatte also doch nicht geschlafen. Sein Blick drang bis in ihr Innerstes und löste eine unbekannte Wärme in ihr aus.

»Schlaf gut, Lara aus dem Wunderland mit den Ideen für verrückte Hüte.«

Es war das erste Mal, dass er sie duzte.

»Gute Nacht, Tristan mit dem Cowboy-Kodex, was auch immer das ist.«

Er lächelte. Sie auch. Dann legte sich Lara wieder hin und schloss die Augen.

Kapitel 12

Tristan zurrte Athos' Sattelgurte fest. Immer wieder ertappte er sich dabei, wie er Lara beobachtete. Sie kämmte soeben ihre hüftlange goldblonde Mähne mit den Fingern und flocht sie zu einem Zopf. Ihre Figur, die sich vor der dunklen Kulisse des Waldes abhob, erinnerte ihn an eine Acht. Rund, weich und schwungvoll.

Laras intelligente Kreativität beeindruckte Tristan, obwohl es nicht von der Hand zu weisen war, dass sich nur Verrückte für Hüte interessierten. Was ihn beängstigte, war das Gefühl, das ihr Blick auf seiner nackten Haut ausgelöst hatte: ein Brennen, das Kitzeln einer Feder, abertausende von Ameisenfüßen ... aufregend. Ein ungewöhnliches Exemplar, diese Frau. Er schüttelte, verärgert über seine ziellos davongaloppierenden Gedanken, den Kopf.

Was für eine läppische Idee, Lara einfach im Lager übernachten zu lassen! Was hatte er sich bloß dabei gedacht? Andererseits, nach Hause schicken konnte er sie, wie sie selbst richtigerweise erkannt hatte, auch nicht mehr. Nun wurden Tristan sein eigenes Handy-Verbot und die Idee mit dem Leben in der Prärie zum Verhängnis. Hätte er wenigstens ein Auto genommen oder in einer Hütte mit Strom für sein Mobiltelefon übernachtet, wären Ron und der Minivan nur einen Telefonanruf weit entfernt gewesen. So aber, den Alltag der echten Cowboys imitierend, blieb ihm nichts anderes übrig, als Lara seine Gastfreundschaft anzubieten. Doch jetzt war Schluss damit. Es gab keinen Grund mehr für sie, noch länger im Lager zu bleiben.

»Lara?«

Sie wandte den Kopf in seine Richtung.

»Ich bringe dich zurück zu deinem Fahrrad.« Tristan wies auf sein Pferd. An seine Truppe gewandt: »In meinem Rucksack gibt es Werkzeug. Sucht den Zaun nach der ersten kaputten Stelle ab und versucht, sie zu reparieren, bis ich wieder hier bin. Außerdem: Macht euch auf eine nasse und kalte Zeit mit wenig Schlaf und Nahrung gefasst.«

Er legte den Kopf in den Nacken. Wolken zogen in dichten Schwaden über den Himmel und sorgten schon zu diesen frühen Morgenstunden für ein trübes und graues Licht. Der Regen würde nicht mehr lange auf sich warten lassen, Tristan konnte ihn in der feuchtigkeitsgeschwängerten Luft bereits riechen. Sachte wogten die Wipfel der Bäume im Wind hin und her. In dunklem Grün hoben sie sich vor dem grau melierten Himmel ab. Das Muhen der Rinder drang an sein Ohr. Die Pferde stampften ebenfalls unruhig mit den Hufen und peitschten ihre Schweife zischend hin und her. Die Vorboten des nahenden Unwetters.

Tristan schwang sich in den Sattel und bot Lara seine Hand.

Sie schüttelte vehement den Kopf und verschränkte die Arme vor der Brust, wobei ihr Zopf hin- und herpendelte.

Er hob erstaunt die Augenbrauen.

»Kommt nicht in Frage, dass ich meine Nichte in ihrem geschwächten Zustand bei diesem Wetter hier draußen lasse. Ohne genügend Nahrung, Hygiene, Schutz und ... alleine mit drei Männern.«

Tristan ritt eine Schleife, weil sein Pferd unruhig tänzelte und die Ohren an den Kopf legte. Er glaubte, sich verhört zu haben. Stellte Lara etwa schon wieder seine Erziehungsmethoden infrage? Er hatte jetzt weder Zeit noch Lust, sich mit der dreisten Lady zu streiten. Erledigt war das für ihn aber noch lange nicht. Besonders ärgerten ihn nun seine schwachen Sekunden, als er sie noch für ihre Talente bewundert hatte. Tristan konnte es sich nicht genug oft vor Augen halten:

Frauen waren zwiespältige Wesen. Verlockend und grausam gleichermaßen.

»Los, aufsteigen, die Rinder warten! Manche sind uns schon entwischt, weil der Zaun Lücken aufweist. Das Gelände ist extrem weitläufig, die Arbeiten können unmöglich in einem Tag erledigt werden. Also hopp.«

Er bedachte Lara mit einem eindringlichen und wenig freundlichen Blick, wandte sich ab und gab seinem Pferd die Sporen. Ein Pfiff und Skylla und Charybdis preschten sofort an ihm vorbei. Aus den Augenwinkeln sah Tristan, wie die Burschen und Tonya sich daran machten, ihre Tiere zu besteigen. Die Krähe mit der Eleganz und Routine einer Reiterin, wie er ungern zugeben musste, die beiden Jungs mit der Grazie zweier Nilpferde.

Das Donnern der Hufe auf dem mit Heidekraut überwucherten Boden vermochte Tristan nach einigen Minuten etwas zu beruhigen. Vor lauter Aufregung hatte er sogar vergessen, das Werkzeug mitzunehmen. Er hoffte, dass die Jugendlichen daran gedacht hatten, wo er es ihnen doch bereits sinnbildlich vor die Füße geworfen hatte.

Bei einem defekten Stück Zaun hielt Tristan an und wartete auf seine Gefolgschaft. Daniel war das Jammern von weitem anzusehen, Albert brillierte durch Unlust und den Hang zur Faulheit und Tonya begegnete ihm mit dem gewohnt herausfordernden Glitzern in den Augen.

»So, wir teilen uns jetzt auf, damit möglichst viele der dringenden Arbeiten bis zum Abend erledigt sind. Am Mittag gibt es eine Pause, Reis und Bohnen inklusive. Danach kann jemand von euch auf die Jagd gehen oder Fische fangen, falls er mag, um unser Menü zu bereichern. Sonst ... Reis und Bohnen.« Tristan zügelte sein Pferd, das den Kopf ungeduldig hin- und herriss. »Tonya begleitet mich, da sie die beste Reiterin dieser Gruppe ist. Wir sehen uns das Vieh an und kontrollieren, ob es Verletzte gibt. Jungs, ihr repariert den Zaun. Seid kreativ. Ihr könnt den Draht verwenden oder aber auch Ruten sammeln und sie als Verbindungsstücke in den Zaun flechten. Hauptsache, es reißt kein weiteres Tier aus.«

Ein Blitz zuckte über den Himmel und kurze Zeit später rollte ein Donnergrollen über die Highlands. Erste Tropfen klatschten schwer auf sie nieder. Die Kadenz des Regens nahm rasant an Fahrt auf, sodass sie binnen weniger Minuten bis auf die Haut durchnässt waren.

»Ich will sofort zurück ins Lager und mich trocken anziehen und ans Feuer setzen!« Daniel, wer sonst. Ein weinerlicher Gesichtsausdruck verzerrte sein Jungengesicht zu einer infantilen Fratze.

»Ich schätze, das wird nicht möglich sein. Ein Cowboy tut, was getan werden muss und er beendet, was er angefangen hat. Die Arbeiten bei den Rindern dulden keinen Aufschub. Sie werden genau jetzt und so, wie ich es gesagt habe, verrichtet. Wenn ein Viehhirt etwas nicht ausstehen kann, dann sind es sich selbst bemitleidende Jammerlappen. Denkst du, es geht einem von uns besser? Wir sind alle nass und frieren. Dennoch haben wir einen Auftrag und tragen die Verantwortung für eine Herde. Stell dir nur vor, eines der Rinder sucht Schutz in der Nähe eines Baumes und da schlägt der Blitz ein. Bloß weil du deinen Arsch trocknen musstest!«

Mit diesen Worten gab Tristan Athos die Sporen und holte Anlauf. Mit einem geübten Sprung setzte er über den Zaun hinweg und preschte auf die im strömenden Regen stehenden Rindergruppen zu. Als er sich umdrehte, um zu sehen, ob Tonya ihm folgte, sah er, wie sie ihr Tier vom Zaun wegtrieb, um Schwung zu holen.

Sie hätte natürlich auch eines der Gatter anreiten und öffnen können, davon gab es in regelmäßigen Abständen genug. Trotzig wie Tonya war, wollte sie ihm aber wohl ein weiteres Mal beweisen, dass er sie weder in die Knie zwingen noch beherrschen konnte. Das wurde ein hartes Stück Arbeit, das spürte er. Wenn er sich allerdings die sture Tante vor Augen hielt, wunderte ihn das überhaupt nicht.

Ein Mutter-Kind-Gespann erregte seine Aufmerksamkeit. Das Kalb wollte beim Euter der Mutterkuh andocken, doch diese stieß es wiederholt von sich weg. Die Wassertropfen verschleierten Tristans Sicht. Erfahrungsgemäß deutete ein solches Verhalten jedoch auf eine Entzündung der Brustwarzen hin. Das musste untersucht und behandelt werden.

Als sich Tristan, abgelenkt durch diesen Umstand, kurze Zeit später wieder umdrehte, galoppierte Tonya bereits auf den Zaun zu. Sie setzte zum Sprung an und schwebte einige Sekunden schwerelos durch die Luft und über den Zaun hinweg. Mit einem dumpfen Plumpsen schlugen die Hufe des Reittieres auf dem feuchten Boden auf. Tonya wurde im Sattel nach vorne gerissen, parierte das kurze Ungleichgewicht jedoch gekonnt.

Black Princess rutschte durch den Aufprall auf dem nassen Erdreich aus.

Wiehernd und wild strampelnd kippte sie zur Seite.

Tonya, deren Füße in den Steigbügeln gefangen waren, gelang es nicht mehr rechtzeitig, sich zu befreien und vom Pferderücken zu gleiten. Unsanft wurde sie mitsamt des Tieres umgeworfen und der Kopf schlug auf dem Boden auf. Zu Tristans Entsetzen erhob sich die Araberstute hysterisch und rannte mit vor Schock hervorquellenden Augen weiter. Das Mädchen hing wie ein nasser Sack mit einem Fuß im Steigbügel. Reglos.

In seiner Panik schleifte das Tier Tonya einfach hinter sich her.

Tristan tat, wozu jeder Cowboy täglich angehalten wurde. Er improvisierte. Er gab dem Hengst die Sporen, griff nach dem Lasso am Sattelknauf und galoppierte auf die panische Stute zu. Mit gekonnten

Schwungbewegungen platzierte er das Seil um den Hals des Pferdes und zog mit aller Kraft zu. Black Princess wehrte sich gegen die plötzliche Einschränkung und erhob sich auf die Hinterläufe. Mit einem schwungvollen Satz hechtete Tristan aus dem Sattel, das Lasso fest in der Hand und sprang auf den matschigen Untergrund. Während es wie aus Kübeln goss, zog er die Araberstute Stück um Stück näher zu sich heran und zwang sie, die Vorderhufe wieder auf den Boden zu stellen. Endlich war er dicht genug an ihr dran, um sie berühren zu können. Das Brennen, das seine aufgeschürften Handflächen verursachten, ignorierte er. Mit beruhigenden Worten und Gesten gelang es Tristan schließlich, das Tier zu entspannen.

Schwer atmend, mit bebenden Flanken und unruhig zuckenden Ohren blieb Black Princess stehen. Weiterhin auf sie einredend, umkreiste sie Tristan vorsichtig und zog ein Klappmesser aus der Hosentasche. Mit einem kräftigen Schnitt durchtrennte er den Steigbügel, Tonya plumpste auf die Erde.

Erst dann lockerte er das Lasso und gab die Stute frei.

Er kniete neben dem Mädchen nieder und strich ihr die schlammverschmierten Haare aus der Stirn. Blut klebte an ihrer Schläfe. Arme und Beine wiesen nach einer kurzen Untersuchung zahlreiche Schürfwunden auf. Ob es sich bei den Verletzungen um etwas Ernstes handelte oder nicht, konnte Tristan zum jetzigen Zeitpunkt noch nicht sagen.

Er stieß erleichtert die Luft aus, als Tonyas Augenlider flatterten und sie ihn erschöpft ansah.

»Bewege dich nicht. Ich hole deine Tante. Warte hier auf mich.« Tristan pfiff und winkte den beiden Burschen. Sie eilten herbei. Immerhin.

»Habt ein Auge auf Tonya, sie soll sich nicht rühren, klar? Ich bin gleich zurück.«

»Athos!« Der Hengst hob den Kopf und trabte folgsam zu seinem Herrn. Tristan schwang sich in den Sattel und galoppierte zum Camp, das gottlob nicht allzu weit entfernt lag.

Vor Nässe triefend, erreichte er Lara, die damit beschäftigt war, eine Feuerstelle im Wald zu erstellen. So wie er die Situation erfasste, hatte sie bereits Zutaten für ein Mittagessen gesammelt und war im Begriff, dieses zuzubereiten. Das hätte er von ihr nicht erwartet.

»Du bist zu früh! Ich muss noch mal los. Ich möchte noch einige Fische besorgen. Die Beeren, Pilze und die Kräuter reichen nicht für ein schmackhaftes und ausgewogenes Mahl.« Als Tristan näherkam und vom Pferd sprang, erkannte Lara anhand seiner Miene wohl, dass er keine guten Nachrichten brachte. Ihr Gesicht verlor augenblicklich jegliche Farbe und die Holzkelle fiel ihr aus der Hand.

»Tonya?«

Er nickte und schluckte schwer. Sein Mund war trocken.

»Bisher ist keiner der Jugendlichen über den Zaun gesprungen. Keiner von ihnen konnte gut genug reiten. Sie sind alle der Abgrenzung entlanggeschlichen, bis sie ein Gatter oder Schlupfloch gefunden haben.«

»Du hast sie mit dem Pferd über den Zaun springen lassen?!« Laras Stimme überschlug sich.

»Himmelherrgott, Tristan! Das ist grob fahrlässig! Ich dachte, du weißt, was du tust!«

Diese Vorwürfe schnitten in sein Herz wie Rasierklingen.

»Ich habe dir meine Nichte anvertraut, weil alle von deinen überragenden Fähigkeiten schwärmten und nun das! Hast du sie absichtlich ins Messer laufen lassen, weil du ihre Provokationen nicht ertragen konntest? Weil sie eine Frau ist, die deinen männlichen Stolz angreift?!« Die letzten Worte spuckte Lara Tristan wie eine stinkende Brühe ins Gesicht. Tränen glitzerten in ihren Augen. Oder waren es bloß die Regentropfen?

Er hätte ihre Anschuldigungen gerne von sich gewiesen. Ihr Zorn verunsicherte ihn jedoch dermaßen, dass er an seinem eigenen Handeln zweifelte. Hatte er Tonya tatsächlich anders behandelt als die Burschen? Weil sie ihn mit ihrer weiblichen Sturheit provoziert hatte? Weil ihre Rebellion anderer Maßnahmen bedurfte als jener der männlichen Jugendlichen? Hatte er versagt, weil sie eine Frau war? Tristan wusste es selbst nicht. Eine eiserne Faust griff nach seinem Herzen. Noch nie in all den Jahren war ihm ein Fehler passiert.

Egal was Ron behauptete, das musste der Fluch sein. Kaum war eine Frau im Spiel, lief alles aus dem Ruder. *Alles.*

Zusammen mit Laras Hilfe stellte er aus dem Tuch, das ihnen als Dach der Schlafstätten diente, und zwei starken Ästen eine Tragbahre her. Mit Seilen band er die Konstruktion an sein Pferd.

Eine halbe Stunde später ritt Tristan mit Lara auf dem Rücken des Hengstes und der Trage im Schlepptau zurück zur Unfallstelle. Daniel und Albert hatten sich rührend um Tonya gekümmert. Sie hatten ihr den Schmutz aus dem Gesicht gewaschen und hielten ihre Hand.

Vorsichtig, jede unnötige Bewegung oder Erschütterung vermeidend, luden sie das bleiche Geschöpf auf die Bahre und fixierten es mit Seilen.

Bevor Tristan mit Lara und ihrer Nichte den Heimweg antrat, wandte er sich den beiden Jungs zu. Es fiel ihm unsagbar schwer, die Worte auszusprechen. Noch nie in den vergangenen zehn Jahren seiner Tätigkeit als Cowboy war etwas Ähnliches vorgefallen. Doch gerade die Ehre der Viehhirte verlangte auch diesen Schritt.

»Abbruch der Übung, Jungs. Steigt auf eure Pferde, wir reiten zurück zum Schloss.« Mit einem Seufzer, der ihm die Brust zu sprengen drohte, fügte Tristan noch an: »Wisse immer, wo die Grenze ist. Auszug aus dem Kodex.«

Dann schnalzte er mit der Zunge und der Hengst setzte sich langsam in Bewegung und schritt durch den milchigen Vorhang des strömenden Regens.

Kapitel 13

Lara wusste nicht, welches Gefühl stärker war. Der Impuls, dem eitlen Lord eine zu scheuern oder die verlockende Wärme seines Rückens an ihrer Brust. Fest stand auf jeden Fall, dass sie ihm sein Verhalten übelnahm und ihm den Fehler mit Tonya nicht verzieh. Ihre Nichte war seit Kindertagen nicht mehr geritten, was glaubte er denn? Dass sie Championesse im Springreiten war? Ohne entsprechende Routine und Übung? Bei all der Erfahrung, die man dem Adligen im Umgang mit den Jugendlichen nachsagte, hatte er dennoch keine Ahnung von Kindern und noch weniger von Frauen. Das hatte Tristans unverantwortliches Handeln einmal mehr deutlich gezeigt. Wie konnte man solch waghalsige Manöver bei dieser Witterung überhaupt zulassen? Wäre Lara nicht um das Mittagessen bemüht gewesen, hätten die Jugendlichen vermutlich auch noch mit halb leerem Magen zurück in die Prärie, wie er es nannte, reiten müssen. Seine Erziehungsmethoden in Ehren, aber er trug immer noch die Verantwortung für Halbwüchsige und nicht für eine Horde wettergegerbter Rowdys. Es grenzte an ein Wunder, dass in den Jahren seiner Tätigkeit noch nie etwas Gravierendes passiert war.

Tristan und sein beschissener Cowboy-Kodex! Das wäre alles gut und recht, wenn es, wie Lara angenommen hatte, im Sinne eines Parcours, Turniers oder einer Schnitzeljagd in und rund um die Burgmauern stattfinden würde. Dass er die Kinder realen Gefahren aussetzte, war ihr nicht bewusst gewesen und ihrer Freundin Emilia bestimmt auch nicht, sonst hätte sie ihr wohl wärmstens von der Sache abgeraten. Vielleicht glaubte Tristan in seiner grenzenlosen männlichen Vermessenheit jedoch auch, die Risiken abschätzen und frühzeitig abwehren zu können. Dass es sich dabei um Starallüren handelte, hatte der jüngste Vorfall jedenfalls eindrucksvoll bewiesen.

Mehr noch als die eigene Sorge um Tonyas Wohl nagte die Schuld an Lara. Ihre einzige Schwester hatte ihr in ihrem Testament ihr geliebtes Einzelkind anvertraut und sie hatte nichts Besseres gewusst, als das Mädchen in die schottische Hölle zu senden und es in Lebensgefahr zu bringen. Um das Ganze noch mit dem Sahnehäubchen zu versehen: All das war nur deshalb geschehen, weil Laras egoistischer Lebensgefährte Thomas kein Mitgefühl für das Schicksal ihrer Nichte gezeigt und sich ihr gegenüber erbarmungslos verhalten hatte. Hätte er Lara, wie es sich für einen liebenden Partner gehörte, unterstützt, wäre sie in ihrer Verzweiflung nie auf den Cowboy und seine zwielichtigen Methoden hereingefallen. Außerdem hätte Lara denselben nie entblößt gesehen und müsste sich nun nicht gegen die penetranten Tag- und Nachtträume wehren, die sie wiederholt in Form eines nackten Adonis heimsuchten.

Ja, Lara war krank vor Sorge. Aber nicht nur das: Sie war auch stinksauer.

Endlich tauchten die wuchtigen Zinnen von McAlister Castle aus dem Nebel auf und beendeten Laras leidvolles Gedankenkarussell. Nun galt es zu handeln. Bevor Tristan das Tier komplett zum Stehen gebracht hatte, stieg sie bereits vom Pferd. Sie kniete neben Tonya auf dem Boden und fasste ihre kalte Hand.

»Geht es? Wie fühlst du dich? Hast du Schmerzen?«

Ron, der offenbar einen angeborenen Instinkt für die Dinge auf der Burg besaß, erschien im Türrahmen, bevor Tristan nach ihm rufen musste. Seine Miene entgleiste ihm komplett, als er das Gespann erfasste und das bleiche Mädchen auf der Notbahre entdeckte.

»Rufen Sie einen Arzt aus Lairg!«, befahl der Lord und stieg aus dem Sattel. Der Diener war bereits verschwunden, bevor er den Satz beendet hatte.

Eine Viertelstunde später kam ein rostrotes Auto mit quietschenden Reifen im Hof zum Stehen. Doktor Pebbles, wie er sich Lara vorstellte, öffnete seinen Arztkoffer und begann sofort damit, Tonya abzutasten und zu testen, ob ihr Rückenmark verletzt war. Nach fünf Minuten, die bei Lara jede Nervenfaser zum Glühen brachten, gab er endlich Entwarnung.

»Das Kind hatte Glück. Die Wirbelsäule ist in ihrer Ganzheit unversehrt. So wie ich es einschätze, hat sie einige hartnäckige Schürfwunden und Prellungen. Sie wird zwar Schmerzen haben und mit blauen Flecken gesprenkelt sein, aber ansonsten fehlt ihr offenbar nichts. Bringen wir sie nun auf ihr Zimmer, dann kann ich sie noch im Detail untersuchen, Verbände anbringen und Schmerzmittel verabreichen. Sollten sich ihre

Beschwerden in den kommenden Tagen unerwarteterweise verschlimmern, melden Sie sich bitte sofort, dann muss ich sie in meiner Praxis eingehend untersuchen und röntgen. «

Henry eilte herbei und kümmerte sich auf ein Nicken seines Herrn hin um die Pferde. Ron und Tristan trugen die Bahre mit Tonya die Treppe hinauf ins Schloss und dann weiter in die erste Etage ins blaue Zimmer.

Stöhnend ließ sich das Mädchen aufs Bett legen. Lara bedeutete Ron und Tristan, augenblicklich den Raum zu verlassen. Zusammen mit Doktor Pebbles befreite sie ihre Nichte von den vor Schmutz starrenden und durchnässten Kleidern. Eine Viertelstunde später verabschiedete sich der Arzt mit einem wohlwollenden Lächeln.

»Sie wird schon wieder. Lassen Sie sie nun schlafen, das wird ihr guttun und die Genesung beschleunigen. Etwas Tee oder eine kräftige Rinderbrühe kann auch nicht schaden.«

Lara wartete noch, bis Tonya die Augen schloss und sich ihr Atem vertiefte und verlangsamte. Der Schlaf schloss sie rasch in seine gnädigen Arme. Lara erhob sich von der Bettkante, verließ das Zimmer und zog die Tür leise hinter sich zu.

Als sie sich umdrehte, starrte sie geradewegs in Tristans schuldbewusste Miene, der sich im gelben Lichtkegel einer Wandlampe an die Wand lehnte und die Hände in den Hosentaschen vergraben hatte.

»Ich ... habe Ron damit beauftragt, dir angrenzend an das Zimmer deiner Nichte ebenfalls einen Raum herrichten zu lassen. Ich nehme an, dass du gerne hierbleiben würdest, um ein Auge auf Tonya zu haben.«

Er senkte den Blick, nagte an seiner Unterlippe und strich sich über die Stoppeln des Bartes. Als Tristan sie wieder ansah, fragte er: »Möchtest du deine Sachen im *Lochview* selber holen oder soll ich Ron damit beauftragen?«

»Ich gehe persönlich hin ... mein Fahrrad müsste außerdem noch geholt werden, es ist nur ausgeliehen.«

Tristan nickte und stieß sich von der Wand ab. »Gut, dann wird dich Ron hinfahren und im Anschluss das Rad suchen und herbringen. Vielleicht brauchst du es ja noch.«

Eine rotbraune Locke fiel ihm in die Augen. Er machte keine Anstalten, wegzugehen und musterte sie stumm.

»Es tut mir leid, Lara.« Die Worte verließen seinen Mund als Flüstern und er wandte den Blick dabei hastig ab. Ohne ihre Antwort oder Reaktion abzuwarten, eilte er den Flur entlang und polterte die Treppe hinunter ins Erdgeschoss. Sein Duft hing noch in der Luft, als Lara ihm folgte. Ein Hauch von Pfeifentabak, feuchtem Stoff, vermischt mit der herben Note von frischem Schweiß.

Langsam ebbte ihr Zorn, der vorwiegend aus Sorgen entstanden war, ab. Sie hätte nicht erwartet, dass Tristan sich zu einer Entschuldigung herablassen würde, geschweige denn einwilligte, sie im Schloss wohnen zu lassen. Das alles musste in krassem Gegensatz zu seinen Maximen stehen.

In der Empfangshalle wartete Ron bereits unter dem großen Kronleuchter, der wie ein gigantisches Gebilde aus Eiskristallen von der Decke hing, auf Lara. Ein warmes Lächeln zog seine Mundwinkel nach oben und wurde vom Glitzern der Augen aufgegriffen.

Während der Fahrt zu Mimmis Bed & Breakfast schwiegen sie beide. Der niederprasselnde Regen machte eine Konversation im Wageninneren ohnehin unmöglich. Die Scheibenwischer hüpften nervös und überfordert mit der sintflutartigen Regenmasse über die Scheiben. Ron beugte sich nach vorne und klebte mit der Nase beinahe an der Windschutzscheibe. Dichter Nebel fraß die Straße, sodass es den Anschein erweckte, als würden sie nach zwei Metern ins Nichts fahren. Entsprechend langsam kamen sie voran. Sie erreichten das *Lochview* kurz nach Mittag.

Mimmi erschien mit weit aufgerissenen Augen im Türrahmen. »Da bist du ja! Ich dachte schon, dass dir bei diesem Hundewetter etwas zugestoßen ist!« Zu Laras Überraschung schloss sie die rundliche Frau in die Arme und drückte sie kräftig an ihre Brust.

»Ich hole meine Sachen, da ich einige Zeit auf McAlister Castle wohnen werde. Meine Nichte hatte einen Reitunfall.«

Mimmi hob bei diesen Worten entsetzt die Augenbrauen und hielt sich eine Hand vor den Mund. Lara winkte jedoch mit einem milden Lächeln ab. »Es ist ihr wie durch ein Wunder nichts Gravierendes geschehen. Nur einige Prellungen und Schürfungen. Dennoch hat selbst Tristan McAlister eingesehen, dass ich sie in diesem Zustand nicht alleine lassen möchte.«

Mimmi nickte verständnisvoll. »Ich halte dir das Zimmer trotzdem frei, falls du später wieder hierher zurückkommst. Entweder weil dir in der Burg voller Männer die Decke auf den Kopf fällt oder ... weil es sich Tristan anders überlegt.« Ein schiefer Seitenblick zu Ron entlockte dem Diener ein resigniertes Seufzen. Sie verstanden sich.

Plötzlich hob Mimmi einen Zeigefinger und ein Schmunzeln überzog ihr pausbackiges Antlitz. »Außerdem fürchte ich, dass du mein Nähatelier weiterhin in Anspruch nehmen musst, Lara. Als ich mich gestern zum Afternoon Tea mit meinen besten Freundinnen traf und deinen Hut trug, sind sie vor Neid erblasst! Sie meinten, dass ich um Jahre jünger und vor allem attraktiver aussehe.«

Ein amüsiertes Glucksen begleitete ihre Worte und eine leichte Röte färbte die Wangen. »Kurz und gut: Ich habe weitere Aufträge für dich. Natürlich gegen Bezahlung, versteht sich. Und ...« Mimmi hob erneut den Zeigefinger, um die Aufmerksamkeit aufrechtzuerhalten und wohl um anzudeuten, dass das Beste ihrer Erzählung erst noch folgte, »... sie liefern dir die Zutaten und Materialen für ihre Wunschhüte gleich selbst. So wie ich. Selma beispielsweise wünscht einen Hut aus ihrem ehemaligen Hochzeitskleid. Sie kann es zwischenzeitlich nicht einmal mehr heimlich tragen, weil sich ihr Äußeres in den letzten über dreißig Jahren doch ein kleines bisschen verändert hat.« Mimmi zwinkerte belustigt. »Dorothy hängt sehr an einer Knopfsammlung ihrer verstorbenen Mutter und hat noch zahlreiche Bastkörbe und -taschen, die sie vor langer Zeit in einem Anfall von Trendbewusstsein anschaffte und nun nicht mehr braucht. Dies sind nur einige Beispiele. Wenn du Zeit hast, würde ich gerne eine Teerunde veranstalten und die Damen einladen, damit sie dich kennenlernen und ihre Anliegen mit dir besprechen können. Natürlich nur, wenn dich Hüte immer noch begeistern.«

Ein Hauch von Unsicherheit schlich sich in Mimmis Stimme. Sie kräuselte die Stirn und verzog den Mund, als befürchte sie ein vehementes Kopfschütteln von Laras Seite.

Diese konnte das hektische Klopfen ihres Herzens gar nicht mehr bändigen und spürte, wie ihr die Hitze der Vorfreude den Hals hinauf und in die Wangen kroch.

»Sag mir wann und wo, ich werde euch Ladies gerne beraten und mich dann umgehend an die Arbeit machen!«

Ohne dass Lara sich davon abhalten konnte, explodierten ihre Gedanken bei der Vorstellung an die bevorstehenden Aufgaben.

Stoffe, raue und seidige. Farben in allen Schattierungen des Regenbogens. Gesichter, eckige und runde, mit lustigen oder traurigen Augen. Haare in all ihren Varianten.

Dazu Hüte. Unendlich viele Hüte. Perfekt abgestimmt auf all die Parameter, welche die Natur bereits erschaffen hatte, kombiniert mit der Vielfalt von Dingen, die man ein Menschenleben lang ansammelte. Die Möglichkeiten waren schier unbegrenzt.

»Morgen? Wollen wir uns da am Nachmittag treffen?«

Bestimmt konnte Tonya Lara nach dem Mittag für einige Stunden entbehren. Die Zeit würde ihr allerdings wie geschmolzenes Eis durch die Finger tropfen. Skizzen und Zuschnitte konnte sie anschließend auf dem Schloss vorbereiten, das Herzstück ihrer Schöpfertätigkeit, das Nähen mit der Pfaff, musste jedoch in Mimmis Heim vorgenommen werden.

Mimmi klatschte begeistert in die Hände. »Ich werde sofort einige Telefonanrufe tätigen! Dann bis morgen!« Mit diesen Worten verschwand sie gestikulierend und vor sich hinmurmelnd im Wohnzimmer.

Eine Viertelstunde später befanden sich Ron und Lara auf dem Rückweg zum Schloss. Nachdem der Diener Laras Gepäck auf ihr neues Zimmer gebracht hatte, machte er sich sofort auf den Weg, das Fahrrad zu bergen.

Lara musterte die Räumlichkeiten, die man ihr zugeteilt hatte. Anders als bei Tonyas Schlafgemach beherrschte hier die Farbe Altrosa die Stoffe an den Fenstern, Möbeln und im Bett. Auch dieser Raum war mit schweren Brokatvorhängen, Ohrensesseln, einem Himmelbett und aus altem Holz gezimmerten Einrichtungsstücken ausgestattet. Ein dicker Teppich, der vermutlich ein Vermögen gekostet hatte, bedeckte den größten Teil des ansonsten eisig kalten Steinbodens. Ein geräumiger Einbauschrank mit Spiegel komplettierte die Zimmereinrichtung. Leider fehlte ein separates Bad. Lara entdeckte dieses einige Minuten später ein paar Türen weiter auf derselben Etage. Sie hoffte, dass sie sich die Nassräume nur mit ihrer Nichte und nicht auch noch mit eventuellen männlichen Schlossbewohnern teilen musste. Daran hatte Tristan aber bei seiner Abneigung gegen ihr Geschlecht bestimmt gedacht. Vermutlich hatte er den gesamten Trakt unter Quarantäne gesetzt.

Bevor Lara einen Rundgang auf eigene Faust durch das Schloss unternehmen wollte, beschloss sie, in der Küche nach etwas Essbarem zu betteln.

Gregor sah nicht unbedingt wie der klischeehafte Koch aus. Weder war er beleibt wie ein Buddha noch haftete ihm die aus Filmen bekannte Fröhlichkeit an. Er war ein drahtiges und ernsthaftes Geschöpf um die Fünfzig mit karottenroten, von Weiß durchzogenen Haaren, die er sorgsam gescheitelt trug. Spröde, flinke Hände zauberten innerhalb weniger Sekunden ein liebevoll garniertes, gigantisches Sandwich für Lara und brauten einen nach süßen Früchten duftenden Tee zu. Seine nüchterne Miene täuschte.

»Setz dich an den Ofen, wenn du magst. Um diese Tageszeit und bei diesem garstigen Wetter ist es in der Küche am wärmsten. Den Kamin in der Bibliothek und im Speisezimmer lässt der Lord erst gegen Abend einheizen. Immerhin ließ er sich dazu überreden, die Nassräume und die Schlafzimmer mittels elektrischer Heizkörper individuell zu beheizen. Wir sind ja nicht mehr im Mittelalter, wo man noch mit dem Kohlebecken vorliebnehmen muss.« Gregor zwinkerte Lara zu, den Mund zu einem Grinsen verzogen und zeigte auf einen Holztisch neben dem Küchenofen.

»Der sieht aber tatsächlich aus, als stamme er noch aus grauer Vorzeit«, kommentierte Lara zwischen zwei Bissen und deutete mit dem Kopf auf den Ofen.

Gregor gab ein heiseres Lachen von sich. »Früher wurde er aktiv zum Backen und Rösten verwendet. Heute haben wir moderne Küchengeräte und nutzen ihn nur noch zum Erwärmen der Küche. Da diese meistens den ganzen Tag besetzt ist und es immer etwas zu tun gibt, ist sie traditionellerweise der wärmste Raum im gesamten Anwesen. So richtig herausgeputzt, gewärmt und auf Hochglanz gebracht wird diese Burg genau einmal im Jahr. Zum Geburtstagsball des Herrn Ende Juli. Dann reisen auch zahlreiche Gäste an, manche bleiben sogar über Nacht.«

Lara lauschte dem Koch mit wachsender Neugierde und beobachtete ihn und seine Hilfskräfte nebenher dabei, wie sie emsig Nahrungsmittel verarbeiteten.

Eine Stunde später, satt und aufgewärmt, startete Lara ihre Erkundungstour durch die Gemäuer des Schlosses. Leider stellte sie alsbald fest, dass dies tatsächlich ein kleines Alcatraz war. Ganze Gebäudeteile waren sorgsam versperrt, zahlreiche Türen abgeschlossen und sogar der Aufgang einiger Wendeltreppen hinderte den neugierigen Flurwanderer mit einem Gittertor daran, seine vorwitzige Nase an Orte zu stecken, die ihn in Tristans Augen nichts angingen. Vermutlich war das Schloss kindersicher umgebaut worden. Von weiblichen Wundernasen konnte der Verbarrikadierungswahn des Lords wohl kaum herrühren, denn die waren wohl eher selten zu Gast und wenn, dann definitiv nicht länger als zum Tee.

»Suchst du etwas Bestimmtes?«

Lara zuckte zusammen und sog scharf die Luft ein. Tristans dunkler Bariton ging ihr durch Mark und Bein. Betont langsam drehte sie sich um. »Schleichst du immer wie ein Schatten durch dein eigenes Schloss?«

»Ich war ziemlich laut, doch deine Neugierde hat dich dermaßen vereinnahmt, dass du mich nicht gehört hast.« Er wippte auf den Fußsohlen vor und zurück und verschränkte die Hände hinter dem Rücken.

»Dann erlöse mich, Tristan. Was ist da oben? Hältst du da Gefangene? Bist du ein verborgener Blaubart? Was ist es, das du vor anderen geheim halten willst?«

Tristan zuckte nur die Schultern und ein mildes Lächeln huschte über seine Züge. »Gar nichts. Da oben ist mein Wohntrakt. Ich habe bloß keine Lust, dass sich irgendwelche unmündigen Rotznasen da umsehen oder am Ende aus Wut noch randalieren. Abgesehen davon ... stellte ich bei zahlreichen vergangenen Veranstaltungen in meinem Schloss wiederholt fest, dass die weibliche Entdeckerfreude jugendlichem Leichtsinn in nichts nachsteht.«

Lara spürte die Röte auf ihren Wangen pulsieren. Ertappt. Tristan hielt den Blick unerbittlich auf sie gerichtet und schien nicht zu beabsichtigen, sie von seinem Starren zu erlösen. Dennoch konnte sie im Grün der Augen nicht erkennen, was hinter seiner Stirn vorging.

»Ich wollte nicht unhöflich sein«, gab sie schließlich kleinlaut zu und fixierte den Spannteppich im Flur, dessen Muster plötzlich ausnehmend faszinierend war.

»Ich bin dir gefolgt, was auch nicht unbedingt der feinen Art eines Gentlemans entspricht. Zu meiner Rechtfertigung kann ich jedoch sagen, dass dies geschah, weil ich dich zum Abendessen einladen wollte. Ich bin möglicherweise ... nicht sehr bewandert im Umgang mit Frauen, aber ich bin nicht ohne Manieren. Es ist nicht nötig, dass du die restlichen Tage auf diesem Anwesen mit Sandwiches vor dem Küchenofen verbringst.«

»In diesem Schloss haben die Wände wohl Ohren ...«

Tristan grinste. Kleine Falten bildeten sich um seine Augen.

»Und? Würdest du mit den Jungs und mir das Abendessen einnehmen? Tonya lassen wir ihre Mahlzeit aufs Zimmer bringen, damit sie sich schonen kann. Daniel, Albert und ich essen aber trotzdem im Speisesaal. Im Anschluss gönnen wir uns für gewöhnlich eine Geschichte in der Bibliothek und danach ... schlafen die Burschen bei ihren Pferden und wir ... hier.« Tristan schnippte einen Staubpartikel von einer der Wandlampen und musterte Lara daraufhin wieder.

»Ich kann auch in meinem Zimmer essen wie Tonya. Ich möchte die Tradition dieses Hauses mit meiner ungebetenen Anwesenheit nicht durcheinanderbringen.«

Das meinte Lara ernst. Derweil könnte sie sich nämlich schon mal in Ruhe überlegen, wie sie den Nachmittag mit Mimmis Freundinnen gestalten wollte.

»Es würde mich sehr freuen, wenn du uns beim Essen und beim Geschichtenlesen Gesellschaft leisten würdest.«

Die Worte raspelten über seine Kehle, als bereite es ihm Mühe, sie auszusprechen. Es war das erste Mal, dass Lara in Tristans Blick Unsicherheit aufflackern sah.

»Sehr gerne.« Sie strich die plötzlich schweißnassen Finger an der Hose ab und benetzte ihre spröden Lippen mit der Zunge.

»Gut, ich werde dich um achtzehn Uhr vor deinem Gemach abholen und zum Speisesaal führen. Er ist nicht so leicht zu finden, wenn man sich in diesen Gemäuern nicht auskennt.«

Mit diesen Worten drehte sich Tristan hastig um und eilte davon. Es machte den Eindruck, als flüchte er.

Lara hielt sich die Hand aufs Herz. Die Aufregung der letzten Tage forderte langsam ihren Tribut – sie litt nun verständlicherweise an Herzrhythmusstörungen.

Kapitel 14

»Gut sehen Sie aus, Mylord.« Rons Mundwinkel zuckten verdächtig und eine Augenbraue schnellte nach oben, ohne dass der Diener die spontane Regung in seinem Gesicht hätte kontrollieren können. Tristan sah an sich herab. Er trug eine dunkelblaue Stoffhose und ein Hemd, welches das Grün seiner Augen aufgriff.

»Ich sehe völlig normal aus, Ron.«

»Vom Hemd, der Stoffhose und den wohlfrisierten Locken einmal abgesehen, stimme ich Ihnen zu.«

»Alles andere war gerade in der Wäsche. In Stall- oder Reitkleidung kann ich nun mal nicht beim Abendessen erscheinen.«

»Aber natürlich.« Ron setzte ein geheimnisvolles Lächeln auf und verschwand. Über die Schulter rief er seinem Herrn noch zu: »Sie entschuldigen mich, Sir, ich habe noch zu tun. Der Saal will ja einladend aussehen, wenn Sie sich nachher mit der Dame zu uns gesellen. Kommt ja selten genug vor, dass uns ein solches Exemplar mit seiner werten Gesellschaft beehrt.«

Tristan schüttelte den Kopf. Ärger formte sich in seiner Brust. Wovon redete Ron überhaupt? Wie gesagt, leider waren ihm die Kleider ausgegangen, weshalb er sich für eine Kombination aus dem hintersten Winkel des Schranks entschieden hatte. Welche Wahl hatte er schon?

Tristan warf einen Blick auf die Uhr. Den dritten in Folge. Die Zeiger klebten am Zifferblatt. Nächste Woche musste er Ron unbedingt damit beauftragen, die Uhr in Lairg mit einer neuen Batterie versehen zu lassen. Mit dem Ding stimmte etwas nicht mehr.

Endlich siebzehn Uhr fünfundfünfzig, er konnte sich auf den Weg machen. Unpünktlichkeit machte sich schlecht. Überpünktlichkeit allerdings auch. Zwei Minuten vor der Zeit stand Tristan vor dem rosafarbenen Zimmer und wartete.

Er wippte vor und zurück, zählte die Wandlampen im Flur und nagte an den Fingernägeln. Beim letzten Zurechtrücken der Frisur fand er auf seinem linken Ohr ein überlanges Haar. Mit vor Entsetzen zitternden Fingern riss er den Verräter aus. In eben diesem Moment ging die Tür auf.

Das Haar fiel Lara in einem glänzenden Fächer offen über die Schultern und war an den Schläfen aus dem Gesicht gebunden. Ihre bernsteinfarbenen Augen hatte sie mit irgendwelchem Teufelszeug hervorgehoben, jedenfalls wirkten sie größer und mysteriöser als sonst. Der sanfte Duft nach Rosen wehte zu ihm herüber und passte hervorragend zum leichten Schimmern in derselben Farbe auf ihren Lippen.

Sie trug ein schwarzes Wollkleid mit kurzen Ärmeln und weißen aufgenähten Schleifen. Schlicht und sinnlich zugleich.

Erst jetzt fiel Tristan auf, dass sein Kiefer etwas zu weit offenstand. Wie peinlich.

»Lara.« Er deutete mit dem Kopf eine Verbeugung an.

»Tristan.« Sie schenkte ihm ein unergründliches Lächeln.

Tristan bedeutete Lara, ihm zu folgen und wartete, bis sie zu ihm aufschloss. Sie gingen schweigend nebeneinander her. Fieberhaft überlegt er, über was er mit ihr reden sollte. Über das Essen? Zu banal, da wusste jeder gleich, dass er nur Zwangskonversation betrieb. Tonya? Zu heikel.

»Wie war es bei Mimmi? Ist sie böse, dass du im Moment nicht mehr bei ihr wohnst?«

Lara schüttelte den Kopf, sodass ihre Haare hin- und herflogen wie ein seidener Vorhang. »Nein, wir sehen uns ja bereits morgen wieder. Mimmi organisiert einen Afternoon Tea für ihre Freundinnen und mich. Ich werde ihnen Hüte designen und nähen. Auch wenn das nur Verrückte machen.« Sie grinste und ein provokatives Glimmen leuchtete in ihren Augen.

»Wirklich? Das ... wie kam es denn dazu?« Tristan konnte sein Erstaunen nicht verbergen.

Auf diese Frage hin brachen Laras Dämme. Worte sprudelten wie Kaskaden aus ihrem zierlichen Mund. Das Gesagte unterstrich sie mit ausschweifenden Gesten und würzte es mit einem ulkigen Kichern.

»Beeindruckend ...« Das meinte Tristan tatsächlich ernst. »Du siehst die Menschen also an und dann ... materialisiert sich in deinem Geist der perfekte Hut für ihr Gesicht und ihr Wesen?«

»Genau!« Lara nickte und seufzte erschöpft. Vom vielen Reden vermutlich.

»Wir sind da.« Tristan wies auf die Tür zum Speisesaal. Eine Frage brannte ihm jedoch noch auf der Zunge.

»Welcher Hut passt zu mir, Lara?«

Sie blieb stehen und musterte ihn kritisch. Ihr Blick strich über seine Haare hinweg, berührte sanft wie ein Windhauch die Augen, den Mund und wanderte dann über seine gesamte Gestalt. Ein Frösteln explodierte in Tristans Nacken und zeitgleich dehnte sich rund um den Bauchnabel eine pulsierende Wärme aus.

»Ein rauer Stoff, wetterresistent und unbeugsam, würde ich sagen. Eine schlichte Form, nichts Verspieltes. Aber ...« Eine leichte Röte zog über Laras Wangen.

»Aber was?«

»Hm ... da müsste noch etwas Sanftes und Leidenschaftliches hinein. So wie ... eine Raubvogelfeder.«

Tristan schwieg. Sein Mund war irgendwie trocken. »Spannend. Lass uns zu Tisch gehen und essen, die Burschen warten schon.«

Er gab einen Pfiff ab und ein Rumoren ging durch die Gänge des Schlosses. Einige Sekunden später rasten zwei Schatten um die Ecke und kamen schwanzwedelnd vor ihm zum Stehen. Skylla und Charybdis leckten seine Hände und stupsten ihn mit ihren feuchtkalten Nasen wiederholt an.

»Los, rein meine Lieben. Ron hat bestimmt auch für euch etwas vorbereitet.« Die Hunde gehorchten und tappten zu ihrem angestammten Platz am Kopfende der Tafel neben dem Sitz ihres Herrn. Routiniert setzten sie sich und warteten.

Tristan zeigte Lara ihren Stuhl am gegenüberliegenden Ende des Tisches. Dazwischen tafelten zwei griesgrämige Jungs, denen anzusehen war, dass sie für die beiden Tischnachbarn wenig Verständnis und Geduld aufbrachten.

»Ich hoffe, es gibt nicht wieder Reis und Bohnen!« Daniel schwelgte immer noch in unbeschreiblichem Selbstmitleid und wähnte sich nach wie vor in einem bitteren Überlebenskampf, bloß weil er ein einziges Mal im Freien übernachtet hatte.

»Das Essen hier ist seit dem ersten Tag scheiße, wenn du mich fragst. Egal wo.« Albert verzog keine Miene.

Tristan beschloss, die für seine Schützlinge typischen Bemerkungen zu ignorieren. Heute fühlte er sich ausnahmsweise nicht dazu angestachelt, ihnen verbal eine Ohrfeige zu verpassen oder sie zu irgendeiner Strafe zu verdonnern. Er freute sich einfach auf das Essen und den Wein, den er seinem Gast zu Ehren aus dem Keller hatte holen lassen. Beschwingt setzte er sich und wartete, bis Ron mit den Getränken erschien. Feierlich schenkte der Diener Tristan und Lara den rubinrot schimmernden Rebensaft ein.

»Ich hoffe, du magst Wein?«

Bevor Lara antworten konnte, krächzte Albert dazwischen: »Was ist mit uns? Kriegen wir nichts davon?«

»Es wird kein Alkohol an Minderjährige ausgeschenkt.« Tristan schüttelte die zu einem Schmetterling gefaltete Serviette und legte sie sich auf die Knie.

»Ah, ich sehe schon, das ist hier so etwas wie ein Date. Zum Kotzen finde ich das!« Albert erholte sich nicht mehr. Er spuckte und geiferte erbost murmelnd vor sich hin.

»Das ist kein Rendezvous, Kleiner, ich habe bereits einen Partner und er wird mich bald hier in Schottland besuchen«, bemerkte Lara.

Tristan stellte den Weinkelch zurück auf den Tisch. Der Wein brannte wie Essig auf seiner Zunge.

Angewidert verzog er den Mund. »Ron? Was ist das für ein grauenhafter Tropfen?«

Der Diener erschien mit schreckensbleicher Miene neben ihm. »Sir ... das ... das ist der Château Céleste ... d... der exquisiteste Wein in Ihren Gewölben, Mylord. W... wie von Ihnen gewünscht.« Rons Hände zitterten, als er nach der Flasche griff, um sicherzugehen, dass er überhaupt den richtigen Wein erwischt hatte. »Hat er Zapfen? Ich konnte nichts dergleichen feststellen.«

Tristan schüttelte den Kopf und schob das Glas von sich. »Ein furchtbares Rebenblut.«

»A... aber das ist Ihr Lieblingswein. Ich habe ihn sogar gewohnheitsmäßig vorgekostet und mir ist nichts Ungewöhnliches aufgefallen.« Der Diener kramte nach einem Taschentuch und tupfte sich damit die mit Schweißperlen bedeckte Stirn ab.

»Ja gut, wie auch immer, dann trinken wir ihn halt. Albert! Noch einmal solch eine saublöde und anmaßende Grimasse und du kannst mit leerem Magen bei den Pferden nächtigen, verstanden?!«

Unglaublich, wie sich diese Bengel heute wieder aufführten!

Tristan hielt sich den Bauch. Er hatte Magenstechen. Vermutlich wegen des ständigen Ärgers mit den Jugendlichen. Er beschloss, dennoch etwas zu essen.

Sie nahmen die vier Gänge, bestehend aus Suppe, Salat, Braten und Nachspeise schweigend ein. Tristan spülte das meiste mit einem kräftigen Schluck Wein nach, da auch die Mahlzeit ungewöhnlich fade schmeckte.

Nachdem er den letzten Bissen hinuntergeschluckt hatte, schlug er mit der flachen Hand auf den Tisch.

»So, es ist Zeit für unsere traditionelle Gutenachtge-schichte. Ich schlage vor, dass wir der Dame den Vor-zug lassen.« Tristan wandte sich an Lara. Es war das erste Mal seit einer Stunde, dass er sie ansah.

»Du darfst gerne ein Buch aussuchen und Albert wird uns heute daraus vorlesen. Offenbar scheint er seine Manieren vollkommen vergessen zu haben.«

Tristan erhob sich und führte seine Tischgenossen in den angrenzenden Raum, die Bibliothek. Während Lara die Wände, die mit hunderten von gebundenen Geschichten vollgestopft waren, abschritt, stopfte er sich eine Pfeife. Aus den Augenwinkeln beobachtete Tristan, wie ihre kurvige Silhouette vor den Buchrü-cken hin- und herwanderte. Die goldenen Strähnen wippten dabei wie sanfte Wellen, die das Ufer küssten. Gedankenverloren ließ Lara die Fingerspitzen über die vorwiegend ledernen Einbände gleiten. Tristan schloss kurz die Augen und ein Kribbeln kroch seine Wirbel-säule hinauf bis in den Nacken. Erschrocken schüttelte er sich und widmete sich erneut der Pfeife. Wenn der Wein auch sauer gewesen war, so hatte der Alkohol doch seine verheerende Wirkung in Tristans Hirn ent-faltet. Er halluzinierte bereits!

»Hier, ich möchte, dass daraus vorgelesen wird.« Lara gab Albert ein rotbraunes Buch, dessen Titel Tristan von seinem Sessel aus nicht erkennen konnte, und schlug es in der Mitte auf. Tristan ließ sich überra-schen, um welche Textstelle es sich handelte.

Der rothaarige Junge verzog den Mund und schnaubte abfällig. Er wagte jedoch nicht, der Frau zu widersprechen. Das war immerhin schon mal ein erzie-herischer Fortschritt.

»Ein Cowboy ist ein Gentleman und als solcher stellt er die Wünsche seiner Gäste nicht in Frage. Sehr gut, Albert.« Auch wenn Albert es nicht zugab, so konnte Tristan am kurzen Aufflackern in den Augen des Jungen dennoch erkennen, dass er das Lob akzeptierte und es ihm guttat. Jeder, der sich länger auf dem Schloss aufhielt, wusste, dass Tristan lobende Worte nicht leichtfertig über die Lippen kamen. Er hielt nichts von der derzeit überall auf der Welt grassierenden Weichspüler-Mentalität, die sich unreflektierten Lobpreisungen von Kindern und Jugendlichen verschrieben hatte. Es war wie mit den berühmtesten drei Vokabeln der Welt. Unbekümmert und übermäßig ausgesprochen, verloren sie an Wert und Bedeutung. So verhielt es sich seiner Meinung nach auch mit Anerkennung. Sie musste sparsam und gerechtfertigt zum Ausdruck gebracht werden.

»Ich will dich …«, las Albert vor und lief purpurrot an. Er kämpfte sich jedoch aufgrund von Tristans Lob tapfer durch die Zeilen. Ehrlich gesagt bereute Tristan es nun selbst, den von Lara gewählten Text ungeprüft zur Vorlesung freigegeben zu haben. Der Grundsatz mit dem Respekt vor dem Gast war im Prinzip schon richtig … aber in Härtefällen durfte man durchaus eine Ausnahme machen. Das hier wäre definitiv einer gewesen. Ein Härtefall.

»… hauchte er und stöhnte, als sie ihre Fingerspitzen über seinen nackten Bauch gleiten ließ. Behutsam …«

»Gut … ich glaube, das reicht für heute. Wir sind alle müde. Insbesondere, da wir die letzte Nacht im Freien verbracht haben und der Tag nass, kalt und turbulent war. Los, Albert und Daniel, zu den Musketieren!«

Es war das allererste Mal, dass die beiden Jugendlichen aufs Wort gehorchten, sich mit glühenden Köpfen erhoben und eilenden Schrittes aus der Bibliothek stürmten. Tristan konnte es ihnen angesichts der Tatsache, dass auch er unter einer ungewöhnlichen Hitzewelle litt, nicht verübeln.

»Entschuldigung. Der Titel klang irgendwie harmlos ... und einen Klappentext gab es bei dem Lederding keinen.« Lara verzog mit schuldbewusster Miene und ebenfalls rosa gefärbten Wangen den Mund.

»Wie hieß er denn?« Tristan öffnete den obersten Knopf des Hemdes. Er hatte das Gefühl, demnächst zu ersticken. Und das, obwohl er mit dem Rauchen der Pfeife noch nicht einmal begonnen hatte.

»Der Teehändler.« Lara hob verwirrt die Arme.

»Hm ... verwirrend.« Tristan erhob sich und zündete endlich seine Tabakpfeife an. »Gute Nacht, Lara, ich mache jetzt noch den letzten Rundgang auf dem Gelände und in den Stallungen. Danach lege ich mich auch schlafen.«

»Du kennst den Roman also gar nicht? Obwohl er in deiner Büchersammlung steht?« Offenbar war sie noch nicht bereit, die Sache auf sich beruhen zu lassen. Es war genau dieser untrügliche Instinkt, der Frauen so gefährlich machte. Tristan hätte es ahnen müssen.

»Doch, ein wenig. Ich kann mich allerdings nur noch vage an die Handlung erinnern.«

»Es geht also um eine romantische Liebesgeschichte, eingebettet in die Kulisse des Teehandels?«

»Genau.« Das war eine glatte Lüge, wenn man bedachte, dass es in dem Roman, mit Ausnahme einiger Tee-Degustationen, satte vierhundert Seiten nur um

Beischlaf ging. Natürlich konnte sich Tristan daran erinnern, wem wäre es anders ergangen.

»Das klingt wundervoll, dann werde ich mir das vor dem Einschlafen noch zu Gemüte führen.« Lara griff nach dem Buch. Gottlob war Tristan schneller. Trotz des Weins, der seine Sinne bereits nachhaltig außer Gefecht gesetzt und durch ungeahnte Trübungen und Hitzewallungen ersetzt hatte.

»Das geht nicht.«

»Warum nicht?« Sie starrte ihn verständnislos an und glotzte auf das Buch, das er wie einen heiligen Schatz an die Brust gepresst hielt.

»Ich fürchte, es muss restauriert werden. Es sieht irgendwie aus, als ertrage es nicht noch mehr Hände, die darin blättern.«

»Aber ...«

Bevor Lara in ihrer weiblichen Kreativität noch mehr Fragen erfinden und ihn noch mehr in die Ecke drängen konnte, suchte Tristan das Weite. Mit großen Schritten steuerte er die Tür aus der Bibliothek an, riss sie auf und hastete den dahinterliegenden Flur entlang. Er blieb erst wieder stehen, als er sich draußen neben dem Stall befand. Ein erleichterter Seufzer entfuhr ihm.

Diese Frau brachte ihn noch um den Verstand. Auf die eine oder andere Art ...

Kapitel 15

Als Lara auf ihr Zimmer zurückkehrte, war es bereits spät. Sie kontrollierte routinemäßig ihr Handy und stellte mit Schrecken fest, dass Thomas schon viermal versucht hatte, sie anzurufen. Auch auf die Gefahr hin, dass sie ihn aus dem Bett klingelte, wollte sie ihn dennoch kurz zurückrufen, damit er wusste, dass alles in Ordnung war. Außerdem hatte er ja noch keine Ahnung, was sich an diesem turbulenten Tag in den Highlands zugetragen hatte.

Das Freizeichen erklang siebenmal, ehe eine verschlafene Stimme abhob.

»Hallo Thomas, entschuldige, dass ich mich erst so spät melde. Lord McAlister hatte mich zum Abendessen eingeladen.«

Ein Rascheln deutete an, dass sich ihr Freund im Bett aufsetzte.

»Wie ... sagtest du nicht, dass er keine Frauen auf dem Anwesen duldet?«

»Normalerweise nicht, aber da Tonya einen Reitunfall hatte und Bettruhe verordnet bekam, übernachte ich temporär auf dem Schloss.«

Thomas schwieg. Das Schweigen dauerte so lange an, dass sich Lara genötigt sah, weiterzusprechen. »Sie hatte unheimliches Glück, dass die Wirbelsäule unverletzt blieb. Das hätte böse enden können.«

»Hm ja, gottlob ist nichts passiert. Du, stell dir vor, ich habe drei neue Versicherungen untergebracht! Wenn ich so weitermache, befördert mich mein Chef bald vom Kundendienst in den internen Betriebskader.«

Erneut ging Thomas einfach über Tonya hinweg, als sei ihr Leben keinen Pfifferling wert. Wut staute sich in Laras Eingeweiden und brannte wie eine saure Brühe. Bevor sie sich selbst daran hindern konnte, verließen die Worte ihren Mund.

»Ich nähe Hüte, Thomas. Hier herrscht große Nachfrage nach meinen Kreationen. Morgen treffe ich auf eine Gruppe älterer Mädels, die alle einen Hut wollen.«

Lara konnte es nicht mehr hören. Wie Thomas Menschen für blöd verkaufte, indem er ihnen Versicherungen andrehte, die sie gar nicht brauchten und sich dann auch noch großartig vorkam.

Erwartungsgemäß verschlug ihm das Hut-Thema erneut die Sprache. Lara empfand dabei ein hämisches Gefühl der Befriedigung und schämte sich sogleich für diese entsetzliche Empfindung.

Ein tiefer Seufzer erfüllte daraufhin das Telefon.

»Also doch, wie ich prophezeit habe. Die Reise nach Schottland ist deine ganz persönliche Midlife-Crisis. Was kommt als Nächstes? Fängst du an, Motorrad zu fahren, willst Biobäuerin irgendwo in der Pampa werden? Was ist mit unseren Plänen?«

»Thomas, Hüte durchkreuzen doch unsere Ideen und die gemeinsame Zukunft in keiner Weise. Es sind Kopfbedeckungen, was hat das denn damit zu tun? Du klingst absurd!«

Lara schüttelte verärgert den Kopf und rollte die Augen, auch wenn Thomas das nicht sehen konnte. »Wie ich wiederholt erwähnte, geht es mir bei der Reise nach Schottland um Tonya. Falls es dir zu Hause oder auch jetzt entgangen sein sollte: Es geht ihr nicht gut!« Laras Stimme wurde lauter. Das war ihr in dem Augenblick aber vollkommen egal.

Nun wurde auch Thomas eine Spur energischer. »Seit dieses Kuckuckskind in unserem Nest platziert wurde, benimmst du dich völlig verrückt, Lara.«

»Sie ist ein Kind, Himmelherrgott!« Hoffentlich weckte sie mit ihrem Brüllen nicht das halbe Schloss. Hin und wieder hatten Steinwände tatsächlich Vorteile.

»Sie ist nicht *unser* Kind.« Thomas betonte das Wort dermaßen ausdrücklich, dass die Verachtung, die er für Laras Nichte empfand, einmal mehr deutlich zum Vorschein kam. Offenbar bemerkte er nicht, dass er Lara mit dieser Aussage ebenso verletzte, als würde er über ihr leibliches Kind derart abfällig reden.

»Vielleicht ist es gut, dass wir keinen eigenen Nachwuchs haben, Thomas. Ich weiß nicht, ob ich möchte, dass du sein Vater wärst.« Die Trauer über diese Erkenntnis dämpfte ihre Stimme zu einem matten Flüstern. Thomas verstand sie dennoch, davon war sie überzeugt.

Stille. Lara hörte ihn am anderen Ende der Leitung flach atmen. Als er nach einer Minute immer noch keine Silbe von sich gab und sich auch nicht bei ihr entschuldigte, holte sie tief Luft. »Schlaf gut, Thomas.«

»Vielleicht brauchen wir eine Pause von unserer Beziehung, Lara.« Thomas' Stimme klang emotionslos.

Lara spürte, wie ihr seine Worte die Kehle zuschnürten. Sie verstand nicht, wie es so weit hatte kommen können. Die Dinge hatten eine eigene Dynamik entwickelt und sich in einer immer schneller drehenden Negativspirale kontinuierlich verschlechtert. »Ich denke, dass das im Moment das Beste wäre. Ich tue mich gerade sehr schwer, dich zu verstehen, Lara.« Diese Aussage verletzte sie noch mehr als die Resignation, die an ihrer Seele nagte. Ein kleiner, naiver Teil von ihr hatte wohl noch immer darauf gehofft, Thomas möge sich entschuldigen, den Ernst der Lage einsehen und endlich etwas dagegen unternehmen. Sich öffnen, sich liebevoll und verständnisvoll zeigen. Das Gegenteil war der Fall. Es fühlte sich ebenso ernüchternd an wie die sprichwörtliche kalte Dusche.

»Mach's gut, Thomas.« Lara legte auf, ohne ihm eine Antwort zu geben.

Tränen drängten sich in ihre Augen. Wütend wischte sie sie mit dem Ärmel aus dem Gesicht und schniefte. Ihre Armbanduhr verriet ihr, dass es Mitternacht war. Mit einem Ruck erhob sie sich vom Bett und riss die Tür auf. Schlafen konnte sie jetzt sowieso nicht mehr.

Vorsichtig schaute Lara in den Flur und ließ ihren Blick beiderseits durch die leeren Gänge schweifen. Keine Menschenseele, gut. Darum bemüht, möglichst keine Geräusche zu machen, schloss sie die Tür behutsam hinter sich und tappte durch das von den mattgelb glimmenden Wandlampen erhellte Gewölbe. Sie nahm den verschlungenen Weg zum Speisesaal und der Bibliothek auf sich. Kälte kroch von allen Seiten aus den Ritzen der Schlossmauern und nagte an Laras dünner Kleidung. Ein Hauch von Moder lag in der Luft.

Vermutlich, weil es den gesamten Tag über geregnet hatte. Altmodische Ölbilder, die Schlachtszenen oder biblische Sequenzen porträtierten, schmückten die Wände. Gelegentlich starrte sie eine rostige Ritterrüstung aus leeren Augen an.

Endlich erreichte sie ihr eigentliches Ziel, die Bibliothek. Es gab nichts Heilsameres als die Zerstreuung durch eine faszinierende Geschichte oder die Kraft weiser Worte aus einem philosophischen Werk. Bestimmt beherbergte die McAlister-Büchersammlung beides gleichermaßen.

Bevor Lara die Flügeltür öffnete, fiel ihr der schmale Lichtstreifen am Boden auf. Obwohl sie sich alle Mühe gab, die Tür geräuschlos zu öffnen, traf sie dennoch der erstaunte Blick Tristans. Er saß in seinem üblichen Ohrensessel und nippte an einem Glas mit einer karamellfarbenen Flüssigkeit.

»Bleibt dir der Schlaf ebenfalls verwehrt?«

Lara nickte und trat ein. Tristan wies auf einen bequemen Sessel ihm gegenüber und hob fragend sein Getränk.

»Auch einen Whisky?«

»Gerne.«

Lara war eigentlich kein Freund von Spirituosen. Das Telefonat mit Thomas wühlte sie jedoch dermaßen auf, dass sie nun etwas Warmes in der Kehle brauchte – und zwar keinen Tee.

Tristan verließ die Bibliothek in Richtung Speisesaal und kehrte kurze Zeit später mit einem Glas des Schlummertrunks zurück. Dankbar nahm Lara den Drink entgegen und benetzte Lippen und Zunge. Sie schloss genießerisch die Augen. Das tat gut.

Der Lord musterte sie, schwieg jedoch. Das Knacken des Feuers im Kamin hinter ihr und das militärische Ticken einer Standuhr waren derzeit die einzigen Geräusche, die den Raum erfüllten. Abgesehen vom Zucken der Flammen und einigen Leselampen, die auf Tischen und Kommoden brannten, lag der Raum in schummrigem Halbdunkel. Die Regale mit den Büchern erhoben sich majestätisch bis zur Decke und hüllten sich oben zulaufend in geheimnisvolles Dunkel.

»Was treibt dich in die Arme meiner Einbände?« Ein Funkeln glomm in Tristans Augen auf und sein Mund verzog sich.

Lara senkte den Blick und trommelte mit den Fingerspitzen auf den Bauch ihres Whisky-Glases.

»Ich mache mir gerade viele Gedanken zu … meinem Leben.« Sie vermied das Wort Beziehung bewusst. Irgendwie kam es ihr absurd vor, ausgerechnet mit dem chauvinistisch veranlagten McAlister darüber zu reden.

»Da können dir meine Bücher und ich helfen.« Ein Grinsen erhellte seine Züge, als er sich erhob. Tristan bedeutete ihr, ihm zu folgen. In der hintersten Ecke des Raumes, ungefähr auf Augenhöhe, blieb er stehen und wartete, dass sie zu ihm aufschloss. Er wies stumm auf die stramm stehenden Buchrücken. Lara trat näher, um die Titel auf den ledernen Ausgaben lesen zu können. Sie war eindeutig im Philosophie-Sektor angelangt. Angestrengt kniff sie die Augen zusammen und ließ ihren Blick über die Buchstaben schweifen. Plötzlich streifte sie Tristans Arm am Ohr, als er an ihr vorbei auf ein bestimmtes Werk wies und dieses aus dem Regal herauszog.

»Eine Sammlung von Weisheiten des Dalai Lama. Über das Leben, den Sinn, Arbeit, Freundschaft und … Liebe.« Lara spürte seinen heißen Atem in ihrem Nacken. Ein wohliges Kribbeln kroch wie eine sanfte Welle durch ihre Adern. Genießerisch schloss sie kurz die Augen und drehte sich dann langsam um.

Tristan stand nur wenige Zentimeter vor ihr. Die Wärme, die sein Körper ausstrahlte, konnte sie deutlich spüren. Oder glühten ihre Wangen einfach sonst? Wie ein aufgescheuchter Vogel hüpfte ihr Herz in der Brust und schlug schmerzhaft gegen die Rippen, als wolle es aus dem knöchernen Käfig ausbrechen.

Sanft strich Tristan Lara eine lose Haarsträhne hinters Ohr. Die Berührung ließ sie erschauern. Ohne sich davon abhalten zu können, fuhr sie mit den Fingerspitzen über Tristans Brust und ließ sie über seinen Bauch gleiten.

Er antwortete ihr stumm, indem er ihr Gesicht in beide Hände nahm und seine Lippen zärtlich auf ihre legte. Lara schlang die Arme um Tristans Mitte und zog ihn näher zu sich heran, sodass sie seinen Körper an ihrem spüren konnte.

Sie schloss die Augen und erwiderte den Kuss. Zuerst zögerlich, dann leidenschaftlicher. Laras Hände strichen dabei über seine stoppeligen Wangen und vergruben sich in den rotbraunen dichten Locken.

Tristan duftete nicht nur betörend nach herber Würze und dezentem Raucharoma, er schmeckte auf ihrer Zunge auch wie der Whisky, den sie soeben geteilt hatten. Wild, rau und brennend.

Die Stirn aneinandergelehnt und Nase an Nase verharrten sie einige Sekunden reglos und ließen den

Tanz ihrer Lippen nachwirken. Schließlich räusperte sich Tristan und trat ein paar Schritte zurück.

»Es tut mir leid, ich wollte dir nicht zu nahe treten.«

Er senkte die Augen, drehte sich um und verließ den Raum. Das Chaos in Laras Innerem machte es unmöglich, ihm zu antworten. Also schwieg sie. Unsicher, ob das alles tatsächlich geschehen war, strich sie sich mit den Fingerspitzen über die Lippen.

Das hätte nicht passieren dürfen. Nichts geschah zufällig.

Am nächsten Tag war Lara dankbar, den Termin bei Mimmi erst am Nachmittag wahrnehmen zu müssen. Aufgrund verschiedener Tatsachen war es ihr in der vergangenen Nacht kaum gelungen, ein Auge zu schließen. Erst als die Dämmerung die Gegend in graues Zwielicht tauchte, fielen ihr die Augendeckel vor Erschöpfung zu. Als sie erwachte, war es kurz vor Mittag. Ermattet und mit leichten Kopfschmerzen erhob sie sich stöhnend von ihrem Bett. Sie beschloss, zuerst eine Dusche zu nehmen, ehe sie sich nach Tonyas Befinden erkundigte.

Mit nassen Haaren klopfte Lara an die Zimmertür der Nichte. Ein gedämpftes *Herein* erklang.

Tonya sah furchtbar aus. Die Prellungen überzogen ihren Körper nun wie ein Veilchenteppich. Mancherorts gesellten sich noch grüne oder gelbe Flecken dazu. Spröde Lippen hauchten eine Begrüßung. Immerhin.

»Du siehst ja beinahe so beschissen aus wie ich«, krächzte Tonya und ein heiseres Lachen verließ ihre Kehle.

Lara musterte ihr Küken erstaunt. Sie hatte ihr bisher noch kein einziges Lächeln geschenkt, nicht einmal ein angedeutetes.

»Ich ... hatte eine anstrengende Nacht.« Lara schaute aus dem Fenster, um dem inquisitiven Blick ihrer Nichte ausweichen zu können. »Zum Glück scheint das Wetter heute besser zu sein als gestern. Dann kann ich mit dem Fahrrad zu Mimmi.«

»Hm? Wie das denn? Hat dich die stürmische schottische Seele auf Trab gehalten?«

Das konnte man nun verstehen, wie man wollte und vermutlich beabsichtigte Tonya auch genau das. Lara schüttelte den Kopf. »Nein nein, ich habe bloß zu viel gegessen und der Wein bekam mir nicht so besonders.«

Während das Mädchen dies unkommentiert ließ, spürte Lara ihren Blick dennoch auf sich ruhen.

»Wie geht es dir? Hast du starke Schmerzen?« Lara setzte sich aufs Bett und musterte Tonya.

»Ich schätze, besser als dir. Doktor Pebbles Drogen wirken gut. Trotzdem fühle ich mich noch zu schwach, um die Mahlzeiten unten einzunehmen.«

Das war das passende Stichwort. Lara erhob sich und verabschiedete sich von ihrer Nichte.

Den Weg zum Speisesaal trat sie mit gemischten Gefühlen an. Sie wusste nicht einmal, ob Tristan und die Jungs überhaupt da sein würden. Sie kannte deren Programm ja nicht.

Ein Seufzer, der aus dem hintersten Winkel ihrer Seele zu kommen schien, entfuhr ihr, als sie einen einzelnen Teller an der großen Tafel entdeckte.

Für sie. Die Burschen waren also unterwegs, vermutlich bei den Rindern. Dem Himmel sei Dank. Sie wusste nicht, wie sie Tristan begegnen sollte.

Nach dem Mittagessen, das aus kaltem Braten und Brot bestand, machte sich Lara mit ihrem frisch geputzten Fahrrad auf den Weg zu Mimmis Zuhause. Etwa in der Mitte zwischen McAlister Castle und dem *Lochview* entdeckte sie Tristan und die Jungs auf dem Feld. Sie waren dabei, mit den Pferden einen Parcours zu absolvieren. Ob das aufgrund ihrer Bemerkung entstanden war? Wagte er sich nun nicht mehr in reale Situationen mit den Jugendlichen?

Tristan bedeutete Daniel und Albert, kurz zu warten und zeigte ihnen, wie sie die Übung machen sollten. Lara stoppte ihr Fahrrad.

Als wäre Tristan mit seinem Reittier verschmolzen, glich er jede der Bewegungen aus und bewegte sich geschmeidig und mühelos im Sattel. Die Zügel hielt er nur in einer Hand fest, die zweite benutzte er, um Gegenstände durch die Luft zu wirbeln, sein Lasso einzusetzen oder die Balance zu halten.

Ein Tanz, der ursprünglich und elegant gleichermaßen war.

Tristans Locken wippten dabei übermütig und fielen ihm unbändig ins Gesicht, was ihn nicht weiter zu stören schien. Als er Lara erblickte, hob er kurz die Hand zum Gruß und schenkte ihr ein Lächeln. Sofort setzte ihr Herz einen Schlag aus. Sie erwiderte den Gruß und beeilte sich, weiterzufahren.

Der Lärm in Mimmis Haus lenkte Lara augenblicklich von ihrer inneren Verwirrung ab. Fünf Damen hatten den Weg in deren Haus auf sich genommen. Sie alle waren bereits mit Tee und Scones versorgt und bewunderten Laras Prototyp, den Hut, den sie Mimmi geschenkt hatte.

Eine der Frauen stach ihr sofort ins Auge. Sie trug ein elegantes Etuikleid, das sich trotz seiner Schlichtheit von der einfachen Kleidung der übrigen Anwesenden abhob. Ihr grau-weißes Haar hatte sie zu einem sorgfältigen Knoten hochgesteckt und die Haut in ihrem Gesicht wies eine edle Blässe auf, der die regelmäßige Pflege trotz der altersbedingen Falten anzusehen war. Im Gegensatz zu den anderen, die Mimmis Kopfbedeckung schnatternd und wenig behutsam hin- und herbalanciert hatten, strich sie gedankenverloren mit den Fingerspitzen über die Nähte. Die Art, wie sie den Stoff, die Form und die Accessoires begutachtete, deutete darauf hin, dass …

»Kennen Sie sich mit dem Nähen von Hüten aus?« Lara konnte ihre Neugier nicht mehr länger zügeln.

Die Dame hob den Kopf, als habe man sie aus einer Trance geweckt, schenkte Lara ein feines Lächeln und meinte: »Nein, das nicht. Aber ich habe ein Faible für derlei Dinge. Tatsächlich trage ich gerne Hüte. Bei jeder Gelegenheit und auch dann, wenn ich aufgrund des Modediktats die Einzige bin.«

»Dann sind wir Verwandte im Geiste. Ich bin Lara, die Hutmacherin.«

Lara reichte der Frau die Hand und stellte sich daraufhin der Reihe nach den anderen Teedamen vor. Constance, wie die Frau unüblicherweise hieß, hielt sich den gesamten Nachmittag über im Hintergrund. Gelegentlich unterhielt sie sich mit einer von Mimmis

Freundinnen, die sie offenbar als Einzige zu kennen schien. Ihre grau-blauen Augen beobachteten Lara jedoch mit geschärfter Aufmerksamkeit und einem wachen Glitzern, das sie nicht so richtig zuzuordnen vermochte. Lara war allerdings so beschäftigt damit, die Anliegen der Übrigen entgegenzunehmen und zu notieren, dass sie die edle Dame im Hintergrund für einen kurzen Augenblick vergaß.

Lara vermaß Köpfe, skizzierte zur Gesichtsform passende Hutformen und nahm Stoffe und Bestandteile, die auf Wunsch eingearbeitet werden mussten, entgegen. Rote Wangen und wildes Gestikulieren begleiteten das Prozedere.

Einen Augenaufschlag später kämpften Licht und Schatten bereits um die Vorherrschaft. Der Nachmittag neigte sich dem Ende zu. Mimmis Freundinnen verabschiedeten sich und umarmten Lara allesamt herzlich.

Constance wartete still, bis der Sturm vorbei war, dann reichte sie Lara ihre kühle, schmale Hand.

»Ich bin nicht von hier, sondern bloß zu Besuch bei meiner Schwester Isabelle. Sie lebt mit ihrem Mann seit vielen Jahren in Lairg. Aufgewachsen sind wir in Inverness, wo ich noch immer wohne. Daher kann ich dir heute leider keine Utensilien hierlassen, damit du mir einen Kopfschmuck kreierst. Ich ...«, sie machte eine kurze Pause, in der ihre Augen über Laras Gesicht strichen, »... würde mich allerdings sehr freuen, wenn du es während deines Aufenthaltes in Schottland irgendwie einrichten könntest, mich in der Hauptstadt zu besuchen. Ich denke, dass uns viel verbindet.« Mit diesen Worten, die vieles andeuteten und doch nichts

Konkretes aussagten, verließ Constance Mimmis Zuhause.

»Constance und Isabelle hatten eine französische Mutter. Zwei sehr spannende und vielseitige Wesen, deren Herzen stets für zwei sehr gegensätzliche Kulturen und Landesidentitäten schlugen. Bestimmt weißt du, dass wir Briten, ob Schotten oder Engländer, schon seit grauer Vorzeit auf imaginärem Kriegsfuß mit unseren nasal sprechenden Nachbarn stehen.« Mimmi zwinkerte und kicherte, um ihrer Aussage die Ernsthaftigkeit zu nehmen.

Lara packte die Skizzen in ihren Rucksack, den Rest ließ sie in ihrem temporären Nähatelier im *Lochview*. Sie verabschiedete sich mit einer warmen Umarmung von Mimmi und radelte dann so schnell wie möglich in Richtung McAlister Castle.

Die sinkenden Temperaturen des anbrechenden Abends drückten ihr unerbittlich ihren Frostkuss auf die Wangen. Es gab jedoch noch ein dringlicheres Problem als das Wetter.

Je näher sie den Zinnen des Schlosses kam, desto mehr zog sich ihr Magen zusammen wie eine Auster, die in Berührung mit Zitronensaft kam.

Kapitel 16

»Du lässt sie in deinem Schloss wohnen?« Lennox hob spöttisch eine Augenbraue und verbarg sein Schmunzeln wenig effektiv, indem er einen Schluck Wein nahm.

»Wie gesagt, ließ es sich aufgrund des Unfalls nicht anders einrichten.«

Tristan wich dem inquisitiven Starren des besten Freundes aus und ließ den Blick aus dem Fenster schweifen. Er hatte nicht vor, ihm mehr zu erzählen. Dazu war er nicht bereit. Das, was gestern hier in der Bibliothek vorgefallen war, verbuchte er als Fehler, als Schwächeeinbruch. Davon musste niemand wissen, da er selber gar nicht daran dachte, dem Vorfall einen Eintrag in seinem Gedächtnis zu gewähren.

»Wie lange bleibt sie?« Lennox konnte das Thema aber offenbar noch nicht gut sein lassen.

Tristan zuckte gleichgültig die Schultern, während er sich einen großzügigen Schluck Wein gönnte. »Vermutlich wird Tonya, ihre Nichte, morgen wieder so weit fit sein, dass sie an meinem Prozess teilnehmen kann. Dann sehe ich keinen Grund mehr, Lara weiterhin bei mir wohnen zu lassen.«

Bei der Erwähnung ihres Namens spürte Tristan, wie sich eine unangenehme Hitze in seinem Körper ausbreitete. Er hoffte inständig, dass die Wangen vom Wein ohnehin schon gerötet waren und die zusätzliche Wallung daher nicht weiter auffallen würde.

»Sieht sie gut aus?« Lennox musterte ihn über den Rand des Glases hinweg. Seine schokoladenbraunen Augen glommen neugierig auf.

»Na … keine Ahnung, Frauen interessieren mich, wie du weißt, nicht mehr besonders.«

Das Zucken der Schultern sollte Gleichgültigkeit demonstrieren. Irgendwie fühlte sich die Bewegung aber steif an. Generell hatte Tristan den Eindruck, dass sich sein Nacken unangenehm verspannte.

»Mhm … dich vielleicht nicht, mein Freund, ich bin dem anderen Geschlecht jedoch stets mit gesundem Interesse zugewandt.« Eine Augenbraue schnellte feixend nach oben und ein breites Grinsen verzog Lennox' Mund.

»So eine ist sie nicht. Vermute ich anhand ihres biederen Äußeren jedenfalls«, beeilte sich Tristan, seine detaillierte Einschätzung von Lara kurzerhand zu rechtfertigen, bevor dies bei dem Freund erneut Fragen aufwarf.

»Ich bin auch nicht auf der Suche nach *so einer*, Tristan. *Solche* dienen mir zur Unterhaltung und Ablenkung. In unserem Alter sollte man sich jedoch langsam ein Juwel zulegen, das bei Anbruch der Morgendämmerung nicht gleich zu Asche zerfällt. Etwas von Wert und Substanz, weißt du, was ich meine?« Lennox nippte an seinem Weinglas. »Wobei wir beim eigentlichen Thema wären: deinem Geburtstag in zwei Wochen.«

In diesem Augenblick erschien Ron im Türrahmen und verkündete, dass das Abendessen servierbereit sei. Sie leisteten der Aufforderung Folge und begaben sich in den Speisesaal. Wie üblich, dicht gefolgt von zwei hechelnden Schatten.

Tristan hielt automatisch die Luft an und verstärkte den Griff um sein Weinglas, als er Lara neben dem Tisch stehen sah. Sein Puls beschleunigte sich, er spürte ein Kribbeln auf den Lippen, als erinnerten sich diese noch sehr genau an den gestrigen Vorfall. Ein leichter Schwindelanfall ließ ihn beinahe mit dem Türflügel kollidieren.

»Der Wein ...«, nuschelte er, an Lennox gewandt. Dieser quittierte die Bemerkung nur mit einem Stirnrunzeln.

Der Kristallkronleuchter, dessen Arme wie die Tentakel eines gewaltigen Tintenfisches über der Tafel schwebten, verlieh Laras Teint einen goldenen Schimmer. Die Haare hatte sie entlang der Schläfe zu einem kunstvollen Gebilde geflochten und trug sie halb offen.

Lennox' Augen blitzten interessiert auf, als er ihrer Gestalt gewahr wurde. Wer konnte es ihm verübeln? Tristan spürte ein Kratzen im Hals, als sei dieser ausgedörrt wie eine Savanne. Trotz des Rotweins. Der Beginn einer Sommergrippe vielleicht? Er fasste sich an den Hals und verzog den Mund.

»Bieder nanntest du sie?«, raunte Lennox in sein Ohr und nippte an seinem Wein, ohne den Blick von ihr abzuwenden.

Ein bordeauxrotes Strickkleid mit verspielten Knöpfen schmiegte sich an ihre Kurven und endete kurz oberhalb der Knie. Zart schimmernde Nylonstrümpfe und lederne Stiefeletten komplettierten das schlichte, aber zugegebenermaßen sinnliche Outfit.

Laras Blick flatterte über Tristans Gestalt und heftete sich dann rasch auf seinen Begleiter.

»Das ist Lennox Dunn, mein bester Freund und außerdem Eventplaner von Beruf. Er wohnt nun die nächsten zwei Wochen hier auf dem Schloss, um meinen anstehenden vierzigsten Geburtstag zu organisieren«, stellte Tristan Lara den Neuankömmling vor.

Zu seiner allergrößten Verärgerung schritt dieser mit einem charmanten Lächeln auf sie zu, deutete eine altmodische Verbeugung an und hauchte ihr einen Kuss auf den Handrücken. Das belustigte Zucken ihrer Mundwinkel verriet, dass sie Lennox' Geste als schmeichelhaft empfand.

Die vorherrschende Idylle wurde jäh unterbrochen, als die Tür zum Speisesaal aufging und Daniel, Albert und dieses Mal auch Tonya erschienen. Offenbar ging es ihr den Umständen entsprechend gut.

Heute gebührte es dem neuen Gast, die andere Kopfseite des langen Tisches einzunehmen. Die Gedecke der übrigen Anwesenden befanden sich, je zwei auf einer Seite, dazwischen.

Erstaunlicherweise war die Laune der Burschen nach dem heutigen Parcours gemäßigter als sonst. Vermutlich waren sie Tonya sehr verbunden, dass die Übung bei der Viehherde im Freien und bei Regen ihretwegen abgebrochen worden war.

Ron schenkte Wein ein und trug kurz darauf den ersten Gang, eine klare Suppe, auf. Die skurril zusammengewürfelte Gesellschaft, die derzeit auf McAlister Castle untergebracht war, sorgte dafür, dass das Schlürfen

der Brühe und das Klappern des Bestecks die einzigen
Geräusche im Speisesaal darstellten. Tristan beschloss
daher, das belastende Schweigen mit der Planung der
nächsten Tage aufzuheben.

»Ich gehe davon aus, dass Tonya spätestens übermorgen wieder ein Teil unseres illustren Cowboy-Zirkels
sein wird. Aus diesem Grund habe ich für uns etwas Besonderes geplant. Die letzte Übung musste zwar abgebrochen werden, ist jedoch nicht gänzlich aufgehoben.
Als Nächstes absolvieren wir eine Nachtwache, wie es
unter den Cowboys üblich ist. Keiner schläft mehr als
eine Stunde am Stück. Zwei von uns teilen sich alternierend die Aufsicht über das Feuer und das Lager. Am
darauffolgenden Tag kümmern wir uns, wie ursprünglich geplant, um die Herde und die Zäune. Im Leben, ob
in der Prärie oder in der Stadt, ist es wichtig, seine eigenen Grenzen zu kennen. Zu wissen, wie man in Belastungssituationen reagiert und welches der Punkt ist, an
dem man Maßnahmen ergreifen muss. Manchmal ... ist
es aber auch einfach zentral, über sich selbst hinauszuwachsen, wenn es die Arbeit oder das Team erfordert.
Um dieses Mal besser auf mögliche Zwischenfälle vorbereitet zu sein, werden wir eine andere Viehherde betreuen, eine, die sich nur eine halbe Stunde vom Castle
entfernt befindet.«

Den letzten Teil der Planung hätte Tristan gerne für
sich behalten. Es sollte nicht aussehen, als kapituliere
und korrigiere er seine Methoden aufgrund des Zwischenfalls mit Tonya. Dennoch konnte er keine weiteren Risiken in Kauf nehmen und wollte sich nicht Verantwortungslosigkeit unterstellen lassen.

»Sie denken also, dass es ein probates Mittel ist, Jugendliche auf den richtigen Weg zurückzubringen, indem man sie körperlich überfordert? Das wird Ihnen nicht gelingen, ich bin es gewohnt, wenig zu schlafen.« Tonya schnaubte abfällig und schob ihren leeren Teller weg.

»Offenbar scheinst du dich von deinem Unfall bereits bestens erholt zu haben. Ich schlage daher vor, dass du für den Anfang schon mal das anschließende Geschichtenvorlesen übernimmst. Unser neuer Gast wird sich darüber freuen. Außerdem geht es mir bei der Übung nicht darum, euch zu schikanieren. Solch perfide Methoden sind mir fremd. Mein Ziel ist es, die verborgenen Kräfte und verschütteten Talente in euch allen ans Tageslicht zu bringen. Bisher solltet ihr Mut, aber auch Fürsorge erlernen. Entbehrung, Scheitern und eigene Reserven zu mobilisieren, gehören ebenfalls zum Leben. Glaubt mir, wer diese Dinge beherrscht, begegnet dem Menschsein und seinen unvorhersehbaren Wendungen mit Furchtlosigkeit.«

»Sagt der Mann im Elfenbeinturm.« Das Mädchen schürzte die Lippen und rollte die Augen. Immerhin besaß Tonya dieses Mal nicht die Frechheit, unaufgefordert vom Tisch aufzustehen und den Saal zu verlassen. Das lag vermutlich weniger an seiner Autorität als an der Tatsache, dass ihr Magen nach der Kraftbrühe noch nicht zufrieden war.

Wärme staute sich in Tristans Kopf an und Wut donnerte lärmend durch sein Hirn. Er wusste den Impuls, sie anzubrüllen und aus dem Haus zu werfen, jedoch zu unterdrücken. Der anwesenden Gäste zuliebe. Sobald Lara nicht mehr auf dem Schloss lebte und von seinem

Tisch aß, musste er andere Saiten aufziehen. Natürlich könnte ihm Tonyas Schicksal vollkommen egal sein. Sein Stolz tolerierte es allerdings nicht, ihrer Tante in einigen Wochen mitteilen zu müssen, dass seine Methoden ausgerechnet bei ihrer Nichte versagt hatten.

Weil sie eine Frau war.

»Solltest du beabsichtigen, auf den Rest des Abendessens zu verzichten, lass es mich wissen, indem du dich weiterhin mit vergleichbaren Bemerkungen einbringst.« Tristan gönnte sich einen ausgiebigen Schluck aus seinem Weinglas. Wenn es ihm endlich gelungen war, die Kleine zum Schweigen zu bringen, fühlte sich die Große dazu berufen, einen Beitrag zu der ohnehin aus dem Ruder gelaufenen Konversation zu leisten.

Lara holte soeben Luft, vermutlich um ihm eine ausführliche Protestrede an den Kopf zu schmettern.

»Gut, dann bin ich froh, wenn wir das geklärt haben. Mein Schloss, mein Kodex, meine Regeln«, erstickte Tristan ihr Vorhaben im Keim. Er nickte Ron zu, sodass dieser sich beeilte, die Suppenteller abzuräumen.

»Deine Gebote in Ehren, mein Freund, aber lass uns doch einmal über etwas anderes sprechen. Das Geburtstagsfest. Wie immer gewährst du mir nicht besonders viel Zeit, dein Zuhause in einen einladenden Ort zu verwandeln.« Lennox zwinkerte Lara zu, als ob diese seine Einschätzung über das Schloss teilen würde.

»Machen wir es doch wie jedes Jahr: Aperitif im Schlossgarten und einen Ball mit Stehdinner am Abend«, schlug Tristan vor.

Der Freund trommelte mit den Fingern auf den Tisch und lehnte sich nach vorne. »Du feierst deinen vierzigsten Geburtstag, Tristan. Dazu kommt deine Liebe zu Pferden und dem Brauchtum der Cowboys … nein nein, warte, bis ich fertig gesprochen habe!« Lennox hob lachend und mahnend den Zeigefinger, als Tristan ihn in seiner Euphorie bremsen wollte. »Wie wäre es dieses Mal mit einem *richtigen* Event? Wir veranstalten am Nachmittag Westernturniere – und zwar unabhängig von der Witterung. So, wie es einem echten Cowboy gebührt. Abends dann, als starken Kontrast zu der bodenständigen Welt der Viehhirte, einen rauschenden Ball. Das Nachmittagsspektakel wäre öffentlich und ganz Lairg willkommen. Für Speis und Trank ist gesorgt. Die Abendunterhaltung reservieren wir exklusiv für die Menschen deiner Wahl, Adelsfreunde, Bekannte und Verwandte.«

Ron servierte den Hauptgang, weshalb Tristan sich mit einer Antwort etwas Zeit lassen konnte. Die Massenüberflutung seines Anwesens behagte ihm keinesfalls.

»Was für eine wunderbare Idee! Rodeo, ein Geschicklichkeitsparcours für Pferd und Reiter, vielleicht sogar Bullenreiten oder Rinder mit Lassos fangen! Oder … Hufeisenwerfen für die Kleinen, ein Line Dance Workshop. Dazu traditionelles Cowboy-Essen. Speck und Bohnen, gegart auf großen Lagerfeuern.« Laras Wangen glühten in der Farbe ihres Kleides und der Mund formte aufgeregt Worte. Alles dirigiert mit plastischen Gesten, als sei sie die Kapellmeisterin eines unsichtbaren Orchesters. Einige weizenblonde Strähnen fielen ihr aus der Flechtfrisur und verfingen sich in ihren weinrot geschminkten Lippen.

»Tristan?«

Er schrak aus seinen Gedanken hoch und starrte Lennox an, als sehe er diesen eben zum ersten Mal. Ein feines Lächeln umspielte dessen Mundwinkel. Tonya musterte ihn neugierig und wandte den Kopf dann ihrer Tante zu. Schließlich fixierte sie ihn erneut mit unverhohlener Wachsamkeit.

»Ich habe gesagt, dass ich Laras Ideen super finde und sie gerne als meine Assistentin in die Planung des Events miteinbeziehen würde«, lächelte Lennox.

»Will sie das denn überhaupt? Ich meine, immerhin müsste sie jeden Tag vom *Lochview* hierher radeln.«

Tristan wagte kaum, Lara ins Gesicht zu sehen. Er fühlte sich wie ein gehetztes Reh, das vom Zielfernrohr eines scharfäugigen Jägers verfolgt wurde. Sein Magen vollzog soeben einen Salto, weshalb er beschloss, heute Abend auf den Nachtisch zu verzichten. Möglicherweise kämpfte er wirklich mit den Anfängen eines Infekts.

Lara starrte ihn mit offenem Mund und gekränkt schimmernden Augen an. »Nicht nötig, sich um mich Sorgen zu machen. Ich lehne dankend ab. Da ich heute mit Hut-Aufträgen überhäuft wurde, werde ich morgen sowieso zurück zu Mimmi in mein neues Nähatelier ziehen und mich um die Fertigung der Hüte kümmern. Da bleibt mir ohnehin nicht mehr genug Zeit, mich auch noch um die Angelegenheiten anderer Leute zu bemühen – und das noch ohne entsprechendes Entgelt.« Lara schob ihren Stuhl ruckartig nach hinten, erhob sich und schritt mit wehendem Haar aus dem Saal.

Offenbar ging es ihr wie Tristan. Sie hatte zu viel gegessen und brauchte daher keine Süßspeise mehr. Vier Augenpaare ruhten auf ihm. Ein Fünftes kam dazu, als

Ron nichtsahnend aus der Küche kam und den Hauptgang abräumen wollte. Er starrte verblüfft auf Laras leeren Stuhl. Sein Blick wanderte, von offenkundiger Verwirrung geprägt, zu seinem Herrn.

»Sie fühlte sich plötzlich nicht mehr besonders wohl. Die Speisen haben ihr dennoch geschmeckt. Kein Grund zur Sorge. Auch ich lasse den Nachtisch heute aus, die beiden ersten Gänge waren bereits üppig genug.«

Das Scharren eines weiteren Stuhls auf dem Steinboden des Speisesaals bannte Tristans Aufmerksamkeit. Tonya erhob sich.

»Um an dieser Stelle auch mal etwas aus Ihrem beschissenen Kodex zu zitieren ... ich habe das Dokument nämlich kürzlich in der Bibliothek aufgespürt und die Zeilen verinnerlicht. Wenn ich mich nicht komplett irre, steht da auch geschrieben: *Wisse, dass manche Dinge nicht käuflich sind. Wahrer Reichtum ist immateriell.* Ich erinnere an *Prinz Edelsteinherz.* Der konnte sich auch niemandem öffnen und stieß alle durch seine Kaltherzigkeit vor den Kopf.«

Mit diesen Worten verließ Tonya den Saal mit derselben Selbstachtung und identisch peitschender Mähne wie ihre Tante vor wenigen Minuten.

Tristan konnte sich nur wiederholen. Sie waren naseweis, unberechenbar und ...

»Ich vermute, der Fluch ...« Ron versuchte sich an einer gleichgültigen Miene, als er die Teller und das Besteck abräumte und aus dem Saal verschwand. Es blieb bei einem Versuch.

Kapitel 17

Nein, Lara hatte sich nicht verhört. Tristan gewährte ihr noch diese eine Nacht als Gnadenfrist und dann warf er sie galant aus seinem Schloss. Unfassbar! Der Neue, dieser Lennox, der erkannte zumindest ihren Wert und schätzte ihre Ideen. Sie verlangte ja nicht, dass man sie auf dem Anwesen einfach duldete. Von Anfang an hatte sie angeboten zu helfen. Im Stall, in der Küche, wobei auch immer. Lara war nicht zimperlich. Tristans Wesen entglitt ihr wie ein schleimiger Fisch, den sie wiederholt versuchte zu fangen. Sobald sie glaubte, einen flüchtigen Einblick in sein wahres Innenleben zu erhaschen, entzog er sich ihr wieder. Die strenge Ethik und Moral, die er zu vertreten schien, passte ebenso wenig zu seinem brüsken Wesen wie die Tatsache, dass er sich den Einheimischen gegenüber angeblich so großzügig zeigte. War Tristan ein Wolf im Schafspelz oder anders herum? Warum hatte er sie geküsst?

Lara schüttelte den Kopf und beschloss, sich zur Besänftigung ihrer inneren Aufruhr ein heißes Bad zu gönnen. Das Letzte auf McAlister Castle.

Erschöpft legte sie ihre Kleidung ab und schlang sich ein Frottiertuch um den Leib. Einige Minuten später genoss sie die Hitze des Lavendelschaumbades.

Lara dachte an Thomas und suchte irgendein Gefühl in ihrem Inneren. Irgendwas musste da doch sein. Trauer? Sehnsucht? Absolute Stille. Dann schweiften ihre Gedanken in die Vergangenheit. Gemeinsame Ferien, Ausflüge, Erinnerungen. Ein Hauch von Nostalgie erfasste sie. Seit zehn Jahren erlebte sie an Thomas' Seite die vier Jahreszeiten, aß mit ihm zu Abend und sparte zusammen mit ihm für ein Eigenheim im Grünen.

Niemals hatte sich die Berührung seiner Lippen jedoch so angefühlt wie Tristans. Wie das Versprechen auf eine geheimnisvolle Tiefe.

Der Lord war wie die Bibliothek, die ihm so viel bedeutete: ein Raum voller gegensätzlicher Geschichten, die man erst verstand, wenn man sie alle gelesen hatte. Im Moment glaubte Lara, in einem Fremdsprachenbuch zu blättern, bei dem sich nicht einmal die Literaturgattung erkennen ließ.

Nach einer halben Stunde erhob sie sich, trocknete sich und schlang sich das Badetuch um die nassen Haare. Ein Kontrollblick in den Flur bestätigte ihr, dass der Gästeflügel, den man ihr zugeteilt hatte, nach wie vor menschenleer war. Insbesondere jetzt, wo Tonya wieder im Stall schlief. Gedankenverloren tappte Lara die wenigen Meter zurück zu ihrem Zimmer. Als ihre Hand bereits auf der Klinke ruhte, sträubten sich ihre Nackenhaare. Sie wandte den Kopf.

Tristan stand auf der Treppe und starrte in ihre Richtung.

Fünf Sekunden lang. Als betrachte er ein Gespenst. Unfähig, sich abzuwenden.

Mit einem entsetzten Satz rettete sich Lara in ihr Schlafzimmer und knallte die Tür hinter sich zu. Das Herz schlug ihr bis zum Hals und ihr Brustkorb hob und senkte sich, als habe sie gerade einen Hundert-Meter-Sprint absolviert.

Gleichstand.

Am nächsten Morgen packte Lara hastig ihre Habseligkeiten. Den Koffer hinter sich herschleppend, versuchte sie, möglichst geräuschlos zur Eingangshalle des Schlosses zu gelangen.

»Ron wird dich gleich fahren.«

Sie stieß einen spitzen Schrei aus und wäre vor Schreck beinahe über ihr Gepäck gestolpert. Wie ein Geist stand er mit ausdrucksloser Miene im Schatten eines Bogens.

Tristan McAlister. Daneben, wie zwei Anubis-Statuen, saßen seine beiden Dobermann-Damen. Er trug Jeans und einen schlichten Pullover. Die Locken hingen ihm wirr in die Stirn und eine leichte Röte überzog Wange und Nase. Vermutlich war er gerade von seinem Morgenspaziergang mit den Hunden zurück.

»Danke, ich warte dann draußen auf ihn.«

Lara fasste ihren Koffer und zog ihn zur Eingangstür. Irgendwie bekam sie das Ungetüm schon die Treppe hinunter. Auf gar keinen Fall wollte sie jedoch weitere fünf Minuten in betretenem Schweigen mit dem ambivalenten Lord in der Empfangshalle verbringen.

Bevor sie die Außentreppe erreichte, schwebte ihr Koffer plötzlich neben ihr. Tristan hatte ihn wortlos ergriffen und trug ihn die Stufen hinunter. Die Muskeln seines Oberkörpers zeichneten sich unter dem feinen Stoff des Pullovers ab. Nicht dass Lara das sonderlich interessiert hätte, es fiel ihr bloß auf, weil der Vorplatz menschenleer war und es sonst nichts zu sehen gab.

Tristan stellte das Gepäckstück wortlos neben ihr ab, ließ seinen Blick über ihr Gesicht schweifen, als suche er darin nach etwas Bestimmtem und drehte sich dann um. Ein seltsames Geschöpf von einem Mann, so viel stand fest.

Mimmi staunte nicht schlecht, als sie Lara nun bereits zum zweiten Mal in den wenigen Tagen ihres Schottlandaufenthaltes bei sich auf der Türschwelle antraf.

»Tristan scheint mir ein äußerst wankelmütiges Exemplar zu sein, wenn es um Frauen geht.« Damit traf die schottische Dame freilich ins Schwarze. »Allerdings kann ich mich auch nicht erinnern, wann er einer Frau das letzte Mal überhaupt erlaubt hat, in seinen vierhundert Wänden zu übernachten ...«

Sie lachten beide. Laras Bedrückung ließ allmählich nach. Tristans Verhalten mochte beleidigend sein, doch bei Mimmi unterkommen zu müssen, war definitiv keine Strafe – im Gegenteil.

Ihre Gastgeberin überließ ihr, wie schon das letzte Mal, das Wohnzimmer als Atelier. Lara machte sich umgehend an die Arbeit und versank erneut in der Welt von Schnittmustern, Stoffen und Zierutensilien. Gegen Abend hatte sie die Rohform des ersten Hutes beisammen. Am nächsten Tag wollte sie sich den Näharbeiten desselben widmen.

Es klingelte. Lara räumte ihre Sachen zusammen, damit Mimmi die Stube für sich und ihren Mann beanspruchen konnte.

»Da ist ein junger Herr für dich.« Ein mehrdeutiges Grinsen erhellte Mimmis Gesicht.

Lara starrte sie verwirrt an. War Tristan etwa gekommen, um sich bei ihr zu entschuldigen? Ihr Puls beschleunigte sich. Sie strich sich die plötzlich feuchten Handinnenflächen an der Jeans ab. Ängstlich, weil sie nicht wusste, was sie gleich erwartete, betrat sie den spärlich beleuchteten Eingangsbereich des *Lochview.*

»Hallo, Lara. Entschuldige, dass ich hier einfach so hereinplatze. Ich ... hast du schon gegessen?« Lennox wies mit dem Daumen hinter sich, einen fragenden Ausdruck im Gesicht.

»Lennox ... ähm ...« Lara schluckte trocken. In Ermangelung einer Alternative zuckte sie die Schultern und steckte ihre Hände in die Gesäßtaschen ihrer Jeans. »Ja ... ähm ... nein, ich hatte noch kein Abendessen.«

»Fabelhaft! Dann lade ich dich hiermit nach Lairg ein, ich kenne da ein gutes Lokal, etwas abseits des Dorfzentrums. Da gibt es frischen Lachs.«

Lara starrte Mimmi hilfesuchend an, als könne ihr diese die Entscheidung abnehmen. Abgesehen davon hatte ihr Lennox gar keine Frage gestellt, sondern sie kurzerhand eingeladen. Es wäre unhöflich, den bestimmt nett gemeinten Vorschlag abzulehnen. Möglicherweise hatte ihn Tristan gesendet, um an seiner Stelle einmal abzutasten, ob sie sauer war und sich indirekt zu entschuldigen.

»Sehr gerne, ich bin außerordentlich hungrig. Ich hole nur kurz meine Jacke, dann kann es losgehen.«

Mimmi bedachte Lara mit einem anerkennenden Nicken und einem zustimmenden Zwinkern.

Der Pub, in den Lennox sie führte, lag am Dorfrand in Richtung des Loch Shin Staudammes. Galant und mit einem warmen Schmunzeln hielt er ihr die schwere Holztür auf. Lara tauchte in ein Chaos in Sepia ein. Dezente Musik vermischte sich mit dem Lachen und Geschnatter der anwesenden Einheimischen. Der Duft von Bier, Frittiertem und anderen würzigen Speisen erfüllte die Atmosphäre. Hinter der Bar prangte eine Sammlung aus Spirituosenflaschen auf Regalen aus Glas vor einer Spiegelwand. Ähnlich einer Bibliothek, einfach andere Sinne bedienend. Die Köpfe der Gäste verrenkten sich nach ihnen, war in so einem beschaulichen Dorf doch jedes neue Gesicht eine Sensation. Am Kopfnicken und Winken einiger Lairger erkannte Lara jedoch, dass zumindest Lennox kein Unbekannter war.

Sie setzen sich an einen kleinen Holztisch in der hintersten Ecke des Pubs.

»Wein, Bier oder lieber etwas Alkoholfreies?«

Lara entschied sich für Wein und Lennox bestellte eine Karaffe Rebenblut.

»Vertraust du mir, was das Essen angeht? Der rohe Lachs ist hierzulande eine Wucht!«

Lara nickte. »Natürlich, ich liebe Fisch.«

Der schottische Lachs schmeckte völlig anders als das Massenprodukt, das man in der Schweiz servierte. Das war wohl der Nachteil eines Binnenlandes: Man erlebte das Meer und seinen delikaten Inhalt nur gezüchtet oder noch schlimmer, in gefrorenem Zustand. Allein die grelle orange Farbe des Fisches ließ Lara staunen.

Zusammen mit einem lauwarmen Bagel und Meerrettichschaum mundete das Gericht vorzüglich.

»Ein Gedicht für den Gaumen!«, lobte sie Lennox' Speisewahl und lächelte.

Eine Weile aßen sie schweigend und ließen sich von den Geräuschen der Gaststätte unterhalten. Als sie ihr Mahl beendet hatten, schenkte der Schotte Wein nach.

»Du sagtest, dass du Hüte designst? Das interessiert mich, bin ich doch selbst in einer außerordentlich kreativen Branche tätig. Dazu kommt ... ich brauche immer wieder fähige Näherinnen für meine Aufträge. Hast du das Handwerk gelernt? Entschuldige, das sind ziemlich viele Fragen auf einmal.«

Lennox zwinkerte ihr zu und lehnte sich im Stuhl zurück. Dabei glitt sein Blick neugierig über ihre Erscheinung.

»Ja, ich bin Bekleidungsgestalterin oder wie man es früher genannt hätte, Schneiderin. Ich arbeite jedoch als Modeberaterin in einem italienischen Kleidergeschäft in Luzern. Das Kreieren von Hüten war seit jeher eine heimliche Sehnsucht von mir, die bisher nie den Weg ans Licht gefunden hat. Bis ich hier in Schottland ankam. Die Landschaft hat mich dazu inspiriert. Kombiniert mit der alten Nähmaschine meiner Gastgeberin ist nun etwas geboren, von dem ich noch nicht genau weiß, wo es hinführt.« Lara lachte und senkte verlegen die Augen.

»Was zeichnet deine Hüte aus? Welche Art Kopfbedeckung designst du?« Lennox lehnte sich nach vorne und stützte den Kopf in die Hände. Sein Dreitagebart schimmerte im Zwielicht rötlich, wohingegen die

Strähne, die ihm ins Gesicht fiel, ein kühles Aschblond beibehielt. Interessante Kombination.

»Nun ja, sie entstehen intuitiv. Ich habe keinen Stil. Wenn, dann zeichnet das Chaos meine Arbeit aus. Mangels Alternativen hat es sich so entwickelt, dass ich bestehende Ressourcen verwende und jedem Kunden ein Unikat herstelle. Je nachdem, welche Stoffreste und welchen Zierrat er wiederverwertet haben möchte. Die Hutform ergibt sich einerseits aus den Rohstoffen, andererseits aus der Physiognomie des zukünftigen Hutträgers.«

»Wow, das ist beeindruckend, Lara!« Lennox' Augen blieben an ihren hängen, während er lächelte.

Plötzlich klopfte er mit der Hand auf den Tisch. »Themawechsel. Ich könnte wirklich die Hilfe einer Näherin für die anstehenden Festivitäten auf McAlister Castle brauchen. Bisher hat das eine meiner Mitarbeiterinnen aus Edinburgh gemacht, derzeit ist unser Terminkalender allerdings so voll, dass es ihr nicht gelingen wird, herzukommen. Ich habe mir schon überlegt, jemanden aus dem Dorf zu fragen, auch wenn das Resultat dann nicht vollkommen professionell wäre. Tristan hätte das nicht gestört. Ich habe hingegen eine Reputation zu verlieren und ich möchte all meine Arbeit auf höchstem Niveau abliefern. Insbesondere, wenn man mit so vielen Schaulustigen rechnen muss wie dieses Jahr. Könntest du dir vorstellen, mich zu unterstützen? Gelegentlich kommt es vor, dass man für die Dekoration etwas nähen muss, besonders, wenn es auch noch Aktivitäten im Garten und auf dem Feld gibt. Tischtücher oder auch Zeltplanen brauchen manchmal spontane Anpassungen oder eine Reparatur. Ich wäre sehr erleichtert, wenn ich eine Fachfrau an meiner Seite wüsste.«

Laras Herz setzte einen Schlag lang aus und ihr Magen verkrampfte sich.

»Ich weiß nicht. Ich habe noch ziemlich viele Hüte, die angefertigt werden müssen ... ich könnte mir vorstellen, dass die Damen die Kopfbedeckung zum Fest tragen möchten, wenn es am Nachmittag einen für die Bevölkerung öffentlich zugänglichen Teil gibt.«

»Das ist überhaupt kein Problem. Ich brauche deine Hilfe nicht rund um die Uhr. Die Arbeit für das Fest ließe sich bestimmt sehr gut mit den anderen Aufträgen koordinieren. Das ist alles eine Frage der Planung und Kommunikation.« Lennox grinste und strich sich eine Strähne aus den Augen. »Ich könnte veranlassen, dass du auf dem Schloss wohnen und nähen kannst. Mimmi macht es gewiss nichts aus, die Nähmaschine eine Zeit lang auszuleihen.«

Zum zwischenzeitlichen Herzrasen kamen nun auch noch Schweißausbrüche und Hitzewallungen dazu. Lara wand sich wie ein Fisch auf dem Trockenen. »Ich glaube ehrlich gesagt nicht, dass Tristan das tolerieren würde ...«

Lennox legte den Kopf in den Nacken und gab ein kehliges Lachen von sich. »Du meinst wegen seines frauenfeindlichen Kodexes? Lass das mal meine Sorge sein!« Er grinste und nippte an seinem Wein.

Sollte sie oder sollte sie nicht? War sie sensationslüstern oder naseweis? Warum brauchte sie das überhaupt zu interessieren? Trotzdem ...

»Was hat es mit dieser Chauvinisten-Masche eigentlich auf sich? Tristan ist ein Mann unserer Generation, vertritt aber das verstaubte Frauenbild aus dem letzten Jahrhundert. Ich hielt es zuerst für einen Scherz. Je mehr Einblick ich jedoch in seine Methoden bekam und je öfter sich mir die Gelegenheit zu gemeinsamer Zeit bot, desto intensiver wurde mir bewusst, dass er all das tatsächlich ernst meint.«

Nun war es an Lara, das Gesicht hinter ihrem Glas zu verbergen. Hatte sie den Bogen mit ihrer Frage und den Bemerkungen nun überspannt? Immerhin war Lennox Tristans Freund. Sie nagte an ihren Fingernägeln, was sie sonst nie tat.

Der Gesichtsausdruck des Schotten veränderte sich. Zum Guten, zum Schlechten? Lara konnte es noch nicht erkennen. Lennox seufzte, faltete die Hände und legte sie auf den Tisch.

»Der Grund für sein Misstrauen gegenüber dem weiblichen Geschlecht liegt in der Vergangenheit. Wir waren damals zu dritt. Drei beste Freunde: Gawyn, Tristan und ich. Da gab es dieses Mädchen, Nialla, als wir ungefähr fünfundzwanzig waren. Tristan verliebte sich unsterblich in sie, allerdings stellte er schnell fest, dass ihm Gawyn Konkurrenz machte. Auch er hatte ein Auge auf den blonden Engel geworfen. Leider wandte Tristan eine List an, um den Nebenbuhler auszubooten. Ich riet ihm wärmstens davon ab. Zum einen, weil ich derart perfide Strategien grundsätzlich ablehne und zum anderen, weil unser Dreigespann, unsere Verbundenheit als Freunde, stärker als die Liebe zu einer Frau sein sollte. In diesem Alter kommen und gehen die Damen oft. Was bleibt dir dann, wenn du wieder alleinstehend bist? Deine engsten Vertrauten, deine Kumpels. Tristan ließ sich jedoch nicht belehren. Er war blind vor Verliebtheit und vor allem rasend vor Eifersucht, als er feststellte, dass Gawyn und Nialla sich häufig trafen und Ausflüge unternahmen. Dennoch zeigte sie sich ihm gegenüber kameradschaftlich. Er missinterpretierte das freilich als Liebe, obwohl ich stetig versuchte, ihn vom Gegenteil zu überzeugen. Tristan wollte es einfach nicht wahrhaben. Um den unliebsamen Konkurrenten auszuschalten und endlich einmal etwas Zeit mit dem Mädchen alleine verbringen zu können, lockte er diese mithilfe einer fadenscheinigen Ausrede in seine Jagdhütte. Dort erzählte er Nialla scheinbar im Vertrauen, Gawyn unterhalte mehrere sexuelle Affären zu anderen Frauen und habe ihm gegenüber damit geprahlt, auch sie als Trophäe auf die Liste von Sklavinnen zu setzen. Nialla war verständlicherweise am Boden zerstört, fühlte sich verraten und verletzt. Sie war davon ausgegangen, dass sie und Gawyn bald ein Paar würden. In ihrem Seelenschmerz betrank sie sich gemeinsam mit Tristan in der Abgeschiedenheit der Hütte. Genau so, wie er es geplant hatte. Sie verbrachten anschließend eine Nacht zusammen. Den Rest der Geschichte kannst du dir bestimmt denken.« Lennox starrte betrübt auf die Tischplatte und schwieg.

»Gawyn hat erfahren, dass das Mädchen, das er liebte, mit Tristan geschlafen hatte und ...« Lara zuckte die Schultern. Der Schluss der Erzählung konnte zahlreiche Wendungen genommen haben, aber mit an Sicherheit grenzender Wahrscheinlichkeit keine positiven.

»Genau. Natürlich beließ Gawyn es nicht dabei, die Situation im Raum stehenzulassen. Er suchte das

Gespräch mit seiner ehemaligen Angebeteten. Dadurch kam die Wahrheit ans Licht. Nämlich, dass er keine Affären gehabt hatte, Nialla die Liebe seines Lebens war und Tristan sie beide mit Lügen entzweit hatte. Tristan selbst wurde mit den Tatsachen konfrontiert, wütend, und fühlte sich wie das fünfte Rad am Wagen. Erneut verschworen sich die zwei Turteltauben, so seine Wahrnehmung, gegen ihn. Er nahm es dem Mädchen schwer übel, dass es sich auf ein vertrauliches Gespräch mit Gawyn eingelassen hatte, wo es doch nach der gemeinsamen Nacht mit ihm, Tristan, zusammen war. Außerdem ging er nach wie vor davon aus, dass Nialla auch ihm schöne Augen gemacht und somit seine Leidenschaft geschürt hatte. Was sie ihrerseits nie bestätigte. All das führte dazu, dass Tristan nicht nur seinen Freund verlor, sondern auch noch die Dame seines Herzens. Selbstverschuldet und wider besseren Wissens zwar, aber das will er bis heute nicht wahrhaben. Seiner Meinung nach sind alle Frauen manipulative und hinterhältige Wesen, die aus Gefallsucht Gefühle bei Männern heraufbeschwören und sie dann abstreiten. Man kann ihnen nicht vertrauen und sie hintergehen einen selbst dann noch, wenn sie sich vordergründig bereits für einen entschieden haben. So Tristans Weltansicht. Was er natürlich nicht gerne hört, ist, dass Niallas und Gawyns Liebe die Jahrzehnte überdauert hat, sie mittlerweile verheiratet sind und Kinder haben. Das widerspricht seiner Vorstellung von der Leichtlebigkeit und Wankelmütigkeit des weiblichen Geschlechts. Gawyn lud ihn sogar zur Hochzeit ein und setzte damit ein starkes Zeichen, die Vergangenheit endlich ruhen zu lassen. Tristan weigerte sich aber und hält bis heute an seiner Verbitterung fest. Schade.«

Lennox seufzte und leerte sein Glas. Die Karaffe war ebenfalls leer. »Noch etwas Nachschub?«

»Hm, ja, warum nicht?« Laras Interesse war geweckt. Sie wollte die Konversation, die sich nun langsam in eine spannende Richtung entwickelte, nicht aufgrund von fehlenden Getränken austrocknen lassen. Nachdem die Servicekraft eine weitere Karaffe mit Rotwein gebracht hatte, wagte sie den nächsten Vorstoß.

»Wie kam es, dass Tristan diese Methode, den Kodex der Cowboys entwarf? Wieso machte er sich das Erretten von Jugendlichen zur Aufgabe?«

Lennox strich sich über die Bartstoppeln und verzog den Mund. »Das hat mit der Geschichte um Nialla zu tun. Tristan verfiel in eine schwere Depression, verweigerte alles und schwelgte in Verbitterung. Sein Vater, der diese Phase der Trauer durch den Tod seiner Ehefrau nur zu gut kannte, beschloss einzugreifen, bevor sein Sohn nur noch aus Selbstmitleid bestand. Er sandte ihn fünf Jahre zu Verwandten nach Übersee. Eigentlich, damit er Abstand gewann von Schottland, neue Leute kennenlernte und zwecks Tapetenwechsel. Tristan wohnte fortan auf einer Farm in Texas. Zu Beginn tat er sich mit der Veränderung schwer, insbesondere, weil Nialla für ihn nun unerreichbar war. Er schrieb ihr Briefe, die sie nie beantwortete. Allmählich fügte er sich in sein Schicksal. Um den Herzschmerz zu vergessen, stürzte sich Tristan voller Elan in die körperliche Arbeit. Ohne dass man ihn dazu gezwungen hätte, bestand er darauf, nicht nur auf der Farm zu helfen, sondern mit den Viehhirten, den Cowboys, aufs Feld zu ziehen. Er lebte fünf Jahre unter ihnen. Jede Jahreszeit erduldend, jede Tätigkeit ausführend. Die Härte ihres Daseins lehrte ihn Entbehrungen anderer Art. Ihre schlichte Ethik imponierte ihm. Nicht dass er deshalb sein gebrochenes Herz vergessen oder geheilt hätte, im Gegenteil. Sein Blickwinkel auf das Leben veränderte sich. Die Existenz und Wichtigkeit von Frauen klammerte er ab dieser Wende aus. Diese Transformation, wenn man das denn so nennen will, machte ihn zu einem exakten Abbild seines Vaters. Dieser hatte dem weiblichen Geschlecht nach dem nie überwundenen Tod seiner Frau abgeschworen. Liebe, so sagte er Tristan stets, sei das Schmerzhafteste, was es auf der Welt und in einem Menschenleben gäbe. Als junge Burschen haben wir uns über seine verbohrte Sichtweise oft mokiert. Die erste Verliebtheit, der erste Sex, all das bewies uns das Gegenteil, so glaubten wir in unserem jugendlichen Übermut. Das Glück und die Endorphinausschüttung waren dermaßen groß, dass wir den alten Herrn und sein ewiges Grummeln verspotteten. Nach dem Fall Nialla hatte ich den Eindruck, dass es Tristan dämmerte. Der giftige Same, den sein Vater ihm von Kindesbeinen an eingepflanzt hatte, gedieh wunderbar in seinem gebrochenen Herzen. Das änderte auch die Reise über den großen Teich nicht. Im Gegenteil. Die ständige Einsamkeit in der Prärie, die viel Zeit und Raum zum Nachdenken ließ, verwandelte ihn schrittweise zu einer Kopie des Vaters.«

Lennox seufzte, lehnte sich zurück und nahm einen kräftigen Schluck Wein. Lara konnte ihm ansehen, dass ihm diese Entwicklung Sorgen bereitete.

»Und die Jugendlichen, die er nun bei sich aufnimmt?«

»Ach ja, die … die Geschichte ist ja noch nicht beendet.« Lennox zwinkerte ihr zu und beugte sich wieder nach vorne. Lara konnte seinen Atem auf ihrem Gesicht spüren.

»Nun, das war ein Zufall, wenn man denn an solche glauben will. Nach seiner Rückkehr aus den Staaten kaufte sich Tristan Araberpferde und renovierte den Pferdestall. Er vermisste das Leben der Cowboys. Etwa zeitgleich ereignete sich in der nahen Verwandtschaft in Schottland eine Tragödie mit einem schwer erziehbaren Jungen. Tristan erwähnte gegenüber der Mutter, dass es dem Burschen guttun würde, eine Zeit lang bei den Rittern der Prärie zu verbringen. Er erzählte ihr von der Zeit im Wilden Westen und natürlich von seiner inneren Wandlung. Lange Rede, kurzer Sinn: der Problemfall landete auf McAlister Castle und unser Lord dachte sich etwas aus, das dem Leben der Viehhirten ähnelte. Das war die Geburtsstunde seines vielgepriesenen Cowboy-Kodexes. Die Methode funktionierte und erlangte durch Mund-zu-Mund-Propaganda nationale Bekanntheit.« Lennox lächelte.

»Trotz der frauenfeindlichen Attitüde«, vollendete Lara Lennox' Erzählung.

»Die interessiert niemanden. Das ist seine Privatsphäre. Ob und mit wem er sein Bett teilt, geht die Öffentlichkeit nichts an und viele kennen diese Seite an ihm auch gar nicht.«

»Doch, all jene, die wie ich anriefen, um ihm ein Mädchen zu senden.«

Lara lachte. Die Erinnerung an ihr erstes Telefonat mit dem Lord erheiterte sie noch heute. Zum einen, weil ihr Englisch furchtbar desolat gewesen war und zum anderen, weil sie ihn, unfähig den Impuls zu kontrollieren, beleidigt hatte.

»Du bist die Erste, die um die Aufnahme eines Mädchens gebeten hat. Ich glaube, der Ruf, den seine Ausbildung hierzulande genießt, legt nahe, dass es ein Programm für männliche Jugendliche ist. Vermutlich aufgrund der Tatsache, dass Tristan selbst ein Mann ist und weil die Cowboy-Thematik eher eine maskulin behaftete Domäne ist. Mit Sicherheit kann ich es natürlich nicht sagen, aber es ist wirklich so, dass bisher niemand um die Aufnahme einer jungen Frau gebeten hat.«

Lennox zuckte die Schultern. Lachfalten umrahmten die dunklen Augen wie zwei Fächer. Attraktive Grübchen bildeten sich dabei auf seinen Wangen.

Lara spürte plötzlich, wie die Müdigkeit nach ihr griff. Vielleicht war es auch der Wein, jedenfalls fühlten sich ihre Glieder augenblicklich schwer an. Sie wagte einen verstohlenen Blick auf ihre Armbanduhr. Kurz vor Mitternacht. Sie deutete ein Gähnen an.

»Ich denke, ich sollte jetzt mal nach Hause gehen. Es ist fast zwölf. Ich hatte einen anstrengenden Tag und morgen wird es wohl nicht besser.«

Lennox erhob sich. »Gute Idee, geh du doch schon mal nach draußen, ich begleiche noch die Rechnung.« Er hob mahnend die Hand, als sie protestieren wollte. »Du darfst dich gerne beim nächsten Mal revanchieren.« Ein entwaffnendes Lächeln unterstrich seine Worte.

Lara grinste ebenfalls, dann streifte sie ihre Jacke über und verließ das Lokal.

Kühle Nachtluft schlug Lara entgegen und ein bleicher Mond stand am Himmel. Vereinzelt verbargen Wolken die Sicht auf die Sterne. Die Tür quietschte und Lennox betrat das Freie. Er begleitete sie schweigend zurück zu Mimmis Haus.

»Nun denn ... gute Nacht, Lennox.« Lara neigte den Kopf zur Seite und strich sich eine Haarsträhne hinters Ohr.

»Darf ich mit dir als Schneiderin in meinem Team rechnen, Lara?«

»Habe ich denn eine Wahl?«

Lennox lachte. Kehlig, dunkel, mit einem heiseren Raspeln. »Nein, die hast du nicht.«

»Tristan?«

»Lass den alten Brummbär mal meine Sorge sein. Ich werde das schon hinkriegen.«

»Ich glaube nicht, dass du das schaffst. Du wirst ihn nie davon überzeugen können, eine Frau in seinen Gemäuern zu akzeptieren.«

»Und ob ich das werde. Halte dein Gepäck bereit und kläre mit Mimmi ab, ob du ihre Maschine borgen kannst.«

Lennox nahm ihre Hand und hauchte einen Kuss auf den Handrücken. Dann drehte er sich mit einem Zwinkern um und verschwand in der Dunkelheit. Ging er etwa zu Fuß zurück zum Schloss? Vermutlich nicht. Wahrscheinlicher war, dass er den armen Ron aus den Federn klingelte.

Apropos Anrufe ... Thomas hatte viermal versucht, sie zu erreichen. Lara löschte die Meldungen. Er verlangte eine Beziehungspause – die konnte er haben.

Ihr letzter Gedanke vor dem Einschlafen galt Lennox. Und Tristan. Oder doch Lennox? Oder Tristans Kuss?

Wer wusste das schon so genau ...

Kapitel 18

Mit einer Mischung aus Beklemmung, Verärgerung und Erregung beobachtete Tristan, wie Ron Lara dabei half, das Gepäck aus dem Minivan zu räumen. Nebst des obligaten Koffers waren dies nun auch noch diverse Taschen mit Stoffen und ein Holztisch, auf dem eine antike Nähmaschine befestigt war.

»Ich danke dir. Ich weiß, dass dir das Ganze widerstrebt, mein Freund, aber sie ist wirklich etwas Besonderes. Ertrage sie meinetwegen. Sobald ich wieder abreise, hoffe ich, dass Lara und ich uns nahe genug gekommen sind, um über eine gemeinsame Zukunft nachzudenken.« Lennox legte Tristan die Hand auf die Schulter.

»Erwähnte ich nicht bereits mehrfach, dass sie einen Partner hat? Zumindest sagte sie das. Möglicherweise ist das aber nicht mehr der Fall.« Tristan dachte an den Kuss in der Bibliothek und die seltsame Bemerkung Laras bezüglich dessen, sie würde sich gerade zahlreiche Gedanken zu ihrem Leben machen. Während sich ihre Lippen berührt hatten, war sie nicht einmal zurückgewichen, hatte ihm weder eine Ohrfeige verpasst noch gesagt, dass sie gebunden sei.

Lennox lachte. Blechern. »Wen kümmert das, Tristan? Wir werden sehen, für wen ihr Herz am Ende schlägt. Für den Unbekannten, falls es ihn denn gibt, oder für mich. Also sei bitte kein Spielverderber und unterstütze mich als dein Freund.«

»Natürlich.« Tristan wandte sich vom Fenster ab, schnippte mit den Fingern, sodass Skylla und Charybdis ihm folgten, und verließ den Speisesaal. »Ich muss mich für die heutige Nachtübung vorbereiten. Das wird kein Zuckerschlecken.«

»Das wird mein Abend auch nicht, Tristan ... so allein mit dem blonden Engel.«

Tristan hatte nicht einmal den Nerv, sich zu seinem Freund umzudrehen. Sein Lächeln hätte sowieso nur wie eine Trauerfratze ausgesehen. Es gelang ihm einfach nicht, sich für Lennox zu freuen. Im Gegenteil, seine Gedanken wurden mit einer an Besessenheit grenzenden Intensität von möglichen Szenen beherrscht.

Lara und Lennox lachend und trinkend im Speisesaal. Alleine.

Lara und Lennox in der Bibliothek ... bei der Lektüre von *Der Teehändler.* Gottlob hatte er dieses Werk in seinem Zimmer eingeschlossen!

Lara und Lennox nackt ... beim Nachspielen der Szenen aus *Der Teehändler* ...

Schlagartig war Tristan furchtbar schlecht. Erneut. Diese Übelkeitsattacken, die in letzter Zeit gehäuft auftraten, nahmen langsam einen chronischen Charakter an. Vielleicht sollte er sich gelegentlich einmal ärztlich untersuchen lassen.

Der Tag auf McAlister Castle neigte sich dem Ende zu. Die bauchigen Schatten der Wolken verschluckten den Rest des Tageslichts wie ausgehungerte Wildtiere, sodass die Dämmerung bereits in den frühen Abendstunden einsetzte. Ein frostiger Wind fegte über den Burghof und wirbelte Sand und staubige Erde auf. Der Duft dampfender Pferdeleiber wehte von den Stallungen her zu Tristan. Er zog den Reißverschluss der Jacke nach oben und stellte den Kragen auf, um Hals und Nacken vor den kühlen Fingern der schottischen Abendluft zu schützen. Er konnte sich, nebst der vermuteten Magen-Darm-Grippe nicht auch noch einen Schnupfen leisten. Die Folgen wären verheerend. Der Gedanke, an sein Bett gefesselt zu sein, während Lennox frei durch die Schlossgänge flanierte und die einzige Dame in den Gemäuern bezirzte wie ein Pfau ... sorgte erneut für ein Gurgeln in seinen Eingeweiden.

»Los, Jungs ... lasst uns die Pferde aus dem Stall holen. Es geht los«, befahl Tristan. Tonya maß ihn mit vorwurfsvollem Blick und presste die Lippen zusammen.

»... und Mädels natürlich!«, beeilte er sich anzufügen. Die junge Frau drehte sich auf dem Absatz um, sodass ihr zu einem Zopf geflochtenes Haar wie eine Peitsche durch die Luft zischte, und verschwand im Pferdestall. Nach einer Viertelstunde saßen sie alle im Sattel.

Tristan wandte sich ein letztes Mal um. Ohne zu wissen, was er genau suchte, hüpfte sein Blick von Fenster zu Fenster und ersuchte, das Dunkel dahinter zu ergründen.

Dann gab er dem Pferd die Sporen und sie preschten im grauen Zwielicht davon.

Wie geplant erreichten sie die beschauliche Herde der Highland Cattle nach einem halbstündigen Ritt. Tristan schwang sich von Athos' Rücken und löste das Gepäck.

»Da wir nicht den gesamten Tag im Freien verbracht haben, habe ich den Stallknecht mit dem Jagen unseres Abendessens beauftragt. Es gibt Kaninchen und Eichhörnchen. Dazu Reis und Bohnen, wie immer.«

Das Glitzern in den Augen der Jugendlichen verriet ihm, dass sie mit dem Speiseplan einverstanden waren. Immerhin. Tristan delegierte das Sammeln von Feuerholz an Daniel und Albert, während er sich zusammen mit Tonya um das Einrichten eines Nachtlagers kümmerte.

Im angrenzenden Wäldchen schnitt er einige Stauden und herabhängende Äste mit dem Buschmesser zurecht, um Platz für ihr Lager zu schaffen. Entspannt bahnten sich seine Gedanken ihre eigenen Wege. Was, wenn sich Lara einsam fühlte? Lennox war ein galanter und begabter Gastgeber ...

»Sssss, Mist!« Tristan stopfte sich den blutenden Finger in den Mund. Wie hatte das bloß passieren können? Er verletzte sich doch sonst nie! Den Umgang mit dem Messer beherrschte er normalerweise ebenso wie alles andere, das mit seiner Tätigkeit im Freien zusammenhing. Ohne sich etwas anmerken zu lassen, arbeitete er weiter, spannte mit Tonyas Hilfe Seile und eine Zeltplane zwischen den Bäumen und belegte den Boden mit einer Plastikblache. Diese Maßnahmen ermöglichten ihnen nach der Feuchtigkeit der letzten Tage einen trockenen Schlafplatz in Feuernähe.

Nach einer Stunde kehrten die Burschen mit Feuerholz zurück und sie machten sich daran, den Hasen auf einem Spieß über dem Feuer zu braten. Tonya kümmerte sich um den Kessel mit dem Reis-Bohnen-Eintopf. Das Abendessen hielt, was sein würziger Duft während des Zubereitens verhieß. Gesättigt wickelten sie sich bei Einbruch der Nacht in ihre Pferdedecken und starrten auf die zuckenden Flammen vor sich.

Aus Erfahrung wusste Tristan, dass die eigentliche Übung erst jetzt begann. Die Herausforderung der Nahrungssuche war ihnen dieses Mal erspart geblieben, der Bauch fühlte sich voll an. Die verlockende Süße des Schlafs griff nun kontinuierlich nach den Jugendlichen. Wohlige Trägheit beschwerte die Augenlider und verlangsamte den Atem.

Während seine Schützlinge gegen die Erschöpfung ankämpften, kribbelten Tristans Glieder, als habe er sich in einen Ameisenhaufen gesetzt. Er wühlte in der Satteltasche, die neben ihm lag, und förderte die Tabakpfeife zutage. Auf ruhige Bewegungen bedacht, stopfte er sie. Normalerweise beruhigten ihn dieses Ritual und der anschließende Genuss des Krauts. Sein Puls beschleunigte sich jedoch unerklärlicherweise mit jeder weiteren Sekunde. Hitze floss zähflüssig wie glühende Lava durch seine Blutbahnen. Einer unbekannten Melodie folgend, trommelte er mit den Fingern auf einen Stein. Rauchwolken kräuselten sich vor seinem Gesicht und der aromatische Duft des Tabaks nebelte ihn ein. Genießerisch sog er den warmen Qualm in sich auf.

»Wenn Sie weiterhin so verbissen an Ihrer Pfeife nagen, haben Sie sie gefressen, bevor Sie sie rauchen können.« Tonyas Augen trafen ihn wie zwei grelle Scheinwerfer. Ihr Blick glitt von seinem Mund zu den Füßen, die ebenfalls in stummem Takt wippten. Das war Tristan bisher gar nicht aufgefallen. Sofort stellte er die Bewegung ein. Das wiederum führte dazu, dass das Brennen in seinem Inneren weiter anschwoll. Mit einem Ruck erhob er sich und streifte die Decke ab. Die brauchte er ohnehin nicht, ihm war viel zu warm.

»Mir ist da etwas eingefallen. Ich muss dringend nach Lairg. Ein Notfall. Bitte teilt euch die Feuerwache. Ich bin so schnell wie möglich wieder da.«

Daniel drehte sich um und starrte ihn aus weit aufgerissenen Augen an. »Aber ... sollten wir nicht jeweils zu zweit Wache halten? Wie soll denn das jetzt gehen?«

Tristan band bereits seinen Hengst los. »Mir egal, Daniel, improvisiert. Wichtig ist, dass das Feuer auf gar keinen Fall ausgeht. Die schottischen Nächte sind auch im Sommer nicht mild genug, um sie ohne die Wärme der Flammen verbringen zu können. Ihr würdet euch furchtbar erkälten.«

Was bei Tristan vermutlich zwischenzeitlich der Fall gewesen war. Wahrscheinlich ließ sich die plötzliche Glut in seinem Körper mit Fieber erklären. Nicht gut, gar nicht gut. Schmerzhaft noch dazu. So eine schwelende Grippe war keine Lappalie.

»Aber ...« Dieses Mal mischte sich auch Albert ein.

Nur Tonya schwieg und musterte Tristan mit einem Ausdruck, der ihm gar nicht behagte. Als vermöge sie mit ihren intelligenten Augen bis auf den Grund seiner Seele zu blicken und als offenbarten sich ihr all seine inneren Geheimnisse. Natürlich war das absurd. Tonya war beinahe noch ein Kind und außerdem keine Hellseherin.

Unterschätze niemals die weibliche Intuition, flüsterte eine boshafte Stimme hinter Tristans Stirn. Verärgert ignorierte er sie, indem er sich in den Sattel schwang und Athos die Fersen in die Flanken drückte.

»Nichts *aber,* tut, was ich sage. Ein Cowboy muss in der Lage sein, aus jeder Situation spontan das Beste zu machen.« Mit diesen Worten preschte er davon.

Ein blasser Sichelmond erhellte die sanft ansteigenden und abfallenden Hügel auf dem Weg vor Tristan. Feuchtigkeit stieg vom Boden auf und der Duft nach Moos, Erdreich und Kräutern lag in der Luft und vermischte sich mit den dampfenden Ausdünstungen des Pferdes. Das dumpfe Donnern der Hufe auf der mit Heidekräutern und Gräsern überwucherten Matte hallte wie ein mystischer Trommelwirbel durch die Nacht. Tristan atmete im Gleichklang mit dem Rhythmus seines Reittieres.

Als sich die Zinnen von McAlister Castle schwarz vor dem Nachthimmel abhoben, trieb er sein Pferd zum Endspurt an. Vor dem Tor brachte er den Hengst zum Stehen und stieg ab.

Um nicht zu viel Lärm durch die klappernden Hufe auf den Pflastersteinen des Innenhofes zu verursachen, führte er das Tier von Hand im Schatten der Schlossmauern zu den Stallungen. Hätte Tristan den Platz in rasendem Galopp überquert, hätte er vermutlich die gesamte Belegschaft auf den Plan gerufen. So aber gelang es ihm, ohne großes Aufsehen im Stall zu verschwinden. Er nahm dem Pferd den Sattel ab, rieb es notdürftig mit Stroh trocken und schlich dann nach draußen.

Vorsichtig drehte er den Kopf nach links und nach rechts, um ungebetene Beobachter im Zwielicht des mit einzelnen Laternen beleuchteten Hofes ausschließen zu können. Henry, der Stallknecht, hatte zwischenzeitlich Feierabend und saß bestimmt beim Abendessen.

Wobei Tristan gerade beim Stichwort angelangt war. Sein Blick kletterte die Fassade entlang nach oben und blieb an den Fensterfronten des Speisesaals im ersten Stock hängen. Goldenes Licht drang kegelförmig nach draußen. Tristan dachte angestrengt nach und ging in Gedanken seine Optionen durch.

Er entschied sich für die sportliche Variante. Vorsichtig testete er mit den Händen und dem Fuß, ob das Holzgerüst der Kletterrosen auch hielt, was es optisch versprach. Als die Konstruktion einer ersten Prüfung standhielt, begann er, entlang derselben nach oben zu klettern. Insgeheim bedankte er sich bei seinem gewissenhaften Gärtner, der das Holzgitter so stabil angebracht hatte, dass damit bedenkenlos ein Notausstieg für den Fall einer Feuersbrunst hatte eingespart werden können. Sofern das Holz nicht in Flammen aufging, selbstverständlich. Tristan erreichte die steinerne Fensterbank und hielt kurz inne.

Mit rasendem Puls streckte er den Kopf nach oben und erhaschte einen Blick ins Innere des Speisesaals. Ein schmerzhafter Stich traf ihn mitten ins Herz.

Lennox und Lara. Viel zu nahe beieinander. Sie bräuchten nur die Hand nach dem jeweils anderen auszustrecken und schon ließe sich eine zärtliche Berührung nicht mehr vermeiden.

Wie damals ... vor weit über zehn Jahren. Aus Unerfahrenheit hatte Tristan die Zeichen übersehen. Das neugierige Glitzern in den Augen, das sich mehr als Freundschaft erhoffte. Das warme Lächeln, das versuchte, das Gegenüber zu verzaubern, ja gar zu bannen. Subtile Gesten wie das aus dem Gesicht streichen der Haare, den zur Seite geneigten Kopf, nervöses Knabbern an der Lippe ... Signale, die er damals unbeachtet gelassen hatte. Heute erkannte sie Tristan als das, was sie waren.

Lockbotschaften.

Lennox versprühte seinen klebrigen Charme wie eine Spinne, die eine ahnungslose Fliege in ihr Netz locken wollte.

Und Lara? Die Sehnsucht in ihren Augen entblößte ein einsames Herz. Sie fühlte sich durch die Avancen seines Freundes geschmeichelt. Der aschblonde Schotte war ihr definitiv sympathisch. Gehörte sie zu jenen flatterhaften Wesen, die sich auch auf einen oberflächlichen Kuss einließen? Oder konkret: Würde sie Lennox heute Nacht ...

Ein Knirschen durchschnitt die Stille. Tristan wandte den Blick in die Tiefe. Der Halt unter seinem Fuß gab nach. Verzweifelt krallte er sich an das steinerne Fensterbrett. Mit langsamer Grausamkeit rutschten seine Finger ab. Keuchend ruderte er mit den Armen und griff nach den Rosen. Schmerzhaft stachen die Dornen in seine Handflächen, als er krampfhaft nach Halt suchte. Ein weiteres Mal erklang ein ungutes Knacken, als erneut ein Stück der Holzkonstruktion unter ihm nachgab. Mit einem erstickten Kreischen krachte Tristan die Hauswand entlang in die Tiefe. Seine Nägel schrammten über den Stein, während die Stacheln der Rosen gnadenlos die Haut an den Händen und im Gesicht aufrissen. Mit einem heftigen Plumpsen landete er auf dem Hintern.

Für einen kurzen Moment war er unfähig zu atmen und sein Herz setzte vor Schreck einige Sekunden aus. Dann schoss Adrenalin in Reinform durch seine Gefäße. Mit zitternden Beinen und klappernden Zähnen erhob sich Tristan. Er schmeckte Blut im Mund. In der Hitze des Gefechts hatte er sich auch noch auf die Zunge gebissen. Sein Gesicht brannte und pulsierte und er durfte sich gar nicht vorstellen, was für einen Anblick er gerade bot. Als er sich überlegte, was jetzt am besten zu tun war, erlosch das Licht im Speisesaal über ihm.

Panik erfasste ihn, sodass er sich automatisch die Hand auf die Brust hielt. Von einer inneren Beklemmung gehetzt, rannte Tristan zum Dienstboteneingang. McAlister Castle verbarg, wie jedes Schloss aus grauer Vorzeit, eine Parallelwelt in seinen Mauern. Früher war es den Angestellten nicht erlaubt gewesen, die normalen Treppen und Gänge zu benutzen, also hatte man ihnen innerhalb der massiven Steinwände eigene Schleichwege gebaut. Obwohl sich die Verhältnisse in der Neuzeit verändert hatten, wusste Tristan als Schlossherr noch immer über die verborgenen Tunnel in seinem Zuhause Bescheid. Als Kinder hatten sich Tristan und seine Freunde oft tagelang in dem düsteren Labyrinth versteckt und die Eltern in den Wahnsinn getrieben.

Damals hatten sie immerhin eine Taschenlampe bei sich gehabt. Dafür fehlte Tristan nun aber die Zeit.

Käme, was wollte, er musste so schnell wie möglich zu der Etage mit Laras Zimmer gelangen und zwar vor ihr und Lennox. Wie Tristan im Falle des Falles vorgehen würde, wusste er selbst noch nicht. Das hatte noch knappe fünf Minuten Zeit. Nämlich so lange, wie er brauchte, um auf dem Schleichweg sein Ziel zu erreichen. Ohne Licht und nur mit der Erinnerung aus Kindertagen als Gedächtnisstütze.

Überflüssig zu erwähnen, dass er sich unzählige Male den Kopf stieß, das Knie in eine Mauer rammte und die ohnehin schon zerschundenen Hände zusätzlich malträtierte. Spinnweben verfingen sich in seinen Haaren und verhedderten sich in seinen Wimpern. Es war davon auszugehen, dass ihre Verursacher auch nicht weit weg waren ...

Trotz all der Widrigkeiten erreichte Tristan sein Ziel innerhalb der Gnadenfrist. Mit einem markerschütternden Quietschen, das ihn sogleich zusammenzucken ließ, schob er die versteckte Tür einen Spalt breit auf. Gottlob mit der nötigen Vorsicht, denn exakt davor stand eine Rüstung zur Zierde.

»Hat dir mal jemand gesagt, dass du ein bezauberndes Lächeln hast?« Lennox' dunkle Stimme dröhnte durch den Flur.

»Ist schon eine Weile her.«

War das ein Kichern? Wie naiv war Lara denn, Himmelherrgott! Lennox wollte sie doch nur flachlegen! Und danach? Ob er dann immer noch beabsichtigte, sie mit nach Edinburgh zu nehmen? Tristan kannte Lennox. Bisher war sein Verständnis von Liebe stets sehr oberflächlich gewesen. Das hatte zweifelsfrei zahlreiche Vorteile. Ein Fluch, wie ihn die McAlisters zu erdulden hatten, würde ihn jedenfalls nie heimsuchen. Dazu fehlte ihm die Fähigkeit, sich selbst in einer anderen Person zu verlieren.

Es war so seltsam still! Die beiden waren doch nicht etwa dabei, sich zu k...

Die Rüstung schwankte bedrohlich, als Tristan versuchte, die geheime Tür so weit zu öffnen, dass er einen Blick auf den Flur dahinter werfen konnte.

»Was ist *das* denn?« Laras Stimme klang panisch, vermischt mit einer Prise Hysterie.

»Ein besoffener Ritter?« Lennox' Lachen hallte durch den Flur.

Schritte kamen näher. Endlich erwachte Tristan aus seiner Versteinerung. Mit einem entsetzten Satz hechtete er nach hinten und zog die Tür in den verborgenen Gang zu. Das vermochte den scheinbar betrunkenen Rüstungsträger allerdings auch nicht mehr zu retten. Ein ohrenbetäubendes Scheppern drang durch die Wand und ließ Tristan zusammenzucken. Blieb einzig zu hoffen, dass das antike Stück keinen Schaden genommen hatte und, was fast noch zentraler war, die Tarnung der Tapete auch nach all den Jahren noch einen guten Dienst leistete und die geheime Tür verbarg.

Das Herz pochte Tristan bis zum Hals und er war außerstande, einen klaren Gedanken zu fassen. In Ermangelung einer Alternative raste er den Weg, den er gekommen war, zurück.

Unzählige Beulen, Schrammen und Ungezieferattacken später landete er schweißgebadet wieder beim Dienstboteneingang.

Mit letzter Kraftanstrengung verließ er das Schloss und sog gierig die kühle Nachtluft ein. Er lehnte sich schwer atmend an die Mauer. Was war bloß in ihn gefahren? Was in Dreiteufelsnamen tat er überhaupt hier? Sollte er nicht bei den Jugendlichen und der Nachtwache sein? Was, wenn ihnen etwas zustieß, während er hier ... ja, was eigentlich genau tat? War er denn komplett von Sinnen?

Dann erinnerte sich Tristan wieder: Er war hergekommen, weil er nach einem effektiven Grippebekämpfungsmittel gesucht hatte. Warum er zu diesem Zwecke die Hausfassade erklommen und später durch die modrigen Gänge des Schlosses gehastet war, konnte er sich selbst nicht mehr erklären. Am wahrscheinlichsten war, dass sich das Grippevirus bereits dermaßen erfolgreich in seinem Körper ausgebreitet hatte, dass es eine geistige Umnachtung mit zeitweiligen Gedächtnisverlusten zur Folge hatte.

Humpelnd näherte sich Tristan den Stallungen, sattelte das Pferd und kletterte unter Aufbietung enormer Kräfte in den Sattel. Jeder Quadratzentimeter seines Leibes brannte wie Feuer. Er fühlte sich, als habe ihn eine Herde Hochlandrinder niedergetrampelt und in den Boden gestampft.

Während Tristan, ohne über den Lärm, den er verursachte, nachzudenken, dem Tor entgegentrabte, wandte er sich gewohnheitsgemäß noch einmal um. Das Blut gefror ihm augenblicklich in den Adern.

Die Silhouette, die vor einem der beleuchteten Fenster stand und auf ihn niederstarrte, erkannte er zweifelsfrei.

Es war Lennox. Der Freund hob die Hand zum Gruß.

Kapitel 19

Die Frist bis zu Tristans Geburtstag wurde immer kürzer. Lara arbeitete oft von morgens früh bis abends spät an den Hüten für Mimmis Freundinnen. Dazu kamen die Nähaufträge, die Lennox ihr übergab.

Es war bereits wieder Mitte Nachmittag, Laras Nacken schmerzte vom vornübergebeugten Arbeiten. Sie gähnte und streckte sich, bis sämtliche Knochen knackten. Mit brennenden Augen erhob sie sich von der Pfaff und schlenderte zum Fenster des Nähzimmers. Mit verschränkten Armen beobachtete sie das Geschehen im Burghof.

Tristan kehrte mit den Jugendlichen gerade von ihren täglichen Übungen auf dem Feld zurück. Er saß aufrecht im Sattel und trug, getreu seines Credos, ausnahmsweise einen Cowboyhut, der ihm ausnehmend gut stand. Rotbraune Locken kringelten sich unter der Hutkrempe hervor und der Schatten des Mehrtagebartes schimmerte kupferfarben in der Nachmittagssonne. Jede seiner Bewegungen wirkte kontrolliert und geschmeidig. Liebevoll strich er dem Araber über den Hals. Wie es wohl sein musste, von diesen Händen berührt zu werden? Rau und wettergegerbt, wie sie waren? Lara schüttelte, entsetzt über

ihre Gedanken, den Kopf und dachte stattdessen über
die Gesamtsituation nach.

Seit der Nachtübung hatte sich einiges verändert,
auch wenn sie nicht genau erkennen konnte, welche
Ursache dem Ganzen zugrunde lag. Der Schlossherr
schwieg sich nämlich über die Ereignisse in jener seltsamen Nacht beharrlich aus. Am Morgen nach der Aktion, die alle Teilnehmenden an ihre persönlichen
Grenzen bringen sollte, wirkten die Burschen und Tonya bei ihrer Rückkehr erstaunlich gefasst. Ihr Anfüh-
rer, die Personifizierung des Präriewolfs, sah aus, als
habe er sich mit einem Raubtier duelliert. Auf Laras Nachfrage hin konnte ihr niemand sagen, was mit Tristan
passiert war und was den derangierten Zustand ausgelöst hatte. Im Lager neben der Viehherde jedenfalls
hatte sich während ihrer Wache und am Morgen danach nichts Besonderes zugetragen. Gemäß der Aussage der Jugendlichen sei der Schlossherr jedoch mitten in der Nacht nach Lairg aufgebrochen und in der
Folge in dieser Verfassung zurückgekehrt. Anders als
geplant wurde die Übung dann am darauffolgenden
Tag nicht wie angekündigt mit der Pflege der Rinderherde fortgesetzt, sondern erneut abgebrochen.

Seither dümpelte Tristan mit seinen Schützlingen
stets in Schlossnähe herum. Auf die Frage, was ihm
widerfahren sei, faselte er einige unverständliche
Worte, die darauf hindeuteten, dass er in ein Handge-
menge geraten war. Mit wem auch immer.

Fest stand, dass mit ihm seit dem erneuten Abbruch
der Übungen eine seltsame Wandlung vonstatten-
gegangen war. Anstelle seiner hochgepriesenen Prärie-
Lebensschule veranstaltete Tristan simple Parcours

oder teilte die Jugendlichen für Stall- oder Küchenarbeit ein. Gerade so, als seien ihm jegliche Motivation und jedweder Glaube an seine eigenen Prämissen abhandengekommen. Lara bezweifelte, dass diese neue, nachlässige Therapie bei den Teenagern eine Transformation bewirken konnte.

»Lust auf einen Tee? Wie ich sehe, brauchst du ohnehin eine Pause.« Lennox' Atem strich über Laras Nacken und sorgte dafür, dass sich ihre Härchen aufstellten. Da sie die Tür auf den Flur stets offen ließ, hatte sie ihn nicht kommen hören. Sie wandte sich um und schenkte ihm ein Lächeln. »Gerne, das wäre wunderbar.«

Lennox machte keine Anstalten wegzugehen, sondern blieb vor Lara stehen. Seit ihrem gemeinsamen Abendessen im Schloss verhielt er sich ihr gegenüber oft so. Er mochte sie, daran ließ sein Verhalten keine Zweifel. Sein Blick glitt oft mit einem warmen Glitzern über ihren Körper. Meistens ignorierte er ihre Komfortzone und stand näher bei ihr, als es angemessen gewesen wäre.

Damals, an jenem Abend im Schloss, hätten sie sich, benebelt und beschwingt von Wein und Whisky, beinahe geküsst. Als diese verstaubte Ritterrüstung jedoch, wie von einem Geist beseelt, umgekippt und der Lärm zigfach von den steinernen Wänden widergehallt war, war der von Alkohol induzierte Zauber augenblicklich verflogen. Ernüchtert hatten sie sich gegenübergestanden und Lara war sich bewusst geworden, dass sie sich zum Thema Lennox noch nicht genügend Gedanken gemacht hatte. Das Letzte, was sie nämlich wollte, war, das Burgflittchen zu werden, das zuerst den Lord und dann seinen besten Freund küsste.

Während sie neben ihm den Flur entlang zur Bibliothek lief, versuchte Lara daher zum wiederholten Mal, ihre eigenen Empfindungen zu sortieren.

Sie verbrachte gerne Zeit mit Lennox. Er vermittelte ihr das Gefühl, bedeutsam zu sein. Oft lobte er ihre Fähigkeiten. Manchmal vielleicht eine Spur zu aufdringlich, um authentisch zu wirken. Möglicherweise empfand sie das aber auch nur so, weil es um ihren Selbstwert in Bezug auf ihre Talente nicht besonders gut bestellt war. Komplimente kamen ihr daher womöglich verdächtig vor. Thomas hatte sie nämlich nie für irgendetwas gelobt, im Gegenteil. Meistens verurteilte er ihre kreativen Neigungen und nutzte jede sich bietende Gelegenheit dazu, sie in die Schranken zu weisen und zu erniedrigen. Apropos: Das mit ihrer Beziehungspause schien Thomas sehr ernst zu nehmen. Seit dem verhängnisvollen Telefonat und seinen einzigen vier Versuchen, sie danach zu erreichen, hatte Lara nichts mehr gehört, keine SMS mit einer Entschuldigung oder reuevollen Worten erhalten. Einfach nichts.

Sie wagte einen Seitenblick auf Lennox. Gewiss war er ein attraktives Exemplar der Gattung Mann. Charmant und höflich noch dazu. Trotzdem schweiften ihre Gedanken immer wieder zu dem Kuss mit Tristan. Die Intensität, mit der sich ihre Lippen berührt hatten, hinterließ seither ein unbestimmtes Sehnen und Brennen in Laras Inneren. Das ambivalente Verhalten, das der Schlossherr jedoch seitdem an den Tag legte, schürte die Einsamkeit in ihrem Herzen. Mal starrte sie

Tristan an, als wolle er bis in ihre Seele vordringen, mal glitt sein Blick begehrlich über ihren Körper, dann wieder warf er sie einfach aus dem Schloss. Kurze Zeit später tolerierte er hingegen ihre erneute Einquartierung. Dieses Katz-und-Maus-Spiel erschöpfte Lara zunehmend, wie sie sich selbst eingestand. Es nährte eine Leere, die bereits ihr Freund Thomas jahrelang sorgfältig erarbeitet hatte. In manchen Momenten fühlte sich Lara emotional ausgehungert. Solche Augenblicke boten Lennox einen günstigen Nährboden. Sie überlegte sich, ob es ihr nicht guttun würde, sich auf die offensichtlichen Avancen des Schotten einzulassen. Was schadete ihrem Herzen ein wenig Zuneigung, Aufmerksamkeit und vielleicht auch körperliche Wärme? Keiner der Männer, die ihr bisher im Kopf herumschwirrten oder Teil ihres Lebens waren, machten Anstalten, ihr das zu geben.

Laras Grübeleien wurden jäh unterbrochen, als Ron ihnen im Flur begegnete und direkt auf sie zusteuerte.

»Miss Brehm, ich habe einen Anruf für Sie.«

Lara starrte ihn verwirrt an und wechselte dann einen Blick mit Lennox. Vorsichtig tippte sie mit dem Zeigefinger auf ihre Brust und hob fragend die Augenbrauen. Ron nickte hektisch.

»Aber ja doch, Mylady, wenn ich es doch sage! Folgen Sie mir.« Er wedelte mit der Hand und hastete bereits davon. Lara zuckte die Schultern und folgte dem Diener.

Er führte sie in einen Raum in der oberen Etage, der Tristan als Büro diente. Regale mit Aktenordnern und ein wuchtiger Holzschreibtisch füllten den Raum. Auf dem Schreibtisch stand ein schnurloses Telefon. Der

Hörer lag neben der Ladestation, was darauf hindeutete, dass der Anrufer am anderen Ende wartete.

»Frau Constance Bain aus Inverness. Sie hat explizit nach Ihnen verlangt.« Ron wies auf den Bürostuhl und reichte Lara das Telefon. Mit einer konservativen Verneigung entfernte er sich und schloss die Tür hinter sich.

»Lara Brehm?« Ein leichtes Zittern erfasste ihre Hände und sie leckte sich mit der Zunge über die trockenen Lippen.

»Lara! Was für eine Freude! Constance am Apparat.« Lara erkannte die ruhige Stimme mit der edlen Intonation sofort. »Wie schön, dass du kurz Zeit hast. Wie ich hörte, sind schon fast alle Hüte, die an unserem Afternoon Tea bei Mimmi in Auftrag gegeben wurden, fertiggestellt worden. Einige Exemplare habe ich gesehen. Wundervoll, einfach zauberhaft, Lara! Was für ein außerordentliches Talent du besitzt ... wie ich bereits in Lairg erwähnte, würde es mich unheimlich freuen, wenn wir uns einmal auf einen Tee treffen könnten ...« Constance ließ den Satz bedeutungsvoll ausklingen und fügte dann noch an: »Wie wäre es mit morgen? Je eher, desto besser.« Lara, die ihre kryptischen Worte neugierig stimmten, sagte zu. Sie war mit den Hüten beinahe fertig und Lennox konnte sie bestimmt einen Tag entbehren.

Mit einem undefinierbaren Flattern in der Bauchgegend hastete sie zurück in die Bibliothek, wo man sie bereits zum Tee erwartete. Zu zweit. Tristan hatte sich ebenfalls zu ihnen gesellt.

»Es ist Teezeit«, rechtfertige er seine Anwesenheit, als er Laras Gesicht und die Überraschung darin registrierte. »Was darf es denn sein? Lennox trinkt *Earl Grey* und ich *Dalreoch Estate Smoked White Tea.* Was darf dir Ron servieren?«

»Den geräucherten Tee, er ist ein Gedicht.« Lara rieb sich die Hände aus Vorfreude und setzte sich unaufgefordert in einen Sessel gegenüber den Herren. Beide musterten sie über den Rand ihrer Tasse hinweg, während Ron pflichtbewusst verschwand, um die Bestellung umzusetzen.

»Dieser Meinung bin ich auch. Sein Geschmack ist poetisch auf der Zunge.« Tristans Blick fixierte sie und Lara spürte, wie Hitze ihren Hals hinaufkroch. Eine Regung, die ihr peinlich war.

»Ich finde, das Gebräu wird völlig überbewertet. Es ist aus einem Experiment entstanden und daher einfach trendy. Allerdings besitzt das Gemisch keinerlei Tradition.« Lennox schürzte abfällig die Lippen.

Lara beschloss, das Thema zu wechseln. Von Tee verstand sie ohnehin nichts. Ihre Gedanken schweiften außerdem ständig zu ihrem bevorstehenden Besuch in Inverness. Was wollte ihr Constance so Dringendes mitteilen? Warum gab sie sich am Telefon so geheimnisvoll?

Als Ron ihr den Tee servierte, verbrannte sie sich prompt die Zunge. Während sie mit beiden Händen die Tasse hielt, starrte sie in das schwindende Nachmittagslicht.

Lennox' Handy klingelte. Lara schrak zusammen und verschüttete nun definitiv die Hälfte ihres Tees. Er erhob sich und entfernte sich redend aus der Bibliothek.

Tristans grüne Augen fixierten Lara einige Sekunden schweigend. Dann stellte er den Tee auf den Salontisch, griff nach einer Serviette und kniete sich vor ihr auf den Boden. Gemächlich tupfte er die verschüttete Flüssigkeit auf. Dabei streifte sein Arm ihr Bein. Ein Schauer jagte durch Laras Körper. Hitze floss durch ihre Gefäße und pulsierte in ihren Wangen. Sie blickte gehetzt zur Tür, als erwarte sie Lennox' Rückkehr jeden Augenblick.

Endlich beendete Tristan die Reinigungsarbeiten. Er hob den Blick und musterte sie eingehend. Eine bewegte und zähflüssige Dunkelheit wogte wie Wellen in seinen Augen. Ohne ein Wort zu verlieren, erhob er sich. Lara beobachtete das Spiel seiner Muskeln unter dem dünnen Strickpullover. Ihr Mund und ihre Kehle waren plötzlich staubtrocken. Sie stand ebenfalls auf.

Ihre Nasen berührten sich beinahe. Lara spürte Tristans Atem auf ihren Lippen. Plötzlich fasste er ihr Gesicht mit beiden Händen und presste seinen Mund auf ihren. Von der Heftigkeit seiner Leidenschaft überrascht, taumelte Lara nach hinten. Dann verabschiedete sich ihr Verstand ebenso.

Sie umfasste mit den Armen seine Mitte und zog ihn näher zu sich heran. Den Mund leicht geöffnet, erwiderte sie den feurigen Kuss. Während Tristan sie sanft in Richtung der Fenster schob, erkundete seine Zunge spielerisch ihren Mund. Er hob sie hoch und setzte sie auf die Fensterbank. Von einem inneren Impuls geleitet, schlang Lara ihre Beine um ihn und zog ihn zu sich. Tristan ließ die Lippen langsam und flüchtig wie ein Windhauch ihren Hals hinabgleiten. Dabei tasteten sich seine Fingerspitzen vorsichtig unter ihr T-Shirt. Lara seufzte und schloss die Augen.

Mit einem Knall wurde die Tür aufgerissen. »Lord McAlister, Sir, ich fürchte, dass Black Princess lahmt. Irgendwas stimmt mit ihrem Knö...« Tonya brach mitten in der Erklärung ab und starrte sie beide mit offenem Mund und entsetzt hochgezogenen Augenbrauen an. Mit langsamer Grausamkeit stahl sich ein verwegenes Schmunzeln in ihr Gesicht. »Ich komme später wieder. Bin im Stall, wenn mich jemand braucht.«

Mit einem Froschgrinsen, das von einem Ohr zum anderen reichte, wandte sie sich ab und zog die Tür zur Bibliothek geräuschvoll hinter sich zu. Tristan und Lara lösten sich voneinander. Er strich sich, den Blick auf den Boden gerichtet, durch die Haare. Sie suchte die Regale im Hintergrund ab, als könnte sie auch nur einen der Titel aus dieser Entfernung lesen.

»Ich muss dann mal mit den Hunden an die frische Luft.« Tristan wandte sich ab, gab einen leisen Pfiff von sich und verließ den Raum im Schlepptau seiner beiden Dobermann-Damen. Lara machte sich auf den Weg in ihr Nähatelier.

Sie starrte die Maschine an und wusste nicht, was als Nächstes zu tun war oder an welchem Punkt sie ihre Arbeit niedergelegt hatte. In ihrem Kopf herrschte ein Farbsturm, gewürzt mit Düften und Berührungen. Es war ihr schlicht und ergreifend nicht mehr möglich, zu fokussieren. Sie beschloss, ebenfalls an die frische Luft zu gehen.

Nach einer Stunde hatte sich die innere Aufruhr immer noch nicht gelegt. Im Gegenteil. Lara schloss sich in ihr Zimmer ein und starrte an die Decke.

Allmählich wurden die Schatten um McAlister Castle länger, das Licht goldener. Der Tag neigte sich dem Ende zu.

War das klug gewesen? Tristans Verhalten war verwirrend, ambivalent und nebulös. Lennox' Erzählung über die Vergangenheit des Lords spukte ebenfalls durch ihren Kopf. Was war mit seiner dunklen Seite? Jener, die andere Menschen für seine eigenen Zwecke manipulierte und gegeneinander ausspielte? Was hatte sie sich bei dem erneuten Kuss bloß gedacht? Wo war ihr Verstand geblieben?

Und Thomas? Ja, er schwieg. Lara allerdings auch, oder? Wollte sie denn eine Beziehung, die sie so viele Jahre ihres Lebens begleitet hatte, einfach achtlos wegwerfen?

Es klopfte an ihrer Zimmertür.

»Ja?«

»Das Abendessen ist fertig, Mylady.« Rons Stimme klang gedämpft durch die Tür.

Sie überlegte kurz und befand dann, dass sie nicht in der Lage war, mit der Situation umzugehen. Tristan und Tonya am selben Tisch, dazu noch als Sahnehäubchen Lennox, der sie ohnehin genauer als irgendjemand sonst auf diesem Schloss beobachtete. Ausgeschlossen, dem war Lara in der jetzigen Verfassung nicht gewachsen.

»Ich bin nicht hungrig, ich fühle mich ... sehr erschöpft. Mir ist gerade nicht nach Gesellschaft.« Das entsprach immerhin der Wahrheit.

»Wie Sie wünschen, Mylady, dann lasse ich Ihnen von Gregor einige Sandwiches hochbringen ... diese

Grippe scheint ja hartnäckig zu sein; der Lord behauptet bereits seit Tagen, darunter zu leiden.«

Schwang da eine Prise Ironie mit? Warum hatte sie den Eindruck, Rons Intonation anzuhören, dass er grinste?

Verärgert schüttelte Lara den Kopf.

Gottlob stand morgen der Ausflug nach Inverness an. Das würde sie auf andere Gedanken bringen.

Kapitel 20

Tristan strich Athos über die weichen Nüstern. Das Pferd erwiderte die Zärtlichkeit mit einem verhaltenen Wiehern und indem es ihn mit der Nase anstupste.

»Aufstehen!« Er klatschte in die Hände. Ein Rascheln drang aus den Boxen links und rechts neben ihm und vermischte sich mit dem Stöhnen der zwei Jungs. Mit einem feinen Lächeln auf den Lippen drehte sich Tristan um. Das Blut gefror ihm in den Adern und das Grinsen rutschte ihm augenblicklich aus dem Gesicht.

»*Madainn mhath*, Lord McAlister. Gut geschlafen?« Tonya stand angezogen, ordentlich frisiert und mit wach blitzenden Augen vor ihm. Ihre Mundwinkel zuckten. Zwischenzeitlich erschienen die beiden Burschen neben ihnen. Strohhalme hatten sich in ihren ohnehin verfilzten Haaren verheddert. Albert blinzelte und glotzte das junge Mädchen entsetzt an, während sich Daniel am Kopf kratzte.

»Was steht heute nach dem Frühstück an?« Tonya wippte auf den Füßen vor und zurück und hielt die Arme hinter dem Rücken verschränkt.

Tristan glaubte, sich verhört zu haben. Sie provozierte ihn eindeutig. Schon wieder. Bisher hing die Ankündigung der Tagesbeschäftigung stets wie eine dunkle, gewitterschwangere Wolke über den Jugendlichen. Lüftete er das Geheimnis schließlich, entlud sich das Wasser gießkannenartig – sinnbildlich gesprochen. Entsprechend dieser Tatsache zeigten ihre Mienen bisher eine Mischung aus Aggression und Widerwillen.

Bis auf Tonya, die jede Aufgabe mit stoischer Gelassenheit akzeptierte. Die zur Schau gestellte Euphorie war jedoch neu. Die nächste Stufe der Dreistigkeit und Rebellion befand sich anscheinend soeben in der Metamorphose. Sie äffte sogar seinen gälischen Morgengruß nach!

Die Erkenntnis traf Tristan siedend heiß. Es war höchste Zeit für einen weiteren Entwicklungsschritt gemäß des Kodexes. Nachdem seine Schützlinge den Wert von Freundschaft, Mut, harter Arbeit und Grenzerfahrung zumindest ansatzweise kennengelernt hatten, brauchte es nun das Verbindungsglied.

Tristan war bewusst, dass er das Formen der Jugendlichen in letzter Zeit vernachlässigt hatte. Die Trockenübungen im Schlosshof und auf dem Feld trainierten zwar ihre Geschicklichkeit und führten dazu, dass sich ihre Körper an die Bewegungen eines Cowboys gewöhnten. Dennoch war es für das erfolgreiche Gelingen der Mission unabdingbar, dass die drei jungen Menschen all das auch im Zusammenhang, an der Front, also bei der Herde, umsetzten. Diesen Ausbildungsteil hatte er aufgrund von Tonyas Unfall und seiner geistigen Umnachtung bei der Nachtwache kläglich vernachlässigt.

Scham fraß sich still und heimlich in Tristans Herz und sein Gewissen schalt ihn bereits unverblümt einen

Versager. *Seit die Frauen dein Dasein infiltriert haben, bist du nicht mehr der Alte. Du vernachlässigst deine Berufung und trittst deine eigenen Vorsätze mit Füßen,* flüsterte es. Zu Recht.

Allerdings war es nie zu spät, das Ruder noch einmal herumzureißen. Die Reihenfolge war dieses Mal anders, aber das spielte keine Rolle. Möglicherweise erwies sich diese zufällig entstandene Vorgehensweise sogar als sinnvoller ...

Die Tage vor dem großen Geburtstags-Event durfte Tristan nicht in der Prärie verbringen. Lennox würde ihm sonst eigenhändig den Kopf abreißen. Entscheidungen und Vorkehrungen mussten getroffen werden. Tristans Anwesenheit war unabdingbar. Das bedeutete, dass er das Schlussbouquet seiner Ausbildung nach vorne verschieben musste. Als eingefleischter Cowboy wusste er, dass nichts in Stein gemeißelt, dass der Alltag voller überraschender Wendungen war und gerade kreative Flexibilität das Wesen eines wahren schicksalsgebeutelten Viehhirten ausmachte. Tristan beschloss, die Herausforderung, die in Form dieser weiblichen Plage auf seinem Schloss gelandet war, anzunehmen. Er konnte nicht zulassen, dass die seither herrschende Verwirrung auch noch seinen Ruf ruinierte.

»Sir?« Tonya musterte ihn mit hochgezogenen Augenbrauen. Das ausgedehnte, wohlgemerkt strategische Grübeln musste einige Zeit in Anspruch genommen haben, sodass sein Schweigen bereits Fragen aufwarf.

Tristan räusperte sich gehaltvoll und straffte die Schultern.

»Nach dem Frühstück besorgt ihr euch einen Pinsel bei Ron. In Anbetracht der Tatsache, dass bald mein Geburtstag ansteht und es auf dem Schloss nur so von Gästen wimmeln wird, muss dasselbe in den verbleibenden Tagen auf Vordermann gebracht werden. Mit den Pinseln werdet ihr bitte jede Ritze, Kante, Ecke oder Fliesenfuge von Staub und Spinnweben befreien.«

Daniel erbleichte dermaßen, dass die Sommersprossen wie braune Sterne auf seiner Nase prangten.

»Ich brauche dringend etwas zu essen. In diesem Zustand kann ich keinen klaren Gedanken fassen. Habe ich mich aufgrund meines komplett blutleeren Hirns und der Unterzuckerung vielleicht verhört? Ich krieche die nächsten Tage wie ein Putzlappen durch sämtliche Gänge des Schlosses und bearbeite sie mit einem läppischen Pinsel?« Daniel schnappte keuchend nach Luft.

»Das ist korrekt. Selbstverständlich können wir das aber auch gerne noch im Detail bei etwas Porridge diskutieren. Auf zum Frühstück, ihr werdet eure Kräfte brauchen!«

Tristan schenkte Tonya ein bewusst mehrdeutiges Lächeln und starrte ihr geradewegs in die bernsteinfarbenen Augen. Das Gold darin flammte kurz auf und verbarg sich dann hinter einem Schleier, der ihre wahren Gefühle vor ihm abschirmte.

Während die drei Jugendlichen nach dem Frühstück bei Ron vorstellig wurden, machten es sich Lennox und Tristan bei einem Tee in der Bibliothek gemütlich. Der Freund war mit Stift und Papier bewaffnet. Derweil stopfte sich Tristan eine Pfeife. Gedankenverloren starrte er aus dem Fenster in den erblühenden Morgen, dessen goldenes Licht sich kegelförmig in den Raum drängte.

»Lara leistet hervorragende Arbeit. Sie hat einige der Pavillons geflickt, neue Tischdecken genäht und Löcher in der Gästebettwäsche ausgebessert. Dazu kommt ... hast du die Hüte gesehen, die sie für die Frauen aus dem Dorf angefertigt hat? Virtuos ...«

Lennox geriet ins Schwärmen, was Tristan einen Stich in die Brust versetzte. Noch immer gelang es ihm nicht, Laras Absichten und die gemeinsamen Erlebnisse in einen sinnvollen Zusammenhang zu bringen. Zweimal waren sie sich nahegekommen. Dennoch hatte sich die Szene mit Lennox in sein Gedächtnis gebrannt. Offenkundig hatten sie damals einen geselligen Abend verbracht. So vergnüglich, dass Lennox Lara sogar bis in den Flur vor ihrem Zimmer begleitet hatte ... was war nach seinem unrühmlichen Abtritt durch den Geheimgang noch vorgefallen? Sein Freund hatte ihn bei der Flucht entdeckt und ihm zugewunken. Die Vorkommnisse jener Nacht wurden seither totgeschwiegen. Das schürte in Tristan die Vermutung, dass es nicht bei einem simplen Händeschütteln geblieben war. Sein Magen zog sich zusammen und ein bitterer Geschmack sammelte sich auf seiner Zungenwurzel.

»Ihr versteht euch offensichtlich sehr gut ...« Eigentlich sollte es eine Feststellung sein, doch es klang eher wie eine Frage.

»Sie ist eine Wucht!« Lennox zwinkerte ihm grinsend zu. Tristan schwieg.

Schließlich seufzte er und wechselte das Thema. Er brachte es nicht über sich, die entscheidende Frage zu stellen, auch wenn es ihm als Lennox' bestem Freund durchaus gestattet gewesen wäre. Die Furcht vor der Antwort war einfach zu groß.

»Wie weit sind wir denn mit den Anmeldungen für das Fest?«, fragte Tristan stattdessen.

Der Kamerad musterte ihn einige Sekunden eingehend, als hoffe er, in Tristans Gesicht wie in einem Buch lesen zu können. Doch auch Lennox vermied weitere Fragen.

»Neunzig Prozent der versendeten Einladungen wurden retourniert. Bis auf wenige Ausnahmen haben sich die Leute deinen Geburtstag traditionsgemäß im Kalender reserviert und werden dich entsprechend mit ihrer Anwesenheit beehren.«

»Das ist schön ...« Tristans Stimme strafte die Worte Lügen. Erneut schweiften seine Gedanken ab. »Wo ist Lara eigentlich? Gestern blieb sie dem Abendessen fern und heute beim Frühstück fehlte sie auch.«

»Sie ist in Inverness, wie sie mir mitteilte. Bei einer älteren Dame, die sie eingeladen hat. Ich vermute, dass es um einen weiteren Hut-Auftrag geht. Warum?« Lennox beugte sich nach vorne, musterte Tristan eingehend und nahm einen Schluck von seinem Tee.

»Nur so aus Neugierde. Ich bin gerne darüber informiert, wo sie sich aufhält ... sofern es auf meinem Grundstück ist«, fügte Tristan noch hastig an.

Lennox nickte. »So geht es mir auch. Ich interessiere mich für jeden ihrer Schritte ... für jede noch so kleine Geste, für alles, was sie ausmacht. Aussehen ... Duft ... Geschmack.« Das letzte Wort betonte er besonders.

Sein Mund verzog sich dabei zu einem anzüglichen Grinsen.

Tristan fühlte sich durch die Bemerkungen provoziert. Den Gefallen, nach den Details zu fragen, würde er Lennox allerdings nicht tun. Er wollte sie nicht hören. Wie Gift dehnten sich Lennox' Andeutungen jedoch in Tristans Herzen aus.

Warum küsste Lara ihn, wenn sie gleichzeitig mit Lennox ...?

»Tristan?«

»Hm?«

»Ich fragte dich gerade, ob ich Lady McRoy wieder in der Nähe deines Turms einquartieren soll. Du weißt schon, falls dich ... gewisse Gelüste befallen. Ich bin sicher, sie hätte, wie üblich, nichts dagegen einzuwenden. Wie ich hörte, ist sie immer noch ungebunden und ... hungrig.« Lennox legte den Kopf in den Nacken und gab ein schallendes Lachen von sich.

In Tristans Ohren klang es eher wie das Meckern von Luzifer höchstpersönlich. Blechern und boshaft. Vermutlich drehte er einfach langsam durch.

»Ja, bitte, brechen wir doch mit dieser Tradition nicht ausgerechnet zu meinem Vierzigsten.«

Tristan bemühte sich um ein halbherziges Lächeln. Ehrlicherweise verspürte er absolut keine Lust auf Lady McRoy und ihre ordinäre Art. Laras Verhalten hingegen gab ihm so viele Rätsel auf, dass er besser an alten Gepflogenheiten festhielt. Nicht zuletzt deshalb, weil sie sein Herz nicht gefährdeten.

»Gut, dann wäre das Wichtigste für den Moment geklärt. Ich komme wieder auf dich zu, sobald ich weitere Fragen habe.« Lennox erhob sich und verließ die Bibliothek.

Tristan blieb noch einige Sekunden in seinem Sessel sitzen und kraulte Skylla zwischen den Ohren. Der Qualm seiner Pfeife nebelte ihn ein und beruhigte ihn.

Trotz allem ... Lara hatte ihm nicht den Eindruck vermittelt, dass sie zu der gleichgültigen und leichtlebigen Sorte Mensch gehörte. Ihr Kuss fühlte sich weder hastig noch gierig noch billig an. Im Gegenteil, eine scheue Leidenschaft, die sich selbst erst noch entdecken und aufblühen musste, schlug Tristan entgegen. Wie konnte es also sein, dass sich Lennox ihrer Aufmerksamkeit so gewiss war?

»Dies ist ein historischer Moment, meine Lieben«, murmelte Tristan an seine beiden Dobermann-Damen gewandt und erhob sich. »Tristan McAlister wird selbst an dem Kodex-Ritual teilnehmen. Weil er es offenbar ebenso nötig hat wie seine Schutzbefohlenen. Erschreckend, aber wahr.«

Er schlurfte aus der Bibliothek und suchte Ron. Der Diener war gerade dabei, das Silberbesteck zu polieren.

»Ich brauche auch so einen Pinsel, Ron.«

Der Angestellte taxierte ihn mit beredter Mimik. »Zum Abstauben?«

»Genau.«

Tristan wand sich wie ein Wurm unter Rons inquisitivem Blick. Er strich sich über den Bart, kratzte sich am Ohr und steckte die Hände schließlich in die Hosentaschen.

Ron verschwand im Flur und kehrte fünf Minuten später mit einem Pinsel zurück, den er Tristan wortlos in die Hand drückte.

»Herzlichen Dank ... ich dachte mir ...« Fieberhaft überlegt er, wie er sich rechtfertigen könnte.

»Ich kann es mir denken, Mylord.«

Geschäftig wandte sich Ron erneut seiner Aufgabe zu und beäugte das Besteck mit zusammengekniffenen Augen. Da er Tristan einfach ignorierte, nutzte dieser die einmalige Chance und machte sich auf den Weg.

Vermutlich war es kein Zufall, dass ihn die Intuition gerade in Laras Flügel trieb. Das lag bestimmt nicht nur an der Tatsache, dass der Staub dort seiner Meinung nach am dichtesten lag, weil der Gästetrakt in dem Teil des Schlosses nur selten benutzt wurde. Allerdings wusste er von seinem nächtlichen Ausflug dorthin, dass zumindest die Ritterrüstung einer gründlichen Reinigung bedurfte.

Mit einem Seufzer kam Tristan vor eben dieser Blechhülle zum Stehen.

»Ich weiß, es ist beschämend, da hast du vollkommen recht. Dennoch, es gehört zum wahren Cowboy-Kodex dazu, sich in Demut und Ehrlichkeit sich selbst gegenüber zu üben. Ich gebe zu, dass das etwas ist, das ich noch nicht besonders gut beherrsche.« Schockiert über seine eigenen Worte drehte sich Tristan um und atmete erleichtert aus. Keine Menschenseele war zu sehen.

Er zückte den Pinsel und begann, die Rüstung abzustauben. Als er damit fertig war, hatte sich das Chaos in seinem Inneren noch immer nicht gelegt, weshalb er mit den Flurlampen, dann den Zierleisten und schließlich sämtlichen Holzmöbeln, Bilderrahmen und Kunstgegenständen fortfuhr. Ohne Erfolg.

Die Gedanken wogen weiterhin zentnerschwer auf Tristans Seele und hüpften wie übermütige Kinder durch den Schädel. Daher stammten wohl auch die aufkeimenden Kopfschmerzen. Oder sie waren erneut ein Nebenprodukt des hartnäckigen Virus, der ihm seit einigen Wochen latent das Leben schwer machte.

Plötzlich nahm er aus den Augenwinkeln einen Schatten wahr.

Tonya stand, bewaffnet mit ihrem Pinsel, am Ende des Flurs.

»Lord McAlister ...« Überraschung zeigte sich auf ihren Gesichtszügen. »Ich dachte, das Ganze sei erneut eine Schikane. Reinigen Sie Ihr Schloss tatsächlich so penibel, bloß weil Gäste angekündigt sind?«

Tristan starrte Tonya wie eine paranormale Erscheinung an. Angestrengt suchte er in seinen ohnehin malträtierten Hirnwindungen nach einer plausiblen und vor allem fundierten Antwort.

»Nun ... äh ... nein, mit der Sauberkeit hat das nichts zu tun. Vielmehr ...« Sein Kopf fühlte sich an, als glühe er, »... vielmehr nehme ich regelmäßig an meinen eigenen Aufgaben teil, um deren Wirkung zu testen und sie ständig zu optimieren. Meine auf dem Kodex basierenden Methoden sind nur dann wirkungsvoll, wenn sie nicht statisch sind, sondern sich mit der Zeit, den Menschen und der Erfahrung weiterentwickeln.« Neugierig musterte Tristan Tonyas Gesicht, um zu sehen, was sie von seiner Begründung hielt. Er kannte ihren kritischen und scharfen Intellekt nun bereits zur Genüge und wusste, dass sie ihm nichts durchgehen ließ, was Lücken in der Logik aufwies.

»Das klingt plausibel. Was genau ist denn der Sinn der Aufgabe, wenn es nicht die Reinigung ist? Was für eine Erleuchtung erwarten Sie denn von der sinnlosen Quälerei? Das schürt nur die Rebellion ...« Ein breites Grinsen erhellte Tonyas Züge. »Das war ein Gratis-Tipp meinerseits. In solchen Belangen bin ich meistens nicht sehr spendabel. Natürlich erhoffe ich mir im Gegenzug dazu einen ehrlichen Einblick in Ihre Methoden. Oder funktionieren sie nicht mehr, wenn wir Bescheid wissen?« Da war er wieder, der herausfordernde Unterton.

Tristan wandte sich ihr zu. Dieses Mal kannte er die Antwort. Früher oder später fragten ihn das alle seine Jugendlichen. Spätestens dann, wenn ihre Handflächen mit Schwielen und Blasen und ihre Knie mit blauen Flecken übersät waren. Das war meistens der Moment, in dem sie seine Methoden lauthals in Frage stellten.

»Das Geheimnis des Lebens liegt im Geist und im Herzen, nicht in den Händen. Ein guter Cowboy trägt die wahrhaftigen Werte in sich und verkörpert sie anschließend durch jede seiner Tätigkeiten. Damit die Ideale seiner Ethik jedoch im Inneren angepflanzt werden können, muss er sie zuerst kennenlernen und in einem zweiten Schritt den Kopf freikriegen. Nur so kann er die noch vorhandenen Schatten erkennen, bekämpfen und durch die richtige Einstellung ersetzen. Der Weg dorthin muss allerdings auf diese Weise erarbeitet werden. Geist und Herz öffnen die Tore, wenn die Hände etwas Repetitives und Sinnloses tun. In diesem Moment sind wir nicht abgelenkt durch das laute und bunte Treiben um uns herum. Das gibt den Gedanken und dem Innenleben Raum zur Entfaltung.

Mit dieser scheinbar vergeblichen Übung sollt ihr euch selbst reflektieren, in Bezug auf die Dinge, die wir bereits gelernt haben: Freundschaft, Mut, harte Arbeit und Grenzen. Das sind die Treppenstufen zu Rechtschaffenheit, Demut und Geduld.«

Tonyas Augen zuckten wachsam über seine Gesichtszüge. Sie schwieg einen Augenblick.

»Hm … und Sie testen also die Wirksamkeit der Methode, deren Erfinder und Meister Sie sind. Sollten Sie nicht bereits demütig, geduldig und rechtschaffen sein? Im Sinne eines Vorbildes?« Tonya betonte jedes einzelne Wort mit einer an Ironie grenzenden Deutlichkeit.

»Man kann die Technik auch für eine anderweitige Klärung des Geistes anwenden.«

Langsam gingen Tristan die Argumente aus. Wenn er etwas nicht ausstehen konnte, dann waren es diese endlosen Warum-Wann-Wieso-Wie genau-Fragen, die besonders Vertreter des weiblichen Geschlechts mit einer an Verbissenheit grenzenden Penetranz stellen konnten. Gepaart mit einem blühenden Intellekt, wie in Tonyas Fall, war das schlichtweg eine Bedrohung.

»Geht es dabei vielleicht um das Königreich der Verrückten?« Ein feines Schmunzeln umspielte Tonyas gekräuselten Lippen.

»Wie bitte?« Tristan konnte ihr nicht mehr folgen. Das Chaos in seinem Kopf fühlte sich an wie eine Waschmaschine mit Buntwäsche beim Schleudern.

»Das Heimatland der Hutmacher, gemäß Ihren eigenen Aussagen, Mylord.« Sie zwinkerte ihm zu, machte auf dem Absatz kehrt und lief federnden Schrittes in Richtung Treppe.

Es dauerte eine Weile, bis sich Tristan soweit gesammelt hatte, dass er den Mund wieder schließen konnte.

Exakt in diesem Moment löste sich allerdings der Knoten in seinem Hirn und er wusste augenblicklich, was zu tun war.

Als wäre der Leibhaftige hinter ihm her, rannte er zur Treppe, polterte diese hinunter und riss die Eingangstür auf. Im Laufschritt steuerte er die Stallungen, genauer gesagt die Sattelkammer an. Henry, der gerade dabei war, einige Boxen auszumisten, starrte ihn mit offenem Mund an.

Tristan schritt die Reihen mit Zaumzeug, Sätteln und Decken ab, bis er im hinteren Teil fand, wonach er suchte: seinen ersten Sattel mit Zubehör. Von einer unerklärlichen Hast getrieben, riss er alles von der Halterung und schleppte es zurück in den Stall. Dort deponierte er es kurz und schöpfte Atem. Schweiß rann ihm die Schläfen entlang.

Von seinem Vorhaben angespornt, durchquerte er die Stallung, bis er schließlich vor der Box einer schneeweißen Stute zum Stehen kam.

»Snow White«, flüsterte Tristan ehrfürchtig und bestaunte das Tier. Blütenweißes Fell, zierlicher Kopf mit breiter Stirn und tiefliegenden, sensiblen Augen. Der hohe Schweifansatz und die trompetenförmige Nase verliehen ihr die grazile Würde einer adligen Dame.

Tristan öffnete die Boxentür und strich dem Pferd liebevoll über den Hals. Snow White antwortete ihm mit geblähten Nüstern und einem empfindsamen Wiehern.

»Meine weiße Königin ... ich habe eine Bitte. Ich brauche einige Haare aus deinem edlen Schweif. Sie werden für einen würdevollen Zweck verwendet.«

Während die Araberstute nervös mit den Ohren spielte, wartete er. Sie hatte ihn verstanden, da hegte er keine Zweifel. Schließlich knabberte sie an seinen Fingern und stupste ihn mit der Nase an.

»Danke!« Tristan legte den Kopf an ihren Hals und atmete ihren herben Duft ein.

Er borgte sich von Henry ein Taschenmesser und machte sich daran, den Schweif um einige Strähnen zu erleichtern. Snow White verhielt sich völlig ruhig und ließ ihn gewähren.

Nach zehn Minuten war sein Werk vollendet, er liebkoste das Pferd nochmals zum Abschied und hastete zu Sattel, Decke und Zaumzeug.

Nachdem er sämtliche Utensilien auf seine Schultern gepackt hatte, kehrte er zum Schloss zurück. Auf der Treppe zum Haupteingang wäre Tristan beinahe mit Lennox zusammengeprallt, der soeben aus der Tür trat.

»Wohin denn so eilig?«

»Ach ... das ist eine lange Geschichte.« Er drängte sich an dem Freund vorbei ins Innere und ließ ihn einfach draußen stehen. Lennox war der letzte Mensch, den Tristan in sein irrwitziges Vorhaben einweihen wollte. Der Mut hätte ihn bereits nach dem dritten Satz verlassen. Zum einen, weil ihm selbst klar geworden wäre, wie lächerlich das Ganze war und zweitens, weil er nach wie vor ausblendete, was Lennox und Lara möglicherweise verband. Einen Versuch war es trotzdem wert, das hatte ihm die Pinsel-Meditation offenbart.

Tristan holte den Passepartout-Schlüssel bei Ron und verschaffte sich Zugang zu Laras Zimmer. Ohne sich näher in den Räumen umzusehen oder in ihrer Privatsphäre schnüffeln zu wollen, platzierte er sein Geschenk an prominenter Stelle auf ihrem Bett.

Sattel, Decke, Zaumzeug und Schweifhaare.

Wie in ihrer Geschichte, damals am Lagerfeuer in der schottischen Prärie.

Das war Tristans Art, Lara einzuladen. Auf den Geburtstagsball.

Kapitel 21

Die Zugfahrt von Lairg nach Inverness nahm eineinhalb Stunden in Anspruch. Genug Zeit, um von schwierigen Gedanken heimgesucht zu werden, während die Landschaft am Fenster vorbeitanzte wie ein Stummfilm in Farbe.

Sollte sich Lara bei Thomas melden? Immerhin hatte er mit vier Anrufen versucht, sie zu erreichen, wenn auch nicht hartnäckig genug, um es wie Reue aussehen zu lassen. Schließlich war er es gewesen, der die Beziehungspause verlangt hatte. Nicht sie. Also warf Thomas ihre gemeinsamen Jahre ebenso reuelos weg, wie es ihr das schlechte Gewissen gerade in Bezug auf ihr eigenes Verhalten vorwarf. Ob er auch andere Frauen küsste? Oder sogar mehr? Das flaue Gefühl in Laras Magengrube bestätigte ihr, dass sie ihm das durchaus zutraute. War das womöglich der Grund für die Auszeit gewesen? Langweilte sie ihn mittlerweile?

Was war mit ihr? Sich einem beinahe fremden Mann einfach an den Hals zu werfen, entsprach überhaupt nicht ihrem Naturell. Noch dazu, wenn er sich so zwiespältig verhielt wie Tristan. Was wusste Lara denn schon über den Lord? Geschichten, nur Geschichten. Alle davon klangen seltsam. Genau wie sein Gebaren.

Dennoch verband sie etwas, was Lara in dieser Form noch nie erlebt hatte. Zähflüssig und süß wie warmer Honig.

Herb und wild wie die Heidekräuter des Hochlands. Verwurzelt und mächtig wie ein knorriger Baumstamm.

Selbst wenn sie an den charismatischen Lennox dachte, fühlte sie nichts dergleichen. Seine Bewunderung schmeichelte Lara und sie verbrachte gerne Zeit in seiner Gegenwart. Dennoch vermochte er es nicht, ihre Seele zu berühren. Die Vernunft hätte ihr Lennox' Gesellschaft nahegelegt. Die Intuition plädierte jedoch unverändert für den mysteriösen Tristan.

Dazu kam: Schottland veränderte sie. In ihrem Inneren, aber auch äußerlich. Lara hatte in den letzten Wochen so viele Hüte angefertigt wie noch nie in ihrem Leben. Bisher hatte sie höchstens Strickmützen erschaffen. Nicht zuletzt deshalb, weil Thomas ständig ihre Aufmerksamkeit verlangt hatte. Rückblickend kam es ihr vor, als sei seine Eifersucht jedes Mal zu ihrer vollen Blüte aufgeflammt, wenn sie Papier und Stift oder, noch schlimmer, irgendwelche Textilutensilien hervorgeholt hatte.

Endlich erreichte Lara die Hauptstadt der Highlands und gönnte ihren kreisenden Gedanken eine Pause. Sie wollte sich nun komplett auf das Treffen mit Constance konzentrieren. Ein undefinierbares Kribbeln erfüllte ihren Bauch, als der Zug stoppte.

Inverness galt als nördlichste Stadt Großbritanniens und lag an der Mündung des Flusses Ness in den Moray Firth. Der erste Eindruck der Metropole war etwas enttäuschend. Lara hatte ein historisch angehauchtes

Ambiente mit malerischer Kulisse erwartet. Stattdessen fand man nur noch vereinzelt architektonische Schmuckstücke und alte Kirchen. Meistens wurde das idyllische Bild der Bauten jedoch von geschmacklosen Betonklötzen unterbrochen. Sie sollten wohl ein Sinnbild der Modernisierung sein.

Lara nahm sich ein Taxi und nannte die von Constance angegebene Adresse. Nach einer kurzen Fahrt stand sie vor einem Haus, das in seinem Baustil noch an das Viktorianische Zeitalter erinnerte. Mit den verspielten Türmen, Erkern und Fenstern wirkte es wie ein Relikt aus der Vergangenheit. Die Architektur des Gebäudes passte jedoch hervorragend zum stilvollen Auftreten der Hausherrin.

Constance empfing Lara mit einem freudigen Lächeln und bat sie herein. Sie trug einen Tweedrock und dazu eine Rüschenbluse.

Das Wohnzimmer der Dame griff den Stil des Gebäudes auf. Golden schimmernde Stoffsessel wurden mit massiven Holzmöbeln, Blumen und Stehlampen mit Stoffschirm kombiniert. Ein Kamin diente als Ablage für Kerzenständer, vergilbte Fotos und Statuen. Bodenlange Brokatvorhänge umrahmten die Fenster zu beiden Seiten und waren mit einer passenden Stoffschleife zusammengebunden. Auf dem Salontisch bei der Couch hatte die Herrin des Hauses bereits Tee, Gebäck, Zucker und Milch bereitgestellt. Sie deutete auf einen Sessel und lächelte.

Lara setzte sich und lauschte dem gleichmäßigen Ticken der Standuhr neben der offenen Feuerstelle. Constance goss Tee in zwei zierliche Porzellantassen und reichte ihr das dampfende Getränk.

»Du fragst dich bestimmt, warum ich dich hergebeten habe.« Ein feines Lächeln erhellte ihre grau-blauen Augen. Ein an ein Glöckchen erinnerndes Klingen ertönte, als sie den Löffel in ihrer Teetasse umrührte, um den Zucker zum Schmelzen zu bringen.

»Ich bin tatsächlich neugierig, ja«, gestand Lara und nahm einen zaghaften Schluck von dem Tee. Die Wirkung des Aufgusses entspannte sie augenblicklich. Sie lehnte sich in ihrem Sessel zurück und lauschte Constance.

»Wie du vermutlich von Mimmi weißt, habe ich durch meine Mutter französische Wurzeln. Immer schon faszinierte mich Frankreich, insbesondere das Feingespür für Mode und Stil dort. Natürlich habe ich nach wie vor Verwandte mütterlicherseits, zu denen ich all die Jahre einen intensiven und innigen Kontakt pflegte. Ich habe das Land mehrfach bereist, auch in Begleitung meiner einheimischen Familienmitglieder. Eine besondere Beziehung verbindet mich von Kindesbeinen an mit Lorraine, meiner Cousine. Sie erinnert mich übrigens sehr an dich und ihr teilt auch zahlreiche Gemeinsamkeiten. So erlernte auch sie als junges Mädchen den Beruf der Schneiderin. Wie du zeichnet sie sich durch ein außergewöhnliches Talent und viel Fantasie aus. Es gelang ihr, nach ihrer Ausbildung bei Chanel anzufangen. Damals war sie ein Niemand, die Kaffeedame, und jene, die den Näherinnen und den virtuosen Designern ihre Utensilien reichte. Eines Tages fiel einem von ihnen jedoch eine ihrer Zeichnungen in die Hand und er erkannte ihr Talent. Anstatt sie von Neid und Missgunst zerfressen wie eine Kakerlake zu zertreten, besaß er die charakterliche

Größe, sie zu fördern. Das war nicht selbstverständlich, wenn man bedachte, dass damals wie heute ein jeder nach Erfolg strebt und sich selbst der Nächste ist.« Constance machte eine Pause, nahm ein Gebäck und tunkte es in den Tee.

Lara schwieg. Sie wollte ihre Gastgeberin in ihrem Gedankenfluss nicht unterbrechen. Schließlich griff sie ihre Erzählung wieder auf.

»Um es kurz zu machen: Lorraine ist zwischenzeitlich pensioniert, hat jedoch noch immer gelegentlich Kontakt zu ihrem alten Arbeitgeber. Sie hat ihm wertvolle Dienste erwiesen und genießt noch heute zahlreiche Privilegien wie einen Mitarbeiter-Rabatt auf das gesamte Chanel-Sortiment. Ich bin selbst keine Fachfrau wie meine Cousine, doch hatte ich stets ein geschultes Auge und eine Passion für die Welt der Mode. Ich erkenne Talent, wenn ich es vor mir sehe. Deine Hüte sind ... anders. Sie sind unkonventionell. Ich kenne niemanden, der zuerst die Zutaten erhält und dann vollkommen spontan ein Kunstwerk dieser Qualität zaubert. Meistens ist es umgekehrt. Man hat die Vision, ein Schnittmuster und ultimativ werden die Stoffe besorgt. Deine Aufgabe ist wesentlich schwieriger und erfordert ein hohes Maß an Kreativität, Flexibilität und Originalität. Das alles auch noch so miteinander zu verbinden, dass der Hut ein perfekt zum Träger passendes Unikat wird und überdies noch stilvoll und modisch daherkommt ... das ist ... einzigartig.«

Lara war ob des Lobes sprachlos und stopfte sich daher einen Keks in den Mund. Bedächtig kaute sie und musterte ihr Gegenüber. Constances grau-blaue Augen verrieten ihr, dass es ihr mit der Aussage ernst war. Ein vergleichbares Kompliment hatte Lara noch nie erhalten. Ihre Chefin in Luzern hatte in ihrem Talent stets Potenzial gesehen. Ihre Kontakte in die Modewelt reichten jedoch nicht bis in die obersten Etagen. Letzten Endes war sie eine Verkäuferin, keine Schöpferin. Und Thomas … nun, der hatte sich über Laras Einfälle wiederholt mokiert und sie als anstrengende Form der Midlife-Crisis abgetan.

»Lara, ich möchte, dass du Lorraine kennenlernst. Sie muss deine Arbeiten sehen. Ich wette, sie ist begeistert. Danach schauen wir, was sie für dich tun kann.«

Lara schluckte, ihr Mund fühlte sich plötzlich trocken an.

»Es wäre mir eine große Ehre, auch wenn ich mir natürlich nicht allzu viele Hoffnungen mache. Die Modebranche wartet nicht auf mich. Ebenso wenig wie auf andere talentierte Newcomer. Die meisten von ihnen besitzen Talent.« Sie zuckte die Schultern und bemühte sich um ein Lächeln. »Trotzdem danke ich dir von Herzen und es würde mich selbstverständlich sehr freuen, deine Cousine kennenzulernen.«

»Sie besucht mich in zwei Wochen. Lass uns gleich einen Termin vereinbaren.«

Nachdem dies vollbracht war, klatschte Constance in die Hände. »Wir haben noch etwas zu erledigen, meine Liebe. Bitte folge mir!«

Sie erhob sich und schritt voran. Sie stiegen eine knarzende, mit Teppich bespannte Treppe ins Obergeschoss. Dort führte sie die Gastgeberin in ein Zimmer am Ende des Flurs.

»Das ist mein Ankleidezimmer. Hier sammle ich Mode.«

Der Begriff Sammlung wurde der Flut von Kleidungsstücken, Accessoires, Hüten, Taschen und Foulards nicht ansatzweise gerecht.

»Hier sind wir in meinem Reich«, erklärte Constance mit einem Anflug von Stolz, »hier kann ich dir endlich die Zutaten für *meinen* Hut übergeben.« Ihre Augen blitzten vergnügt auf und das Lächeln, das ihre Züge erhellte, ließ sie um Jahrzehnte jünger erscheinen.

Während Constance in irgendwelchen Schubladen, Kisten und Schränken wühlte, blätterte Lara in der enormen Auslage von Abendkleidern.

»Sie sind wunderschön«, flüsterte sie mehr zu sich selbst. Zahlreiche Roben erinnerten an die Mode der Dreißigerjahre, auch wenn ihre Gastgeberin damals noch nicht gelebt hatte.

»Gefallen sie dir? Du darfst dir gerne eines aussuchen. Du hast dieselbe Größe wie ich, als ich in deinem Alter war. Mit dem klitzekleinen Unterschied, dass ich zwischenzeitlich nicht mehr in die Schmuckstücke reinpasse.« Constance gab ein heiseres Kichern von sich.

»Das ... das wäre mir eine riesige Ehre, ich ...« Lara ließ die Stoffe ehrfürchtig durch die Finger gleiten. »Tatsächlich besitze ich noch keine derart edle Robe und ... Lord McAlister feiert bald seinen Geburtstag und ...«

Lara schüttelte den Kopf und fühlte, wie sie rot wurde. »Ach, was rede ich denn da? Selbstverständlich bin ich nicht zu der Abendveranstaltung eingeladen.

Die ist illustren Gästen von Stand vorbehalten. Ich bin ohnehin auf dem Schloss nur geduldet.«

Constance unterbrach ihre Tätigkeit und musterte Lara eingehend. Ein seltsamer Ausdruck stahl sich in ihre Augen und ihr Mund kräuselte sich. »Wie auch immer dem derzeit sei, meine Liebe, nimm dir trotzdem eines meiner schönen Stücke mit. Möglicherweise begegnest du noch einem anderen Kavalier, den du damit beeindrucken kannst oder ... der Holzkopf ändert seine Meinung noch.« Dann faselte sie noch etwas von: »Männer und ihre kindische Abwehr. Als könnten sie die Gefühle mit so einer Aktion im Keim ersticken.« Constance schüttelte selbstvergessen den Kopf.

Plötzlich erhob sie sich. »So, ich habe alles, was ich brauche. Hier, bitte.« Sie legte einige Dinge auf einen Tisch in der Raummitte und bat Lara, näher zu treten.

»Ein Kleid?«

Constance strich mit den Fingerspitzen über den Stoff. Ein wehmütiger Ausdruck glitt über ihr Gesicht. »Korrekt ... ich passe nicht mehr rein. In dieser Robe lernte ich meinen Mann im zarten Alter von achtzehn Jahren kennen. Der Fummel hat ihn überzeugt.«

Wieder dieses heisere Lachen, das der Dame eine charmante Attraktivität verlieh. Selbst in ihrem gesetzten Alter. Ein Schatten huschte über ihre Augen. »Arthur lebt nicht mehr. Daher würde es mir sehr viel bedeuten, die Energie unserer ersten Begegnung öfters tragen zu können. Verstehst du?«

Lara nickte. »Sehr gerne, Constance. Ich werde dir etwas Edles und Sinnliches kreieren.«

Sie nahm den Stoff an sich. Constance hatte allerdings noch weitere Utensilien auf dem Bett ausgebreitet. »Das ist die Tasche dazu, ferner die Strumpfhose und der Haarschmuck. Alles darf in den Hut eingearbeitet werden, sodass er mich und unser erstes Aufeinandertreffen in einem einzigen Kunstwerk vereint.«

»Ich bemühe mich für dich in besonderem Maße, Constance. Was Mode anbelangt, so denke ich, sind wir verwandte Seelen.«

Lara packte die Sachen in eine Tasche, die ihr die Gastgeberin reichte. Danach schweifte ihr Blick zurück zum Schrank mit der exquisiten Sammlung von Damenbekleidung.

Constance musterte Lara und tippte sich mit dem Finger auf die Lippen. »Wenn ich dich beraten dürfte, Lara? Mein Gespür für Mode kann sich sehen lassen. Wie du habe ich außerdem ein gutes Auge für die Persönlichkeit eines Menschen.«

»Gern!« Lara trat neugierig einen Schritt zurück und ließ sie in ihrer eigenen Schatzkammer wühlen. Sie kannte sich ohnehin besser aus.

Nach kurzem Durchwühlen förderte Constance ein Flapper-Charleston-Kostüm zutage. In sündhaftem Weinrot. Lara fühlte, wie ihre Wangen warm pulsierten. Constance zwinkerte ihr belustigt zu. »Ich wusste, dass da noch mehr in dir steckt. Wir nehmen das Rote, keine Diskussion!«

Ihre Gönnerin packte ihr außerdem noch die passenden Schuhe und eine Clutch dazu. Beides passte, als wäre es eigens für Lara angefertigt worden.

Für einen kurzen Moment ergriff sie Wehmut wie ein kalter Windstoß an einem milden Sommertag. Würde sie je Gelegenheit haben, dem Geschenk die nötige Ehre zuteilwerden zu lassen? Würde es in ihrem Leben je einen Ball geben, der rauschend genug war, diesem Vintage-Kleid eine angemessene Bühne zu bieten?

Lara konnte sich nicht vorstellen, dass Tristan sie an seinem Geburtstag, inmitten adliger Freunde und Verwandten, sehen wollte. Schon gar nicht, nachdem die Situation zwischen ihnen dermaßen seltsam geworden war. Was nützte es ihr, wenn sie glaubte, dass sie beide etwas Wunderbares verband, wenn er diese Sicht der Dinge nicht teilte?

Es war auch nicht auszuschließen, dass sie nach den vielen Jahren monotonen Beziehungsalltags ein Opfer romantischer Verklärung geworden war. Möglicherweise interpretierte Lara in die Sache mit dem Lord mehr hinein, als tatsächlich der Realität entsprach. Schließlich war hinlänglich bekannt, dass Hormone die Macht besaßen, einen Zustand akuter geistiger Umnachtung auszulösen.

Zurück in der Schweiz sah sie erst recht keine Möglichkeit, sich aufzubrezeln und das zauberhafte Kleid auszuführen. An wessen Seite denn? Thomas war vermutlich längst aus der gemeinsamen Wohnung ausgezogen. Anders konnte sie sich sein konsequentes Schweigen nicht erklären. Oder?

Lara nagte an ihrer Unterlippe und packte die Sachen, die ihr Constance geschenkt hatte, sorgfältig in eine weitere Tasche. Sie würde die liebe Frau nur brüskieren, wenn sie deren großzügige Gabe aufgrund ihrer inneren Zerrissenheit ablehnte.

»Vielleicht heiratet ja meine beste Freundin bald einmal, das wäre eine ausgezeichnete Gelegenheit, dieses Schmuckstück zu tragen ...« Der Kommentar verließ

Laras Mund, ohne dass sie sich selbst daran hindern konnte.

Ein wissendes Lächeln erhellte die Gesichtszüge der älteren Gefährtin. »Möglicherweise ... vielleicht aber auch nicht.« Schmunzelnd wandte sich Constance ab.

Nach wundervollen und inspirierenden fünf Stunden verabschiedete sich Lara von ihrer neuen Freundin. Constance hatte ihr noch ein leichtes Mittagessen angeboten und sie danach innig umarmt.

Das monotone Rattern und Schütteln des Zuges von Inverness zurück nach Lairg lullte Lara ein. Mit verklärtem Blick starrte sie aus dem Fenster und folgte dem sanften Auf und Ab der Landschaft. Neben ihr füllten zwei große Taschen die Sitzbank. Einem inneren Impuls folgend, griff Lara nach ihrem Handy und beschloss, Thomas eine SMS zu senden. Warum sie sich plötzlich dazu genötigt sah, konnte sie sich selbst nicht erklären. Vielleicht nahm das nörgelnde Zischen ihres Gewissens nun doch langsam überhand.

Hallo Thomas, wie geht es dir? Ich genieße Schottland und seine Vielfalt. Ich habe einen Nebenjob als Näherin auf Schloss McAlister sowie für die lokalen Frauen ergattert. Außerdem habe ich eine Freundin gefunden, auch wenn sie einige Jahrzehnte älter ist als ich. Ich würde mich freuen, von dir zu hören.
Liebe Grüße

Lara

Die Näherei war zwar nicht Thomas' Lieblingsthema. Dennoch war es Lara wichtig, dass er sich, sollte das mit ihnen noch reparierbar sein, an diese neue Seite in ihrem Leben gewöhnte. Einmal angefangen, würde sie es in der Schweiz nicht aufgeben. Möglicherweise erkannte er auf diese Weise auch, dass das Ganze kein Spleen war, der aus einer Sinnkrise entstanden war, sondern etwas, das ihr viel bedeutete und das sie auch ernst meinte.

Als Lara Lairg erreichte und mit ihrem üppigen Gepäck den Zug verließ, hatte Thomas die Nachricht noch immer nicht gelesen. Vermutlich war er bei der Arbeit, beruhigte sie sich.

Ron wartete bereits auf dem Bahnsteig auf Lara und nahm ihr die Taschen ab. Sie hatte ihn während der Rückfahrt angerufen und ihn darum gebeten, sie abzuholen.

»Wie ich sehe, haben Sie sich in der Hauptstadt amüsiert.« Er zwinkerte ihr zu. Wie immer war es schwer auszumachen, was wirklich hinter Rons Stirn vorging. Ein mehrdeutiges, schalkhaftes Schimmern beherrschte stets seinen Blick.

»Das würde ich so nicht nennen, ich habe einen Auftrag bekommen, von Lady Constance. Und ...«, Hitze stieg Laras Hals hinauf und entlud sich in ihren Ohrläppchen, »... na ja, der Inhalt einer Tasche ist tatsächlich ein Geschenk an mich. Obwohl ich es kaum brauchen werde.«

Sie bemühte sich um ein ungezwungenes Lachen, das selbst in ihren Ohren eher blechern klang. Die dazugehörige abwehrende Geste wirkte ebenfalls alles andere als tiefenentspannt. Rons anschließendes Schweigen war Antwort genug. Er glaubte ihr kein Wort. Die Fahrt zurück zum Schloss verlief daher in meditativer, bilateraler Stille.

Kaum angekommen, sprang Lara aus dem Minivan. Sie hatte es plötzlich eilig, ungesehen ihr Zimmer zu erreichen. Nur mit Mühe gelang es Ron, ihr mit den Taschen in die erste Etage zu folgen. Dieses Mal war ihr das Glück hold und sie begegnete weder dem Hausherrn noch seinem besten Freund.

Lara stieß die Tür zu ihrem Gästezimmer auf und blieb wie angewurzelt stehen. In letzter Sekunde drosselte Ron seinen Schritt, beinahe wäre er in sie hineingerannt. Sie hörte ihn erschrocken die Luft einziehen.

»Tschuldigung, aber ...«

»Ist etwas, Mylady?« Sofort mischte sich Sorge in die Stimme des Dieners und er versuchte, einen Blick in den Raum zu erhaschen. Lara wandte sich hastig um und riss ihm die Taschen aus der Hand.

»Nein, alles bestens. Ich dachte bloß ... da wäre eine Spinne an der Wand, aber – oh Wunder – es war nur ...«

Ron hob fragend die Augenbrauen und wartete wohl gespannt auf die Fortsetzung der spektakulären Geschichte.

Lara winkte ab. »Ach nichts, spielt jetzt keine Rolle, hat sich erledigt.«

Mit einer unhöflichen Geste schloss sie die Tür vor Rons Nase. Sie stieß einen Seufzer aus und ließ die Taschen fallen.

Es klopfte an die Zimmertür.

»Mylady, eine Frage nur noch: Darf ich heute beim Abendessen mit Ihrer Anwesenheit rechnen?«

Lara zischte einen Fluch. Krank sah sie nun wirklich nicht aus und sie benahm sich auch nicht so.

»Ja ... ähm ... ja, gerne.« Sie biss sich auf die Lippe. Dieser Herausforderung musste sie sich nun stellen. Die Schritte des Angestellten entfernten sich und Lara ließ sich erschöpft auf ihr Bett fallen.

Ihr Blick glitt ungläubig über die Elemente, die man da in perfekter Anordnung drapiert hatte: einen Sattel, Zaumzeug, eine Satteldecke und selbst ... die lilienweißen Schweifhaare eines Pferdes.

Sollte sich Lara noch gefragt haben, ob sie demnächst an einem Ball teilnehmen würde, so beantwortete das ihre Frage.

Sie war soeben metaphorisch zu einem eingeladen worden. Bis dahin hatte sie jedoch, gemäß der Fabel, die der Einladung zugrunde lag, noch einiges zu erledigen.

Diese Komponenten mussten in einem Hut wiedergeboren werden.

Selbstredend, dass er zu einem bordeauxroten Kleid passen musste ...

Kapitel 22

Tristan tigerte unruhig in der Bibliothek auf und ab, alle zwei Schritte an seinem Weinglas nippend. In letzter Zeit gönnte er sich oft einen Wein zum Essen. Seit er Gäste auf der Burg wohnen ließ, genau genommen.

»Stimmt etwas nicht, Tristan?« Lennox' Stimme holte ihn zurück in die Wirklichkeit.

Wie von einer Peitsche getroffen, zuckte er zusammen und wandte sich zu seinem Freund um. »Alles bestens ... ich mache mir bloß Gedanken wegen des Festes. Wird eine ziemlich große Sache und du weißt ja, wie ungern ich im Mittelpunkt stehe. Vielleicht hätte man die ganze Idee mit den Turnieren und Events am Nachmittag doch lieber bleiben lassen sollen. Außerdem ... der Ball ... der scheint mir auch zu pompös. Ein derart dekadentes Buffet haben wir noch überhaupt nie angeboten. Meine Ländereien und die Wälder müssen ja regelrecht entwildert werden, um all den Ansprüchen gerecht zu werden.«

Bei jedem Satz wuchs Tristans Unmut. Woher dieser plötzlich kam, wusste er selbst nicht. Dennoch waren seine Worte nicht vollkommen gelogen. Das Fest bereitete ihm Kopfzerbrechen, jedoch auch noch aus anderen Gründen.

Lara würde auch da sein. Weil er sie eingeladen hatte. Sofern sie denn überhaupt teilnahm. So oder so war er sich zwischenzeitlich nicht mehr sicher, ob seine Affekthandlung mit den Hut-Komponenten wirklich ein genialer Einfall gewesen war. Möglicherweise hatte die Pinsel-Übung ihm auch das Hirn benebelt und den letzten Fetzen Verstand herausgefegt. Jetzt, einige Stunden später, konnte sich Tristan jedenfalls nicht mehr vorstellen, wie er sich zu so einer emotionsgeladenen Handlung hatte hinreißen lassen.

»Wenn ich das korrekt verstehe, kritisierst du meine Eventplanung? Dies, obwohl ich dich von Anfang an miteinbezogen und um deine Meinung gebeten habe? Dies außerdem, obschon ich den Anlass nun schon zum gefühlt hundertsten Mal organisiere und wir beide dafür stets mit Lob überhäuft wurden?«

Tristan beantwortete Lennox' Frage mit einem undefinierbaren Brummen. Er wusste ja selbst nicht, was gerade in ihn gefahren war.

»Vielleicht fürchte ich mich vor der Vierzig?«

Lennox lachte, nahm einen Schluck Wein und beäugte ihn über den Rand des Glases hinweg. »Das wäre neu ... bisher hast du das Alter stets mit Lebenserfahrung und Weisheit gleichgesetzt, gemäß deines eigenen Kodexes, wenn ich daran erinnern darf.«

»Hallo ...«

Tristan erschrak dermaßen, dass der Wein in seinem Glas über den Rand schwappte und auf den Boden tropfte. Das Haar offen und glänzend wie Seide, stand Lara in der Tür und verschränkte die Arme hinter dem Rücken. Gekonnt wich sie seinem Blick aus. Da Lennox beim Klang ihrer Stimme wie eine Dampfwalze auf sie zusteuerte, war das auch nicht besonders schwer. Wie eine Sonne setzte sich der Freund ins Zentrum ihres Universums und zog ihre Aufmerksamkeit magnetisch auf sich. Während sie lachend in eine angeregte Unterhaltung über das bevorstehende Fest verfielen, bemühte sich Tristan darum, den verschütteten Wein mit einem Taschentuch aufzutupfen. Das wäre jedoch nicht nötig gewesen. Charybdis kam wie ein Wirbelwind angetrabt, als sie bemerkte, dass sich etwas Ess- oder Trinkbares auf den Boden verirrt hatte. Mit großzügigen Zungenbewegungen schleckte sie die Weintropfen auf und legte sich dann wieder auf den Teppich neben den Kamin.

Als wäre Tristan ein Schlossgeist, ließen ihn Lara und Lennox einfach stehen und begaben sich auf Rons Winken hin in den Speisesaal. Die Jugendlichen saßen bereits mit mäßig begeisterten Mienen am Tisch.

»Wie war es in Inverness?«, kurbelte Lennox die Unterhaltung weiter an. Lara warf Tristan einen scheuen Blick zu, den er nicht zu deuten vermochte.

»Ich hatte eine interessante und angenehme Zeit mit Constance. Sie gab mir einen Auftrag.« Ihre Wangen färbten sich dabei sanft rot. Warum wurde Tristan das Gefühl nicht los, dass da noch mehr zu erzählen war?

»Schön, das freut mich aber!« Lennox schenkte ihr ein gewinnendes Lächeln. Was sonst!

Die Suppe wurde aufgetragen. Die Jugendlichen stürzten sich wie Wölfe auf das Essen.

»Wir haben noch nicht geklärt, was wir mit deinen rebellischen Gästen machen, Tristan. Dürfen sie an den Festivitäten teilnehmen? Oder muss ich für sie ein Alternativprogramm einplanen? In wenigen Tagen ist es so weit, ich müsste da also endlich eine verbindliche Meinung deinerseits dazu haben.«

»Sie sind bereit, alle drei.«

Das war nicht immer gegeben. Die Entscheidung hing maßgeblich davon ab, wie lange die Jugendlichen schon unter seinem Schutz und in Kontakt mit seinen Methoden standen. Im Falle von Albert, Daniel und Tonya glaubte Tristan, dass nun der Moment war, sie mit Vertrauen zu belohnen. Das würde ihren Charakter weiter stärken und ausbauen. Tatsächlich bestätigte ihm sein Bauchgefühl auch, dass er sich darauf verlassen konnte, dass die Teenager an dem wichtigen Anlass keinen Schabernack trieben. Das unverkennbar stolze Glitzern in ihren Augen und ihre plötzlich aufrechte Haltung bestätigten ihm, dass er richtiglag.

»Wir dürfen auf den Ball?« Alberts blaue Iriden glühten wie Saphire. »Was ziehen wir denn da an?« Er starrte Tristan hilfesuchend an und schaute an sich herunter. Die Nächte im Stall hatten ihren Tribut gefordert. Die Farbe seines Pullovers war kaum mehr auszumachen und zahlreiche Löcher gewährten einen Blick auf das schmutzig-weiße T-Shirt darunter.

»Ich habe auf dem Dachboden eine Auswahl an Smokings für meine ... Jungs.« Tristan spürte Tonyas bösen Blick bevor er aufsah.

»Soll ich etwa in einem Müllsack zum Ball kommen? Entspräche das Ihrem abwertenden Frauenbild?« Das Mädchen ließ den Suppenlöffel geräuschvoll auf den Tisch fallen.

»Einer dieser Brokatvorhänge sollte für ein schönes Kleid reichen.« Lara starrte Tristan herausfordernd und mit einem spöttischen Grinsen auf den Lippen an.

Ihm fehlten kurzzeitig die Worte. Verständnislos maß er die schweren Vorhänge, die außerdem bereits zu Zeiten seines Urgroßvaters die Fenster geziert hatten.

»Zwei ... wir brauchen zwei. Ich gehe davon aus, dass meine Tante auch auf den Ball eingeladen ist, wenn sie schon tatkräftig bei den Vorbereitungen mithilft. Sie ist schließlich keine durchschnittliche Näherin, sondern sehr talentiert.« Tonya revanchierte sich bei Lara mit ihrer feurigen Rede. Die beiden Frauen musterten sich erstaunt und mit aufkeimender Neugierde, als sähe jede die andere zum ersten Mal.

Lara hatte sich in der Vergangenheit wiederholt für ihre Nichte eingesetzt und sich um deren Wohl gekümmert. Umgekehrt war das bisher nie der Fall gewesen. Im Gegenteil, oft beschlich Tristan das Gefühl, dass Tonya die Tante dafür bestrafte, auf McAlister Castle gelandet zu sein. War das der zündende Funke? Bestand Hoffnung, dass das Mädchen gegen seine Methoden doch nicht komplett resistent war?

»Was auch immer ihr braucht, ihr könnt es haben. Wenn es denn zwei dieser wertvollen Stoffe sein müssen, möge es so sein.« Er nickte Tonya zu und bemühte sich, die aufwallende Rührung zu verbergen. Es war tatsächlich das erste Mal seit ihrer Anreise, dass sich Tonya selbstlos verhielt.

»Ich habe schon ein Kleid.«

Alle Köpfe wandten sich in Laras Richtung, die nun ihrerseits feuerrot aufflammte. Hastig angelte sie ihr Weinglas und verbarg das Gesicht darin.

»Wusstest du denn, dass du an dem Ball teilnehmen darfst?« Tonya maß sie mit ehrlicher Neugierde.

Tristan verschluckte sich an seiner Suppe und griff panisch nach dem Wasserglas.

»Nein ... aber ich besitze trotzdem ein Abendkleid. Constance schenkte mir eines.« Die Röte ebbte kein bisschen ab.

Tonya starrte abwechselnd Tristan, Lennox und dann wieder ihre Tante an. »Wozu denn? Bist du ... etwa davon ausgegangen, dass wir teilnehmen dürfen?«

»Ich nicht, aber Constance ...« Lara täuschte einen Hustenanfall vor, um nicht mehr weiterreden zu müssen. Zumindest hatte Tristan diesen Eindruck. Lara verhielt sich in der Tat außerordentlich seltsam. Warum in aller Welt sollte diese Dame aus Inverness ihr ein Abendkleid schenken? Was hatte sie denn mit ihr besprochen? Bis zu der Erleuchtung während der Pinsel-Übung hatte Tristan nämlich beabsichtigt, weder die jungen Leute noch Lara zum Fest einzuladen. Er hatte sich vorgestellt, sich mit einem kleinen Präsent, einem Helfer-Essen oder in Laras Fall gar einem Lohn für ihre Mithilfe zu bedanken. So, wie er das bei seinen Angestellten auch zu tun pflegte. Offenbar wäre das komplett der falsche Ansatz gewesen. Gottlob hatte ihn seine eigene Methode dahingehend eines Besseren belehrt.

Manche Frauen begehrten also nicht Geld oder andere Formen der Anerkennung. Sie wollten lieber auf einen Ball. Eigenartig.

Das Schrillen eines Telefons durchschnitt die Stille. Lara kramte hastig in ihrer Handtasche und förderte das Mobiltelefon zutage.

Ihre Stirn legte sich in angestrengte Falten, während der Rotschimmer auf ihren Wangen noch eine Nuance dunkler wurde. »Das ist mein ... das ist Thomas, da muss ich rangehen.« Sie erhob sich ruckartig und flüchtete aus dem Speisesaal.

Tristan wechselte einen verwirrten Blick mit Lennox. Ein Schatten huschte über dessen Miene und er trommelte mit den Fingern auf den Tisch.

»Ich dachte, sie hat sich von dem Arschgesicht getrennt.« Tonyas erfrischende Ehrlichkeit, die Tristan sonst extrem auf die Nerven ging, sprach ihm nun aus tiefstem Herzen. Gerne hätte er sie für die eloquent formulierte Feststellung belohnt. Natürlich kannte er diesen Thomas nicht. Seine Abneigung gegen den Unbekannten war daher egoistisch motiviert, das gab er ja zu. Laras bisheriges Verhalten hatte jedoch darauf hingedeutet, dass sie keinen Partner besaß. Umso dankbarer war Tristan nun, dass er, von einigen Ausrutschern und schwachen Momenten einmal abgesehen, eisern an seinen Prämissen festgehalten hatte. Die Einladung zum Ball war eine unreflektierte Dummheit gewesen, davon war er nun überzeugt. Lennox' Gesicht zeigte eine ähnliche Erkenntnis, selbst wenn er nicht wie Tristan McAlister mit einem jahrhundertealten Fluch in Bezug auf das weibliche Geschlecht gestraft war. Möglicherweise entwickelte der Freund langsam ein Verständnis für Tristans Haltung und seinen Widerwillen, Lara Brehm auf dem Schloss zu dulden. Als Schlossherr und eingefleischter McAlister hätte er sich niemals von Rons und Lennox' Bemerkungen beeinflussen lassen dürfen.

Frauen waren und blieben ein mehrgesichtiges, meisterhaft maskiertes Mysterium. Eine Bedrohung.

Dennoch konnte Tristan die Tatsache, dass er Lara zum Ball eingeladen hatte, nun nicht mehr ändern. Er hätte sich vollkommen lächerlich gemacht und das war nun zusätzlich zum Rest nicht auch noch nötig.

»Thomas ist also ihr Partner«, unterbrach Lennox das beklemmende Schweigen im Speisesaal.

Tristan war ihm dankbar für die konkrete Frage, die ihn tatsächlich auch interessierte. Auch wenn sie ihn, gemessen an seinen eigenen Regeln, nicht kümmern sollte.

»Ihr Exfreund, so hoffe ich. Tante Lara weiß ja selbst nicht mehr, wie sie den Hornochsen nennen soll. Wenn er sie erneut rumkriegt, war's das für mich. Ich verbringe keine weitere Sekunde mehr unter demselben Dach mit dem Vollhorst.« Es hätte nicht mehr viel gefehlt und Tonya hätte auf den Tisch gespuckt. Angewidert verzog sie den Mund, als habe sie etwas Bitteres auf der Zunge.

»Wo willst du denn wohnen?« Albert schien ehrlich interessiert. In seiner Weltanschauung, die noch unverkennbar kindliche Züge aufwies, sah er das Mädchen wohl bereits unter einer Brücke schlafen.

Tonya wandte sich ruckartig um und starrte Tristan anstelle des Jungen an. »Bei dir natürlich. Wo denn sonst? Du weißt, ich finde deine Regeln beschissen, aber sie machen immerhin Sinn.«

Es war das erste Mal, dass Tonya Tristan einfach duzte. Eigentlich hätte er sie jetzt aus dem Saal werfen müssen. Irgendetwas in seinem Inneren sträubte sich allerdings dagegen. Das Gefühl war jedoch noch so verschwommen und zaghaft, dass es vermutlich erneut eines Pinsel-Tages bedurfte, um es herauskristallisieren zu können. Dazu gab es hingegen zu vermerken, dass die letzte Übung dieser Art in einem Fehler geendet hatte. Tristans Kopf schmerzte von den vielen, sich widersprechenden Gedanken.

Die Suppenteller wurden abgeräumt und der Salat aufgetragen. Gottlob. Fortan herrschte unüberwindbares Schweigen, das nur gelegentlich von Skyllas und Charybdis' Schnarchen unterbrochen wurde.

Kapitel 23

Die verbleibenden Tage bis zu Tristans Geburtstag lösten sich gemäß Laras Empfinden sinnbildlich in Luft auf wie Wassertropfen, die beim Anblick der Sonne verdampften.

Ein Brokatvorhang musste in ein atemberaubendes Ballkleid transformiert werden. Einige der Hüte für Mimmis Freundinnen verlangten noch nach dem Feinschliff und einer optimalen Anpassung an den Träger. Selbstverständlich wollten die Damen ihre neuen Errungenschaften auf Lord McAlisters Fest spazieren führen und somit auch die Werbetrommel für Laras Talent rühren. Dazu kam ihr eigenes Projekt: der Hut aus den Pferde-Komponenten. Diese Kreation sollte die Krönung ihrer Schottland-Schöpfungen werden und forderte einige Spätschichten.

Als wäre das noch nicht genug, fraß das letzte Telefonat mit Thomas wie Rost an Laras Inneren. Kontinuierlich und unaufhaltsam. Nach ihrem scheuen Annäherungsversuch hatte sie sein spontaner Anruf komplett aus dem Konzept gebracht, was vermutlich allen Anwesenden im Speisesaal aufgefallen war. Sie hatte sich gefreut, die vertraute Stimme zu vernehmen. Erinnerungen an ihre gemeinsame Zeit tanzten wie

Seifenblasen vor ihrem inneren Auge vorbei. Bunt, verführerisch schillernd und von einer verspielten Leichtigkeit.

Sie hatten sich gegenseitig für den unliebsamen Ausgang des letzten Telefonats und ihr stures Verhalten im Nachgang entschuldigt. Irgendwann war diese nostalgische Romantik jedoch unangekündigt geplatzt – ebenfalls wie eine Seifenblase. Drei profane Sätze waren dafür verantwortlich gewesen. Wie ein schauriges Echo hallten sie seither durch Laras Hirn, nagten an ihr und vergifteten ihre Gedanken.

Ich liebe dich Lara, wir stehen das gemeinsam durch; du bist nicht die Erste, die aufgrund hormoneller Turbulenzen komplett aus der Spur fällt. Das ist nicht schlimm, wirklich nicht. Ich bin ja da.

Thomas hatte sich mit einem liebevoll in den Hörer gehauchten Kuss von ihr verabschiedet. Unfähig, auch nur einen klaren Gedanken zu fassen und seine Worte zuordnen zu können, hatte Lara diese symbolische Zärtlichkeit reflexartig erwidert. Nachdem sie fünf Minuten reglos an eine leere Wand gegenüber gestarrt hatte, war die Gedankenlawine losgebrochen.

Zuerst hatte sie geglaubt, sich verhört und ihn eventuell falsch verstanden zu haben. Eine schlaflose Nacht später hatte sie sich gefragt, ob er mit seiner Einschätzung womöglich richtiglag. Thomas kannte sie lange genug. Unter Umständen war ihr eine gesunde Selbstreflexion tatsächlich abhandengekommen. Der Tod ihrer Schwester, das Sorgerecht für Tonya, all das hatte ihr stark zugesetzt. Trotzdem interessierte man sich in Schottland für ihre kreativen Talente. Thomas ließ hingegen nach wie vor durchblicken, dass er das Ganze bestenfalls für eine Unterkategorie der Gestalttherapie zur Heilung ihrer Psyche ansah. Selbst Tristan McAlister höchstpersönlich hatte seine Pauschalaussage über Hüte und Verrückte revidiert, als er die Gelegenheit gehabt hatte, mehr darüber zu erfahren.

Wie dem auch immer sei, Lara fehlte im Moment die nötige Muße, um weiter über Thomas nachzudenken. Der Geburtstag des Lords und die damit einhergehenden dringenden Arbeiten forderten nun ihre volle Aufmerksamkeit und Konzentration.

Was zurückblieb, war ein unterschwelliges, schales Gefühl, das beständig vor sich hin schwelte.

Schließlich brach der große Tag an. Lara erwachte früher als nötig und fühlte sich bereits beim ersten Augenaufschlag, als stünde sie unter Strom. Jede Faser ihres Körpers brannte und ihr Schädel brummte, als habe sie eine durchzechte Nacht hinter sich. Was gar nicht so falsch war, denn die letzten Näharbeiten hatten beinahe bis Mitternacht gedauert. Obwohl Lara keine Angestellte auf McAlister Castle war und das Gelingen der Festivitäten nicht von ihrer Leistung abhing, nagte der bevorstehende Tag an ihren Nerven wie ein lästiges Insekt.

Gähnend erhob sie sich vom Bett und tappte zum Fenster des Zimmers. Der Schlosshof und die Hügel dahinter lagen noch im dunstigen Grau des anbrechenden Morgens. Eine blasse Röte zeigte sich am Horizont, bald erklomm die Sonne die Berggipfel und hauchte der Landschaft Farbe und Leben ein. Ein Vogel hüpfte, einen frohen Tag ankündigend, über die Zinnen der Burgmauer, die bereits mit verschiedenen Fahnen geschmückt waren. Im Burghof herrschte reges Treiben. Letzte Reinigungsarbeiten wechselten sich mit dem Aufstellen von Marktständen ab. Die Angestellten von McAlister Castle sowie zahlreiche Helfer quollen wie Ameisen aus allen Öffnungen des Schlosses. Viele von ihnen hatte Lara noch nie gesehen, weil sie vermutlich exklusiv für das anstehende Geburtstagsfest herbeordert worden waren.

Mitten unter ihnen erblickte sie Lennox, der mit einem Klemmbrett bewaffnet Anweisungen gab und wild gestikulierte. Immer wieder fuhr er sich ruckartig durch die Haare, tigerte auf und ab, kritzelte etwas auf den Schreibblock oder suchte mit fahrigen Bewegungen nach dem vermutlich ununterbrochen schrillenden Mobiltelefon in seiner Jacke.

Lara wandte sich ab und beschloss, eine Dusche zu nehmen. Vorsichtig nach links und rechts spähend, schlich sie schließlich über den Flur zum Bad. Von der Eingangshalle her drangen geschäftige Schritte und aufgeregtes Stimmengewirr zu ihr herauf. Nach der Morgentoilette fühlte sie sich wesentlich frischer und aktiver. Sie zog sich an und sehnte sich nach einem Kaffee, auch wenn das ihre Unruhe noch zusätzlich anheizen würde.

Der Weg zum Speisesaal glich einem Spießrutenlauf. Ständig lief Lara Gefahr, mit hastenden Angestellten zu kollidieren. Dem Schloss wurde offensichtlich der letzte Schliff verpasst. Hektik wirbelte wie ein Sturmwind durch die Gänge und steinernen Hallen des Gebäudes. Laras ohnehin angespannte Nerven griffen die Vibrationen auf wie eine Melodie. Ihr Magen verkrampfte sich. Sie zwang sich dennoch dazu, einige

Bissen des Frühstücks hinunterzuwürgen und alles mit dem bitteren Muntermacher nachzuspülen.

Sie wollte sich gerade bei Ron erkundigen, ob sie sich bis zum Eintreffen der ersten Gäste und Schaulustigen am Mittag irgendwie nützlich machen konnte, als Lennox in der Tür erschien.

»Da bist du ja, Gott sei Dank! Nachdem ich beabsichtigte, dich aus den Federn zu klopfen, teilte man mir mit, man habe dich bereits auf dem Weg zum Frühstück gesehen. Ich brauche sofort deine Hilfe!« Sein Blick flog hastig über das Zifferblatt der Armbanduhr. »Mist, bald kommen die Getränkelieferanten. Gut, dann werden sie halt einige Minuten warten müssen. Folge mir ...« Und mit einem entsetzten Ausdruck, als sei ihm sein Verhalten soeben klar geworden, stotterte Lennox: »Also, ich meine, ... hast du überhaupt Zeit? Es geht um Tristan. Sein Westernkostüm ist beim Überstreifen zerrissen. Er weigert sich, ein anderes Hemd als besagtes anzuziehen – offenbar hat es für ihn einen emotionalen Wert. Es war das Geschenk eines zwischenzeitlich verstorbenen Cowboys, eines Mentors Tristans. Wie auch immer. Wenn wir das nicht flicken können, wird er am Nachmittag nicht zum Turnier antreten, weil er glaubt, dass dann alles unter einem schlechten Stern steht.«

Lara nickte nur und beeilte sich, Lennox zu folgen. Was gar nicht so einfach war, da er zu den Gemächern, die Lord McAlister als Ankleideraum dienten, beinahe rannte. Auf ihrem Weg dorthin machten sie noch einen Abstecher in Laras Nähatelier, um Stecknadeln zu holen.

»Manchmal könnte ich die Wände hochgehen! Tristan und sein Aberglaube. Kodex, Fluch und jetzt auch noch ein Talisman in Form eines Westernhemdes. Es ist zum Verrücktwerden!« Zwischen den Worten japste er immer wieder nach Luft.

»Ein Fluch? Das höre ich das erste Mal.« Lara blieb abrupt stehen und starrte Lennox fragend an. Dieser nahm sie am Arm, zog sie mit sich und gab sich gestresst.

»Nun komm schon, es eilt. Ja, ein Fluch. Tristan glaubt, dass die McAlisters aufgrund des Unglücks, das die Frauen ihm, seinem Vater und anderen männlichen Ahnen bescherten, mit einem Fluch belegt seien.« Er rollte die Augen und fuchtelte mit den Händen durch die Luft. Offenbar hielt er dieses Ansinnen für einen Scherz.

Schließlich erreichten sie einen fast menschenleeren Flur und steuerten das erste Zimmer an.

»Ist das der Wohntrakt des Lords?« Laras Neugierde war geweckt. Sie erinnerte sich an einen ihrer Streifzüge im Schloss. Gab es nicht einen mit Gittern abgeschlossenen Flügel?

»Nein, seine Gemächer sind nicht zugänglich. Da er am heutigen Tag die permanente Hilfe von Angestellten braucht und außerdem für ständige Fragen und Entscheidungen erreichbar sein muss, zieht sich Tristan in einem der Gästeflügel um. In seine Privatgemächer lässt er nur Auserwählte, selbst ich war da noch nie.«

Lara nickte. Eine latente Enttäuschung breitete sich in ihrem Inneren aus. Das wäre *die* Gelegenheit gewesen! Leider blieb es bei dem Wunsch.

Lennox riss die Tür auf und Tristan, der nur mit einem Unterhemd bekleidet am Fenster stand und auf den Garten der Burg starrte, zuckte zusammen. Er wandte sich um.

Lara schluckte. Ihr Mund war staubtrocken wie das hochländische Steppengras. Hastig bemühte sie sich, den Blick auf etwas Unverfänglicheres als den knapp angezogenen Lord zu lenken. Der Schrank mit dem mannshohen Spiegel erregte infolgedessen ihre Aufmerksamkeit.

»So bitte, da ist sie. Lara wird sich um dein Outfit kümmern. Wir können dankbar sein, dass ich sie so früh am Morgen bereits aufspüren konnte. Noch reicht die Zeit, dein Problem zu lösen, mein Freund.« Und mit einem gehetzten Blick auf seine Uhr: »Ich muss los, ihr entschuldigt mich. Beim Nähen kann ich sowieso nicht weiterhelfen, ich bin ein Organisationstalent, kein Schneider. Lara? Ich gehe davon aus, dass du in deinem Atelier bereits alles hast, was du brauchst. Wenn dir etwas fehlt, melde dich, dann kümmere ich mich darum!«

Weg war er. Wie ein Dämon, der bei der Erwähnung Gottes in seine Einzelteile zerfiel und sich in Luft auflöste.

Lara schloss die Tür. Betretene Stille füllte den Raum, der ihr plötzlich beengend erschien.

»Das Hemd bekam ein Loch unter dem Arm, als ich es überstreifen wollte, ohne dabei die Knöpfe zu öffnen. Nun werde ich für meine Bequemlichkeit bestraft.« Tristan wies mit der Hand auf ein Stück Stoff, das auf einem Sessel neben dem Bett lag.

Lara nahm das Kleidungsstück an sich und betrachtete es. Entsetzt zog sie die Luft ein.

»Ich dachte, dass einfach die Naht aufgeplatzt sei ... das Hemd wurde allerdings regelrecht zerfetzt!« Sie starrte Tristan ungläubig an.

»Ich war in Eile und das gute Teil ist auch schon etwas in die Jahre gekommen. Ich trage es sehr gerne und insbesondere, wenn ich meinem verstorbenen Mentor mental nahe sein möchte. Er stand mir stets mit so viel Weisheit zur Seite, das fehlt mir oft. In seinem Hemd fühle ich mich, als betrachte ich die Welt mit seinen Augen. Das schärft den Fokus für das Wesentliche und ich erkenne die Lösungen für ein Problem viel eher. An speziellen Anlässen wie heute ist es ein Talisman.«

Lara nickte nur. Mitgefühl dehnte sich in ihrem Herzen aus. Es berührte sie, einen so aufrichtigen Einblick in den verletzlichen Teil des Lords zu erhalten.

»So kann ich es nicht reparieren ...« Lara zögerte. »Du müsstest es anziehen, damit ich die passende Form des Kleidungsstückes abstecken kann.« Sie biss sich auf die Unterlippe und spürte Wärme auf ihren Wangen pulsieren.

Tristan blinzelte mehrmals hintereinander. Ein Muskel zuckte um sein Kinn. Schließlich griff er schweigend nach dem Hemd, öffnete dieses Mal die Knöpfe und zog es an. Als er fertig war, postierte er sich wie Leonardo da Vincis *Vitruvianischer Mensch* mit abgespreizten Gliedmaßen vor ihr.

Lara spürte seinen Blick wie eine sanfte Berührung über ihren Kopf, den Hals und weiter nach unten gleiten, als sie sich mit zitternden Fingern daran machte, den Stoff an seine Figur anzupassen. Mehr-mals war sie gezwungen, ihre Tätigkeit zu unterbrechen und sich die Hände an der Hose abzuwischen, weil ihr sonst die

Nadeln entglitten wären. Unter dem dünnen Hemd spürte sie Tristans muskelbepackte Silhouette. Das Herz pochte so hektisch gegen Laras Brustkorb, dass sie glaubte, Tristan müsste es auch hören. Natürlich war das vollkommener Unsinn. Sein herber Duft, der sich mit einer erfrischenden Note ätherischer Öle vermischte, drang in ihre Nase. Ihre Gedanken drifteten ab.

»Au!« Sie stopfte sich den blutenden Finger hastig in den Mund. Tristan zuckte zusammen und starrte sie an.

»Geht schon wieder, nur ein Nadelstich.«

Verdammt, sie musste sich besser konzentrieren!

»Brauchst du ein Pflaster, damit du das Hemd nicht bekleckerst?« Tristans Bariton löste ein Kribbeln in ihrem Körper aus. Sie hob den Kopf und schaute in seine moosgrünen Augen.

»Das wäre vermutlich sinnvoll, ja.« Zu Laras eigenen Entsetzen klang ihre Stimme wie ein schüchternes Röcheln. Lautstark räusperte sie sich und rieb sich den Hals.

Tristan ging zu einem der Nachttische und zog die Schublade auf. Darin befand sich unter anderem eine Schachtel mit Heftpflastern. Er nahm eines aus der Verpackung und kam auf sie zu. Behutsam griff er nach ihrem Finger und verband diesen. Die Berührung seiner rauen Fingerspitzen stellte die feinen Härchen an Laras Armen auf. Gedankenverloren behielt Tristan ihre Hand in seiner. Nach drei Sekunden schrak er aus der Trance hoch, ließ sie los und nahm einen Meter Abstand. Enttäuscht machte sich Lara wieder an die Arbeit und steckte das Hemd weiter ab. Was ihn wohl dazu bewogen hatte, sich von ihr zu entfernen? In der Bibliothek hatte er sie zweimal geküsst. Erneut war die Anziehung zwischen ihnen körperlich spürbar. Wie das elektrische Summen einer Hochspannungsleitung erfüllte sie die Atmosphäre. Unüberhörbar.

Dennoch schien er sich ihr nicht nähern zu wollen. War sie denn dazu bereit? Laras Inneres war nach wie vor ein Schlachtfeld, ein undurchsichtiges Chaos. Nein, sie wusste selbstverständlich nicht, was sie wollte. Auf Verstandesebene. Ihr Bauchgefühl verwendete hingegen eine deutlichere Sprache.

»Ich bin so weit fertig. Sobald ich das Hemd in meinem Atelier geflickt habe, lass ich es dich wissen.«

Sie trat einige Schritte zurück und betrachtete Tristan dabei, wie er das Kleidungsstück erneut auszog. Es gelang ihr nicht, den Blick abzuwenden. Laras Augen folgten jeder seiner Bewegungen und beobachteten den Tanz der Fingerspitzen, als er die Knöpfe des Hemdes öffnete. Das Blut rauschte in ihren Ohren und ihre Gedanken bestanden nur noch aus dem lauten Klopfen des Herzens.

Endlich reichte ihr Tristan den Stoff. Er musterte sie, insbesondere ihre Gesichtszüge. Als seine Augen an ihrem Mund hängen blieben, fühlte sie erneut, wie sie errötete.

»Also dann ...« Lara wies auf die Tür hinter sich.

Tristan nickte nur stumm, wandte den Blick allerdings immer noch nicht ab.

Schließlich holte Lara Luft und gab sich einen Ruck. Sie riss die Tür auf und verließ das Ankleidezimmer des Lords fluchtartig. Erst als sie in der schützenden Umgebung ihres Ateliers war, schöpfte sie Atem. Die Hände zitterten unkontrollierbar und sie musste sich setzen. So etwas Verrücktes hatte sie in ihrem gesamten Leben noch nie erfahren. Ihr Körper lief komplett Amok und sie verlor außerdem vollkommen die Kontrolle über die Körperfunktionen. Was war bloß los mit ihr? Nahte ein Burnout? Hatte Thomas tatsächlich recht und sie drehte langsam durch? Unwahrscheinlich war es nicht …

Die Arbeit half Lara in den kommenden Stunden, sich auf etwas Anderes und Sinnvolleres zu konzentrieren. Als Lennox am späten Vormittag den Kopf in ihr Näh-universum streckte, präsentierte sie ihm das Western-hemd stolz.

»Es sieht aus wie neu! Du bist genial, Lara!«

Bevor sie ihn daran hindern konnte, umarmte er sie, bedeutend länger als nötig. Nicht dass Lennox' sponta-ner Charme und sein dezenter Duft nach Parfüm maß-geblich dazu beigetragen hätten, Laras zu einem Sturm angeschwollene Verwirrung zu lösen …

Gegen Mittag trudelten die ersten Gäste ein und die Festivitäten starteten.

Lara mischte sich unter die Schaulustigen. Sie hatte ihre Arbeit, abgesehen von weiteren möglichen Notfäl-len, getan. Obwohl das Nachmittagsprogramm für die breite Öffentlichkeit organisiert wurde und sich jeder kostenlos an den Marktständen gütlich tun und an den Aktivitäten teilnehmen konnte, überbrachten die meis-ten ein symbolisches Geschenk für den spendablen Lord. Selbstgeflochtene Körbe, Lebensmittel aus ihren Bauernbetrieben, Stoffe, Kunsthandwerkliches und vereinzelt sogar Tiere.

Mehrere Lagerfeuer innerhalb und außerhalb der Burgmauern zogen die Menschen wie Magnete an. Der verführerische Duft verschiedener Pfannengerichte nach alter Cowboy-Manier wehte zu Lara herüber, als sie die flammenden Zentren passierte. Von Lennox wusste sie, dass die Auswahl der angebotenen Gerichte absolut authentisch und infolgedessen ziemlich wenig schottisch war. Rindseintopf oder Speck und Räucherfleisch mit Bohnen. Dazu die klassischen Beilagen in Form von Biskuits und Brot. Der Eventplaner hatte beinahe alle von Laras Vorschlägen umgesetzt. So gab es tatsächlich einen elektrischen Bullen für die Action liebenden Besucher, Hufeisenwerfen für die Kleinen und einen Line Dance Workshop, der sich alle paar Stunden wiederholte. Der Höhepunkt des Nachmittags bildete allerdings Tristans Western-Darbietung in der Arena auf dem Feld. Wenn Lara das richtig in Erinnerung hatte, würde diese ungefähr gegen drei Uhr stattfinden. Auf gar keinen Fall wollte sie sich das entgehen lassen.

Albert, Daniel und Tonya erblickte sie hinter verschiedenen Marktständen, die von Gebäck über Getränke bis hin zu kalten Speisen alles anboten. Ron koordinierte als Lennox' erster Assistent den Lebensmittelnachschub aus der Küche. Mit hochrotem Kopf und schweißgebadet stand er in der Eingangstür und dirigierte die hinein- und hinaushetzenden Angestellten wie eine Armee von Sklaven. Auf Laras Frage hin, ob sie sich auch irgendwie nützlich machen könnte, reagierte der Diener mit gespielter Entrüstung und scheuchte sie wie eine lästige Fliege davon.

»Genießen Sie den Anlass, Mylady, Sie sind weder Problemfall noch Mitarbeiterin auf diesem Schloss!«

Den Blick bereits wieder anderem zugewandt, murmelte Ron noch so leise, dass es aller Wahrscheinlichkeit nach nicht für Laras Ohren gedacht war: »Möglicherweise zwar verantwortlich für das neuerliche Aufleben des Fluches, aber ...«

Lara glotze ihn ungläubig an. Sie konnte nur erahnen, wie belämmert ihr Gesicht vermutlich gerade aussah. Da Ron ihr jedoch keine weitere Beachtung schenkte, blieb ihr nichts anderes übrig, als sich erneut unter die Leute zu mischen. Mit einem noch größeren inneren Fragezeichen als ohnehin schon.

Sie kostete so viele der angebotenen Delikatessen, wie es ihr flatternder Magen zuließ. Leider reichte das nicht für einen Bruchteil der Speisen. Die Zeit zerfloss trotzdem wie Eiscreme in der Sommersonne.

Gelegentlich traf Lara auf bekannte Gesichter oder wohl besser Hüte. Mimmi und ihre Freundinnen tauchten zahlreich und voller Stolz mit ihren neuen Modeaccessoires auf. Manch ein Festbesucher, den Lara aufgrund des zur Schau gestellten Reichtums dem Adel zuordnete, verrenkte sich den Hals nach den überall auftauchenden Designerstücken. Ein feines Lächeln stahl sich auf ihr Gesicht, als sie teilweise Neugierde, aber auch Neid in den Mienen der Oberschichtdamen ausmachte.

Endlich war es Zeit für Tristans Darbietung. Lara gesellte sich zu Mimmi und Sean, die einen Platz direkt am Zaun ergattert hatten. Ein Raunen ging durch die Menge, als Lord McAlister mit dem Pferd am Halfter, dieses Mal einem schneeweißen Exemplar, auftauchte.

»Snow White. Er reitet sie nur zu besonderen Gelegenheiten. Sie ist sein Lieblingspferd und der einzige

Schimmel in seinem Stall«, flüsterte Mimmi, die das Tier offenbar kannte. Lara lief es bei ihren Worten eiskalt den Rücken hinab.

Der einzige Schimmel in seinem Stall.

Das bedeutete also ...

Bevor sie den Gedanken zu Ende denken konnte, teilte sich die Menge in Tristans Nähe und ein Murmeln ging durch die Schaulustigen. Lara stellte sich auf die Zehenspitzen, um besser sehen zu können, was der Grund für die plötzliche Unruhe war.

»Eva McRoy, auch das noch.« Mimmis abfällig verzogenem Mund nach zu urteilen, war diese Fremde keine Person, der sie besondere Sympathie entgegenbrachte. Auf Laras fragend hochgezogene Augenbrauen hin erklärte sie: »Eine Adlige. Sie gilt als Favoritin für den Titel der zukünftigen Schlossherrin auf McAlister Castle. Sie ist in Tristans Alter und von edler Herkunft. Ob sie hübsch ist, ist Geschmackssache. Ich persönlich finde ihre von Arroganz durchzogene Mimik zum Kotzen. Sean meint, dass sie objektiv betrachtet als attraktiv bezeichnet werden kann. Leider weiß sie es auch. Man munkelt, dass sie Macht über den Lord besitzt und das gelingt seit Menschengedenken kaum einer Frau, wie man weiß.«

Aus unerklärlichen Gründen verlor die Landschaft um Lara herum urplötzlich an Farbe. Es war, als sei das anfangs bunte Treiben nur noch ein vergilbtes, statisches Foto in Schwarzweiß. Die Musik klang blechern und schepperte in ihren Ohren. Ihr Magen verknotete sich bei dem Duft der würzigen Speisen. Als es ihr endlich gelang, einen Blick auf die glanzvolle Dame zu werfen, gefror ihr Herz in der Brust und setzte mehrere Schläge lang aus.

Lady McRoy erweckte den Anschein, als habe sie diese ländliche Westernveranstaltung mit den Pferderennen von Ascot verwechselt. In einem blassrosa Anzug, bestehend aus taillierter Weste und passendem Minirock, kämpfte sie sich auf exakt farblich abgestimmten High Heels zu Tristan vor. Ihr Gang erinnerte an das ungelenke Staksen einer Giraffe. Das wäre alles noch tolerierbar gewesen, hätte nicht ein Ungetüm, das gar nicht mehr die Bezeichnung Hut verdiente, ihr durchaus ansehnliches Gesicht verunstaltet. Um es mit knappen Worten zu beschreiben: Das *Ding* sah aus wie ein explodierter Schwan, den man zum Zeitpunkt des Massakers morbiderweise noch mit Rosen und Perlen verziert hatte. Das war die ungeschminkte Wahrheit aus Sicht einer Hutliebhaberin.

Ein Blick in Mimmis entsetztes Gesicht verriet Lara, dass diese Einschätzung allerdings auch noch andere, nicht branchenkundige Leute teilten.

»Es ist jedes Jahr dasselbe Desaster, wenn sie auftaucht. Für gewöhnlich sind wir Dorfleute nicht zum Geburtstag eingeladen. Er findet hinter geschlossenen Mauern statt. Dennoch lässt die Hyäne es sich nicht nehmen, einen Rundgang durch das Dorf zu machen. In dieser lächerlichen Aufmachung. Sie fordert überall Beratung an und lehnt das Produkt daraufhin mit fadenscheinigen Begründungen ab und lässt durchblicken, dass es ihren Ansprüchen nicht genügt. Wir hoffen, dass der Lord ihrem vordergründigen Charme niemals erliegt. Im Herzen ist sie eine kaltblütige Hexe. Seine mangelhafte Erfahrung mit Frauen könnte aber dazu führen, dass er nicht hinter ihre Maske sieht und ihr aufgrund von langjähriger Einsamkeit auf den Leim geht. Den Gerüchten zufolge genießt sie bereits wesentlich mehr Privilegien als alle anderen eingeladenen Gäste. Und das Jahr für Jahr.«

Der Boden unter Laras Füßen wankte, als laufe sie über ein Wasserbett. Zumindest fühlte es sich so an. Von ihrer Position aus konnte sie, wie zahlreiche andere Festbesucher, beobachten, wie Eva McRoy Tristan innig umarmte und ihm ein makelloses, filmreifes Lächeln schenkte. Mit ihren schokoladenbraunen Locken, den zierlichen Gesichtszügen und der Figur einer Gazelle umgab sie die glanzvolle Aura eines Hollywoodstars.

Lara blieb während der Western-Darbietung an Mimmis Seite, obwohl sie sich lieber in ihr Zimmer verkrochen hätte. Tristans kunstvolle Vorführung zog ebenso monoton an ihr vorbei wie der Abspann eines Films.

»Es ist unglaublich, mit welch spielerischer Leichtigkeit er das Pferd führt, als wäre er mit dem Tier geistig verbunden. Einfach wunderschön«, schwärmte Mimmi.

»Unbedingt, mhm.« Lara hörte ihr überhaupt nicht mehr richtig zu und hatte Mühe, sich auf die Show zu konzentrieren. Die Neuronen in ihrem Kopf spielten gerade Pingpong.

Ein Gedanke erfüllte nun ihr gesamtes Inneres und wog tonnenschwer: War Eva McRoy der Grund für Tristans beherrschtes Verhalten heute Morgen bei der Anprobe?

Kapitel 24

Unter dem tosenden Applaus und den Jubelrufen der Schaulustigen galoppierte Tristan nach Beendigung seiner Aufführung auf das Gatter der Arena zu und setzte in einem spektakulären Sprung darüber hinweg. Den entsetzten und erstaunten Ausrufen der Leute nach zu urteilen, war ihm das geplante Schlussbouquet der Darbietung vorzüglich gelungen. Ungebremst galoppierte er durch das Tor auf den Innenhof des Schlosses und trabte schließlich an den Marktständen vorbei zu den Stallungen. Mit geübtem Schwung stieg er vom Rücken des Pferdes und führte es am Halfter ins Halbdunkel des Stalls.

»Soll ich das machen, Sir?« Henry bot ihm eifrig an, sich um Snow White zu kümmern. Tristan schüttelte den Kopf und nahm dem Tier Sattel und Zaumzeug ab.

»Ich reibe die Lady gerne selbst trocken. Sie hat mir viel Ehre beschert, also gehört es zu einem respektvollen Umgang dazu, dass ich nun dafür sorge, dass sie sich wohlfühlt und erholen kann. Du kennst meine Theorie, Henry. Pferde sind wie Freunde. Man benutzt sie nicht nur für die angenehmen Sachen, man sorgt auch für sie und pflegt sie.«

Ein schiefes Grinsen überzog das Gesicht des Stallknechts. Er tippte sich an die Baseballmütze. »Natürlich sind mir Ihre Grundsätze bekannt, Sir. Ich wollte sicherheitshalber bloß nachfragen, da heute ja Ihr Geburtstag ist und Sie sich vielleicht um die Gäste kümmern müssen.«

»Ich bin eigentlich ganz froh, Henry, dem Ameisenhaufen für kurze Zeit entfliehen zu können.« Tristan zwinkerte und der Knecht entfernte sich.

Die Wahrheit war, dass er die Stille auch deshalb genoss, weil ihn das Gebrüll und Durcheinander seiner Gedanken schon seit Stunden wahnsinnig machte. Während er Snow White mit liebevollen Bewegungen trocknete und ihr Futter besorgte, dachte Tristan zum wiederholten Mal über die Szene von heute Morgen nach.

Laras Berührungen, so zart und oberflächlich sie auch gewesen sein mochten, hatten sich unglaublich sinnlich angefühlt. Ob sie sein laut polterndes Herz wohl gehört hatte? Liebend gern hätte er ihre fruchtigen Lippen auf seinen gespürt. Trotzdem hatte er sich selbst davon abgehalten, sie zu küssen. Die eine Stimme in seinem Kopf schalt ihn deshalb einen feigen Idioten. Die andere klopfte ihm anerkennend auf die Schultern. Sie flüsterte:

Bloß nichts überstürzen. Viel zu weit hast du dich bereits aus dem Fenster gelehnt mit deinem emotionalen Geschenk!

Ob Lara die Gabe überhaupt zu schätzen gewusst hatte? Jetzt, wo ihr Freund aus der Schweiz sie wieder regelmäßig anrief? Tonya konnte ihn nicht leiden, so viel stand fest, doch war es nicht das Mädchen, das über die Herzenswünsche seiner Tante entschied, sondern diese selbst.

Tristan wurde aus der blonden Schweizerin einfach nicht schlau. Manchmal blickte er jedoch auch in Bezug auf seine eigenen Empfindungen nicht durch den Dschungel von Gegensätzen. Lara machte es ihm mit ihrem Verhalten allerdings auch nicht leicht, durch das trübe Wasser der Gefühle zu navigieren. War sie nun in einer Beziehung oder nicht? Hatte sie die zwei verbotenen Küsse ebenso intensiv empfunden wie er oder waren sie in ihrer Wahrnehmung nur eine flüchtige Ablenkung von ihrer Problembeziehung?

Er konnte die Dinge in seinem Kopf drehen und wenden wie er wollte, Tristan kam zu keinem brauchbaren Schluss. Lara Brehm blieb für ihn gleichfalls ein Mysterium wie er selbst.

Außerdem war da noch Eva, die man wie die Jahre zuvor in der Nähe seiner Gemächer einquartiert hatte. Wie es um ihre Absichten bestellt war, war ein offenes Geheimnis. Mit einer stoischen Langmut wartete Eva auf den Tag, an dem Tristan um ihre Hand anhielt. Dies, obwohl hinlänglich bekannt war, dass er nichts von Frauen und der Ehe hielt. Seltsamerweise trieb jedoch gerade diese Einstellung die Vertreter des weiblichen Geschlechts zu außerordentlichen Leistungen an. Jede von ihnen wollte die eine große Ausnahme sein, die sein Herz doch noch zu erobern vermochte.

War die Welt nicht eine komplett verrückte? Jene, die Tristan nur oberflächlich oder gar nicht beachtete, entflammten in einer Leidenschaft, die einem Buschfeuer glich und die anderen ... jene, die ihn immerhin milde interessierten und seine Neugierde weckten, verhielten sich rätselhaft.

Mit einem Seufzen verabschiedete sich Tristan von Snow White und stürzte sich mit zwischenzeitlich pulsierenden Kopfschmerzen in die Menschenmenge.

Ein belangloses Gespräch hier, ein flüchtiges Lächeln da ... irgendwann erlöste ihn das Ende des Nachmittags von seiner Rolle als Gastgeber des breiten Volkes. Nicht dass die noch bevorstehende Aufgabe wesentlich angenehmer gewesen wäre, jedoch reduzierte sich die Gästeschar nun signifikant. Respektvoll und sich bedankend, verabschiedete sich Tristan von den Leuten aus Lairg sowie von den Landwirten der umliegenden Bauernhöfe und zog sich in seine Gemächer zurück, um sich für den Ball herzurichten. Lara hatte er seit dem Auftritt in der Arena nicht mehr gesehen.

In dem edel schimmernden schwarzen Smoking und mit der Fliege fühlte sich Tristan, als nehme er an einer Beerdigung teil. Keine Aufmachung stand zu seinem inneren Wesen als Cowboy in größerem Widerspruch als diese versnobte und obendrein unbequeme Kluft. Während er den Weg zum Ballsaal in Angriff nahm, freute er sich bereits auf den Moment, wo der Alltag auf dem Schloss wieder Einzug hielt. Sabbernde Hunde, Porridge, Pferde, rebellische Jugendliche und Übernachtungen in der schottischen Prärie. Bis dahin dauerte es jedoch noch qualvoll viele Stunden.

Zwei Bedienstete öffneten ihm die gigantischen Flügeltüren zum Tanzsaal von McAlister Castle. Weiches Licht, das von den Kristallkronleuchtern an der Decke und den unzähligen Kerzen im Saal herrührte, empfing ihn. Der Saal war mit dem in verschiedenen

Karamelltönen gehaltenen Steinboden und den mit Gold verzierten Wänden vergleichbar mit dem prunkvollen Anblick einer Kirche. Das vorherrschende Ambiente war ebenso feierlich.

Bei Tristans Eintreten erstarben die Gespräche augenblicklich und alle Augenpaare wandten sich ihm zu. Man begrüßte ihn mit einem überschwänglichen, mehrstimmigen *Happy Birthday*. Konnte ein Geburtstag eigentlich noch schlimmer werden? Zunehmend beschlich ihn das Gefühl, dass man den Affentanz Jahr für Jahr gar nicht für ihn, sondern für all die Leute, die man verpflichtet war einzuladen, aufführte. Und natürlich für Lennox, der Veranstaltungen berufsbedingt über alles liebte.

Ohne dass Tristan sie kommen sah, erschien Eva McRoy vor ihm. Den schrillen Hut hatte sie durch eine kunstvolle Hochsteckfrisur ersetzt. Ihre für seinen Geschmack viel zu hagere Gestalt steckte in einer auberginefarbenen Robe mit Spitzen. Das Kleid war aller Wahrscheinlichkeit nach eine Maßanfertigung. Eva trug keine Kleider, bei denen sie Gefahr lief, kopiert zu werden. Nicht weil sie selbst besonders innovativ gewesen wäre, sondern weil sie schlicht und ergreifend gerne im Mittelpunkt stand.

Galant griff Tristan nach Evas zierlicher Hand und hauchte einen Kuss auf ihre Finger. Die beerenrot geschminkten Lippen schürzte sie zu einem koketten Lächeln, das von ihren grau-grünen Katzenaugen aufgegriffen wurde. Sie war reich und gutaussehend, keine Frage. Tristan fragte sich in dieser Sekunde allerdings, ob das im Leben reichte. Spontan dachte er an Laras verrückte Ideen und ihre Funken sprühende

Kreativität. Es war, als vergleiche man einen Regenbogen mit … einer konturlosen, schmutzig-grauen Smogwolke.

»Ich hoffe, wir finden nun etwas mehr Gelegenheit, uns auszutauschen«, schnurrte Eva und schenkte ihm einen dramatischen Augenaufschlag.

»Aber natürlich, ich würde mich sehr darüber freuen.« Die Floskel verließ Tristans Mund, als spiele er sie von einem Rekorder ab.

»Schön …« Der laszive Ton von Evas Stimme deutete darauf hin, dass sie seine Antwort falsch interpretiert hatte. Er wusste nicht, warum ihm dieses Jahr nicht nach der nackten Eva zumute war. Irgendwie widerte sie ihn plötzlich an, auch wenn das Angebot angesichts des Damenmangels in seinem Leben durchaus verlockend war. Vermutlich war es ziemlich genau ein Jahr her, seit er exakt am selben Kalendertag ebendiese Frau berührt hatte. Die Erinnerung diesbezüglich war allerdings ebenso lückenhaft wie ein schlechtes Radiosignal. Die Hälfte war nicht mehr da.

Tristan drehte dem Eingang des Saals den Rücken zu. Trotzdem hörte er das leise Quietschen der Türflügel, als übertöne es das Geschnatter der Gäste und das Klirren der Gläser. Die Härchen in seinem Nacken stellten sich auf und er wandte sich langsam um.

Sie waren etwas zu spät, weshalb ihnen die gesamte Aufmerksamkeit zuteilwurde. Ihr Anblick verschlug ihm buchstäblich den Atem. Wie Mutter und Tochter, jede auf ihre Weise faszinierend, standen sie am Eingang des Tanzsaals.

Lara und Tonya.

Beeindruckt glitt Tristans Blick über die halbwüchsige Dame, die noch bis vor kurzem im Stall geschlafen hatte. Noch bewundernswerter als ihre Wandlung zu einem stolzen Schwan war die Metamorphose des Vorhanges aus dem Speisesaal. Der Stoff schimmerte und schmiegte sich wie flüssiges Metall um die noch zierlichen Rundungen der jungen Frau. Dazu trug sie, angefertigt aus demselben Ursprungsmaterial, einen neckischen runden Hut mit Feder.

Tristan wandte den Kopf und betrachtete nun Tonyas Tante. Lara trug ein blutrotes Cocktailkleid im Stil der Zwanziger- oder Dreißigerjahre. Die unzähligen Pailletten fingen das Licht des Kronleuchters auf und glitzerten wie Schneeflocken im Sonnenlicht. Schlichte Seidenstrumpfhosen, passende Schuhe und eine Clutch komplettierten das Outfit. Sein Blick blieb jedoch, wie wohl der eines jeden im Saal, an ihrem extravaganten Kopfschmuck hängen.

Keine der anwesenden Damen trug zu ihrer Abendgarderobe einen Hut. Es gehörte sich nicht und passte auch nicht zur gängigen Mode. Die beiden Schweizerinnen setzten sich über das Diktat hinweg und bestimmten ihre eigenen Moderegeln. Das sah Tristan deutlich an ihrem rebellischen Lächeln und dem vorgereckten Kinn.

Ob verrückt oder nicht, Lara zeigte Mut zum Hut und ihre Nichte stand ihr darin in nichts nach. Die Kopfbedeckung der Schöpferin war jedoch eine Klasse für sich.

Der Form nach passend zum Stil der Zwanziger und Dreißiger ein Glockenhut – allerdings eigenwillig, in asymmetrischer Form. Ebenfalls ungewöhnlich war natürlich das Grundmaterial, das Tristan bei näherem Hinsehen sofort als das Leder und die Decke des Sattels erkannte. Anstelle einer Schleife hatte sie das Zaumzeug kunstvoll um die Hutkrempe drapiert. Snow Whites Schweifhaare bildeten das Sahnehäubchen auf der Torte und ersetzten, zu raffinierten Schlaufen geflochten, einen Federschmuck.

»Welche Marke stellt diese Hüte her?«, flüsterte Eva Tristan ins Ohr. »Sie sind mir schon heute Nachmittag unter den Festbesuchern aufgefallen. War das ein Geburtstagsgeschenk eines bekannten Modelabels? Hast du wieder den spendablen Gönner gespielt, anstatt etwas für uns geladene Gäste übrig zu lassen?« Vermutlich sollte die Bemerkung belanglos klingen. Die Spitze in ihrer Aussage war jedoch deutlich hörbar.

»Die Designerin der Hüte steht vor dir, Eva. Herzlichen willkommen, Lara.«

Tristan hauchte einen Kuss auf Laras Hand, der sie erröten ließ. Sie hatte sein Geschenk angenommen!

»Tonya.« Er nickte auch ihr wohlwollend zu. Sie erwiderte die Geste mit einem breiten Grinsen und stürzte sich dann ins Getümmel. Wahrscheinlich gesellte sie sich zu ihren Altersgenossen, die Tristan bereits unter den Anwesenden erblickt hatte.

»Faszinierend! Handgefertigt und komplett aus trivialen Materialien. Ich war schon heute Nachmittag beeindruckt. Die Hüte verleihen einem alltäglichen Gesicht einen Hauch von Noblesse. So können sich auch gewöhnliche Leute mit dem Schatten einer glamouröseren Welt schmücken. Eine wundervolle Idee.« Eva legte Tristan eine Hand auf die Schulter. »Ich begrüße noch die McAvorys, sie wollten sich noch nach meinen neusten Charity-Projekten erkundigen.« Mit einem dramatischen Schwung drehte sie sich um und verschwand in der Menschenmenge hinter ihnen.

»Eine charmante Zeitgenossin, diese Eva McRoy.« Lara sprach aus, was Tristan insgeheim auch gerade dachte.

»Sie kann sehr unhöflich sein, das ist wahr. Du kennst sie?« Es erstaunte ihn, dass Lara ihren Namen kannte.

»Ganz Lairg kennt sie. Sie und ihre überhebliche und charakterlose Art sind in der Gegend hier legendär. Insbesondere da ihr Verständnis von Mode sich weniger nach Stil und Innovation, denn nach Selbstinszenierung richtet.«

Zwischenzeitlich hatte sich Eva zu einer Gruppe von Damen gesellt, die alle zu ihnen herüberstarrten und sich ziemlich offensichtlich das Maul über Laras Auftritt zerrissen. Lara schien es auch zu merken, denn ihre Miene verfinsterte sich.

»Neid, so sagt man, ist das größte Kompliment, das einem gemacht werden kann. Um schwache Leistungen wird man nicht beneidet«, lächelte Tristan.

»Das ist sehr lieb, Tristan. Ich schätze, ich brauche jetzt trotzdem ein Glas Wein, wenn ich den Abend in dieser schrecklichen Gesellschaft überstehen möchte.«

Lara steuerte Ron an, der die Getränkebar in der hinteren Ecke des Saals bediente. Dabei fischte sie mit ungenierter Selbstverständlichkeit einige Häppchen von den überall kursierenden Tabletten. So unwohl sie sich zu fühlen schien, so ließ sie sich in ihrer Eigenart dennoch nicht von dem schnöden Geflüster der anderen Damen einschüchtern.

»Dann geht es dir genau wie mir«, flüsterte Tristan zu sich selbst und folgte ihr durch die Menschenmenge.

»Tristan! Tristan!« Eva versuchte mit wild fuchtelnden Bewegungen seine Aufmerksamkeit zu erringen. Er gab vor, sie nicht zu sehen. An der Bar ließ sich Tristan von Ron ein Glas Wein servieren und prostete Lara zu.

Musik setzte ein. Lennox hatte ein Orchester verpflichtet, den Anlass musikalisch zu umrahmen.

»Klassische Tanzmusik, erinnert mich irgendwie an die Szenen aus Kostümdramen.« Lara musterte die sich zu Paaren formierenden Gäste fasziniert. Für sie musste das alles auf eine dekadente Art und Weise eindrucksvoll sein. Für Tristan war es nur noch Ersteres. Dekadent.

»Ein Drama ist das wahrlich, das Ganze«, bemerkte er trocken.

Ein glockenhelles Kichern, begleitet von einem Schnauben, brach aus Lara heraus. Entschuldigend zuckte Tristan die Schultern. »Lennox macht das jedes Jahr wunderbar, keine Frage. Die Eingeladenen schwärmen noch Monate später von dem Anlass. Wobei wir den Kern der Sache auch gleich ansprechen: Die Party richtet sich mehrheitlich nach den Bedürfnissen der Adligen. Fliegende Häppchen, zu viel essen wollen besonders die Damen nicht. Alkohol in rauen Mengen, damit man vergessen kann, dass es außerhalb dieses Kokons noch eine Welt mit Menschen in Not gibt. Das Ganze kunstvoll abgerundet durch klassische Musik, sodass sich das teuer investierte Geld in Kulturveranstaltungen und Tanzstunden auch gelohnt hat.«

Lara starrte Tristan mit offenem Mund an. Mit so viel Ehrlichkeit hatte sie offenbar nicht gerechnet.

»Du überraschst mich immer wieder, Tristan, auch wenn ich dich nicht richtig einschätzen kann. Die Menschen sprechen über dich wie von einem Helden, dennoch ... ach was, das ist jetzt nicht der Moment für Kritik. Es ist dein Geburtstag!« Sie hob ihr Glas. »Hoch sollst du leben!«

»Ich hätte die Beanstandung gerne gehört.«

Erstaunt hörte er sich die Worte sagen. Bisher hatten Tristan solche Dinge aus dem Mund einer Frau kaum interessiert. Möglicherweise setzte ihm der Wein auf leeren Magen zu.

Lara hob mahnend den Zeigefinger und grinste. »Führe mich nicht in Versuchung, Tristan McAlister, du würdest es bitter bereuen ... und ich auch.«

»Das glaube ich nicht. Deine Gedanken interessieren mich.« Wieso nahm seine Stimme so einen sanften, dunklen Ton an? Bevor er sich darüber das Hirn zermartern konnte, nahte die Apokalypse in Aubergine.

»Tristan, meine Güte, du bist ebenso schwer zu fangen wie ein glitschiger Fisch.« Dabei betonte Eva das Wort *glitschig* mit einer dermaßen übermütigen Mehrdeutigkeit, dass Tristan reflexartig danach war, sein gesamtes Weinglas in einem Zug zu leeren.

»Ah, wunderbar. Da du dein Getränk gerade ausgetrunken hast, wie wäre es denn mit einem Tanz, mein Lieber?«, schnurrte Eva.

»Ich hasse tanzen. Das war schon immer so.«

Die Augen drohten ihr aus den Höhlen zu platzen. Ihr Schmollmund schnappte nach Atem. Schließlich stemmte sie die Hände in die Hüften und legte den Kopf in kindlicher Koketterie schief.

»Tristan ... wir haben bisher an jedem deiner Geburtstage getanzt. Man sollte mit alten Traditionen nicht brechen. Du bist doch sonst ein Verfechter von Grundsätzen. Wie hieß das Ding noch mal, das dein gesamtes Leben beherrscht?«

»Der Fluch der McAlisters?«, schlug Lara vor und klimperte unschuldig mit den Wimpern. Zwischenzeitlich kannte Tristan sie jedoch gut genug, um den Sarkasmus zwischen den Zeilen heraushören zu können. Eigenartigerweise teilte Lara eben diesen bissigen Spott mit ihrer Nichte, obwohl sie nicht Mutter und Tochter waren.

»Der *was*? Natürlich nicht!« Eva schnippte verärgert mit den Fingern. »Na sag schon, Tristan, du weißt genau, was ich meine!«

»Du sprichst den Kodex an. Einer meiner Lieblingsgrundsätze darin lautet: Rede weniger und sage mehr.«

Evas Augen verengten sich zu zwei Schlitzen und sie presste den Mund dermaßen energisch zusammen, dass der Lippenstift darauf kaum mehr zu sehen war. Mit einem filmreifen Herumwirbeln verschwand sie in der Menge. Sie dockte bei einigen anderen Damen von Stand an und alle verrenkten sich sofort die Hälse in Tristans Richtung. Nach einer Weile angeregten Tuschelns grinste die gesamte Gruppe. Lady McRoy gehörte nicht zu der Sorte, die Niederlagen auf die leichte Schulter nahm und danach ehrenhafter Verlierer blieb.

Tristan ließ sich ein neues Glas Wein einschenken. Das zweite hatte er nun definitiv noch nötiger als das erste.

Lara musterte ihn schweigend. Er meinte jedoch, etwas Schalkhaftes in ihren Augen aufblitzen zu sehen. Fairerweise musste er sich selbst hingegen eingestehen, dass er Eva falsche Signale gesendet hatte. Wie üblich hatte Tristan sie in der Nähe seines Flügels einquartieren lassen und ihr somit den Eindruck vermittelt, dass alles gemäß der Rituale der Vorjahre ablaufen würde.

Plumpe Annäherung, bedeutungsloser Sex. So jedenfalls beurteilte er ihr Aufeinandertreffen der letzten Jahre. Eva sah das vermutlich anders. Wahrscheinlich unterlag sie der weit verbreiteten Täuschung, dass der Weg zur Ehefrau stets über die Rolle der Hure zu erreichen war. Wenig galant, aber schonungslos ehrlich ausgedrückt.

Laras Auftreten hatte bei Tristan jedoch einen abrupten Meinungswechsel hervorgerufen. Sie hatte sein Geschenk akzeptiert. Es bestand also durchaus Hoffnung, dass sie nicht zurück zu diesem ...

»Wie läuft eigentlich die Restauration des Romans *Der Teehändler*? Ich bin nach wie vor schrecklich neugierig. Die Geschichte klingt genau nach der Art Buch, die ich normalerweise verschlinge. Historisches Setting, eine Liebesgeschichte, das übliche Trallala.« Lara fuchtelte wild mit den Armen durch die Luft und gluckste vergnügt.

Von dem unerwarteten Themenwechsel überrascht, verschluckte sich Tristan an seinem Wein.

»D... die Restauration ... schreitet voran.« Er rieb sich den vom Husten wunden Hals.

»Darf ich einen Blick in das Buch werfen? So zerbrechlich sah es nun auch wieder nicht aus. Ich beschädige es auch bestimmt nicht.«

Laras Hartnäckigkeit machte Tristan fertig. Nicht zum ersten Mal. Plötzlich war da noch etwas anderes in seinem Inneren.

Ein scheues Aufkeimen … von Wärme. Sein Herz schlug schneller. Während sein Blick über die sich amüsierende Menge schweifte, wurde ihm schlagartig bewusst, dass er hier fort musste. Je eher, desto besser.

Mit einer ruckartigen Bewegung wandte er sich Lara zu. »Willst du das Buch wirklich sehen?«

Sie nickte.

»Dann lass uns jetzt darin blättern. Wir treffen uns in einer Viertelstunde an jenem Ort, wo ein verschlossenes Gitter dir vor einiger Zeit den Weg versperrte. Versuche, unauffällig aus dem Saal zu schleichen. Sofern das mit deinem Hut überhaupt möglich ist.«

Ohne auf Laras konsternierten Gesichtsausdruck zu reagieren, mischte sich Tristan unter die Leute. Sein Plan war simpel. Er besaß nämlich gar keinen. Er würde den Saal einfach auf einem anderen Weg als Lara verlassen, damit man ihr Verschwinden nicht in einen Zusammenhang brachte. Idealerweise nahm er jene Tür, die auch auf den Flur mit den Waschräumen führte.

Sein Fehlen würde man trotzdem bemerken. Das war ihm egal. Wäre es dem Teehändler übrigens auch gewesen.

Kapitel 25

»Lara! Wohin des Weges so eilig?« Lennox blieb mit spöttisch hochgezogenen Augenbrauen vor ihr stehen. Verdammt! Ihr Hirn glühte, während sie in Sekundenschnelle nach einer Möglichkeit suchte, ihn loszuwerden. Als spürte er, dass sie genau das im Sinn hatte, verschränkte er die Arme vor der Brust und legte den Kopf schief.

»Kann ich dir helfen? Das Fest läuft, also bin ich nicht mehr so stark eingespannt wie am Nachmittag.«

Lara hasste es, wenn sie in die Geschlechter-Trickkiste greifen musste. Gott oder das Karma möge es ihr an dieser Stelle verzeihen.

»Es ... es geht um ein Frauenthema, glaub mir, das möchtest du erstens nicht wissen und zweitens kannst du mir dabei nicht helfen. Ich muss nun wirklich dringend auf mein Zimmer!«

Sie drängte sich an Lennox vorbei und rannte den Flur entlang.

Als sie abbog, rief er ihr hinterher: »Hey!!! Zu deinem Schlafzimmer geht es doch nach links!«

Verflixt. Auch das noch. Hastig warf Lara einen Blick über die Schulter. Nein, er folgte ihr gottlob nicht. Dennoch musste es Lennox nun dämmern, dass sie ihn angelogen und anderes im Sinn hatte.

Sie hielt kurz an, lehnte sich an die Wand und schöpfte Atem. Angestrengt lauschte sie auf das verräterische Echo von Schritten. Es blieb jedoch ruhig. Um das Schicksal nicht herauszufordern, schlich Lara nun auf Zehenspitzen den Flur entlang. Schweißperlen bildeten sich auf ihrer Nase und ihr kunstvoller Hut brachte das Innenleben ihres Schädels wie ein Treibhaus zum Schwelen. Zumindest fühlte es sich so an. Nach einiger Zeit bog sie in den Gang ab, von dem der vergitterte Durchgang in eine verbotene Welt führte.

Tristan wartete bereits auf sie. Lara schluckte, ihr Mund war plötzlich staubtrocken. Jeder Quadratzentimeter ihres Körpers juckte und kribbelte unter dem ernsten Blick des schottischen Lords. Das Atmen fiel ihr schwer und ihr Herz stolperte immer wieder, als könne es sich nicht mehr so genau auf seinen natürlichen Rhythmus konzentrieren.

Einen halben Meter vor Tristan blieb sie stehen, strich sich die feuchten Hände am Kleid ab und leckte mit der Zunge über ihre spröden Lippen. Sie bemühte sich um ein Lächeln, von dem sie nicht wusste, ob es gequält, unsicher oder einfach nur komplett belämmert aussah.

Ein dezentes Strahlen erhellte Tristans Gesichtszüge. Stumm wies er auf die Gittertür, die nun einen Spalt breit offen stand. Lara trat einen Schritt vor und lief, den Atem ehrfürchtig anhaltend, durch den Torbogen in das dahinterliegende Gewölbe. Ein dunkelroter Teppich bedeckte nun den sonst kalten Steinboden und verschluckte das Geräusch ihrer Schuhsohlen beim Gehen. Lara hatte das Gefühl, als schwebe sie, getragen von sanften Wellen, durch den Korridor. Tristans Präsenz fühlte sie in ihrem Rücken, als streiche sein Atem permanent über ihren Nacken. Natürlich hielt er dezent Abstand. Der erdige Geruch des Gemäuers, vermischt mit dem zarten Duft nach getrockneten Blumen stieg ihr in die Nase. Am Ende des Flurs blieb sie stehen und drehte sich um.

»Bitte lass uns ins Kaminzimmer gehen.« Tristan wies auf eine schwere Holztür zu ihrer Rechten. Er drückte die Klinke nach unten und bedeutete Lara, ganz Gentleman, einzutreten.

Angenehme Wärme schlug ihr entgegen. Einer der Bediensteten hatte, wohl auf Tristans Anweisung hin, ein Feuer in dem wuchtigen Steinkamin entfacht. Der Raum wurde nur durch den orangefarbenen Schein der zuckenden Flammen erhellt. Eine samtene Dunkelheit lag über den Regalen und Möbeln im Hintergrund. Tristan durchquerte den Raum und entzündete einige Laternen.

»Bitte setz dich doch, Lara.« Er wies auf die flauschigen Ohrensessel, die dem Kamin zugewandt drapiert waren.

Lara fragte sich an dieser Stelle, ob der Lord das persönliche Treffen mit ihr geplant hatte oder ob das behagliche Ambiente für jemand anderen gedacht gewesen war …

Mit einem Seufzer glitt Lara aus den unbequemen Schuhen mit den hohen Absätzen und legte ihren Hut auf einen hölzernen Beistelltisch. Danach machte sie es sich auf einem der Polstersessel bequem.

»Normalerweise lasse ich die Abende in der Bibliothek ausklingen, zusammen mit meinen Schützlingen. Nach Anlässen wie diesem brauche ich jedoch absolute Isolation und verbringe vor dem Schlafengehen gerne eine Stunde hier. Ohne Gefahr zu laufen, durch neugierige Schlosswanderer gestört zu werden.« Tristan zwinkerte ihr verschwörerisch zu. »Ron hat den Kamin daher für mich angemacht. Das Knistern und Knacken der Flammen erinnert mich an die Prärie. Es beruhigt mich.«

Er verschränkte die Arme vor der Brust und wanderte vor Lara auf und ab. Offenbar gedachte er nicht, sich zu ihr zu setzen.

»Möchtest du etwas trinken? Vielleicht einen *Hot Toddy*?«

»Was ist denn das?« Sie richtete sich in ihrem Sessel auf. Ihre Neugierde war geweckt.

»Das ist unsere Geheimwaffe gegen Erkältungen, Unwohlsein jeder Art und ... Seelenschmerz. Kurzum: Es gibt nichts, was ein sorgfältig gebrauter *Hot Toddy* nicht retten könnte. Das Gebräu besteht aus Whisky, heißem Wasser, Zitrone, Honig, Nelken und Zimt. Was sagst du? Oder doch lieber Tee?«

»So ein *Hot Toddy* wäre hervorragend. Apropos Tee: Wo ist denn das Buch?« Lara erhob sich wieder von ihrem Sitz.

Während Tristan mit einem Wasserkocher und den Zutaten hantierte, wies er auf einen Holztisch mit gedrechselten Beinen im hinteren Teil des Raumes.

Tatsächlich, da lag es, das Buch, das ihre Neugierde ins Unermessliche gesteigert hatte. Warum dem so war, konnte sie auch nicht genau sagen. Möglicherweise, weil Tristan es ihr mit einem an Panik grenzenden Gesichtsausdruck aus den Fingern gerissen und sich daraufhin konstant geweigert hatte, ihr einen Blick ins Innere des Werkes zu gewähren. Während das Geräusch sprudelnden Wassers den Raum erfüllte, beugte sich Lara über den ledernen Einband und schlug den Deckel desselben auf.

Sie ließ den seidenen Kimono, unter dem sich die Rundungen ihrer Brüste deutlich abzeichneten, mit einer fließenden Bewegung von den Schultern gleiten. Dabei fixierten ihn ihre dunklen Augen. Ein raues Flüstern verließ ihre feucht schimmernden Lippen.

»Berühre mich, Teehändler.«

Mit bedächtigen Schritten trat er auf sie zu und ließ die Fingerspitzen über ihre Alabasterhaut gleiten. Hitze sammelte sich in seiner Körpermitte. Unfähig, sich noch länger davon abzuhalten, presste er die Lippen auf ihren Mund. Gierig glitten seine Hände ...

»Dein Getränk.« Tristan stand plötzlich neben ihr.

Lara spürte, wie fiebrige Wärme ihre Wangen erklomm, war jedoch dankbar, dass man das vermutlich im schummrigen Licht der Laternen und des Feuers nicht sehen konnte. Ertappt griff sie nach der Teetasse mit dem heißen Whisky.

»Danke.« Sie gab sich beschäftigt und schlug das Buch rund hundert Seiten weiter hinten auf.

Einmal mehr verlor er sich vollkommen zwischen ihren Schenkeln. Mit einem ergebenen Seufzen gab er dem pochenden Verlangen, dieser emotionalen Wildheit, die ihn in ihrer Gegenwart immer heimsuchte, nach.

Lara räusperte sich betreten, als ihr bewusst wurde, dass Tristan über ihre Schultern hinweg mitlas. Sie beeilte sich, den Roman erneut an einem andern Ort aufzuschlagen.

Ungehemmt schrie sie sich die Seele aus dem Leib, als er seine Finger über …

Sie schlug das Buch mit einem lauten Knall zu und nahm hastig einen Schluck des dampfenden schottischen Gebräus. Prompt verbrannte sich Lara dabei Zunge und Gaumen. Der Alkohol vermochte ihre Nerven jedoch zu besänftigen. Sie wandte sich zu Tristan um, der sich keinen Millimeter bewegte. Sie spürte seinen Atem auf ihrem Gesicht.

»Ein … interessantes Buch.«

»Zweifellos.« Seine Stimme nahm eine heisere Färbung an. Tristan hob die Hand und strich ihr eine Strähne hinters Ohr. Daraufhin streichelte er ihre Wange und ein feines Lächeln huschte über seine Gesichtszüge.

»Möglicherweise ist es inhaltlich etwas … einseitig.« Sie schloss genießerisch die Augen. Ein wohliges Prickeln erfüllte ihren Körper bei seiner Berührung.

»Leidenschaft ist die einzige Monotonie, die nie langweilt. Ein Zitat aus *Der Teehändler*.«

Bei diesen Worten spürte Lara Tristans Lippen auf ihren. Langsam öffnete sie die Augenlider, stellte die Tasse beiseite und erwiderte die stumme Kommunikation. Sanft ließ sie die Hände über die Knöpfe seines Hemdes gleiten. Noch zögerte sie. Er hielt sich ebenfalls zurück, als erahne er ihren inneren Kampf.

Thomas nahm Lara in ihrer momentanen Situation nicht ernst. Er behandelte sie wie ein unmündiges Kind. Als durchlaufe sie gerade eine niedliche, zu belächelnde Entfaltungsphase. Noch war für sie nicht klar, in welche Richtung sich ihre Beziehung, wenn man sie denn überhaupt noch so nennen wollte, entwickeln würde. Stand heute befanden sie sich immer noch in der vielgepriesenen Beziehungspause. Was den smarten Lennox betraf ... nun, er war ein charmanter Begleiter, seine Gesten und Worte schmeichelten Lara. Es war ihm allerdings nie gelungen, Feuer in ihr zu entfachen. Das wurde ihr in eben diesem Moment bewusst.

»Tristan, ich ...«

Er ließ sie los und trat einen Schritt zurück. Schweigend und mit wissendem Ausdruck musterte er sie. Ihr Herzschlag beschleunigte sich im Gleichklang mit dem Sturm hinter ihrer Stirn.

Aus Verzweiflung griff Lara nach ihrem *Hot Toddy* und nahm einen kräftigen Schluck.

»Tristan ... berühre mich. Richtig. So, als brächtest du die Monotonie zum Tanzen.« Ihre Worte verloren sich in einem Flüstern.

Tristan trat erneut auf sie zu, sodass sich ihre Nasenspitzen berührten. Er nahm ihr die fast leere Tasse aus der Hand und stellte sie auf ein Möbelstück hinter ihr.

Neben das Buch.

»Wie der Teehändler sagen würde: Ein Blatt ist ein Blatt. Wie es unzählige gibt. Erst vermischt mit den heißen Wellen reinen Wassers bringt man die Essenz in Wallung und fördert dessen wahre Natur zutage. Genuss und Einzigartigkeit ... entstehen durch Hitze.«

Mit diesen Worten fasste Tristan Laras Gesicht mit beiden Händen und küsste sie mit leidenschaftlicher Heftigkeit. Sie erwiderte das Spiel seiner Zunge und zog ihn näher zu sich heran. Nun zögerten ihre Finger nicht mehr, als sie geschickt die Knöpfe des Hemdes aufmachte und seinen nackten Oberkörper freilegte.

Tristan öffnete den Reißverschluss ihres Kleides und streifte es ihr über die Schultern. Dabei glitt sein Blick dunkel und bewegt wie kochendes Wasser über ihre entblößte Silhouette. Die Berührung seiner Finger auf Laras bloßer Haut fühlte sich an wie Feuer und Eis gleichermaßen. Ein Frösteln jagte durch ihren Körper und wechselte sich mit dem glühenden Pulsieren in ihren Adern ab.

Mühelos hob Tristan sie hoch und setze sie auf das Möbelstück hinter ihr. Ein ohrenbetäubendes Klirren kündete an, dass ihre *Hot Toddy*-Tasse soeben über den Rand gestoßen und am Boden zerschellt war. Niemand kümmerte sich darum. Tristan schälte sich aus seinem Hemd und beugte sich wieder zu Lara hinab.

Seine Küsse schmeckten rau und herb wie die Weiten der Highlands. Aber auch fruchtig wie sein Lieblingstee, dessen Name sie in diesem Moment komplett vergessen hatte.

Die Art, wie er sie anfasste, war neu für Lara. Jede Berührung offenbarte den Genuss, den er dabei empfand. Liebevoll und hungrig gleichermaßen strichen seine Finger über ihre Haut.

Endlich ließ Lara all ihre Gedanken los. Ungestüm zog sie Tristan näher zu sich heran. Sie wollte ihn spüren. Überall. Pur. Jetzt.

Sanft und doch mit Nachdruck gab er ihrem Verlangen nach.

Hitze umhüllte sie dabei wie ein schützender Kokon.

Kapitel 26

Was für eine Nacht!

Tristan hatte kaum geschlafen. Lara auch nicht.

In seinem Kopf herrschte ein Potpourri aus Erinnerungen, Gedanken und Undefinierbarem. Möglicherweise Gefühle? Jedenfalls konnte er sie nicht benennen. Außerdem schwebten da immer noch zahlreiche ungeklärte Fragen wie Mückenschwärme durch seine Hirnwindungen. Die meisten davon hatte Tristan, als die Leidenschaft, angefeuert durch den heißen Whisky, wie eine Flutwelle über ihn hereingebrochen war, schlicht und ergreifend ignoriert.

Nach dem ekstatischen Intermezzo im Kaminzimmer hatte er Lara in sein Schlafgemach mitgenommen. Dieses hatte bisher erst eine Frau zu Gesicht bekommen: Nialla. Sie lebte darin. Füllte die Räume mit ihrer Seele und verlieh ihnen Farbe. Bis zu jenem schicksalhaften Tag, an dem sich alles verändert und der Fluch seinen Tribut gefordert hatte. Tristan schüttelte den Kopf und wollte nicht mehr darüber nachdenken.

Eva McRoy jedenfalls hatte es nie hinter die Gitter geschafft. Er hatte sie stets in ihrem Zimmer besucht. Und kurz darauf auch wieder verlassen. Weder war er an ihrer Seite eingeschlafen noch neben ihr aufgewacht. Nie.

Die Stunden mit Lara hatten Tristan eine Süße kosten lassen, die er längst vergessen glaubte. Von der er überdies annahm, dass sie ohnehin nie existiert hatte und nur seinem Wunschdenken entsprungen war. Verbitterung hatte ihn über die Jahre hinweg innerlich versteinert. Die Nacht mit Lara war seit langer Zeit der erste scheue grüne Schössling in seiner sonst kargen Innenwelt gewesen.

In den frühen Morgenstunden zwängte sich Lara mit verstrubbelter Frisur in das Kleid des Vorabends.

»Ich ... brauche eine kurze Verschnaufpause und ... eine Generalüberholung. Ich muss in mein Zimmer.«

Ihr heiseres Lachen hallte von den Wänden wider und löste ein Gefühl von pulsierender Wärme in Tristans Brust aus.

»Wie du möchtest, verrückte Hutmacherin!« Er schenkte ihr ein Grinsen und beobachtete sie dabei, wie sie ihre sinnlichen Kurven mit dem Ballkleid bedeckte.

Einen flüchtigen Kuss später war Lara weg. Stille herrschte im Zimmer. Und Leere.

Ein äußerst seltsames ... Gefühl.

Die Dusche verwandelte Tristans derangiertes Äußeres immerhin halbwegs zurück in das Abbild eines Homo sapiens. Innerlich nagte der Schlafentzug jedoch unerbittlich an ihm und verlieh ihm eher das Gefühl, ein Zombie zu sein.

Wohlwissend, was ihm alsbald blühen würde, kleidete sich Tristan an und begab sich auf den Weg. Er strich sich durch die Haare, verschränkte die Arme vor der Brust und steckte die Hände schließlich in die Hosentaschen seiner Jeans. Betont gemächlich, seinen sich beschleunigenden Herzschlag geflissentlich ignorierend, schlenderte er in Richtung des Ballsaals.

Ein weiteres Mal war es soweit: Tristan McAlister fühlte sich in seinen eigenen vier Wänden wie ein Trabant.

Traditionsgemäß wurde der Tanzsaal am Morgen nach dem Geburtstag des Lords mit einem Frühstücksbuffet und Sitzgelegenheiten ausgestattet, um die geladenen Gäste vor ihrer Abreise zu verpflegen. Kostete dieser letzte Akt als Hauptattraktion Gastgeber Tristan in früheren Jahren bereits einiges an Überwindung, so fühlte er sich aktuell wie ein zu Tode Verurteilter auf dem Weg zum Schafott.

Als die großen Flügeltüren aufschwangen und ihm Einlass in den Saal gewährten, schlugen das Geschnatter der Eingeladenen und das Klirren von Geschirr wie ein Tsunami über ihm zusammen. Augenblicklich fühlte sich Tristan in seiner gespielt lockeren Haltung wie ein Lügner, den man in eben dieser Sekunde entlarvte. Alle Augenpaare ruhten auf ihm.

Um ein fröhliches Lächeln bemüht, hob er die Hand zum Gruß und wünschte allen einen guten Morgen. Evas Blick traf ihn wie ein Laserstrahl, der beabsichtigte, ihn in seine Einzelteile zu zerlegen. Die Traube von Frauen, die sie umgab, musterte ihn ebenfalls mit diesem fragend-missbilligenden Ausdruck in den Augen, der ihm den Stempel des Außerirdischen verlieh.

Er trollte sich ans Buffet. Ron begrüßte Tristan mit einem gewohnt frischen und geradezu ketzerisch fröhlichen Lächeln.

»Etwas Saft, Mylord?« Er zwinkerte. »Eier und Speck dazu?«

»Saft reicht.« Beim bloßen Gedanken an feste Nahrung wurde ihm angesichts der angespannten Stimmung im Saal und vielleicht auch aufgrund des sehr stark gebrauten *Hot Toddys* von letzter Nacht flau im Magen.

»Sie schließen sich also den anderen an. Offenbar verspürt derzeit niemand großen Hunger. Lady McRoy verweigerte eigenartigerweise sogar ihren Saft. Ich fürchte, die Landluft oder die Feuchtigkeit der Gemäuer bekam ihr nicht besonders. Sie wirkt angeschlagen.« Dabei wanderten Rons Mundwinkel bis beinahe zu den Ohren.

Während er Tristan frisch gepressten Multivitaminsaft einschenkte, ließ dieser den Blick durch den Saal schweifen.

»Sie isst in der Küche mit den Angestellten und den Jugendlichen, falls Sie sich das gerade fragen.«

Rons blaue Augen blitzten belustigt auf, als er erkannte, dass es ihm gelungen war, Tristans Gedanken zu deuten.

Kommentarlos und seinem Diener einen strafenden Blick zuwerfend, fasste Tristan das Saftglas und suchte Lennox in der Menschenmenge. Nach einigen Sekunden wurde er fündig und dankte dem Himmel, dass der Freund nicht in der Nähe der verschmähten Eva saß, sondern sich etwas abseits der anderen Anwesenden hingesetzt hatte.

»Guten Morgen, Tristan.« Ein schneidender Unterton begleitete den harmlosen Morgengruß. Lennox presste die Lippen zusammen und konzentrierte sich auf seine Rühreier, die er sorgfältig mit Speck ummantelte.

»Ist etwas passiert?« Tristan setzte sich vorsichtig neben den Freund.

»Bei dem Fest, das du weitestgehend verpasst hast, meinst du?« Ein Blick aus dunkelbraunen Augen traf ihn wie ein Speer. Kälte spiegelte sich darin. Vorwürfe entsprachen so gar nicht Lennox' Handschrift.

»Die süßen Blüten der Verstrickung, mein Lieber.« Tristan bemühte sich um ein kameradschaftliches und mehrdeutiges Grinsen.

Lennox zuckte nicht mit einem Mundwinkel.

»Lara also. Eigenartig. Ich dachte, sie interessiert dich nicht und sie sei in festen Händen.« Er kaute hektisch und schaufelte sich mehrere Gabeln hintereinander in den Mund. Beim Schlucken verzog Lennox die Lippen, als schmecke ihm das Ganze plötzlich nicht mehr. Schließlich schob er den Teller mit einer energischen Bewegung von sich.

»Das ist eine lange Geschichte. Ich musste mir selbst erst klar darüber werden.« Tristan nippte an seinem Saft.

»Du wusstest, dass sie mir gefällt, Tristan. Wolltest du mich nicht unterstützen?« Lennox trommelte mit den Fingern auf den Tisch und starrte Tristan vorwurfsvoll an. »Ich dachte, gerade du müsstest es aus eigener Erfahrung besser wissen.«

»Komm mir nicht damit! Das sind zwei grundverschiedene Geschichten. Nialla war die Liebe meines

Lebens! Lara ... könnte es für mein restliches Leben werden.«

Wut brodelte in Tristans Innerem. Wie konnte Lennox es wagen, sein Verhalten mit den Geschehnissen der Vergangenheit zu vergleichen?

»Ach ... so weit fortgeschritten ist es mit euch beiden also bereits? Was hast du mir eigentlich alles verschwiegen? Bin ich nicht dein bester Freund?« Nun wandte sich ihm Lennox auf dem Stuhl vollends zu und verschränkte die Arme vor der Brust. Das Kinn hielt er streitsüchtig nach vorne gereckt und eine Augenbraue schnellte, nach mehr Information fordernd, in die Höhe.

Tristan seufzte ergeben. »Nicht so wie du denkst. Wir haben uns ein paarmal geküsst. Und dann letzte Nacht ... das war ... etwas Besonderes. Aber ... möglicherweise hattest du bereits ähnliche Erfahrungen mit der Dame?« Er konnte sich nicht davon abhalten, den Freund endlich über die nächtliche Aktion im Flur vor Laras Zimmer auszufragen.

Lennox schnaubte verächtlich: »Von wegen! Das hätte etwas werden können, aber natürlich musstest du dazwischenfunken und die Magie des Augenblicks ruinieren! Danach kam ich nicht mehr an sie heran.«

»Ihr habt euch also weder geküsst noch ... du weißt schon?« Tristan konnte das Jubeln in seiner Stimme kaum zurückhalten. Es wollte regelrecht aus ihm herausbrechen. Sein Gefühl in Bezug auf Lara hatte ihn also nicht getäuscht, als er die letzten Bedenken beiseitegeschoben und sich ihr mit Haut und Haaren hingegeben hatte.

»Dank dir und deinem heimlichen Einfluss auf Lara ist mir das nicht gelungen. Du hättest wenigstens ehrlich sein und mir mitteilen können, dass zwischen euch etwas läuft und du Interesse an ihr hast. Das wäre immerhin freundschaftlich gewesen!«

Tristan nickte: »Auch wenn es jetzt zu spät kommen mag, frag mich, was immer du willst, ich werde dir eine aufrichtige Antwort geben.«

Lennox schüttelte den Kopf. Ein verhärmter Zug legte sich um seinen Mund und er hielt den Blick in eine undefinierbare Ferne gerichtet. Schließlich wandte er ruckartig den Kopf und holte Luft. Bevor Lennox ihn jedoch ausquetschen konnte, nahm Tristan einen Schatten aus den Augenwinkeln wahr. Ron stand neben ihm und rang die Hände.

»Lord McAlister, Sir, ... entschuldigen Sie die Störung, aber ... soeben erreichte uns ein Telefonanruf.« Er tupfte sich mit einem Stofftaschentuch die Stirn ab.

»Ein Jugendlicher?«

Ron schüttelte den Kopf.

»Oh, lassen Sie mich raten. Es hat sich herumgesprochen, dass ich nun auch junge Frauen aufnehme und nun hat sich bereits wieder eine gemeldet.«

Vehementes Kopfschütteln mit Seitenblick auf Lennox.

»Na kommen Sie schon, Ron, sprechen Sie offen. Lennox ist mein bester Freund.«

»Wie Sie wünschen, Mylord. Ein Herr aus der Schweiz hat angerufen. Er behauptet, Miss Lara Brehms Verlobter zu sein. Thomas ist sein Name. Er ist auf dem Weg hierher und wird das Schloss am späten Nachmittag erreichen. Er bittet um Unterkunft. Ferner möchte er seine Zukünftige mit dem Besuch überraschen, weshalb er mich gebeten hat, ihr nichts von seiner Ankunft zu verraten.« Röte kroch aus Rons Hemdkragen den Hals hinauf.

Es war das erste Mal an diesem Morgen, dass ein feines Lächeln über Lennox' Gesicht huschte. Er schlug Tristan kameradschaftlich die Hand auf den Oberschenkel.

»Sie könnte die Liebe meines Lebens werden ... die Nacht war etwas Besonderes«, äffte er ihn nach und erhob sich. »Wahrlich Tristan, du bist ein Verfluchter, was Frauen anbelangt. Ein verfluchter Narr.«

Mit diesen Worten verließ Lennox den Saal.

»Haben wir denn eine Wahl?« Tristan suchte Rons Blick.

»Ich schätze nicht, Mylord. Die Höflichkeit gebietet es, dem Wunsch des Neuankömmlings zu entsprechen.«

»Dann bereiten Sie ihm ein Zimmer vor. Möglicherweise bevorzugt Lara ja getrennte Schlafräume. Danke, und ... Ron? Verabschieden Sie die Gäste ohne mich. Ich brauche jetzt dringend frische Luft und bin nicht in der Stimmung für adlige Bigotterie.«

Ohne Ron nochmals anzusehen, erhob sich Tristan. Wo versteckten sich eigentlich Skylla und Charybdis? Sein Pfiff hallte durch die Schlossgänge und wurde alsbald von einem Bellen beantwortet. Kurze Zeit später wurde Tristan beinahe von einer Fell-Lawine und schlabbrigen Liebesbekundungen überrollt.

Gerade, als er das Schloss durch die Haupttür verlassen wollte, erschien eine schlanke Silhouette am Ende der Treppe in die oberen Stockwerke.

Eva McRoy schwieg. Ihr Blick jedoch sprach Bände. Geringschätzigkeit, gemischt mit Wut und Kränkung, spiegelte sich darin. Obwohl sie vermutlich beabsichtigt hatte, die Treppenstufen nach unten zu steigen, wirbelte sie auf dem Absatz herum und stürmte davon.

Irgendwie beschlich Tristan die Vorahnung, dass die adlige Dame ihn kommendes Jahr zu seinem Geburtstag nicht mehr mit ihrer holden Anwesenheit beehren würde. Nebst glamourösen Auftritten war Eva nämlich für effektvolles und spektakuläres Fehlen bei jenen Anlässen bekannt, denen sie ihre geballte Verachtung zukommen ließ. Natürlich geschah dies nie, ohne dass sie sich im Vorfeld entsprechend wortreich erklärte ...

Während die kühle Morgenluft der Highlands wie eine Klinge durch Tristans Kopf fuhr und alles Überflüssige darin wegfegte, zog sich sein Herz schmerzhaft zusammen. Angst pulsierte wie ein Gift durch seine Venen.

War er erneut ein Opfer romantischer Verklärung geworden? Nach all den Jahren Disziplin und Selbstschutz? War ihm das Offensichtliche entgangen? *Sie* hatte seine Einladung zum Ball angenommen. *Sie* war ihm in sein intimes Refugium gefolgt. *Sie* hatte ihn darum gebeten, sie zu berühren.

Was, wenn dieser Thomas gar nicht in gegenseitigem Einvernehmen handelte? Möglicherweise hatte Lara diesem Mann nie ein Versprechen gegeben. Vielleicht waren ihre Gefühle für den Schweizer längst erkaltet, nur wusste es der Ärmste noch nicht. Die Hoffnung starb bekanntlich zuletzt.

Aber sie starb.

Kapitel 27

Nach dem Frühstück schlenderte Lara zurück zu ihrem Zimmer. Sie fühlte sich bereits wieder erschöpft und es wurde ihr bewusst, dass sie keine fünfzehn mehr war. Eine Nacht, verziert mit Alkohol, steckte sie in ihrem Alter nicht mehr mit einem Achselzucken und einem coolen Grinsen weg. Ihre Augen brannten und jeder Schritt kostete sie Überwindung. Gottlob hatte sie am heutigen Tag jedoch keine Verpflichtungen. Die Näharbeiten für Lennox und das Geburtstagsfest waren beendet, die Hüte für Mimmis Freundinnen waren ebenso fertig und der Besuch dieser Lorraine, von der Constance berichtet hatte, fand erst nächste Woche statt.

Dazu kamen noch die quälenden Gedanken, die sich in pulsierenden Kopfschmerzen äußerten.

War die letzte Nacht ein Fehler gewesen? Hatte sich Lara von Alkohol und Einsamkeit dazu verführen lassen? Wie gut kannte sie Tristan und seine Motive überhaupt? Konnte jemand wie er nicht jede haben? War er nicht für seine frauenablehnende Haltung und sein Eremiten-Dasein bekannt? Es entsprach doch sonst nicht Laras Art, sich solchen Männern einfach gedankenlos hinzugeben. Der Lord verhielt sich ambivalent, besaß ein nebulöses Wesen ... seine Gedanken und Gefühle waren ein Mysterium. Wie hatte sie sich bloß auf so etwas einlassen können?

Diesen nagenden Zweifeln stand jedoch ihre weibliche Intuition gegenüber. Tristans Hingabe empfand Lara als authentisch und sie ließ auf einen sensiblen Mann mit emotionalem Tiefgang schließen. Welcher Stimme in ihrem Inneren sollte sie nun glauben? Auf halbem Weg zurück zu ihrem Zufluchtsort begegnete sie Lennox.

»Lara, was für eine Freude, dich zu sehen! Ich habe dich gestern nach dem kurzen Treffen auf dem Flur vermisst ... hat dir mein Fest nicht zugesagt?«

Wie ein Raubvogel fixierte er sie mit starrem Blick. Das Lächeln auf seinem Gesicht wirkte angespannt und der Ton seiner Stimme unterkühlt.

»Ich ... fühlte mich wie gesagt nicht besonders wohl. Das hat natürlich nichts mit der zweifellos genialen Eventplanung zu tun. Wie ich hörte, waren alle begeistert!«

Lara antwortete Lennox auf ebenso unverfängliche und scheinbar harmlose Art und Weise. Dennoch zog sich ihr Herz zusammen, als spürte es aufziehende Gewitterwolken.

»Na, dann bin ich ja froh, dass Tristan deine Unpässlichkeit so ritterlich beheben konnte.« Lennox verschränkte die Arme vor der Brust und presste die Lippen aufeinander. Ein Muskel zuckte an seinem Kiefer.

Lara wollte gerade Luft holen, um eine kreative Ausrede zu erfinden, als er ihr mit einer herrischen Bewegung das Wort abschnitt. »Reden wir nicht um den heißen Brei herum, Lara. Wie du sicherlich bemerkt hast, liegt mir viel an dir. Ich mag dich wirklich.«

Er warf einen gehetzten Blick hinter sich, als wollte er sichergehen, dass sie nicht belauscht wurden. Etwas leiser fuhr Lennox fort: »Warum glaubst du, war Eva McRoy in Tristans Nähe einquartiert? Er ist dem weiblichen Geschlecht durchaus zugeneigt ... nur nicht auf die Art und Weise, wie ihr Frauen es gerne hättet. Denk an die Geschichte, die ich dir im Pub in Lairg erzählt habe. Tristan besitzt mehrere Gesichter.«

Ohne auf eine Antwort ihrerseits zu warten, eilte Lennox an ihr vorbei und verschwand in einem angrenzenden Gewölbe.

Lara blieb einige Sekunden wie angewurzelt stehen. Nun drohte der hämmernde Kopfschmerz ihren Schädel wirklich zu zerbersten. In ihrem Zimmer nahm sie eine Schmerztablette und legte sich auf das Bett. Kurze Zeit später schlief sie erschöpft ein.

Die Berührung einer rauen Hand weckte Lara.

Als sie die Augen aufschlug, erblickte sie ein altbekanntes Lächeln. In der durch die Fenster scheinenden Nachmittagssonne konnte sie seine Gesichtszüge deutlich ausmachen.

Thomas saß auf der Bettkante.

»Thomas ...«, krächzte sie und rappelte sich noch immer etwas benommen auf.

Er griff nach ihrer Hand und hauchte einen Kuss darauf.

»Überraschung, meine Liebe. Ich sagte doch, dass ich Urlaub nehme und dich hier besuche.«

Thomas zog Lara an sich und umarmte sie. Schlaftrunken ließ sie ihn gewähren. Die Berührung und sein Geruch lösten in ihr unerwarteterweise das Gefühl von Heimat aus.

»Schön, dass du da bist.« Das meinte sie ehrlich.

»Wie geht es Tonya?« Es war das erste Mal überhaupt, dass sich Thomas nach dem Befinden ihrer Nichte erkundigte.

»Sie gedeiht prächtig. Lord McAlister wird seinem Ruf gerecht.«

Bei der Erwähnung seines Namens fühlte Lara einen Stich in ihrem Herzen. Sie hätte sich etwas mehr Zeit gewünscht, sich auf Thomas' Anreise vorzubereiten und das Chaos in ihrem Inneren zu zähmen. So aber blieb ihr nichts anderes übrig, als die Verwirrung, die zentnerschwer auf ihr lastete, zu akzeptieren.

»Das freut mich unheimlich, sie ist … im Kern ihres Wesens bestimmt ein gutes Mädchen.«

Das war das mit Abstand Positivste, das Thomas je über Tonya hatte verlauten lassen. Bisher hatten ihn weder ihr Kern noch ihre Wandlung sonderlich interessiert. Irgendetwas hatte die Beziehungspause bei Thomas bewirkt. Lara hatte den Eindruck, dass er die Zeit zum Nachdenken genutzt hatte. Und sie? Hatte sie sich nicht vielmehr abgelenkt und sich in immer verwirrendere Situationen verstrickt? Es blieb ihr leider keine Zeit, sich diesen kritischen Fragen zu stellen. Sie schwelten daher im Hintergrund weiter.

Nach einer Stunde Smalltalk, bei der sie die heiklen Themen bewusst umgingen, klopfte es an der Zimmertür.

»Mylady, das Dinner wird in einer Viertelstunde aufgetragen. Möchten Sie und Ihr Gast daran teilnehmen? Lord McAlister lädt Sie als seine Hausgäste natürlich herzlich ein.«

Lara tauschte einen Blick mit Thomas. Ihr grummelnder Magen verriet sie jedoch, bevor sie etwas sagen konnte.

»Ich auch«, murmelte Thomas und an Ron gewandt: »Wir kommen sehr gerne, besten Dank für die Einladung.«

Kurz bevor sie die wuchtige Flügeltür in den Speisesaal öffneten, griff Thomas nach Laras Hand. »Ich freue mich so, bei dir zu sein!«

Das Dunkel seiner Iris wogte schwer vor Emotionen. Ein Anblick, den Lara bei ihm nicht mehr gewohnt war. So hatte er sie angesehen, als sie frisch verliebt waren. Damals, vor vielen Jahren.

Sie schenkte ihm ein unsicheres Lächeln. Die Hand, verschlungen mit ihrer, fühlte sich angenehm vertraut an. Gleichzeitig erinnerte sich Lara an die Intensität von Tristans Berührungen. Wie furchtbar, diese innere Zerrissenheit!

Das Licht des Kristallkronleuchters ließ sie blinzeln. Sie kam sich wie ein Schauspieler im Rampenlicht vor. Bei ihrem Eintreten wurden sämtliche Blicke wie magnetisch von ihnen angezogen.

Tristan, daneben Lennox.

Die zwei Jungs und Tonya.

Die Aufmerksamkeit war Lara unangenehm. Plötzlich brannte ihre Handfläche dort, wo Thomas' Finger sie umklammerten.

Tristans Blick blieb für den Bruchteil einer Sekunde an den verschlungenen Händen hängen, dann schob sich ein unsichtbarer Vorhang vor seine Augen, der jegliche Emotion von der Außenwelt abblockte. Es war Lara nicht möglich, festzustellen, ob ihm der Auftritt gleichgültig war oder ob sie damit seine Gefühle verletzte. Wenn sie Lennox' Worte Glauben schenken wollte, musste sie davon ausgehen, dass ihm Thomas' Anwesenheit herzlich egal war, weil Lara Tristan ohnehin nichts bedeutete. Nicht mehr als Eva oder wie sie sonst noch alle hießen jedenfalls.

Das Abendessen war von unnatürlichem Schweigen überschattet. Einzig das Klirren und Klappern des Geschirrs unterbrach die Stille im Saal. Albert und Daniel tauschten bedeutungsschwangere Blicke und löffelten mit eingezogenen Köpfen ihre Suppe, als rechneten sie jederzeit mit einem Donnerwetter. Tonya saß aufrecht vor ihrem Teller und krümmte keinen Finger. Sie stierte Thomas mit einem Ausdruck von Kälte in den Augen an.

»Ich bin heute nicht hungrig«, erklärte sie mit leiser Stimme, als Ron mit hochgezogenen Augenbrauen vor ihrem vollen Suppenteller stehen blieb. Seit Tonya in Schottland weilte, hatte sie das Essen noch nie verweigert, wie man Lara erzählt hatte. Dies natürlich vorwiegend, um Tristan zu ärgern. Dennoch mutete ihre Appetitlosigkeit nun seltsam an.

»Sag, Thomas, was genau verschafft uns die Ehre deines Besuches hier in der schottischen Wildnis?« Tonyas bernsteinfarbene Iris glühte golden, während sie die Arme vor der Brust verschränkte und die Lippen aufeinanderpresste.

»Ich bin ferienhalber hier, weil ... ich dich und Lara vermisst habe.«

Ein böses Lachen hallte von den Wänden wider. Tonya lehnte sich in ihrem Stuhl nach vorne und funkelte Thomas finster an. »Du bist hier nicht willkommen!«, spie sie.

»Tonya, ein Cowboy kennt seine Grenzen. Anstand und Ehre gehören außerdem zu unserem Kodex. Wir behandeln Gäste mit Respekt ... ob wir sie mögen ... oder nicht.« Tristans autoritäre Stimme durchschnitt nun die Stille.

»Er lügt! Er hasst mich! Und er verabscheut Tante Laras Hüte.« Mit diesen Worten erhob sich Tonya und stürmte zum Ausgang des Saals. Vor der Tür wandte sie sich nochmals um: »Ich schlafe bei Black Princess!« Aufgrund des festlichen Anlasses auf McAlister Castle und weil sie sich nach der letzten Übung sehr gut entwickelt hatten, war es den Jugendlichen vergönnt gewesen, in ihren ursprünglichen Zimmern zu übernachten.

Die Tür fiel mit einem ohrenbetäubenden Donnern ins Schloss.

»Es ... stimmt nicht, was sie sagt. Ich ... hatte vielleicht anfangs Mühe mit der neuen Situation in unserem Leben, wer nicht? In der Zwischenzeit kann ich ganz gut damit umgehen. Was die Hüte betrifft, nun ... ich habe dein Talent verkannt, Liebling. Verzeih mir.« Thomas tätschelte liebevoll Laras Hand.

Es war nur für den Bruchteil einer Sekunde sichtbar, ehe wieder ein undurchsichtiger Ausdruck Tristans Gesicht beherrschte: ein abfälliges Verziehen der Mundwinkel.

Lara war sich jedoch nicht mehr sicher, ob sie es tatsächlich gesehen oder sich nur eingebildet hatte.

Der Rest des Abendessens verlief in demselben widernatürlichen Schweigen wie der Beginn desselben. Irgendwie war Thomas ein Eindringling in der Welt von McAlister Castle. Das war jedoch nicht seine Schuld. Während alle anderen Anwesenden schon einige Abenteuer gemeinsam durchgestanden hatten, war dies sein erster Tag auf schottischem Boden.

Nach dem Dinner verabschiedeten sie sich daher hastig und lehnten einen Drink in der Bibliothek und die allabendliche Literatur-Vorlesung dankend ab.

Vor Laras Zimmer blieben sie stehen.

»Mein Schlafzimmer ist da drüben.« Thomas zeigte auf eine Tür etwas weiter den Gang hinunter.

Lara nickte. »Ich gehe davon aus, dass es dir vorerst lieber ist, wenn wir in getrennten Räumen schlafen. Bis wir uns wieder aneinander gewöhnt haben.«

Thomas trat einen Schritt auf sie zu und drückte ihr einen sanften Kuss auf den Mund. »Ich liebe dich, Lara, ich hoffe, das weißt du.«

Sie senkte den Blick, unfähig zu nicken. Lara war im Augenblick viel zu verwirrt, um irgendetwas mit Sicherheit zu wissen.

Thomas nahm ihre Hand und streichelte sie sanft. Dann küsste er sie erneut. »Lara ... ich bin aus einem bestimmten Grund hergekommen. Ich werde dir am Ende meines Aufenthaltes eine Frage stellen. Am letzten Tag. Eine wichtige. Vielleicht die wichtigste in deinem Leben. Bitte überlege dir, wie du sie beantworten möchtest. Versprich mir, dass du gut darüber nachdenkst. Das ist für dich.«

Er kramte in der Tasche seiner Jeans nach einem Säckchen aus Samtstoff und legte es Lara in die Hände. Ohne ihre Reaktion abzuwarten, schlenderte Thomas zu seiner Zimmertür und verschwand wortlos dahinter.

Lara setzte sich auf ihr Bett und starrte aus dem Fenster.

Schließlich gab sie sich einen Ruck und öffnete den Beutel, den Thomas ihr gegeben hatte. Ein schlichter goldener Ring befand sich darin.

Kapitel 28

Flughaften Zürich-Kloten
August 2019

Verschiedene Lautsprecherdurchsagen echoten durch die überfüllte Ankunftshalle des Flughafens in Zürich-Kloten. Leute mit Trolleys hasteten an ihnen vorbei und rempelten sie an. Laras Blick schweifte über die Anzeigetafeln.

»Da ... ich habe die Nummer unserer Gepäckausgabe gefunden.« Ihre Stimme klang sogar in ihren eigenen Ohren erschöpft. Nicht vom Flug, sondern von der Wendung, welche die Dinge genommen hatten.

Kurze Zeit später standen sie am Förderband und folgten mit den Augen den ankommenden Gepäckstücken, die wie bunte Legosteine an ihnen vorbeifuhren.

Lara spielte mit dem goldenen Ring an ihrem Finger. Er fühlte sich kühl und anschmiegsam an. Ihre Vernunft teilte ihr mit, dass sie die richtige Entscheidung getroffen hatte. Dennoch pochte ihr Herz schneller als gewöhnlich, stolperte gelegentlich über den eigenen Rhythmus und flatterte wie ein Vogel, der wiederholt gegen eine Glasscheibe ankämpfte, die er weder erkannte noch verstand.

Warum hatte sich Tristan ohne ein Wort der Erklärung zurückgezogen, nachdem Thomas aufgetaucht war? Er musste doch gewusst haben, dass sie ihn nicht hergebeten hatte. Zweifelte er tatsächlich dermaßen an der Ernsthaftigkeit ihrer Gefühle? Selbst jetzt noch? Verleugnete Tristan die Magie, die sich in jener Nacht an seinem Geburtstag zwischen ihnen entfaltet hatte wie eine Lotusblüte? Oder war Lara es, die einer verzerrten Wahrnehmung und einem romantisch verklärten Wunschdenken unterlag? Wenn man Lennox' Ausführungen und Andeutungen glaubte, entsprach genau das der bitteren Wahrheit.

Thomas beobachtete sie, schlang die Arme von hinten um Laras Mitte und legte den Kopf auf ihre Schulter. Sie schloss die Augen und atmete seinen Duft ein. Durchlief sie tatsächlich gerade eine klassische Midlife-Crisis? Waren es der Reiz des Fremden und der Hauch Abenteuer gewesen, die sie in Tristans Arme getrieben hatten? Möglicherweise führten ungelöste innere Konflikte zu diesem Verhalten – oder ein Mangel an Selbstreflexion. Zu oft hörte man Geschichten von Frauen in ihrem Alter, die emotional komplett entgleisten und mit ihren Hormon-Eskapaden ganze Familien ins Unglück stürzten. Gehörte Lara tatsächlich auch zu dieser Sorte?

Thomas' nachsichtiges Benehmen ihr gegenüber in Schottland erhärtete diesen Verdacht. Tristan seinerseits hatte sich, wie so oft, in die Prärie geflüchtet. Schweren Herzens hatte Lara das als stumme Stellungnahme zu der vorherrschenden Situation gedeutet.

Schließlich, am vorletzten Abend auf McAlister Castle, hatte sie sich den Verlobungsring übergestreift. Sie hatte die Kontrolle über ihr Leben zurückgewinnen wollen. Bestimmt würde ihr das mit der liebevollen Hilfe ihres Verlobten gelingen. Ein Quäntchen Wehmut blieb jedoch wie ein bitterer Tropfen in ihrem Herzen hängen.

»Ich freue mich, dass wir wieder Schweizer Boden unter den Füßen haben. Es ist schön, dich hierzuhaben, Lara«, flüsterte Thomas und drückte ihr einen Kuss auf die Wange.

Ein abfälliges Schnauben ertönte und zerschnitt den Zauber der flüchtigen Zärtlichkeit wie eine Rasierklinge. Tonya hatte seit ihrer Abreise in Lairg eisern geschwiegen und selbst direkt an sie gerichtete Fragen nicht beantwortet. Ihr Gesicht wirkte eingefallen. Die verbleibende Zeit auf McAlister Castle hatte sie kaum etwas gegessen. Das altbekannte durchscheinende Grau dominierte erneut Tonyas Gesichtsfarbe. Dennoch war Tristan erstaunlicherweise der Meinung gewesen, dass das Mädchen für die Heimreise bereit sei. Lara beschlich aufgrund seines seltsamen Verhaltens das Gefühl, dass er sie loswerden wollte. Sie alle. Nur verstand sie nicht, warum.

»Ich für meinen Teil bin hier nur auf der Durchreise.« Tonya schnappte sich ihre Reisetasche, die gerade auf dem Förderband auf sie zufuhr.

»Wie meinst du das? Wo willst du denn hin?« Thomas verschluckte sich an einem unterdrückten Schlucken.

Tonya wandte sich ruckartig und mit einem angriffslustigen Glitzern in den Augen um. Ein feines Lächeln zog ihre Mundwinkel nach oben, während sie das Kinn herausfordernd nach vorne reckte.

»Ich, Thomas, werde dahin zurückkehren, wo ich mich zu Hause und angenommen fühle. Zu Tristan McAlister nach Lairg. Ich bin nur hier, um meine Sachen endgültig zu packen. Ich schätze, dass dich das nicht allzu sehr betrüben wird, da du mich sowieso wie einen Giftstachel in deinem Heim behandelt hast. Tristan mag seine Eigenheiten und Regeln haben, aber immerhin sind sie fair und machen Sinn. Das kann ich von deinem Verhalten keinesfalls behaupten.« Sie gab ein abfälliges Zischen von sich.

Lara starrte ihre Nichte an, als habe sie innerhalb von Sekunden die Hautfarbe gewechselt. Als sich ihre Augen trafen, wich die Härte in Tonyas Blick etwas Sanftem.

»Und du, Tante Lara, solltest dasselbe tun. Thomas bemerkt vielleicht nicht, wie es dir geht. Ich schon. Ich habe dich vor Schottland gesehen, dann während unseres Abstechers in die *Prärie ...*«, sie grinste schelmisch, »... und nun sehe ich erneut eine gebrochene Frau. Wie in Tristans Kodex steht: *Tue, was getan werden muss. Lebe jeden Tag mit Mut.*«

»Wovon zum Henker spricht die undankbare Göre eigentlich?!« Röte kroch Thomas' Hals hinauf und eine Ader pochte an seiner Schläfe.

Lara wandte sich ihm zu. »Bitte Thomas, solche Anschuldigungen tragen nicht dazu bei, den Konflikt konstruktiv zu lösen.« Sie legte ihm zur Besänftigung die Hand auf den Unterarm.

Mit einer ruckartigen Bewegung schüttelte er sie ab und funkelte Lara böse an. »Schottland hat euch beiden den Verstand geraubt! Es ist Zeit, dass wieder

Normalität einkehrt. Ohne die zehn Gebote, ohne diese Hut-Projekte. Das alles hat doch keine Zukunft.«

In Laras Herz explodierte Schmerz bei seinen Worten und das Atmen fiel ihr plötzlich schwer. »Du fandest mein Treffen mit Lorraine doch auch … wundervoll und eine einzigartige Chance.« Laras Stimme verlor sich in einem heiseren Flüstern. Sie konnte nicht glauben, dass Thomas das soeben gesagt hatte. Seit seiner Ankunft in Schottland zeigte er sich stets sehr interessiert in Bezug auf ihre Kreativprojekte. Sein Verhalten ließ Lara annehmen, dass er während ihrer Beziehungspause einsichtig geworden war und diesen Teil ihrer Persönlichkeit nun respektierte.

Mit einem Prusten warf Thomas die Arme in die Luft. »Ach komm schon, Lara, ich habe mich wirklich redlich darum bemüht, dir diese Mätzchen durchgehen zu lassen. Ich nahm an, dass dir eine kulante Haltung dabei helfen würde, dich selbst endlich zu reflektieren.«

»Aber das habe ich doch … was hat das denn mit den Hüten zu tun? Das … ist eine einmalige Chance im Leben! Willst du denn, dass ich diese nicht wahrnehme? Das bestätigt doch, dass meine Ideen nicht bloß lächerliche Flausen waren!«

Laras Stimme zitterte und sie spürte die Tränen, die in den Augenwinkeln brannten. Thomas hatte sie nie ernst genommen, sondern ihre Einfälle und Träume einfach mit einem Lächeln hingenommen, als wäre sie in einer pubertären Phase.

»Himmelherrgott Lara, du kennst diese Lorraine doch gar nicht. Sie ist pensioniert und selbst wenn sie noch Kontakte in die Modebranche haben sollte, wer garantiert dir denn, dass das nicht bloß der Plan einer senilen

Dame ist? Du wirst bloß furchtbar enttäuscht sein, wenn du nie wieder etwas von ihr hörst und bis dahin geglaubt hast, du wärst die nächste Coco Chanel. Ich dachte, es gibt nun Wichtigeres in unserem Leben. Wir möchten doch ein Haus kaufen und eine Familie gründen, oder nicht?«

»Ja, schon … aber …« Lara suchte hilflos nach Worten. Der stechende Schmerz, den seine Aussagen auslösten und die damit einhergehende Erkenntnis lähmten ihre Gedanken und ihre Zunge. Nicht so Tonyas.

»Und da ist er wieder, der demaskierte alte Thomas wie er leibt und lebt. Glaub ja nicht, dass ich dir die reumütige Vorstellung in Schottland auch nur eine Sekunde abgekauft habe. Tristans Programm hat mein Auge für das Wesentliche geschult.« Sie lachte, es klang blechern. »Tante Lara, du solltest wirklich zu Tristan zurückkehren. Folge endlich dem Ruf deines Herzens.«

Nun entgleisten Thomas' Gesichtszüge. Die bisherige Röte verschwand und wich einer von einem entsetzten Gesichtsausdruck begleiteten Blässe. Langsam wandte er sich Lara zu. Die Zunge klebte ausgedörrt an ihrem Gaumen, sie senkte den Blick.

»Ja, da staunst du, was, Thomas? Lara hatte eine Affäre mit unserem Lord McAlister. Soweit ich das als Außenstehende beurteilen kann, sind die beiden verrückt nach einander und es ist höchste Zeit, dass sie sich endlich einen Schritt entgegengehen. Das gesamte Castle spricht davon. Und nicht nur darüber …«

Tonyas Stimme nahm plötzlich einen sanften Ton an. Langsam wandte sie sich ihrer Tante zu und legte ihr die Hand auf den Arm. Dabei fixierte sie Lara mit ihren golden schimmernden Augen. »Sei nachsichtig mit

Tristan, Tante Lara, er trägt viele offene Wunden in sich. Ron vertraute sich mir an. Er ist einer der wenigen, welche die wahre Geschichte kennen. Hast du dich nie gefragt, warum der Lord in die Staaten auswanderte?«

»Lennox erzählte mir, was in der Vergangenheit geschehen ist. Dabei verhielt sich Tristan nicht gerade ehrenhaft gegenüber seinem ehemaligen Freund Gawyn. Er spannte ihm die Freundin aus und versuchte, sie gegeneinander auszuspielen.«

Tonya runzelte verständnislos die Stirn und legte den Kopf schief. »Das stimmt nicht.«

Laras Hände begannen zu zittern und ihr Herz hämmerte schmerzhaft gegen den Brustkorb. Das Blut rauschte in ihrem Kopf und machte es ihr unmöglich, einen klaren Gedanken zu fassen.

»Wie ... meinst du das?«

»Es war Gawyn, einer seiner zwei besten Freunde, der ihn mit seiner damaligen Verlobten Nialla betrogen hat. Es brach Tristan das Herz. Es bestätigte außerdem alles, was sein Vater ihm immer gesagt hatte: dass die Liebe gefährlich sei, dass sie einen abhängig mache und dass sie einen mit einem Fingerschnippen zu zerstören vermag. McAlister Senior hatte den unerwarteten und frühen Tod seiner Frau nie verkraftet und zeit seines Lebens unter dem Verlust gelitten. Fortan war Tristans Vater der Meinung, dass alles rund um Gefühle und die Damenwelt unweigerlich schmerzhaft enden müsse. Deshalb riet er seinem Sohn davon ab, sich jemals zu verlieben. Bereits Tristans Großvater pflegte nämlich als überzeugter Eremit eine frauenfeindliche Ein-stellung. Der jugendliche Lord Tristan glaubte ihnen aber nicht, schwebte auf Wolke Sieben mit Nialla, die lange Zeit im Schloss wohnte. Man hielt sie und den jungen Lord für unzertrennbar, ein Traumpaar gewissermaßen. Niemand ahnte, welche Schatten Nialla in ihrer Persönlichkeit verbarg. Doch irgendwann kam die grausame Wahrheit ans Licht. Sie hinterging Tristan ... mit seinem besten Freund. Daher sein Irrglaube, dass Frauen Unglück bringen, deshalb sein Gefasel von einem Fluch. Das Schicksal der McAlisters scheint eine selbsterfüllende Prophezeiung zu sein. Nichtsdestotrotz ... bist du die erste Frau, die er näher an sich heranließ. Glaub mir, Ron weiß, wovon er spricht, er ist lange genug Tristans beflissener Schatten.«

»Moment ...« Thomas hatte bisher geschwiegen und sie nur abwechselnd mit fassungslosem Blick angestarrt. »Lara ... ich verstehe nicht ... du ... hattest mit diesem Pferdenarr ein Verhältnis? Sag, dass das nicht wahr ist!«

Langsam wandte sich Lara zu ihm um. Gefühle schlugen wie eine Flutwelle über ihr zusammen und Chaos brach in ihrem Inneren aus.

Lennox hatte gelogen. Er hatte den charmanten, hilfsbereiten Freund gemimt. In Tat und Wahrheit hatte er eine Schlangenzunge.

»Thomas, wir hatten eine Beziehungspause. Anfangs fühlte ich mich bloß einsam und war verunsichert. Irgendwann, so vermute ich, wurde daraus mehr. Tristan ist ein facettenreicher und faszinierender Mann. Du hingegen hast mich nie respektiert. Manchmal hatte ich den Eindruck, als ...«, Lara suchte nach Worten, »... als würdest du die Blume mögen, die Wurzeln aber nicht. Meine Erscheinung gefiel dir, mein Wesen.

Meine Wandelbarkeit, meine Essenz, die wolltest du aber nie kennenlernen. Bis heute nicht. Das hast du gerade eben wieder bewiesen. Ganz anders Tristan. Er ...«, ein Gefühl von Wärme durchflutete Laras Herz bei dem Gedanken an die Zeit auf McAlister Castle, »... er mag meine verrückte Seite. Er versteht sie.«

Lara dachte an die Einladung zu Tristans Geburtstag, die Zutaten für ihren Hut. Ein Lächeln stahl sich in ihr Gesicht, sie konnte sich nicht davon abhalten. Tränen kullerten plötzlich über ihre Wangen und sie biss sich auf die Unterlippe.

»Ich schätze ... ich vermute ... ich liebe diesen irren Cowboy mit seinem absonderlichen Kodex.«

Tonya nickte. Ihr Gesicht wies zum ersten Mal, seit Thomas schottischen Boden betreten hatte, wieder einen Hauch Farbe auf.

»Oh ja, das tust du. Ich fresse einen Besen, wenn das umgekehrt nicht genauso ist. Tristan ist jemand, der, getreu seiner Maximen, *weniger redet und mehr sagt.* Durch sein Verhalten. Mit jeder Faser seines Körpers. Ich bin keine Hellseherin, aber einen Versuch ist es wert, Tante Lara.«

Kapitel 29

Tristans Familien-Notar war ein hagerer Mann mit schütterem Haar um die sechzig. Den zu einem Turm gestapelten Tassen in der Spüle im hinteren Teil des Büros nach zu urteilen, war Islay McCullen außerdem ein passionierter Kaffeetrinker. Das erklärte vielleicht auch das konstante Zittern des Kugelschreibers in seinen knorrigen Fingern.

»Lord McAlister, Sir … möchten Sie sich das Ganze nicht noch mal gründlich überlegen? Ich habe den Eindruck, dass dies eine Affekthandlung ist. Aus welchem mir unbekannten Grund auch immer. Ich bin absolut sicher, dass Ihr Vater, Gott habe ihn selig, diesem Entscheid unter keinen Umständen zugestimmt hätte. Das Schloss ist seit Menschengedenken im Besitz Ihrer Familie.«

Tristan trommelte mit den Fingern auf den Tisch und ließ Islay McCullen, wie es der Anstand gebot, ausreden.

»Mister McCullen, ich bin mir durchaus bewusst, dass mein Anliegen Ihnen befremdlich erscheinen mag, aber so ist es nun einmal. Ich habe mir das alles reiflich überlegt. Ich bin vierzig, nicht fünfzehn. Die Tage kopflosen oder hormongetriebenen Handelns liegen längst hinter mir. Gott sei Dank.« Tristan lehnte sich in seinem Sessel zurück.

Der Notar kritzelte etwas auf seinen Notizblock. »Dann ... müssten wir noch die Details besprechen. Was ist beispielsweise mit den Viehherden und dem dazugehörigen Land? Bleibt das im Besitz des neuen Schlossherrn?«

»Nein, Land und Herde werden den Pächtern geschenkt. Ich weiß ja nicht, wer dereinst auf McAlister Castle Einzug halten wird. Ich möchte nicht, dass die Existenz der lokalen Bauern dadurch gefährdet wird. Außerdem richten wir einen Fonds ein, der sie bei ihren Ausgaben und dem Unterhalt des Viehs in gleichem Umfang unterstützt wie ich das bisher getan habe.«

Erneut flog der Kugelschreiber mit hektischem Kratzen über das Papier. Einige Male hielt der Notar inne, um sich den Schweiß mit einem Stofftaschentuch von der Stirn zu tupfen.

»Die Pferde?« Islay McCullen schaute von seinen Notizen auf.

»Die nehme ich mit.«

Der Notar nickte geschäftig.

»Dann versteigern wir also lediglich das Schloss inklusive aller Nebengebäude wie beispielsweise der Stallungen.«

»Das ist korrekt. So lautet mein Wunsch, Mister McCullen.«

»Das dürfte ein schwieriges Unterfangen werden. Das ist kein besonders attraktives Angebot für jene

Klientel, die normalerweise in Schlössern residiert«, startete der Notar einen weiteren vorsichtigen Vorstoß.

»Das ist mir egal, darum geht es mir nicht.« Tristan verschränkte die Arme vor der Brust, um das Ende des Gesprächs zu signalisieren.

»Worum denn dann? Ich meine, brauchen Sie das Geld nicht?«

»Nein, dort wo ich hingehe, hat Geld wenig Bedeutung.«

Lairg
Oktober 2019

Tristan schluckte leer. An seinen Schläfen sammelte sich Schweiß zu feinen Tropfen. In dem ungewöhnlich formellen Aufzug, den Ron ihm nahegelegt hatte, fühlte er sich, als habe man ihn in sperrigen Karton gekleidet. Der Anzug war zu neu, um sich bequem an seinen Körper anzuschmiegen, die Krawatte drohte ihn zu strangulieren. Jeder Quadratzentimeter der Haut juckte und die Augenlider zuckten ununterbrochen. Immer wieder benetzte er die spröden Lippen mit der Zunge.

Kurz und gut, das war nicht Tristans Tag. Dennoch markierte er einen schicksalhaften Einschnitt in seinem Leben. Nichts würde mehr sein wie bisher.

Selbst wenn er sich gegenüber Islay McCullen, dem Familien-Notar, kühl und überzeugt gezeigt hatte, zerfraßen ihn die Zweifel seither täglich und raubten ihm den Schlaf. Ein Blick in den Spiegel bestätigte ihm heute Morgen, dass dieser Umstand Spuren in Form blauer Schatten unter den Augen hinterlassen hatte.

Traf er die falsche Entscheidung? McAlister Castle befand sich seit Generationen im Besitz seiner Familie. Der Fluch, so vermutete Tristan, war jedoch eng mit den steinernen Gemäuern des Anwesens verbunden. Wollte er Frieden finden, musste er den Ort hinter sich lassen. Offenbar war sein Herz selbst nach all den Erfahrungen und Jahren harter Disziplin noch immer nicht gegen Gefühle gefeit. Einmal mehr waren Emotionen die Vorboten der Apokalypse und das Desaster hatte nicht lange auf sich warten lassen. Verbrachte Tristan den Rest seines Lebens hier in Lairg, riskierte er eine Wiederholung der Vergangenheit, die schon seine Vorfahren gequält hatte und wie eine Seuche auf diesem Flecken Land lastete. Liebe, dicht gefolgt von Schmerz.

Tristan hätte die Stimme der Ängste ernster nehmen sollen, als sie ihn immer wieder von Lara weggetrieben hatten, kaum dass er sich ihr genähert hatte. Irgendwann war er nachlässig geworden, hatte die Tür zu seinem Innersten offen gelassen und sie empfangen. Lara.

Als habe ihn das Leben verspottet, war kurze Zeit später dieser Lackaffe aus der Schweiz aufgetaucht. Anfangs hatte sich Tristan noch die Hoffnung gemacht, Lara würde diesem Thomas die kalte Schulter zeigen. Die Vertrautheit zwischen den beiden nahm Tristan jedoch wie zähen Klebstoff wahr. Klebrig und süß.

Ein Cowboy wusste, wo die Grenze war. Er kämpfte nicht stur und blindlings gegen etwas Höheres an, das er nicht besiegen konnte. Manche Dinge waren gottgegeben, wie das Wetter. Man musste sie hinnehmen und sich mit ihnen arrangieren. Tristan gehörte nicht zu der Sorte, die um Liebe bettelte. Nicht mehr. Solange er in Laras Gesichtsausdruck diese Zerrissenheit wahrnahm, kämpfte er gegen Windmühlen. Also hatte Tristan das getan, was er am besten beherrschte und sich in die Weiten der Highlands zurückgezogen. Im Einklang mit der Wildheit der Natur und der Tiere.

Die Penetranz der Hoffnung demütigte ihn jedoch ununterbrochen. Ständig schnellte sein Kopf zur Seite, wenn er glaubte, ein Geräusch gehört zu haben. Überall sah Tristan die Spitzen eines blonden Zopfes hinter einem Baum verschwinden. Verführerische Schatten hielten ihn am Waldrand zum Narren. Der Wind blies ihm ein Kichern in die Ohren, das bei genauem Hinhören sofort verschwand. Tristan war kurz davor, den Verstand zu verlieren.

Von Lara keine Spur. Sie suchte nicht nach ihm, ergriff offenbar nicht die Flucht vor ihrem Verlobten. Nachdem er von ihrer Abreise erfahren hatte, wusste Tristan, dass nun der Zeitpunkt gekommen war, dem Wahnsinn in seinem Inneren ein Ende zu bereiten, bevor er ihn komplett beherrschte und auffraß.

Tristan musste weg von hier. Von diesem Ort, dem Fluch und insbesondere seinen Erinnerungen. Dennoch war er sich nicht sicher, ob er das Richtige tat.

Dann klingelte eines Abends das Telefon.

»Herzlich willkommen zu der heutigen Versteigerung von McAlister Castle. Es freut uns, dass Sie alle so zahlreich hier im Ballsaal der Burg erschienen sind und sich somit gleich einen persönlichen Eindruck über die Güter machen können. Die detaillierten Unterlagen zu dem zu erwerbenden Eigentum konnten vorgängig schriftlich angefordert werden.« Islay McCullen räusperte sich und nahm einen Schluck Wasser. Das Glas in seiner Hand zitterte, doch er fuhr unbeirrt fort.

»Auf Wunsch des jetzigen Besitzers, Mister Tristan McAlister, kann das Anwesen, wie in den Unterlagen ersichtlich, nur als Gesamtes, mit sämtlichen Nebengebäuden, allerdings ohne die Pferde, die Viehherden und das dazugehörige Land, gekauft werden.«

Tristan gefror das Blut in den Adern, als sich die Tür zum Saal erneut mit einem Quietschen öffnete und er die gazellenhafte Gestalt von Eva McRoy erkannte. Sie durchschritt mit selbstverständlicher Arroganz den gesamten Raum und setzte sich auf einen freien Stuhl in der ersten Reihe. Sie schenkte ihm ein herausforderndes Lächeln. Schadenfreude glomm in ihren grau-grünen Augen auf. Aufmerksam blätterte sie in dem Prospekt, den der Familien-Notar für interessierte Käufer zusammengestellt und an jene versendet hatte.

»Manch einer mag sich vielleicht fragen, warum so ein wertvolles Anwesen wie McAlister Castle versteigert wird. Dies auf die Gefahr hin, dass es einen neuen Besitzer findet, der mangels Konkurrenz nicht den tatsächlichen Wert bezahlt. Auch das war der ausdrückliche Wunsch von Mister McAlister.« Islay McCullen wischte sich mit einem Stofftaschentuch den Schweiß von der Stirn. »Lord McAlister ist es ein zentrales Anliegen, das Schloss ... ähm ... loszuwerden, so die Wortwahl.«

Er nippte erneut an seinem Wasserglas und verfiel in einen Hustenanfall, als er sich verschluckte. »Dies nicht aus dem Grund, weil sich die Burg in einem desolaten Zustand befindet, sondern ... aus einer rein persönlichen Motivation heraus. McAlister Castle soll, ich zitiere, *ein erschwingliches Glück sein.*«

Ein Murmeln ging durch die Reihen der Menschenmenge. Der Saal war zum Bersten voll. Selbst die einfachen Leute aus Lairg hatten den Weg hierher auf sich genommen. Ob aus Neugierde oder weil sie sich bei der Versteigerung eine Chance erhofften, vermochte Tristan nicht zu sagen und es spielte für ihn auch absolut keine Rolle. Wer auch immer hier gerne wohnte, war ihm als Käufer recht. Der Fluch würde die neuen Besitzer nicht belangen, da war er sich sicher. Ihn konnte er alsbald auch nicht mehr knechten. In den Vereinigten Staaten war Tristan ein freier Mann – in jeglicher Hinsicht.

Frei von vererbbarem Unglück.

Frei von der Vergangenheit.

Frei von der Bürde seines Namens und Standes.

»Nun denn, die Auktion ist eröffnet.«

Der Notar winkte seinem Assistenten, der sich bisher im Hintergrund gehalten hatte. Dieser unterstützte ihn nun dabei, die Gebote aufzunehmen und zu sortieren.

Tristan schweifte in Gedanken ab. In die Prärie, die ursprüngliche, von der ihn nur noch wenige Wochen trennten.

Evas Stimme holte ihn wieder zurück in die Realität.

»Nun, was den scheinbar guten Zustand der Burg anbelangt, bin ich anderer Meinung. Ich habe ein unabhängiges Gutachten über den effektiven Wert und die Beschaffenheit des Anwesens erstellen lassen. Aufgrund der Tatsache, dass das Schloss nie renoviert und der Neuzeit angepasst wurde, kostet beispielsweise das

Beheizen der Räume im Winter ein Vermögen. Woher nehme ich das Holz, wenn die Wälder nicht mehr Teil des Schlossbesitzes sind, sondern zusammen mit den Viehherden an die Bauern verteilt werden? Zeitnah sind außerdem zahlreiche Instandhaltungsarbeiten zu erwarten. Auch frage ich mich, wozu man den Pferdestall mitkaufen soll, wenn die Ländereien samt der Rinder verschenkt werden und man somit kaum noch Land für den Auslauf der Tiere zur Verfügung hat. Auf welchem Gelände organisiere ich denn beispielsweise Turniere oder Partys für meine Entourage? Dazu kommt, dass Lairg als Städtchen nichts zu bieten hat. Weder kulinarisch noch in Bezug auf Unterhaltung, Kultur, Mode und Bildung. Warum also sollte ich mich als Frau von Stand dafür interessieren, eine Unsumme an finanziellen Mitteln in eine Provinzruine zu investieren, nur damit ich daraufhin wie Rapunzel im Turm, fernab jeglicher Zivilisation, ein einsames Dasein fristen kann? Selbst ein Einheimischer aus Lairg sollte sich den Kauf gut überlegen: Ich erinnere an die Heizkosten und den Instandhaltungsaufwand. So etwas darf nicht unterschätzt werden und kann eine einfache Familie schnell in den Ruin treiben. Natürlich, das Angebot ist verlockend: ein Schloss zu einem Spottpreis. Doch warum will Lord McAlister es wohl so dringend loswerden? Das Märchen mit der edelmütigen Einstellung und der Nächstenliebe glaube ich für meinen Teil nicht. Spukt es vielleicht? Wir sind in Schottland. So etwas ist hierzulande keine Seltenheit. Sollte jemand annehmen, dass ich hier bloß heiße Luft von mir gebe, darf er sich gerne das Gutachten ansehen, ich lege es neben dem Ausgang auf den kleinen Beistelltisch.«

Mit diesen Worten erhob sich Eva und steuerte die Tür an. Nicht ohne Tristan dabei nochmals mit einem maliziösen Lächeln zu bedenken. Das hektische Klick-Klack ihrer High Heels hallte wie ein diabolisches Echo durch den Saal und wurde kurze Zeit später durch das lautstarke Schließen der Tür gekrönt.

Einige Sekunden lang herrschte betretenes Schweigen, dann setzte ein ohrenbetäubendes Summen und Schnattern ein. Mehrere Leute erhoben sich und steuerten ebenfalls den Ausgang an. Ihrer Kleidung nach zu urteilen, handelte es sich dabei um gut betuchte Vertreter der Oberschicht. Sie blätterten eine Zeit lang in Evas Unterlagen, maßen Tristan mit schrägem Blick und verließen daraufhin den Saal.

»Das habe ich befürchtet«, murmelte Islay McCullen. »Ich hatte die närrische Hoffnung, das Schloss doch noch zu einem anständigen Preis an einen von Burnout gefährdeten Adligen verhökern zu können. Nun aber hat uns die werte Dame die Tour gewaltig vermasselt. Ärgerlich, sehr ärgerlich.« Er wackelte aufgebracht mit dem Kopf.

Tristan konnte sich ein Grinsen nicht verkneifen. »Mich berührt das überhaupt nicht, Mister McCullen. Ich verschenke das Schloss auch gerne, wenn es sein muss. Eva McRoy und ihre reichen Anhänger können mir also nichts anhaben.«

Bei dieser Ankündigung erbleichte der sichtlich gestresste Familien-Notar. »Ich habe Ihrem Vater auf dem Sterbebett versprochen, seinen Besitz zu verwalten und zu wahren. Er würde sich im Grab umdrehen, wenn er mir jetzt dabei zusehen könnte, wie ich versage und mein Gelübde breche.«

»Ich biete ... vierzigtausend Pfund Sterling.«

Erstauntes Raunen ging wie eine Welle durch den Saal. Selbst wenn Tristan ihr Gesicht nicht sah, so erkannte er ihre Stimme sofort.

Lara erhob sich. Sie stand in der zweitletzten Reihe.

»Ich habe die schönste Zeit meines Lebens in diesen verlotterten Gemäuern und in den Wäldern und Wiesen drum herum verbracht. Es würde mir sehr viel bedeuten, für die mir verbleibenden Tage meines Erdenlebens hier wohnen zu dürfen. Selbst wenn das Gebäude baufällig ist und Lairg abgesehen vom *Wee Hoose* nicht viel Spektakuläres zu bieten hat. Für meine Zukunft brauche ich einen Ort der Einkehr, damit ich meiner Berufung als verrückte Hutmacherin folgen kann. Ich war nirgends kreativer als an diesem kleinen Fleck am Ende der Welt. Und werde das selbst dann noch sein, wenn ich mir im Winter den Arsch abfrieren sollte. Dafür haben wir doch hierzulande einen *Dalreoch Estate Smoked White Tea* oder einen *Hot Toddy*.«

Die Menschen im Saal hielten den Atem an und drehten die Köpfe nun von Lara weg zu Tristan. Er schwieg. Ihm fehlten die Worte. Schwindel machte ihm einen klaren Gedanken unmöglich. Fragend starrte er Islay McCullen an.

»Gibt es noch ... höhere Gebote unter den Anwesenden?«, fragte der Notar vorsichtig.

Dezentes Lachen antwortete ihm. »Mein Freund, kein Bürger aus Lairg hat auch nur annähernd ein so gut bestücktes Bankkonto. Woher denn auch? Wie Lady McRoy richtigerweise erkannte, meiden uns die reichen Stinker hier oben weitestgehend. Sie tummeln sich lieber in Inverness oder Edinburgh. Wir sind hier wie die berühmt berüchtigten Gallier. Ein kleines Dorf, auf der Karte kaum auffindbar, eine Horde Barbaren in den Augen der Adligen, aber wir leisten erbittert Widerstand. Wir haben Whisky, unseren Zaubertrank ... und wir hatten bisher Lord McAlister, unser Clan-Oberhaupt.« Tristan erkannte in der Stimme sofort Mimmi, die Gastgeberin im *Lochview.*

»Vierzigtausend zum Ersten ... zum Zweiten ... und zum Dritten.« Islay McCullen ließ den Hammer niedersausen. »Das ist weit mehr, als ich erhofft habe, Lord McAlister. Leider liegt Lady McRoy mit ihren Einschätzungen nicht ganz falsch, weshalb ich vorschlug, das Anwesen zuerst auf Vordermann zu bringen und es dann in einem Jahr zusammen mit dem Land zu verkaufen. Das wäre selbst für reiche Leute attraktiv gewesen und sei es nur als Zweitwohnsitz. Wir hätten mehrere Millionen dafür verlangen können. Das ist Ihnen hoffentlich klar. So aber ... na ja, immerhin vierzigtausend. Ich habe mit maximal fünftausend Pfund gerechnet ... bei all den Bauern hier in der Gegend«, flüsterte ihm der Notar zu und notierte sich die Summe zufrieden.

»Bitte Mylady, wenn Sie mir und Lord McAlister ins Hinterzimmer folgen würden, damit wir die Formalitäten Ihrer Errungenschaft noch regeln können ...«

Lara erhob sich und kam nach vorne. Es war, als würden der Saal und die Menschen zwischen ihnen verschwinden. Bevor Tristan jedoch irgendetwas zu ihr sagen konnte, nahm sie Islay McCullen bereits in Beschlag. »Bitte folgen Sie mir, Mylady.« Mit einem

Sicherheitsabstand von zwei Metern folgte Tristan den beiden.

Der Notar raschelte mit den Kaufurkunden und reichte sie Lara zur Durchsicht.

»Das ist schon in Ordnung, wo soll ich unterschreiben?« Sie hob fragend die Augenbrauen.

»Eine ansehnliche Summe, die Sie da als Startgebot gewählt haben ... wie ich hörte, sind Sie emotional mit der Gegend verbunden?« Neugierig beugte sich Islay McCullen nach vorne und musterte Lara, während diese eine schwungvolle Unterschrift unter das erste Dokument setzte.

»Ich bin Modedesignerin, spezialisiert auf Hüte. Ich brauche ein Zuhause, das mich inspiriert. Ich habe soeben die Zusage für einen großartigen Auftrag mit Vorschuss erhalten. Die Arbeit muss perfekt werden, weshalb ich das Geld in ein geräumiges Atelier investiert habe. Chanel hat mir eine eigene Kollektion gegeben, es wird viel von mir erwartet.« Sie zwinkerte dem Notar verschmitzt zu.

»Chanel? Ach, wie wunderbar! Sie werden bestimmt eine Bereicherung für Lairg und die Menschen hier sein. Sollten Sie einen Vermögensverwalter brauchen ... für die Zukunft ... hier überlasse ich Ihnen sehr gerne meine Karte.«

Islay McCullen schob ihr das kartonierte Rechteck mit zittrigen Fingern über den Tisch hinweg zu. Er warf Tristan einen vielsagenden Blick zu.

Bisher hatte sich dieser schweigend im Hintergrund gehalten.

»Ich vermute mal, der Vorschuss stammt von einem Kunden, der Ihre Hüte für eine exquisite Modenschau gebucht hat.«

Lara erstarrte mitten in der letzten Unterschrift. Langsam hob sie den Kopf und blickte Tristan geradewegs an. Erkenntnisse, gepaart mit Emotionen waberten in ihren Augen.

»Sie ... wissen davon?« Ihre Lippen bebten und sie blinzelte mehrfach.

»Zufällig kenne ich die Person, die sich für Ihre verrückten Hutkreationen interessiert, sehr gut.«

»Woher wusstest du von Chanel, Tristan?« Lara wechselte ins vertraute Du und musterte ihn verständnislos.

Islay McCullens Kinnlade klappte herunter, ein sichtlich verwirrter Ausdruck zeigte sich in seinem Gesicht, als er feststellte, dass sie sich bereits kannten.

»Tonya hat mich angerufen ... nicht unbedingt wegen deiner neuen Anstellung, diese erwähnte sie nur nebenbei, sondern um mir das Ende deiner Verlobung mitzuteilen. Und ... um mich um Asyl zu bitten. Ich erklärte ihr dabei, dass ich beabsichtige, das Schloss zu verkaufen und auszuwandern und ihre Anfrage daher ablehnen muss. Ich beschloss, es dennoch ein letztes Mal zu versuchen und wollte dich bei der Modenschau treffen, um zu sehen, was passiert. Du kamst mir nun zuvor.«

Lara lachte. Verwirrt und aufgekratzt. Sie hielt sich die Hand auf die Stirn, als glühe ihr Schädel gerade.

»Tonya hat mich auf die Idee gebracht, heute hierherzukommen. Ursprünglich beabsichtigte ich nicht, mich an der Auktion zu beteiligen, womit denn auch? Ich wollte eigentlich nur ... ein letztes Mal sehen ... was passiert.« Laras Augen glitzerten verräterisch bei diesen Worten. »Aber dann kam unerwartet der Vorschuss eines anonymen Gönners, weshalb ich vorhin spontan entschied, das Geld einzusetzen, bevor jemand anderes das Anwesen kauft. Weil … mir McAlister Castle unheimlich viel bedeutet.« Ihre Stimme brach und eine einzelne Träne kullerte über ihre Wange. »Ebenso wie du.«

Tristan fing sie mit dem Daumen auf. Stumm beugte er sich nach vorne und küsste sie. Laras blumiger Duft umhüllte ihn wie ein zarter Schleier.

Zuhause, sie roch nach Zuhause.

Schluchzend schlang sie die Arme um ihn. »Ich liebe dich, Tristan McAlister, du ambivalenter, Kodex besessener … Teehändler!« Sie lachte und schniefte, beides gemeinsam.

Tristan nahm ihr Gesicht in die Hände und suchte ihre Augen.

»Ich liebe dich, verrückte Hutmacherin. Ich ahnte es von jenem Moment an, als ich dich das erste Mal sah. Gleichzeitig habe ich mich noch nie vor etwas dermaßen gefürchtet wie vor den Gefühlen, die ich in deiner Gegenwart empfand. Du warst so anders.«

»Entschuldigung, wenn ich störe, aber … wenn Sie die Verträge dann noch fertig unterschreiben würden, könnte ich Sie beide alleine lassen.« Islay McCullen löste den obersten Knopf seines Hemdes und lockerte die Krawatte. Die Situation war ihm sichtlich unangenehm.

»Nicht nötig, Mister McCullen. Ich behalte das Castle. Das ist übrigens die zukünftige Lady McAlister.«

Epilog

Lairg
Einige Wochen später

»Ich fasse es immer noch nicht, dass du das Schloss beinahe versteigert hättest! Himmelherrgott aber auch! Was, wenn diese selbstgefällige Adelsschlampe zugegriffen hätte?« Tonya schlug mit der Faust auf den Tisch, sodass das Geschirr klirrte.

Skylla und Charybdis hoben entsetzt die Köpfe. »Schon gut, ihr beiden.« Sie gab den Tieren ein Handzeichen, woraufhin sie sich wieder in ihren Schlafmodus begaben.

»Wie wir dir bereits mehrfach erzählt haben, hat Lady McRoy genug eigene Ländereien und Schlösser in Stadtnähe und von Stararchitekten zu neuzeitlichen Kunstwerken umfunktionieren lassen. Sie ist nur gekommen, um zu verhindern, dass tatsächlich noch jemand einen anständigen Preis für mein Heim bezahlt.« Tristan schob sich eine Gabel voller Rühreier in den Mund.

»Ja, aber ... deshalb habe ich dich doch angerufen und dir das mit Laras neuer Anstellung bei Chanel mitgeteilt! Die Idee war doch, dass ihr euch zuerst trefft, *bevor* du das Schloss definitiv an egal wen versteigerst. Stattdessen buchst du sie für eine Modenschau, die erst Monate später stattfindet.« Tonya warf die Hände in die Luft und schüttelte verärgert den Kopf.

»Der Verkauf des Castles hatte für mich nichts mit Lara zu tun. Im Gegenteil, ich war mir sogar sicher, dass es für uns beide besser wäre, wenn wir uns fernab dieser Burgmauern träfen. Ihr könnt es nicht wissen, aber ...«

Tonya schnaubte entnervt. »Komm mir jetzt nicht mit dem Fluch! Ron erzählte mir bereits, dass du ihn für alles verantwortlich machst. Wie du zwischenzeitlich siehst, ist er offenbar gebrochen.«

»Das wusste ich damals nicht, also nahm ich an, dass, was auch immer sich zwischen uns noch entwickeln würde, unter einem besseren Stern stünde, wenn es dieses vermaledeite Schloss nicht mehr gäbe. Ich hätte Lara einfach mit nach Amerika genommen, so simpel ist das. Die meiste Zeit arbeitet sie sowieso von zu Hause aus. Dich hätte ich natürlich auch eingepackt, Tonya.« Ein mildes Lächeln verzog Tristans Mundwinkel.

Tonya hasste es, wenn er das tat, und hätte ihm liebend gern eine reingehauen.

»Ja, dem Himmel sei Dank haben wir zufälligerweise von Constance erfahren, dass du deine Besitztümer versteigerst. Daraufhin konnte ich Lara mit einer flammenden Rede davon überzeugen, dir einen Besuch abzustatten.«

Tonya legte sich die Hände auf die pulsierenden Schläfen. »Ihr wisst schon, dass ihr beide mich unendlich viel Energie gekostet habt, ja? Dieses ständige Hin und Her, dann die falsche Entscheidung treffen. Aus Angst.« Sie hätte noch stundenlang weiterzetern können und sie tat es auch bei jeder sich bietenden Gelegenheit.

Rons Erscheinen im Türrahmen unterbrach Tonyas morgendliche Standpauke jedoch.

»Mylord, Sir, der erste Kandidat wartet mit seinen Eltern in der Empfangshalle. Ferner erinnere ich Sie daran, dass Lennox Dunn immer noch auf einen Rückruf betreffend einer Aussprache hofft ... er lässt Ihnen ausrichten, dass Ihre gemeinsame Freundschaft bisher jede Liebschaft überdauert hat. Seiner Meinung nach wirft man so etwas nicht einfach weg.«

Tristan seufzte, faltete die Serviette und legte sie auf den Tisch. »Das war's dann wohl mit der Idylle auf McAlister Castle.« Und an Ron gewandt: »Ich habe noch nicht entschieden, was ich mit Lennox mache. Derzeit erachte ich eine Aussprache als sinnlos. Er ist es, der unsere Verbundenheit aus Selbstsucht mit Füßen getreten hat. Noch klingt es für mich nicht, als empfinde er aufrichtige Reue. Ich hülle mich also weiterhin in Schweigen, bis ich sicher bin, wie ich weiter verfahren möchte.«

»Warum denn so pessimistisch in Bezug auf die Harmonie in deinen vierhundert Wänden, Tristan?« Tonya schenkte Tristan ein fieses Grinsen. Sie wusste, dass er sich stets schwer damit tat, neue Schützlinge bei sich aufzunehmen. Die ersten Tage waren gemäß seiner Berichte immer ein Kraftakt. Konnte sie sich irgendwie vorstellen, wenn sie sich zurückerinnerte ...

Tristan blickte Ron an. »Bitte sagen Sie es ihr, Ron.«
Der Diener räusperte sich.

»Der Kandidat, Mylady, ist eine Sie.« Die Mundwinkel zuckten verdächtig, Ron bewahrte jedoch eine möglichst strenge Miene.

»Und du bist sicher, dass du dieser Aufgabe gewachsen bist? Sie ist gleich alt wie du, Tonya.« Tristan taxierte sie mit einem ernsten Blick. »Dies ist deine letzte Chance, auszusteigen. Wenn ich dich der Dame und ihren Eltern vorgestellt habe, gibt es kein Zurück mehr.«

Tonya verschränkte die Arme vor der Brust und legte den Kopf schief. Mit spöttischem Grinsen meinte sie: »Grundsätzlich müsste ich jetzt zuerst einen Tag lang darüber *pinseln*, Lord McAlister, aber da die Zeit dafür nicht mehr reicht ... werde ich mich redlich bemühen, die beste Assistentin zu sein, die Sie je eingestellt haben. Auf geht's!«